有爱的青春陪伴者

筱露

著

江苏凤凰文艺出版社
JIANGSU PHOENIX LITERATURE AND ART PUBLISHING

**图书在版编目（CIP）数据**

六字距离 / 筱露著. -- 南京：江苏凤凰文艺出版社, 2022.11
ISBN 978-7-5594-7042-3

Ⅰ. ①六… Ⅱ. ①筱… Ⅲ. ①长篇小说－中国－当代 Ⅳ. ①I247.5

中国版本图书馆CIP数据核字(2022)第127981号

**六字距离**

筱 露 著

责任编辑 王昕宁
特约编辑 欧雅婷 姜文迪
责任校对 言 一
出版发行 江苏凤凰文艺出版社
南京市中央路165号，邮编：210009
网 址 http://www.jswenyi.com
印 刷 湖南春黎文化传媒有限公司
开 本 880mm×1230mm 1/32
印 张 10.5
字 数 412千字
版 次 2022年11月第1版
印 次 2022年11月第1次印刷
书 号 ISBN 978-7-5594-7042-3
定 价 42.80元

# 目 录



/ L I U Z J U L I I /

# 目 录



/ L I U Z J U L I I /

# 第一章／猝不及防的相遇

窗外，蝉鸣声灭，雨水拍打着屋檐，淅沥的雨水洒下一地清凉。

文诗月听得见却闻不见，她感冒了，鼻塞头痛，刚吃了药，她打算等药效发挥作用就去闷头睡一觉。

她倚在窗边，手中相机里的取景器由近及远。窗户玻璃上雨渍斑驳，暗天压着黑地，茫茫雨雾如无边无际的蛛丝，织起芸芸人间。湿漉漉的长街人来人往，脚下踏起的水花经过大小店面，一路延至镜头之外。

“咔嚓”一声，这一幕被定格在了相机里。

文诗月拨回按钮，低头看了看屏幕上刚拍下的雨景，轻弯了下嘴角，眸子清亮，浅浅的酒窝若隐若现。

她身处勐镇这座民族风情浓郁的边城，眼下步入雨季，莫名添了些水乡的风韵。

“咚咚咚！”门被轻轻拍响，文诗月搁下手里的相机去开门。

是客栈的老板娘岩香。

“香姐。”文诗月朝来人莞尔一笑。

“月，你下午出去吗？”岩香询问。

文诗月感冒了，加上下雨，也就没出去的打算，眼下见岩香这么问，便猜到她的来意。

文诗月淡如水的嗓音里掺了点儿瓮声瓮气的鼻音，反倒让她整个人平添了些难以言说的故事感：“我不出去，你找我帮忙看店？”

“啊……对。”岩香有些着急地说明情况，“岩睿跟人打架，老师让我去一趟学校，小杨今天休息，这一时半会儿找不着人……”

“那你快去，我帮你看着。”文诗月应得很是干脆。

岩香听文诗月声音不对劲，不由得担心起她来。

文诗月素着的白皙小脸没了血色，原本粉嫩的嘴唇也变得干裂晦暗，好在底子好，就算是气色差也不影响她脱俗的相貌。

“你声音不对劲，脸色也不好，这是感冒了？”

岩香见文诗月点了下头，暗忖作罢：“那还是算了，我暂时关门，等我……”

“没事，我就是有点儿热伤风，吃了药不打紧。”文诗月打断岩香，打起精神来，“睿睿的事要紧，你赶紧去吧。”

文诗月独自一人来这儿有一个礼拜了，跟这个年长她几岁的单亲妈妈聊得来，加上人生地不熟，出入多番受岩香照顾，她们成了一见如故的朋友。

这朋友不太容易，独自一人开着客栈把孩子拉扯大，孩子又不太省心。

因为孩子的事，岩香也不是头一次请文诗月帮忙看店，文诗月一回生二回熟，业务能力还行，举手之劳罢了。

“那就麻烦你了，晚上我给你弄点儿适合你吃的。”

“我不会跟你客气的。”文诗月爽快地点头。

话毕，她关上屋里的灯，带上手机，反手关上门，跟岩香一道下了楼。

岩香走后，文诗月站在门口欣赏了一会儿庭院里的雨直直落入水井的情景，困意也随之渐渐袭来。

她打了个哈欠，揉了揉不太通气的鼻子，转身走到前台处，伸手跟举起爪子的招财猫击了个掌，顺势坐在了椅子上。

灯光温馨柔和的大厅里播放着歌曲，眼下没有客人进出，空调的温度调试得刚刚好。

文诗月的目光停留在抬眼处的一幅字上，也是这家客栈的名字——竹土寸。

一周前，她拖着行李找订好的酒店，经过这儿时就被店名给吸引了进来。

没想到内里也是她喜欢的风格，两层小楼改良的四合院，还带前院和后院，古朴与现代结合的设计。

她当下就退了酒店，选择了这儿。

这里哪儿都挺好，唯一的缺点可能就是水电有点儿不太稳定。

风光再无限，条件也有限，自然比不得大城市。

思绪被手机铃声给拉了回来，文诗月一看来电显示，是她大学室友兼闺密周芊。

“外面的世界美好到你都不搭理我了？”电话一接通，周芊掩不住埋怨的语气从电话里传了出来。

“我没记错的话，我前几天才搭理了你。”

“喊，你也知道是前几天了，玩得怎么样啊？”

“我昨儿个去了间寺庙。”文诗月答非所问。

周芊对于文诗月的脑回路总是佩服，“嗯”了一声，示意她继续。

“住持说我蛮有慧根，很适合干他们那行。”

周芊一听，“扑哧”笑了出来，听出她的言下之意：一个人在外玩得很平静，平静到了可以出家的地步。

“现在寺庙能收女的了？”

文诗月的眼皮有些撑不住了，干脆趴在桌子上回答：“不是，他介绍我去隔壁的尼姑庵。”

“所以你是打算转行并在那儿定居了？”

“那倒也不是。”文诗月说，“我觉得我尘缘未尽，婉拒了。”

周芊爽朗的笑声就没断过：“那既然你尘缘未尽，有艳遇吗？”

“没有。”

“不可能吧？”周芊不可置信，“就你这长相、这身材、这性格，艳遇之首啊！”

“可能这边的人不喜欢我这一挂的。”

“少来。”周芊问，“那你打算再待多久？”

“事没办完，看情况吧。”文诗月的喉咙有点痛，清了清嗓子。

“还是工作狂一个。”周芊隐约间听出文诗月的声音不太对劲，忙问，“你怎么说话这声音？”

文诗月顿了顿，慢悠悠道：“没事，有点儿小感冒。”

“吃药没有？严不严重？”周芊有些担心地问道。

文诗月笑道：“吃药了，真没事，你再晚点问都该好了。”

“哈哈哈，你变幽默了。”周芊笑道。

“我一直以为我还挺幽默的。”

“好好好，你幽默。既然没事，那我问你个正事。”

“嗯。”

“这不是毕业季了嘛，我这儿有个选题，帮个忙给点儿过来人的意见。”

“原来是抛砖引玉，难怪这么火急火燎地给我打电话。”文诗月打趣。

“嘿，你能不能行了？”

“能。”文诗月笑了，“什么选题？”

“暗恋。”

文诗月的睫毛微微一颤，昏昏欲睡的脑子因为这两个字骤然清明。

暗恋，多么遥远而又美好、酸涩的词语。

那边周芊还在继续：“我可是记得你说过你暗恋过一个男生，还记得多少，给姐姐来点儿灵感。”

文诗月被点名忆往昔，愣了一秒。

算起来也有多年未见，不是一两年，也不是三五年。

时光荏苒，人生几何？

青春时拼命暗藏的心事，而今似乎也成了一种蒙了尘的回忆。

尘起念灭，随风消散，就像是上辈子发生的事。

“睡着了？”周芊见那边的人突如其来的一阵沉默，不由得发问。

“没。”文诗月淡淡地反问，“那你还记得你多年前喜欢的人吗？”

“也是，我连名字都记不全了。”周芊表示认同。

文诗月想了想，提议道：“你不如在网络平台开个话题，我想应该会有很多人很乐意给你灵感的。”

“哎对，这是个好办法。”

“能让我休息了吗，姐姐？”

“能能能，那你好好休息，病重了的话记得去医院。”

“知道。”

“有事给我打电话。”

“好。”

挂电话前，周芊还是问了文诗月一句：“话说你真不记得了？”

“嗯，挂了啊。”

结束了通话，药效也明显了一些，她太疲倦了，眼皮重如山，整个人又像是飘浮在空气中的浮絮，头重脚轻，不着地。

文诗月把整张脸都藏进臂弯里，耳边的歌曲播放完毕，自动换了下一首——

下雨天了怎么办

我好想你……

她闭着眼睛，明明极其困乏疲累，脑子却又不受控制地拼凑着一些久远的画面，渐渐明晰。

盛夏，暴雨如注的公交站台。

文诗月站在站台下躲雨，雨串敲击着地面，溅起朵朵水花。

她不经意地一转头便看见了他——那个她曾经在书店以及附近反复遇到过好多次，之后却再也没出现过的男生。

她忽然就对那句“想找找不到，不找自动现身”的歪理深信不疑。

文诗月低头抿唇，强装镇定，不露出任何破绽，可不知是出了汗还是沾了雨水的黏腻手心，出卖了她伪装的淡定。

他们之间稀稀拉拉地站着几个人，也挡不住身高优越的他。

他的意外出现，让文诗月的视线再也离不开他，仿佛他是这雨中最夺目的风景。

少年短发清爽，发尖掺着一丝水雾潮气，却丝毫不显狼狈。

他穿着白色短袖T恤和黑色休闲长裤，肩膀宽厚，单肩挎着背包，双手抄兜，双腿颀长，人简单地往那儿一杵，如青松白杨，恣意又清朗。

从文诗月的位置看去，只能看到他弧度流畅的侧脸、放松的嘴角、高挺的鼻梁、纤长的睫毛、刘海下薄薄的眼皮，还有那微微上勾的眼尾缀着的那颗不深不浅，却叫人一眼难忘的痣。

公交车冲破茫茫雨帘由远及近，最终停在了他们面前。

他迈着长腿上了车。

下一秒，文诗月也鬼使神差地跟着上了公交车。

她也不知道这是几路车，会途经哪里，终点站又是哪儿。

她更不知道自己这是哪里来的勇气，居然会头脑一热跟着一个连名字都还不知道的男生走。

她明明只是来躲雨的。

但她心里有个声音一直在怂恿着她，如果不跟着上去，可能就再也见不到他了，跟上去至少能同行一段路，能知道他的目的地，或别的有关于他的事。

车上还有很多空座位，文诗月看见他坐在靠近车门那边的倒数第二排。

她不动声色地瞥了他一眼。他在看手机，很是随意地抬了下头。

文诗月立刻移开目光，下意识伸手做了个捋耳边头发的动作，却忘了自己扎的高马尾，耳边并没有碎发。

她目不斜视地经过他，余光里，他戴上了耳机，视线也早已重回到手机上。

就着后排落座的动作，她的身体微微前倾，能闻到他身上淡淡的洗衣粉清香，跟他一样清新、干净。

文诗月能从车窗上看到他与雨水交织的侧脸轮廓，静静地欣赏他的后脑勺。

她竟然还听到他耳机里播放的是什么，而且越发大声、清晰，像是就贴在她耳边吟唱。

你会不会突然地出现
在街角的咖啡店……

渐渐地，窗外的雨、眼前的人，越来越模糊。

忽然，一个急刹车。

文诗月眼前一黑，脚下像是踩空了，蓦地一蹬，整个人惊醒了。

耳边依然是雨声混着歌声，悠扬婉转的磁性嗓音结束最后一句——

“好久不见……”

文诗月趴在桌子上缓神，原来是做梦。

多少年没梦到过他了，居然因为周芊的话梦回当年。

还这么真实。

“老板娘，”一个女人的声音猝不及防地从头顶传来，“还有房吗？”

文诗月一边抬头，一边回答着：“还……”

“有”字因为她始料未及地撞上了一双漆黑、深邃又冷淡的眼睛，而卡在了嗓子眼儿里。

女人旁边的男人穿着一身黑 T 恤黑裤子，身姿高大颀长，头发剃得很短，利落分明，薄唇虚虚叼着一支未点燃的烟，五官立体，极为英俊。

他被身边浓妆艳抹的漂亮女人挽着，看起来浪荡不羁。

文诗月整个人处于一种不可思议的震惊中。

她紧闭双唇，好像顷刻间跌进了庭院里的水井中，被井水和雨水淹没了口鼻，说不出话来。

明明跟刚刚梦里的他一样，又好像哪儿哪儿都不一样。

这可是勐镇啊！

他怎么可能会在这里出现？

难道是……炸梦了？

一切恍如隔世，是那般不真实。

男人淡定地在文诗月的眼前打了个响指，收手时，修长的手指顺便抽掉嘴上的烟，夹在耳朵上，另一只手撑着桌沿俯身往前。

他的目光停在文诗月压出红印的小脸上，嘴角缓缓勾起，眉尾一挑，拖着尾音慢条斯理，像是在调戏。

“有房吗，老板娘？”

这轻浮的口吻硬生生让人听出了别的意味来。

四目相对，文诗月脑子里很不合时宜地蹦出了一句话：梦里出现的人，醒来时就该去见他。

可是眼下这种被见的情况，实在是难以言喻。

显然，男人也在看她，可那双含笑轻佻的黑眸像在看陌生人。

文诗月想打个招呼的想法也在须臾中烟消云散。

这么多年，可能他早就不记得她了。

她瞥了眼他身边的女人，心想：或许他并不想打招呼吧。

文诗月回过神来，伸手去摸鼠标。

手一扫，不小心碰倒了一旁的水杯，水洒了一桌，顺着桌沿流到了地上。

她马上站起身来，立起杯子，抽起一摞纸巾擦拭桌面上的水，忍不住抬头朝那人瞄去，有些微窘。

“请稍等一下。”

“你们这是……”一旁的女人见状望向男人，余光却是打量着文诗月，口吻疑惑，“认识的？”

“不认识。”男人嗓音带笑，回得特坦荡。

文诗月擦桌子的手一顿，意识到自己的反应欠妥当。可他这三个字轻飘飘的，像无声的风，却也奇妙地在她心上压了座隐形的山。

她收起自己的不得体，收拾好台面，才重新看向他们。

哎，不对。

文诗月的视线落到男人狭长的双眸处，注意到了一个重点。

这人的右边眼尾是没有痣的，目光往另一边移，左边也没有。

而这短短的几分钟里，不难发现他跟她所认识的那个人是不一样的，应该说除了外貌相似，其余哪儿都不同。

皮像肉不像。

对比残留在记忆中的那个少年，眼前的男人脸更为消瘦，五官也更立体，棱角分明中带着冷硬锋利，穿着打扮也不同，体格更为健壮，行为举止也处处散发着“社会哥”的荷尔蒙。

而那个人就算在九年后的今天，也不该是这样的，他应该在科研或学术领域里创造着他的理想国，熠熠生辉，顺风顺水，是所有人眼中的天之骄子。

断然不会是眼前这副模样，出现在这个小小的县镇，像个高中都没毕业就出来混了多年社会的老油条。

“老板娘？”女人见文诗月心不在焉，喊了她一声。

“啊？”文诗月随之看向女人，“什么？”

“有房吗？”女人再次问道。

文诗月点点头，弯腰重新摸回鼠标，葱白的指尖点了几下：“有的，是要订一间还是两间？”

“一间。”男人笑着看了眼身边的女人，女人也略显羞涩地拿眼神勾着男人。

文诗月一抬头，看到这对男女眉目传情，又进一步确定了这个男人肯定不是他，她喜欢过的人才不会这么油腻。

“麻烦两位出示一下身份证。”文诗月还是有些紧张，只要看了身份证就能证实她的猜测。

两张身份证递过来，文诗月伸手接了下来。她几乎是第一时间低头去看男人的身份证。

林旭。

1993 年 2 月生。

他果然不是李且。

文诗月心下彻底一松，自嘲地一笑，紧随其后的是一种说不出的空荡感。

她莫名有些失落他不是他，却更庆幸他不是他。

可未免也太像了，双胞胎都不敢这么长。

文诗月收起自己的想法，为他们办理了入住手续。

她将身份证和门卡一并递出去，指了下玻璃门外的位置，对他们说：“你们的房间在一楼最左边靠楼梯那间。我不是老板娘，老板娘有事出去了，你们要是有什么具体的问题，可以等她回来再问她。”

“好的。”女人接过东西瞧着文诗月，笑得别有深意，“我男朋友很帅吧？”

文诗月看着女人，猜到她可能误会了，自己应该解释一下先前的冒失举动。

“刚才抱歉。”文诗月平静地说明，“因为你男朋友长得像我以前认识的一个朋友，认错了。”

此话一出，林旭勾着唇，饶有意味地瞧向文诗月：“这么巧。”

而女人“啧”了一声，斜了眼林旭，语带无奈：“他被人看得我都习惯了。”

文诗月心想：好像还是误会了。

晚饭时，雨已经停了，天色也渐渐发灰，这个时间点，住客在庭院进进出出，颇为热闹。

文诗月回房洗了个热水澡，整个人舒服多了。

她将头发随意扎了个低马尾，换了身宽松的衬衫长裙，挽着袖子下楼去前厅吃饭。

下到一楼，正好遇到林旭和他的女朋友出门，三个人用眼神和微笑打了照面，便各走各的路。

前厅，岩香已经做好饭，岩睿坐在一旁一声不吭地写作业，脸上挂了彩。

岩香本是冷着脸，看见文诗月才绽开了笑颜，招呼她过来吃饭。

文诗月拉开椅子，岩香在她对面坐下，给她盛汤。

“对了，今天你办入住的那个男的，长得又高又帅啊！那身材，妥妥的衣架子。”岩香话锋一转，“不过一看就不像个省油的灯，痞里痞气的，风流。”

关于这点文诗月不置可否。

岩香在这儿开客栈多年，什么样的人没见过，她看人的眼光还是没问题的。

岩香继续说：“有一说一，这么多年，我见过的帅哥美女也不少，要说最好看的，男的是他，女的是你。”

文诗月一听，怎么扯到自己身上来了，玩笑道：“谢谢姐的友情票。”

“谁给你友情票了？我说真的，你不去拯救一下那些青春偶像剧都可惜了，素颜都这么能打，比那些尴尬油腻的看着自然多了。”

岩香这话也确实不假，文诗月还真的被好几个经纪人递过名片。

周芊曾经就说过文诗月虽然不是那种明艳型，但她是现在很流行的淡颜系初恋脸，杏眼如水，可纯可欲，可温可冷。

天生的气质美人，还带着股大自然般干净的秀气。

所以当周芊偶然得知文诗月居然也有爱而不得的暗恋时，简直惊掉下巴。说她这样的姑娘通常不是被别人暗恋的模板吗，怎么可能有得不到的男生？

文诗月也没多做解释。

没暗恋过的人大抵永远也不会明白。

“那不就是装嫩。”文诗月自嘲完，抬头看了眼岩睿，问，“睿睿怎么不过来吃饭？”

“打架都打饱了，还吃什么饭。”岩香说起这个敛了笑，将汤碗递给文诗月，“别理他。”

文诗月一瞧就瞧明白了，这母子俩又怄上气了，她这个临时和事佬可以上岗了。

“小孩子要长身体，怎么罚都行，可不能罚不吃饭。”

文诗月见岩香一言不发又拿起一个碗盛汤，便知道这个当妈的嘴硬心软。

“睿睿，”文诗月搁下筷子，看向岩睿，语气温和地对他说，“快来吃饭，吃完再写作业。”

“我不吃。”岩睿赌气地回了一句。

本来脸色缓和了的岩香听到这一句，直接把手里的汤碗用力地磕在桌子上，汤洒出来了一些。

“你爱吃不吃。”岩香语气更冷了。

文诗月哪里见过母子俩这架势，上次说和好就和好，这次怎么搞成这样。

“到底怎么了？”

“没事，让他长长记性。”岩香不再看岩睿，一边给文诗月夹菜，一边说，“你感冒了，多吃点儿蔬菜。”

文诗月清楚地看见岩香的眼眶泛红，又瞥了眼岩睿固执的背影，暗自叹了口气。

清官难断家务事，既然岩香不愿意多说，她也就不便多问。

勐镇的气候多变，下午下了一场铺天盖地的大雨，到了晚上却是月色浓郁，星辰万里，蝉也出来唱晚。

文诗月睡不着，于是到二楼的大平台乘凉，却看见了站在比他还高的护栏边的岩睿。

岩睿听到动静看了过来，又悻悻地把头扭了回去，继续抬头看天，八九岁的年纪却给人一种很沧桑的感觉。

“这么晚了你还不睡？”文诗月走到岩睿身边，双手扶在护栏上，也抬起头望着星月，淡淡开口，“赏月？”

“你不也没睡。”岩睿年纪不大，说话却老成。

“我？”文诗月好笑，“我又不是小学生，明天又不用上学。”

“我也不上。”

文诗月一听，偏过头看向岩睿，用朋友的语气跟他谈心：“因为打架。”这是陈述句。

岩睿没说话。

小孩的心事很好猜，这孩子这会儿不睡，又不愿意上学，可不就是因为下午打架请家长的事，估计是伤了自尊。

文诗月听到岩睿肚子“咕咕”叫，跟他说了句“等我一下”，就转身往她房间那边大步走去。

没一会儿，文诗月去而复返，手里拎着两盒牛奶。

她拆开一盒插上吸管递给岩睿：“大朋友谈心喝酒，小朋友谈心喝奶。”

岩睿接过牛奶看了半天，才大口大口地喝了起来。

文诗月瞧着岩睿这小大人的模样，手上动作不停，插好牛奶吸管，跟他碰了下奶盒。

她喝了一口才问：“说吧，为什么打架？又为什么跟你妈妈闹脾气？”

沉默片刻，岩睿才开口：“他们说我没有爸爸。”

文诗月一听，基本上能猜到整个事件的过程。

据她所知，岩睿打小就没见过父亲，他随母姓。父亲于他来说是禁区，碰不得说不得，更遑论别人还来戳他的痛处，动了手也是意料之中。

而这孩子性子倔，不肯道歉，多半又跟岩香说了重话，才有了晚上不吃饭的事。

“我也没爸爸。”

岩睿以为文诗月会问他之后的事，或者是像老师、妈妈一样说教他，怎么也没想到她会说她也没爸爸。

文诗月拎着牛奶趴在护栏上，慢条斯理地娓娓道来：“我是亲眼看到我爸爸去世的，当时他就在我面前。我妈妈为了挣钱养家也顾不上我，我通常都是一个人待着。”

“所以呢……嗯，我被别人嘲笑没爸爸是家常便饭，我又是个女孩子，骂也骂不过，打也打不赢。”文诗月越说越顺口，“我还没有朋友，没人愿意跟我做朋友。他们只会欺负我，剪我头发，往我书包里丢蟑螂，把我锁在厕所里，跟老师告状说我是小偷，栽赃我，我……”

她见岩睿一脸错愕地看着她，顿了一下，拐了个弯：“我只能受着，我也不能跟妈妈说。妈妈一个人养大我不容易，也没有人给她撑腰，还要处处为我考虑，她知道了一定会很伤心。我不想妈妈伤心，我告诉自己一定要好好学习，好好长大成人，成为有用的人，我这不也做到了？”

“原来你以前这么惨的啊！”岩睿满目同情。

“可不，比起人家说你一句没爸爸，我是不是更可怜？”

“好像是。”

“嘴长在别人身上，人家要说什么我们又没办法控制，拳头解决不了问题，只会放大问题。这样一来，别人就会认为你很在意，这种事就会源源不断地发生。你不搭理，猴跳三遍没人看，他们自己就觉得没趣了。但今天这件事你是做错了，你不应该打人，更不应该把气撒在你最亲的人身上。你妈妈又有什么错呢？是爱你爱得不够？”

文诗月停下来，看向岩睿，说了最后一句：“我们没有了爸爸，可你别忘了，妈妈也同样失去了爱人。”

“我走了。”岩睿急匆匆地转身。

“去哪儿啊？”文诗月明知故问。

“找我妈去。”

听着岩睿急迫下楼梯的声音，文诗月默默地喝了口牛奶，满意地笑了。

不知过了多久，文诗月回身，抬头望着天空的星星，眸光澄澈，语带歉意：“对不起啊，爸爸，我瞎话编溜了，有点儿离谱，但也是出于好意。您在天之灵，就别说我了。”

“咳咳……”身后猝不及防地传来男人的低咳声。

文诗月惊得一转身，就看到不知道从哪儿冒出来的林旭。

男人肩宽腰窄，迎着昏黄的顶楼灯光，迈着长腿不紧不慢地朝她走了过来。

指尖的一点猩红，让他浑身上下透着一股散漫不羁的痞劲儿。

文诗月背倚着护栏，一动不动地盯着林旭，指尖不自觉地抠紧了牛奶盒子。

短短几步路的距离，却让她恍然如梦。

似乎朝她走来的不是林旭，而是李旦。

“我可不是故意偷听，我在后面抽烟，”林旭走到文诗月面前，抬了抬手示意，“被呛了一下。”

男人嗓音慵懒，在这浓浓月夜里显得格外富有磁性。

文诗月被这话霎时唤回现实，她暗自松开牛奶盒子，别过眼时，视线正好落在了他抬起的那骨节分明的手上。

这人的手跟李且一样好看，劲瘦修长，背骨凸起，骨节分明的食指和中指间夹着一小截明明灭灭的烟卷。

不仅如此，偏偏连声线都跟李且有些相似。

真是打灯笼走铁道——见鬼。

唯一的区别就是眼前之人声音偏沉哑，不太清朗。

意识到自己又在拿眼前的人与李且做比较，文诗月告诫自己这个人不是他，只是长得特别像而已。

一正一邪，他们根本就是两个人。

文诗月见林旭正好整以暇地看着她，她移开视线，神色恢复坦然：“嗯，没事。”

平台中间起了个屋子，屋顶檐边养着一圈花，正好把两边挡住，形成一个互不干扰的死角，只不过不隔音。

两边都有楼梯通上来，林旭就是从那边上来的。

所以，应该是从她忽悠小孩子的话开始，让正好在那边抽烟的他听了个全，最后给呛到了。

林旭走到文诗月身边，将手里的烟头在护栏上捻灭，顺手丢到旁边的垃圾桶里。

男人无孔不入的气息混着流动的空气扑面而来，文诗月几不可察地往旁边挪了两步，与之保持距离。

然而她这暗地里的举动还是被林旭看在了眼里。

“没事？”林旭从鼻子里溢出一声低笑，“那你刚才慌什么？”

他弓着背，黑T恤勾勒出紧实的背肌线条。说话间，他从裤兜里摸出烟盒，在栏杆上敲了敲，低头咬住被抖出来的那支，一套动作行云流水。

“大晚上突然冒出个人，换谁都一样的反应。”文诗月回道。

“这样啊？”

林旭叼着烟也不急着点，烟卷随着他说话的动作在薄唇上微微上下晃动，拖着含混不清的调调。

文诗月点了下头，没打算跟这个有女朋友的社会哥独处，便礼貌性地一颔首：“不打扰了，你继续。”

说完，她拎着还没喝完的牛奶转身就走。

“哎。”林旭叫住她。

文诗月回头看向他，没说话。

“你刚为什么要编故事骗小孩儿？”林旭言语间掺着一丝好奇。

文诗月回道：“比起用长篇大论的大道理去劝别人，更有效的方法是你比他更惨。”

林旭轻笑出声，斜眼瞧着文诗月，笑得漫不经心：“哦，好像是这么个道理。”

文诗月又是一愣神，可能是月色惑人，她觉得林旭与李且实在是太像了，简直一模一样。

她颔首，转身，不再做任何停留，大步离开。

屋顶的猫儿在房檐上踱着步，举头望明月，伸了个懒腰，长腿却无意间碰到了一旁的花盆，花盆摇摇欲坠。

文诗月正好经过房檐下，手腕却被突如其来的一股大力猛地往回一拉。她脚下一个趔趄，转了半圈，直直撞上了一个坚实的东西，鼻息间瞬间萦绕着一股挥之不去的烟草味。

几乎是同时，身后“啪”的一声，是花盆砸在地上的清脆声响。

文诗月仰头，闯进的是比这夜色更深更沉的黑眸，犹如无边的宇宙，让人看不透其中的奥秘。

男人眉峰凌厉，不似先前那吊儿郎当的劲儿，整个人透着一股子属于他，又不应该属于他的正气。

她恍若在隐约间窥探到与记忆中的那双初遇时便叫她念念不忘的眉眼，与之重叠，毫无二致。

林旭“扑哧”一声，热气打在文诗月的额头。

只见他微微眯了眯眼睛，眼底带笑，低沉诱人的嗓音里透着显而易见的戏谑：“怎么，又认错人了？”

这话就像是一记警钟，在文诗月的脑子里陡然敲响，将她从朦胧的记忆里彻底地抽离了出来。

而这一秒在这个男人的眼里，又如何能寻得半分属于李且的影子？

她真的是走火入魔了。

文诗月几乎是条件反射般地推开林旭，往后退了两步。

哪怕夜风清凉，一时之间也扫不去他带给她存在感强烈的温度和气息。

总觉得浑身上下都还被他笼罩着，挥之不去，文诗月又跟着往后退了一步，鞋子碰到了地上的花盆碎片，发出轻响。

她低头看去，才看清楚到底是什么东西砸了下来。

文诗月用眼睛丈量了一下刚才林旭站的位置和现在他们所处的位置，相隔距离并不算近，她倒是惊觉他的反应和速度居然可以这么快。

“谢谢。”她看了眼林旭，并没有回应他刚才的那话，而是针对他的施以援手礼貌地道了声谢。

“不客气。”林旭勾着一侧嘴角，又从裤兜里掏出烟盒，重新抖出了支烟，随之一挑眉，不慌不忙地补了一句，“这不英雄救美嘛！”

文诗月的嘴角几不可察地抽了抽。

“英雄救美”这种话能被他说得如此自然顺溜，她刚才真的是疯了才会又把他误认成李旦。

有女朋友还不安分，岩香没说错，他真不是个省油的灯。

文诗月实在是无言以对，欲走时又瞧了眼地上，一片狼藉。她叹了口气，走到一边去拿搁在角落的扫帚和簸箕，打算把摔碎的花盆和泥土打扫干净。

与此同时，岩香出现了，跟岩香一起出现的还有林旭的女朋友。

两个人一走上平台，就双双定住。

柔光熠熠里，屋檐下的一男一女，一个在扫地，一个在看扫地的人。

这画面，让岩香一时间竟想起她常看的那些言情小说的情节。别的不说，单论外形条件，这两个人确实符合一般人对言情小说里男女主角的幻想。

她扭头瞥了眼男人的正牌女友，立即打消了所有不切实际的想法。

文诗月和林旭听闻脚步声，也一前一后地看了过去。

这下可就好看了，八目相对，每一双眼睛里都流露出了截然不同的眼色。

比如在文诗月的眼里，此情此景，她怎么就自动生出一种被捉奸当场的错觉。

再看一眼林旭，他正单手笼着打火机的火光，低着头给自己点烟，倒是一脸看热闹不嫌事大，事大也与我无关的神情。

“嗐，我说怎么这么大动静。”岩香噙着笑走过来，“花盆砸了啊？”

“应该是野猫。”文诗月继续把最后一点儿土扫进簸箕里，说，“没事，我收拾好了。”

岩香接过文诗月手里的东西，很不好意思地说：“你看你住得近，每次这上面有个什么风吹草动都得麻烦你。”

文诗月哪能不知道岩香说这话的意思，与其说是在感谢她，倒不如说这话是特地说给林旭的女朋友听的。虽然也没这个必要。

“麻烦什么，顺手而已。”文诗月接下岩香的好意，跟她一唱一和。

林旭的女朋友一听就笑着走过去，嗔怪林旭：“你就光看着，怎么不帮把手啊？”

“我这不是晚了一步吗？”林旭吐着烟圈，青烟将他英俊的轮廓氤氲得模糊柔和，语气却有些欠。

『原来我喜欢的人也喜欢我。』

“你还挺有理。”

“有理走遍天下。”

“你真不得了。”

“有人在，倒也不用这么夸我吧？”

“谁夸你了？”

…………

夜色浓重，岩香插个空跟这两位打情骂俏的道了声“早点休息”，便跟文诗月一并离开。

她一边走，一边跟文诗月说：“岩睿不知道吃错什么药，突然跑来跟我道歉。”

文诗月笑了：“那不挺好，他可能是想明白了，明白‘世上只有妈妈好’不是唱唱而已。”

“才怪。”岩香轻嗤，“你别看他年纪小，脾气可大着呢，也不知道又在憋什么招。”

“人家不理你呢，你难受；人家跟你道歉了，你又怀疑。老母亲不好伺候啊！”

“你还帮他说话。”

“孩子嘛，慢慢教。”

平台上，林旭身边的女人收起了娇媚的表情，打量了四周一圈才轻声说：“我还以为出什么事了呢。”

林旭伸手拿下嘴上的烟，垂着眼皮咂了下嘴，低沉玩味的嗓音也变得沉稳正经了起来：“能出什么事？”

“没事就好。”女人望着前面走廊处渐行渐远的那抹仙秀的身影，努努嘴示意身边人看去，语气倒是耐人寻味，“你俩不会真认识吧？”

说着，她惊讶道：“她下午说的那个人该不会就是你吧？”

林旭抬眼，顺着前方瞧了眼文诗月纤瘦的背影，无声地弯了下唇。

“回去说。”

他说完，迈着长腿转身，走到某处停下来，弯腰捡起地上的香烟，连着手里的一并丢进一旁的垃圾桶里，然后，不紧不慢地往另一边楼梯的方向离去。

文诗月吃了药躺在床上闭上眼睛，哪知另外一双眼睛就这么不打招呼地闯进她的脑海。

那双眼睛狭长深邃，睫毛似羽，密长轻垂，瞳色漆黑，右眼尾的泪痣如点睛之笔，让人入目便难忘。

不笑时，像日出金山下的云海，只可远观；笑时，如冬日里的暖阳，和煦温暖。

文诗月腾地睁开眼睛，屋子里一片漆黑，徒留半开的窗户淌进了半缕月光，月光零星溢亮房间，夜沉如水，偶起蝉鸣。

她翻了个身，侧着望向窗户，有些失神。

因为今晚平台上的事。

因为那一刹那近乎如出一辙的动作和神态，她不由自主地回想起了十年前她跟李且的初遇。

那年从六月开始，雨水好像特别多，洗净了那个月份里的天空。

而那天跟今天一样，恰巧也是夏至。

那天吃了午饭，她就跟她的发小谢语涵相约逛街，去给爸爸买节日礼物。

明明出门的时候还艳阳高照，哪知道一场突如其来的暴雨像拳击手，打了她们一个措手不及。

她俩正好经过书店，便干脆进去躲雨，顺便逛逛，看一看有没有什么需要买的书。

上下两层书店里人来人往，看样子有一部分人都是进来躲雨的，有的人就地坐在书架前看书，有的人占据了一个个楼梯口。

总之，但凡能坐着绝不站着。

当然也有裹挟着一身淡淡的咸湿水汽，与她擦肩而过的避雨人。

“啊啊啊，我的《当代歌坛》！”

谢语涵一眼看见不少人在杂志区那边，生怕抢没了，丢下文诗月，头都不回地直奔过去。

文诗月见杂志区那边人太多，也就没有跟过去，而是转身往另一边人相对少的地方走去。

她经过一层层高大的书架，看着书架上贴的分类牌子，穿梭在一排排书架之中，边走边搜寻排列整齐的书籍。

闻着书香，从头绕到尾，又从尾部绕到另外一边，反复往来。

文诗月走到另一个过道里，有店员踩着梯子摆新到的书。

装有新书的纸箱子搁在梯子最上一层，瞧上去还有点儿技术难度。梯子将并不宽敞的过道挡了一大半，顿时变得逼仄起来，只够一个人穿过。

文诗月身后又走进来几个人，把本就不宽敞的过道遮掩得更为严实。

她也懒得往回挤，便继续往前走。

她人瘦，从梯子后面过去毫无压力，还余很大的空间。

可她没注意的是，店员刚好又从纸箱里拿出几本书往货架上摆，而忽视了整个箱子已经彻底变得重心不稳。

箱子不出意料地朝下坠落。

就在这电光石火之间，文诗月听到两声“小心”。

一声来自头顶上，惊讶紧张。

一声来自正前方，清朗淡定。

根本还不清楚是怎么一回事的她，手腕就被一股神奇的力量往前拽去，后脑勺被什么不轻不重地摁住。

与此同时，身后是“砰”的一声闷响。

文诗月的额头在声响中磕到了一个硬邦邦的东西，又带着一股如雨后沁人心脾的清凉气息。

她有些愣怔地抬头，这才意识到自己刚才撞到的那个硬邦邦的东西是人的锁骨。

锁骨凹凸有致地向两边延展，没入T恤的领口深处。她目光顺势往上攀爬，是白净脖颈间那向外突出的喉结。

文诗月没多做停留地继续往上一看。

就是这随意的一眼，让她像个傻子似的呆愣当场，下意识地屏住了呼吸。

她似乎倏然间有点儿理解何为误入眉眼，一眼万年。

其实当时具体的细枝末节已经几近模糊，想起来还有些费劲。

文诗月只记得自己面对那张英俊到挑不出任何瑕疵的脸时，紧张得烧红了耳朵，连道谢都是磕磕巴巴的。

她记得他的睫毛如窗外绵密的细雨，眼里像泼了浓郁的墨，记得他有一颗迷人的泪痣，记得他的嗓音朗若清风。

她记得他确定她没事，便没再多看她一眼，更没多做停留，还记得他离开时手里拿着一本《明朝那些事儿·大结局》。

然后，文诗月也鬼使神差地跟着买了一本。在这之前，她其实根本就不知道这本书，更不知道手里这本是刚刚才出的第七本。

文诗月好像还记得，在后来的日子里，她偶尔会有意无意地去那家书店，也会在附近瞎溜达，却再也没有见过他。

后来，她在书店看完了整套小说，还挺好看。

至此也攒够了失落，以此作为结局，以为再也不会见了。

可世事就是那么出其不意。

在一个多月后的另一场暴雨里，在那个公交站台，她又遇见了他。

文诗月早上一起来，人在床上，被子却在地上，一整夜睡得极其不踏实。

有感冒的因素，可能也有别的因素。

以至于她到就近的早餐店吃个早饭，整个人哈欠连天，鼻塞嗓子干，精神恹恹的。

她点的米线端上来的同时，门口又来了客人。

老板一边捞着米粉，一边豪迈地操着一口夹杂本地方言的普通话对来人说：“只有拼桌了哦，两位。”

这家早餐店店面不大，生意却好，这个点基本上没有单独一桌的空位。

店外是车水马龙的嘈杂，店内是香气四溢的汤粉香，还有不同的口音不绝于耳。

文诗月搅拌着米粉的调料，听到老板这话，第六感告诉她会被拼桌。

果不其然，她一抬头，就看到来人——林旭和他的女朋友。

昨天办入住时，文诗月看了他的女朋友的身份证。

她叫白雪。

说实话，她的长相和穿衣打扮倒是一点儿也不白雪，叫“鲜艳”比较合适。

白雪在小店里扫视了一圈，看到文诗月时一展笑颜。

她跟身边的林旭说了句什么，便自顾自地先走了过来。

“是你啊，美女。”白雪朝文诗月一笑，很是自来熟地就着她旁边的凳子坐下，“巧了，咱们刚好凑一桌。”

文诗月朝一边挪了挪碗，把桌面的位置给他们腾出来，然后对白雪笑了笑。

白雪问：“这家味道怎么样？”

文诗月回道：“还不错。”

林旭点了吃的，在其他桌几个姑娘的注视和窃窃私语下走到文诗月那一桌，就着白雪旁边的空位置坐下。

“早啊。”林旭朝文诗月闲散地点了点下巴，算是打招呼。

“早。”文诗月也随口应了声。

四方桌子的其中一面挨着墙，三个人刚好呈三方鼎立的状态，白雪跟林旭聊起了今天的游玩行程。

文诗月默默地嗍着米线，决定当一个隐形的灯泡，赶紧吃完赶紧撤。

可是对面那张脸让她怎么也隐形不起来，粉也有点儿寡淡。

一定是感冒的原因，她想。

文诗月伸手去拿泡菜碗里的勺子，一抬起双眸，正巧对上了林旭含笑的眼睛。

也不知道是不是对着这张脸形成了什么可怕的条件反射，即便再过多少年，对上如此相像的一双眼，心还是不受控地紧缩了一下。

哪怕她明知道他根本就不是那个人，哪怕她其实早就已经放下了那个人。

记忆这个东西很神奇，仿佛无论再过多久，你以为本该遗忘的人或事，你以为本不该再出现的情绪，重新与之相似或重合。

它总有本事找到缝隙，猝不及防地唤醒沉睡的记忆。

文诗月若无其事地将视线移到泡菜碗里，给自己的碗里挖了一勺泡菜添味儿。

与此同时，拼桌那两位的米粉也端了上来。

白雪一边吃着，一边看向文诗月，又跟她搭话："对了，还没问你叫什么名字？"

"文诗月。"

"你名字跟你人一样，"白雪停了停，不吝夸赞，"文静，如诗如月一样漂亮。"

"谢谢，你也很漂亮。"文诗月社交礼仪性地回夸。

白雪咧起红唇笑着："我叫白雪，他叫林旭。"

文诗月一听，脱口而出："我知道。"

"对对对，"白雪一副恍然大悟的模样，"昨天是你给我们办的入住，你记性真好。"

文诗月咬着米线没说话，但她认为这跟记性其实关系不大。

似乎出门在外交换了姓名，又同住一个屋檐下，自然而然会从陌生人变成朋友，是一种定律似的，白雪跟文诗月就这么聊了起来。

其实大多数都是白雪在提问，打哪儿来？来多久了？旅游还是来工作？要待多久……

文诗月不是那种主动跟不熟的人没话找话的人，认识她的人都说过她这人表面看上去文静，还有点儿冷，熟悉了以后才明白冷是慢热的保护色，她也没那么文静。

她今儿嗓子还是不舒服，实在是不愿意多说话，可是这个白雪似乎并没有注意到这一点，乐此不疲地问这问那。

让人莫名产生一种错觉——她像是在被警察问话。

林旭全程没搭腔她们姑娘间的话题，而是埋着头吃他的。

男人吃东西不像女人细嚼慢咽的，三下五除二就吃完了。

他抽了张纸巾擦了擦嘴，跟白雪说："我出去等你。"

"又去抽烟。"白雪有些不满地娇嗔一声。

"乖，有人在呢，别闹。"林旭毫不顾忌还有第三人在场，说完还意有所指地睨了眼文诗月。

"行了，你去吧。"白雪努了下嘴。

林旭笑了笑，起身的时候自动把凳子往后带。

因为腿太长，他的脚尖直接抵上了文诗月的脚尖。

文诗月咀嚼的动作因为突如其来的接触戛然而止，捏着筷子的手下意识一紧，触电般地将脚往里缩。

同时，她抬起头，林旭已经站起身来，微微耷拉着眼皮，居高临下地看着她，无声又无辜地歪头笑了一下。

显然，他并没有一丝一毫抱歉，反而给人一种“我就是故意的，你能奈我何”的意思。

“慢慢吃。”林旭明目张胆地盯着文诗月，这话是对她说的。

文诗月无语，她自认不是偏见，但是，从昨晚到现在，他的所作所为绝对完美地诠释了什么叫人也是可以貌相的。

她几不可察地蹙了眉，神色有些排斥。

然而林旭看在了眼里，人没收敛不说，又是一笑。

“知道了。”白雪回道。

文诗月十分诧异地扭头看向白雪，腹诽：你的男人当着你的面向别的姑娘放电，你到底管不管?

然而，白雪压根儿就没看林旭，而是自顾自地吃着，很是开心满足，嘴角都上扬了起来。

居然视而不见，这姑娘的心比她眼前这碗还要大啊!

文诗月是跟白雪他们一起回的客栈，不是同路，就是顺路而已。

进门后到了中间庭院，岩香弯着腰在浇花。

岩香听着动静转过头看去，一眼就瞧见了这三人行，倒是先愣了一下，才直起身来。

“早啊。”她笑着朝三人打招呼。

“早。”三人纷纷回道。

岩香又问白雪：“今天要出去玩吗？”

白雪点点头：“对，我们收拾一下就去。”

岩香转眼瞧向看上去精神并不比昨天好的文诗月，问：“你呢，今天天气好，要出去采风？”

文诗月是新闻专业毕业，打小就有摄影天赋，也是兴趣所在。

她高一意外得过一个国内的摄影奖，大学时还给《国家地理》拍过片。

参过展，拿过国际奖，曾在业内轰动过，却也很快沉寂。她毕业后就一直在一家国内知名的网媒工作，前不久辞了职。

没日没夜地忙工作，总算停了下来，便打算找个地方走走，勐镇就是她掷飞镖掷到的。

机缘巧合，又刚好接了个旅游新媒体的活，题材对得上。可以将这里的风土人情、好山好水带回去交片。

岩香当时见到文诗月的长枪短炮，一问之下果然是专业人士过来旅游采风。

文诗月揉揉犯困的眼睛，说：“我先上去吃药补个觉再说吧。”

岩香见文诗月的精神状态很差，于是让她赶紧回屋睡觉，并叮嘱道：“有什么事记得叫我。”

“好！”

文诗月这一天是睡过来的，人迷迷糊糊，睡了又醒，醒了简单地吃了个午饭，又回房睡觉去了。

总感觉怎么都睡不够似的，越睡越沉，越沉越想睡。

等她再次醒过来的时候，入目之处，黑压压的一片。窗外洒进来一片烟白月光，清辉幽静，再无白日里的喧嚣鼎沸。

那感觉就好像天地间徒留她一人行至往来，那种细细密密的压抑和孤独感油然而生。

文诗月坐起来，感到一阵眩晕，口干舌燥，嗓子烧得火辣辣地疼，还有点儿忽冷忽热。

她一边摸手机看时间，一边摸额头。

23 : 40。

额头好像有些发烫。

手摸不出真实体温，文诗月几乎在用意志力下床，打算找岩香借体温计量量。

她出门下了楼，只感觉眼前所见都不是静止的，灯在晃荡，楼梯也在晃荡。

整个世界好像都在一并晃荡。

文诗月摇摇晃晃地迈下最后一阶楼梯，转过来就看到台阶下的抽水井旁的藤椅上坐了个人。

那人在她的眼里也在晃荡。

那人背对着她，仰头望天，感觉跟她一样，显得格外孤独。

林旭听到身后的动静，回头看了过去。

他看见是文诗月，清冷的眉眼瞬间舒展，染上了惯有的轻佻之色，嘴角也勾起了一抹弧度。

他一只手虚虚懒懒地搭在椅背上，就这么瞧着文诗月，问：“你也出来赏月啊？”

“相请不如偶遇。”林旭很不要脸地说，“要不一起赏赏月，聊聊天，增进一下楼上楼下的感情？”

文诗月的眼前像是蒙了层薄纱，朦朦胧胧的，没怎么看清坐那儿的人到底是谁。

但她的耳朵听到了这比海浪还浪的话。

还能有谁?

换作平日，考虑着大家都是游客，相逢就是缘，一个屋檐下抬头不见低头见的，她还能做个表面功夫暗示两句拒绝警告的话，面子上过得去就行了。

但是现在，她真的是没那个多余的精神去搭理这个登徒子。

文诗月继续往前走，她只感觉自己的五脏六腑都在熊熊燃烧，偏偏这具躯壳又在往海底沉似的。

冰与火的纠缠，仿佛要将她割裂。

林旭见文诗月有些不太对劲，不由得站起身来，就这么瞧着她，立在原地没动。

文诗月头重脚轻地不受控制，实在是坚持不住了，开口唤道："香姐，岩香姐……"

话音刚落，天旋地转，就像是有个停不下来的陀螺绞着她往下拉拽。

她抵挡不住，身体完全失去了平衡，就这么直直地往前栽倒下去。

耳边扫过一阵带风的脚步声，不轻不重地踩在了她的心坎上。

文诗月没有倒下去，被什么给稳稳地扶住了。

她睁开眼睛，一双杏眸盯着握紧她双肩的人。男人掌心的温度传递到她的肩膀上，好像也没那么冷了。

而这双眼睛、这张脸，仿若跨越天涯海角而来，一如初见。

她缓缓地眨了眨眼睛，黑瞳里闪过一丝茫然，竟叫她分不清今夕是何年。

"李……且。"

文诗月极轻地吐出这个名字，眼前一黑，一头栽进了男人的怀里，彻底失去了知觉。

闻声而来的岩香看到眼前男女相拥的这一幕，呆若木鸡。

"我抱他？"

文诗月一脸"你一定逗我玩"的表情看着岩香，心想：如果是真的，她有必要叫护士给她输点儿氧缓缓。

她要住院两天，镇上的医院不比市里的大医院，她这烧来势汹汹，保险起见，退了烧，医生也让她住院观察观察。

她在医院醒来后就看到岩香守在病床边，跟她说起了她晕倒的情况。

岩香刚开了场，说到看见她抱着林旭，她就打断了。

"你让我说完。"岩香一边给文诗月削苹果，一边说，"我是说，我一出来，那个角度刚好看到是你抱着他，再看，发现是他抱着你，给我吓得，我还以为他非礼你。”

文诗月大大吐出了一口气，心想：你直接从这儿开始说，不好吗？

“结果是你高烧晕倒，那个林旭正好在院里乘凉，扶住了你，你才没摔。”岩香一说到这儿自顾自地笑了起来，把削好的苹果递给文诗月，“倒是没想到他看上去招蜂引蝶的没个正经，但帮人的时候还挺热心稳重。对了，还是他背你来的医院。”

文诗月瞳孔一缩，忙问：“那他女朋友？”

岩香立即给了个安心的眼神：“那肯定是经过人家女朋友同意的，我不还跟着嘛！放心，没误会。”

文诗月没再多问，可能如岩香所说，林旭确实是热心之举。可是在他对她明目张胆释放信号之后的热心之举，难免让人误会他的企图。

总之，是与不是，她还是敬而远之为妙。

等出院回到客栈，文诗月发现客栈里又新住进来几个女住客，挺闹腾。她们看上去大概就二十岁，拿着手机又是拍景又是自拍。

其中一个姑娘正巧转身，看到文诗月的时候明显愣了一下，突然放亮的目光上下一打量，随即朝她笑了笑。

文诗月也回以微笑，然后往前厅门走去。

一路经过庭院，就她们几个姑娘，倒是没瞧见别人。

文诗月自己出的院，她怕麻烦，特地没让岩香接她。

人一进前厅，岩香见着她就各种询问情况，关心之情溢于言表，不由让她心间一软。

一个人出门在外还生病是一件极其可怜又无助的事情，还好她遇见了岩香。

文诗月跟岩香说了几句医嘱，然后便回房去洗澡换衣服。

中午又下了一场阵雨，空气里裹挟着湿气，粘住了蜻蜓的翅膀，难飞。

蝉鸣声渐起，唤醒艳阳，腾起了一道彩虹。

文诗月还没好利索，这忽冷忽热的天气她不敢再与之抗衡，吃了午饭就在前厅跟岩香喝茶聊天。

岩睿今天开始放暑假，文诗月又好奇上了他的暑假作业，跟着折腾起里面带星号的数学题。

一下午的悠闲时光在文诗月和岩睿的“不是这样的”“是这样的”“就是这样的”争辩声中缓缓淌过。

岩香看了眼时间，做饭去了，留着一大一小继续探寻真理。

“我跟你讲，姐姐高中的时候可是拿了我学长的数学笔记学好的数学。”文诗月微微扬起天鹅颈，故意嘚瑟，“我学长可是当年奥数竞赛金牌得主，作为他笔记的唯一继承者，你这区区难题能难得倒我？”

岩睿跟文诗月争得脸红脖子粗，一听这话就怼：“那你有什么好骄傲的，又不是你拿了金牌。”

文诗月“嘿”的一声，这小子还来劲了：“我怎么就不能骄傲了？我与有荣焉。”

“哦——”岩睿拖长尾音，像是发现了新大陆，扬起了笑脸，“我知道了。”

“你又知道？”

“你喜欢你的那个学长吧？”

文诗月竟一时语噎。

岩睿立即蹬鼻子上脸：“哈，你没反对就是我说中了。”

“你个小孩子懂什么喜欢？”文诗月哭笑不得，“我就是举个例子。”

“反正你就是喜欢你学长。”

“学什么呢？”白雪的声音从两个人身后传来。

文诗月一转身，就瞧见白雪走了进来。

岩睿指了指文诗月，对白雪说：“就是月……”

“说他的学习呢。”文诗月打断岩睿的话，糊弄过去。

话音刚落，紧随白雪后面的林旭也走了进来。

文诗月不知道跟话题中的人长得很像的这个人有没有听到什么。

不知为何，明明跟这个人毫无关系，他应该也没有听到，可她心里莫名地升腾起一股子被抓包的不自在感。

林旭今天依旧一身黑T恤、黑裤子，手抄着兜噙着笑，一双眼漫不经心地扫向她，永远是一副散漫不羁的社会哥模样。

不过，今天的社会哥似乎没当老烟枪。

结果下一秒，林旭就微微靠在前台台沿，从兜里摸出了烟盒，拿在手上把玩。

文诗月收回目光，看向白雪，笑道：“你们今天这么早就回来了？”

白雪指了指外面：“看这天好像又要下雨了，就早点回来。”

“阴晴不定。”文诗月也探头望了眼外面的天，确实又暗了下来。

“对了，你身体没事了吧？”白雪关心地问道。

“没什么问题了。”文诗月站起身来朝两个人走过去，大方地跟林旭道谢，“说起这个，那天晚上真是麻烦你了，谢谢。”

林旭把玩烟盒的手顿了下，抬眼对上文诗月诚恳的清眸，耸肩一笑：“多大点儿事儿，不用客气。”

文诗月怕他再来一句“英雄救美，还好还好”。

白雪也跟着接一句："就是，出门在外有什么事能帮就帮，你不用这么客气。"

文诗月想了想，不管这个林旭是什么样的人，出于什么样的目的，但是无论如何，他确实是帮了她一次又一次，这是不争的事实。

为人处世的基本礼貌还是应该有的，更重要的是她是一个不喜欢欠人情的人。

"还是要谢的，这样吧，正好大家都在，"文诗月琢磨着说，"我请你们吃个饭吧。"

"真不用这么客气。"白雪摆摆手。

"就这么说定了，你们想吃什么？"

"哎呀，真的没事，不用……"

"要的要的，我过意不去。"

"这有什么，真不用……"

"那就火锅吧，热闹。"

正在拉锯着的文诗月和白雪同时噤了声，一同将目光投向说这话的林旭，神色各异。

"好。"文诗月本也正有此意，她微怔回神，提议，"那一会儿就去？"

林旭调笑："但你这刚出院，可别又进去了。"

你这是什么监狱发言？

"可以的，没问题。"文诗月可不想欠过夜债，笃定道。

"行。"林旭勾着一侧嘴角，瞅着文诗月，毫不客气。

白雪看了看文诗月，又望了望林旭，就这么突然地决定了？

文诗月本来打算叫上岩香一起，岩香要看店，又煮了饭，就说不去了。

她软磨硬泡才说通了岩香让她带岩睿一起去，带个小朋友也可以避免尴尬。

岩睿收拾着书包，文诗月站在前厅门口等他。

白雪回屋去换衣服，林旭坐在庭院的椅子上抽烟，左耳戴着耳机，右手握着手机在翻。

这两天住进来的那几个姑娘回来了，一看见坐在庭院抽烟的男人，眼睛"噌"地放了光。

她们杵在一边交头接耳，明显因为看见这样的极品帅哥而兴奋不已。

文诗月抱臂倚在门框边，瞧着她们微红的脸颊，又瞧着其中最漂亮的那个，正是今天回客栈时打过照面的那个姑娘，瞥见姑娘犹豫不决地捏紧手机的手。

须臾，这个姑娘似乎做出了决定，看似紧张羞赧，却又自信满满地朝着林旭走了过去。

看这架势，应该是想要加个微信。

看到这一幕，文诗月不合时宜地想起了很久以前类似的一幕。

当年作为渝江三中集“学神”“校草”于一身的风云人物李且，也是这么招人喜欢。

不管是在校内还是校外，他都是那个人人称羡的天之骄子。

他们的交集其实并不多，为数不多的遇见也不过是她费尽心机制造的偶然。

而其中一次，是一场跟五中的篮球赛。

因为表哥是篮球校队队长，让文诗月去做后勤。

那场比赛打得激烈且诡异，因为五中的啦啦队队长倒戈，给他们三中加油。

文诗月守着一堆水，看着他们在球场上肆意挥洒汗水。

最后，三中不负众望赢得了比赛。

有个女生不顾五中篮球队男生们的臭脸和三中啦啦队的不屑，给李且递上一瓶水。

文诗月站在他们身后几米处，茫然无措地盯着地上的矿泉水。

她没敢看，又想偷着看，整个人一动不动。

球场的白炽灯晕在眼中，晃得她视线模糊、眼眶发烫，心脏跟着难受，终于被呛到狼狈不堪。

她一边咳，一边反复问自己为什么要来遭这种罪。

实在是待不下去了，文诗月拿袖子擦了擦嘴，准备走。

正当她打算转身离开的时候，听到了李且的答复，脚下一个停顿。

明明相隔那么远的距离，明明整个篮球场是那么的闹腾，明明大家都在起哄，可她偏偏就能准确地在各种嘈杂里捕捉到了他的声音。

他的答案是拒绝。

文诗月抬头看向他时，他跟表哥已经朝她这边走了过来。

而那个女生敛了笑，尴尬且不可置信地望着李且的背影，拿着矿泉水的手颓败地垂落了下去。

文诗月将矿泉水分发到大家的手里。

并且，一如既往地，最后才将矿泉水递到李且手上。

# 第二章 / 破绽

“月月姐姐，”岩睿说，“我好了。”

文诗月“嗯”了一声，一掀眼帘就看到林旭摸出了手机，跟来人互加了微信。那个姑娘开心地去找好姐妹炫耀去了。

几个人推推搡搡地往她们房间的方向走去。

文诗月暗自摇了摇头，长得像又如何，人是天差地别，这“社会海王哥”还真的是从不让人失望啊！

白雪换了衣服出来，热衣热裤仍旧火辣。她走到林旭身边，两个人倒是有说有笑。

有一种人是天生的演员，辗转于风花雪月间却不留一丝破绽，好比这个林旭。

文诗月突然为白雪感到不值，但她一个局外人又能说什么呢？

“走吧。”文诗月对身边的岩睿说道。

就近的火锅店正好离客栈很近，是本地的特色火锅，在斑斓的灯光下透着无尽的人气。

四周沸沸扬扬，吆五喝六的，火锅店生意着实不错。

文诗月刚出院养身体，岩睿不太能吃辣，就点了鸳鸯锅底。

三个人加一个小朋友气氛还算不错。

岩睿是个小话痨，白雪的话也不少，有这两个人在也不至于会冷场。

文诗月一开始走了个过场，以饮料代酒敬了下林旭，感谢他的仗义相助。接着，她又敬了下白雪，表示认识白雪很高兴。再来一次集体的碰杯，流程也就走得差不多了。

时间过半，文诗月杵着筷子等菜熟，视线不经意地扫到林旭的盘子，却定住了。

那里面是他挑出来的香菜。

他也不吃香菜？

如果她没记错的话，林旭碗里的蘸料是白雪给他调的，作为女朋友，难道不知道吗？

许是文诗月的目光太过专注和明显，林旭一抬眸就看到她正目不转睛地盯着他的盘子看。

姑娘澄澈干净的眸子里掺着零星疑惑，若有所思的样子。

林旭的眸光在灯火中流转，黑瞳深不见底。他夹了块牛肉压在香菜叶子上，一裹，一口就塞进了嘴里，吃得津津有味。

文诗月看着他这么个吃法，暗笑是自己多虑了。

紧接着，林旭不疾不徐地搁下筷子，端起一旁的酒杯，面向文诗月："文小姐，感谢招待。"

文诗月一听，搁下筷子，拿起杯子，与之碰杯："不用客气，你们多吃点，不够再点。"

杯子一碰即离，她低头喝饮料。

不过须臾，对面男人低哑的嗓音随之传了过来："对了，你那个跟我长得很像的朋友，原来叫李且啊。"

文诗月一愣。

"啊？你怎么知道？"白雪问林旭。

"哦，她倒在我身上之前是这么喊的。"林旭轻描淡写地回答。

文诗月腹诽：倒也不必说得这么暧昧吧？

当时烧得迷迷糊糊的，文诗月根本就不记得自己晕倒之前又把人给认错了，还直接把名字给说了出来。

几次三番地在同一个人跟前认错人，每次都有意外，真不知道老天爷是不是在故意玩她。

"不是吧？"白雪看向文诗月，脸上好奇的表情可以说是略显丰富，"真像到连名字都叫错啦？"

文诗月瞧着白雪，怎么有一种她在线看戏的错觉。

没等文诗月回答，白雪的笑容更甚了些。

她恍然大悟地扭头瞧了眼林旭，又对文诗月说："我终于明白咱们第一次见面时，文小姐你吃惊的样子了，看来林旭真的是特别像你的朋友。"

"也不是，应该是当时病得神志不清，我自己都不记得还有这一茬。"文诗月生怕白雪有丝毫的误会，当众胡说八道，"其实现在看起来，也没有那么像。"

"就是说嘛，我看上他可就是因为这张独一无二的脸呢。"白雪语带自豪地说。

林旭任由着打趣，余光追着文诗月笑容略显尴尬的脸，但笑不语。

"菜煮好了，吃菜吃菜。"文诗月没想多聊多谈，招呼大家吃吃喝喝。

而并不知道前因后果的岩睿，自然不太明白这三个大人聊得云里雾里的话题。

他扭过头看向文诗月，又把话题给绕了回来："月月姐姐，李且是谁啊？"

文诗月在心里叹了口气，揉揉岩睿的头，温声对他说：“你不认识的。”

“是你朋友？”岩睿孜孜不倦地问。

文诗月给岩睿夹菜，抿嘴微笑地看着他，咬牙切齿地说：“食不言，认真吃。”

“哦。”岩睿也不是特别好奇他不认识的人，点点头，继续当吃货。

谁知道对面的男人忽然轻笑出声，慢条斯理地将红锅里的菜叶子夹进盘子里，暗自嫌弃地盖住剩下的香菜。

他又拿纸巾擦了擦嘴巴，一并放进盘子里，这才慢悠悠地开口：“不过，你朋友这名字倒是挺特别。”

文诗月愣了愣：你这……

“虽然不确定对应的字，”林旭顿了顿，笑道，“就还……挺好听的。”

还有完没完了？

文诗月他们吃完火锅回来的路上下起了雨，一滴两滴，逐渐成串，让刚刚落下的夜幕也苍茫绵延。

几个人踏着夜色，抢在大雨倾盆前回到了客栈，在庭院前分道扬镳。

文诗月将岩睿还给岩香，聊了几句也上楼回了屋。

坐在椅子上，耳听落雨声声，眼看手机。

手机屏幕的光投射在她白皙的小脸上，呼应着室内光，让长睫在眼睑处绘了一方剪影。

她在跟谢语涵聊微信，对方给她发了几张婚礼敬酒服图片，让她帮忙参谋一下穿哪件好看。

于是两个有选择困难症的人选了好久，终于暂定了两套，又聊了一会儿，才结束。

文诗月返回手机主界面，看时间也不早了，起身洗澡去了。

热水将她白皙柔软的肌肤染上一层淡淡的粉色，她站在莲蓬头下，回想起晚上吃饭的事，自然而然就想到了三个人左一个“朋友”，右一个“朋友”来形容李且。

她掬了一把水泼在脸上，有些懊悔打从一开始就嘴快，用了这个形容词来形容她跟李且的关系。

虽然不过是在萍水相逢的人面前说着他们陌生的人。

虽然就是一耳朵的事，没人会在意。

可是她心里总是隐隐有些说不上来的情绪，像浮在水面上的水藻飘飘然，泛着莫名又毫无意义的涟漪。

只因为，她跟李且从来都算不上朋友。

如果不是因为表哥苏木跟李且是同班同学的关系，她怕是连跟他接触的机会都不会有。

浴室里的热气在升腾，雾气如梦似幻。

文诗月不由自主地恍了神，将思绪扯回到了那个阴沉的午后。

谢语涵想让她找李且问一道数学超纲题。

她哪敢啊，就没答应。

谢语涵一脸纳闷儿："你表哥不是跟李且学长是朋友嘛，四舍五入你也是他朋友，问道题应该不为难吧？"

文诗月跟谢语涵在小卖部买东西，她怕谢语涵看出她的不自然，假装抬头看货架，心不在焉地拿着零食，有意避开谢语涵的视线。

她再装出一种淡定自若的语气否认并强调："就没这种四舍五入。李且学长跟我表哥是朋友，但不是我朋友，我跟他根本就不熟。"

她说这话时刚好走出货架。

一抬头，目光直直撞上正前方立在冷柜旁盯着她看的苏木和李且。

文诗月宛若惊弓之鸟，紧张和心虚一同袭来。她像是犯错被抓的小孩儿，条件反射地抱紧怀里的薯片，半张着嘴忘了说话。

苏木没忍住笑了起来，用大家都听得到的声音幸灾乐祸："我表妹高冷那是没拿你当朋友，不得了啊，你也有被嫌弃的一天。"

此话一出，文诗月有些不知所措。

与此同时，李且似乎也因为苏木这话似笑非笑地将视线投向了她，随之来了一句："原来是这样。"

文诗月听他这好似无所谓的淡淡语气，心里一咯噔，她低头皱眉移开视线，抱着薯片的手紧了又紧，包装袋发出被蹂躏的细碎声响。

不过一两秒，她手上的本能反应被她强行压住，包装袋的声响骤停。

它们几乎暴露了她的心思。

文诗月心虚地瞥了一眼苏木和李且，见他们神色如常，才暗缓一口气。

她其实挺想否认，挺想解释，也挺想回一句"不是这样的"。

可是她怕越解释越出错，怕被李且发现她口是心非。

一时之间她不知道下一步要做什么。

直到一旁的谢语涵拿手肘撞了撞她，又拿眼神示意她，她才反应过来："那个，我……"

"干吗，你一大男人还打算跟人家小姑娘计较上了？"苏木摁住李且的肩，抢过文诗月的话，又朝她努努嘴，"没事，就让他吃吃瘪。快打上课铃了，东西拿好就快走。有数学问题问我，你表哥我不比他差。"

“哦，谢谢表哥。”文诗月这句就说得十分自然了。

从开始到现在一言不发的谢语涵赶紧挽着文诗月的胳膊，转身到柜台结账。

“我第一次这么近距离看这两位大神，”谢语涵在文诗月耳边窃窃私语，难掩激动，“太帅了吧……”

文诗月“嗯”了声，装作无意间回头去看苏木，他在跟李且说话。

“你刚才偷笑了？”苏木问道。

“有吗？”李且不以为意。

“下午出分，走着瞧。”

“行，我拭目以待。”

文诗月的余光落在少年线条流畅的侧脸上，那儿有一颗如墨般的泪痣。

李且拉开冷柜，略低头俯身，修长的大手拎了两瓶矿泉水出来，瞬间又站直。

那时正好有一道冲破云层的阳光，不偏不倚地落在他蓬松的乌发上。流光经过玻璃的折射，映在他微微眨了一下的双眸上，眸间便生了辉。

见他嘴角微扬，文诗月也不由自主地浅浅弯了下唇。

文诗月后来每每想起那天的事，总是无比后悔，后悔自己说的那话偏偏被李且听到，更后悔自己为什么要说那话。她无时无刻不在纠结自己是不是装得太过了，极则必反。

可惜，说出去的话犹如泼出去的水，覆水难收。

自那以后，大家谁也没再说起过那一茬。自始至终，耿耿于怀的不过是她一个人而已。

以至于一直到李且毕业，他们都仅仅只是维持着普通学长和学妹的校友关系，抑或是苏木朋友和苏木表妹的裙带关系。

无论如何，文诗月跟李且从未以朋友相称，自然也谈不上朋友的关系。

文诗月关掉淋浴开关，反应过来自己最近好像总是因为林旭的出现，而频繁地想起那些久远的过去。

是那么清晰，清晰得宛若昨日。

她几不可闻地轻呼了口气，被回忆刺挠，可不见得是什么好事。

此时此刻的一楼最里面的那间房。

立在窗边的林旭摘下了耳机，转身朝坐在桌子旁对着电脑的白雪走了过去。

白雪将笔记本电脑转过来面向林旭，顺手扯下自己的耳机，递给他。

她人走到门口观察外面的情况，朝他比了个“OK”的手势。

林旭戴上耳机，眸色冷静清明地盯着屏幕里传递过来的信息，语调郑重地喊了声：“老板。”

结束了通话，林旭将耳机搁到桌子上，就着桌沿倚坐着，长腿微屈支在地上，低声对走过来的白雪说：“明天你先撤，老何他们在镇外接应你。”

“明白。”

白雪了然地点了点头，这是一开始就计划好了的，她任务完成，找机会离开，而他才能时刻留守在这儿而不被怀疑，一举两得。

想到这儿，白雪似乎又联想到什么，忽而一笑。

她一双含笑的眼睛看向天花板，意有所指地善意提醒：“别在那位意外跟前露了馅儿。”

“今晚到底是谁差点把馅儿露出来了？”林旭反问。

“那你不答应吃饭不就好了？”

“我的角色不允许我不答应。”

“是我的失误，但你香菜过敏这种事好歹先跟我通个气啊，不要命了？”

“只吃了一点还好。”林旭当时借口买烟出去买了药，当即吃下缓解了，“我不也没料到你会那么热情地给我调蘸料。”

“那我的角色告诉我演戏演全套，得秀恩爱，”白雪义正词严，“避免你朋友怀疑不是。”

“朋友。”林旭低声重复这两个字儿，似是想到了什么，轻勾了下嘴角。

白雪见林旭笑得意味深长，倒也是好奇：“说起来，你们到底多久没见了？”

林旭想了下：“大概九年吧。”

白雪着实震惊，又不能用震惊的音量，便压着嗓子问：“不是吧，九年都没见过，你们这算是哪门子的朋友？”

“一个学妹。”林旭直言不讳，“毕了业就没见了。”

“哦，这就难怪了。”白雪了然地点点头，“不过，你们这是什么缘分，这都能碰上？这么多年没见，你又打扮成这样她都还能一眼把你认出来。”

林旭没说话。

白雪又说：“也不奇怪，就长成你这样的，一见误终生，还好我已婚。”

林旭笑了：“感谢命运。”

“嘁。”白雪言归正传，“不过，虽然一开始就查了她没什么问题，但说到底你们始终认识。为她为你都好，最安全稳妥的办法应该是让她顺其自然地离开这儿。”

没等林旭说话，白雪又紧接着抛出疑虑：“但是照她所说，她还会再待上一段时间，总不能赶人家走吧，这不打草惊蛇？”

林旭若有所思了几秒，想起那姑娘看他时不自觉流露出那防备的眼神，勾了下嘴角：“知难而退。”

“知难而退？”

“让她自己走。”

第二天早上。

文诗月是被一阵突如其来的吵闹声弄醒的，声音的来源好像是楼下，还有点儿耳熟。

她趿拉着拖鞋，开门扶着护栏朝下看。

半干半湿的庭院里散着几片落叶，拖着行李箱走出来的白雪朝挡住她视线的地方指骂：“你别以为我看不出来，你跟我玩腻了，看上了楼上那个，眉来眼去以为我瞎呢，我是给我自己留面子。你呢，非但没收敛，又在微信上勾搭起别的女人，你真当我是死的？”

林旭丝毫不慌地走出来，抓着白雪的行李箱拉杆，不疾不徐地对她说：“你要这么想我也没办法，我觉得你就是无理取闹。大清早的搁这儿发什么疯？你不要脸我还要。”

文诗月心想：你这是什么渣男语录？

“你还知道要脸啊？我以为你早就没那玩意儿了。”白雪嘲讽地笑了起来，推开林旭，抢回自己的行李箱，“林旭，这不是第一次了，我也不是犯贱非你不可，咱俩玩完了。”

说完，白雪拖起行李箱就走，丝毫没有回头不舍的意思。

林旭立在原地也丝毫没有挽留的意思。

然后，白雪毫不留恋地脱离了文诗月的视线。

文诗月大清早目睹这么刺激的分手现场，暗自感叹这社会哥和社会姐的爱情如此不堪一击。

昨儿个还如胶似漆，今儿个就分道扬镳。

昨天她还在为白雪不值，现在这么一瞧，白雪也不笨，也不见得是坏事。

就在文诗月收回目光的时候，正巧对上了楼下抬头看来的林旭。

男人望着她，嘴角越发上扬，双眸里竟然没有半分刚刚分手的愤怒和丝毫失恋的落寞。

相反，是蓄着勾人的笑意，与这刚刚升起的旭日相得益彰。

“早啊。”他对文诗月说。

文诗月眼皮一跳，瞳孔一紧，忽然想起刚才白雪说的话。

跟楼上那个眉来眼去。

楼上那个？

不就是……她。

“不是，跟我眉来眼去？”文诗月真的是天大的冤枉又无语，“我避都避不及，我哪儿就给了眉毛给了眼了？”

岩香听着文诗月的吐槽，也挺无奈的，早上的事她也听了个全耳，看了个全程。

这两个人闹分手的火烧到了楼上，确实挺殃及眼前这条池鱼。

“情侣之间吵架闹分手都是气头上胡说八道，你行得端坐得正，还怕别人说的？”岩香安抚道。

文诗月揉了揉发涨的太阳穴，不由得叹了口气：“我是不是跟他们八字犯冲，总把自己搭进去。”

“少安毋躁。”岩香给文诗月又倒了杯水，“你离他远一点，井水不犯河水不就行了。”

文诗月端起杯子喝了一口水，觉得岩香言之有理，随即点头应下。

今天天气尚好，雨后天晴，碧空如洗，远山也如画。

病了好几天，文诗月得出去采风。

这一去就是一整天，直到橘红色的晚霞蚕食着无边的天际，她才回到客栈。

穿过庭院的时候，文诗月遇到了两个男人，应该是今天的新住客，她没见过。

两个人都不约而同地看向她。然而其中一个，那不加掩饰的目光和不怀好意的笑，让她几不可察地皱了下眉头。

进了前厅一问岩香，果然是今天入住进来的客人。

“瞧着不像是什么正经人。”文诗月一想起那油腻的眼神，不由得撇了撇嘴。

“我开这客栈这么多年，正不正经的都遇过。客人没法挑，只要不惹事就行。”岩香说。

“嗯。”

文诗月一偏头就看见在庭院里抽烟的林旭，这不正经的何止那两个人。

岩香顺着文诗月的目光看过去，说：“他一整天都没出去，看来还是受了点失恋的打击。”

她着实没瞧出来。

文诗月又跟岩香闲聊了几句，便背着相机上楼去了。

等她再出来的时候，已是黛色入眼。

铺展的黑幕上，月光如水洗一般皎洁，淌在栏上，落了她一肩白黄，人影悠长。

文诗月晚上在外面吃的，没怎么吃饱，这大半夜的被饿醒了，屋里没干粮，想去厨房煮个面。

她探头往楼下一看，借着楼下昏黄的灯光，能隐约看清正下方的台阶上坐了个男人。

他那两条总让人无法忽视的大长腿大剌剌地敞着，手肘支着膝盖，指尖点着一支烟，人依旧慵懒。

文诗月低头按亮手机屏幕，看了眼时间，快到深夜一点了。

记得上次她晕倒也是遇见林旭在庭院里，这个人喜欢半夜三更不在房间里睡觉，在外面当猫头鹰?

文诗月肚子“咕咕”叫，她捂着肚子打算回屋喝点水忍忍就过去了。她可不想大晚上跟他打上什么没必要的照面。

她趿拉着拖鞋转身。

头顶没灯，发现不了脚下有一小摊水渍。

一次性拖鞋并不防滑，踩上去那一刹她脑子里就预料到了后果。

可惜晚了。

文诗月还算是眼疾手快，立马伸手去抓旁边的栏杆。

谁知道护栏没抓稳，反倒是推了一把护栏旁台子上的花盆。

也不知道岩香为什么要种那么多花，她是花仙子吗?

文诗月停在半空的手根本来不及收回来，整个人瞪着一双无能为力的眼睛后仰摔倒在了地上。

尘埃落定。

“糟了。”

文诗月盯着早已空空如也的石台子，心脏猛然一抖。

花盆掉下去了?

花盆……掉下去了。

不是……花盆被她给推下去了。

文诗月的脑瓜子“嗡”的一声阵阵回响，也顾不得摔痛的屁股墩，伸手扒拉着一旁的柱子站了起来，随即赶紧探头往楼下看。

砸到人的情况似乎并没有发生。

意料之外的是，楼下的人和掉下去的花盆，都双双消失在了她的视线范围之内。

除了陡然卷起的一阵夜风，伴着花香，入目入耳之处，哪里还有半点花盆落地的影子和动静。

深夜气温渐凉，楼下也风平浪静得仿佛从未有人存在过一般。

文诗月怀疑自己可能产生了幻觉。

她抻着脑袋摸出兜里的手机，纤细的手指在屏幕上戳了戳，打开手机的手电筒朝下照着，目光四下搜寻。

确实没有。

她一脸迷惘地缩回头，觉得十分诡异。

她还是不太相信，遂又探头往下看去，是真的没人。

可能还是没看清楚……

就这样，文诗月反复在护栏上伸头缩头，缩头又伸头。

看在别人眼里，特像根戴了假发的弹簧。

就在文诗月又探头出去的时候，忽感背脊倏然一凉。

紧跟着的是身后猝不及防地响起一声低沉的闲闲冷音：“找我啊？”

夜风习习，不知是哪个梁上的风铃再次“丁零”作响，如夜魅在吟唱。

文诗月一扭头，手机的光亮正好对准来人的脸，在暗色里显得尤其吓人。

他的右手还正好拿着个东西，晃一眼像极了来索命的黑白无常。

文诗月条件反射地叫了一声，扶着护栏的手跟着一滑，双腿脱力，又一个屁股墩，重新摔倒在了地上。

这次是真的摔痛了，她“咝”的一声，眉毛皱成了一团，感觉尾椎骨要断了，五脏六腑也摔得瞬间移了位。

而单手捧着花盆的林旭见文诗月一副见了鬼，眉头又紧锁的滑稽样，终是没忍住笑了起来。

“没事吧？”他弯腰伸手去拉她，一副好心好意的样子。

文诗月缓了好一会儿才缓过劲儿，抬眸看了眼停在眼前这只骨节分明的大手。

她又抬头瞧了眼手的主人，这才暗缓了自己的心绪，是人不是鬼。

文诗月并没有伸手去借林旭的力，而是自顾自地双手撑着地面，就着一旁的护栏慢慢地爬了起来。

林旭被无视了，人也不尴尬。

他噙着笑，没什么所谓地将还在地上放着光的手机捞了起来，然后慢条斯理地直起了身子来。

而后，他又顺手将手里的花盆物归原处，收回手时，还轻抚了下叶子。

文诗月一手扶着护栏，一手扶着腰揉了揉，目睹着他的一系列动作。

她这才猛地反应过来，林旭放回原位的东西不正是她刚才不小心推下去的花盆吗?

她扭头朝花盆看去，借着微弱的光能看清楚，台子上的塑料花盆跟掉下去之前几乎没有什么差别，完好无损，花枝依旧招展。

文诗月几不可闻地吁了口气，有些庆幸这花盆还小，更加庆幸材质正好是塑料的。

要是像那晚从平台掉下去的那个是陶瓷的材质，后果实在是不堪设想。

说起这个，怎么每回都有他?

心存侥幸过后，问题也随之而来了。

这花盆明明是从二楼掉下去的，就算是塑料的，掉下去没啥动静，但也不至于完好无缺吧?

被接住了?

不可能。

就算是站在楼下看着花盆掉下去伸手去接，都不一定能百分百地接住，更何况这个人根本就没可能提前预判，他的后脑勺又没长眼睛。

那么……

“刚好掉在我的怀里了。”林旭开口打破了文诗月的猜想。

“掉你的怀里了？”

文诗月将信将疑地瞥了眼他的T恤，就着他捏在手里的手机灯光一看，倒是能看清他胸前确实遗留着一些泥土渣滓。

这么巧合?

“就这么巧合。”林旭又说。

文诗月怀疑这人有读心术。

没等她说话，林旭用一脸无辜的表情来讨要说法：“所以，你不打算解释一下，这大晚上的为什么要偷袭我？”

“是我脚滑了。”文诗月指了下地上的水渍，示意林旭看过去，“我是想扶一下柱子，结果不小心碰倒了台子上的花盆，所以才……”

文诗月见这位“受害者”好整以暇地瞧着她也不发表意见，随即补充道：“虽然这的的确确纯属意外，不过于情于理我也得跟你道个歉，毕竟确实是因为我的失误差点让你受伤。还好你没事，不然我就……”

“对我负责？”林旭快速拿食指摸了摸下唇，眉峰一挑，有些遗憾，“要不你再砸我一次？”

文诗月本来还挺愧疚的，这下彻底无语起来：“你有病吧？”

林旭没脸没皮地点头，往前走了一步：“相思病算不算？”

文诗月赶紧往后退了两步，腹诽：还真说得出口。

林旭一双深眸肆无忌惮地扫视了一眼文诗月那认真退后两步的脚，语气越发玩味：“你就这么怕我？”

“我干吗怕你？”文诗月为自证，直接抬头直视林旭，表情却尽显嘲讽。

“哦，那就是喜欢我。”

这是什么神奇的脑回路?

“你亲自看到的，我现在已经单身了。”林旭没脸没皮地说，“你不用有什么顾忌，完全可以喜欢我。”

“你哪儿来的自信？”文诗月冷哼，理是讲不通的，那只有吓退他，“还有，我想我有必要提醒你一下，我有男朋友，我男朋友是警察，不想进去的话，请你最好做一个奉公守法的好公民。还有，离我远点儿。”

“瞧你这话说得，喜欢一个人进的那是爱情的牢笼，我想每个人都有追求真爱的权利，方式不同而已。你没结婚，我又是单身。你是美女，我是帅哥，干柴烈火，日久生情，怎么就不能重新选择？我这么说应该不犯法吧？你的警察男朋友也不能滥用职权不是。”

这叫什么？

脱裤子上吊——死不要脸。

文诗月听得简直瞠目结舌，也不是没见过三观不正的人，但眼前这个绝对称得上是三观不正之佼佼者，能把触犯道德底线说得如此振振有词，真是难得一见。

“再说了，你的男朋友也太不合格了，怎么舍得让你这么漂亮的女朋友一个人出来旅游呢？你再看看我，我就不一样。虽然分手了，但是分手之前我对我的前任有多好，你是亲眼所见的吧？”林旭顿了顿，盯着文诗月，“所以，你不如考虑考虑跟了我，你会知道我比他好。”

“我劝你有病赶紧治。”

“还是说，”林旭笑，“你其实根本就没有什么警察男朋友，跟我这儿吓唬人呢。”

文诗月觉得自己脑壳有包，深夜一点在这儿跟这个登徒子废话。

她面上掩饰得十分镇定，丝毫不慌地摊开手：“手机还我。”

林旭拎着手机慢悠悠地将其搁在文诗月的掌心，却没放手，而是吊着眼梢盯着她看。

有点儿像是在看猎物，看得饶有趣味。

那眼神就像是昭然若揭地宣告着“你绝对逃不出我的手掌心”。

文诗月被这双熟悉又陌生的眼睛一动不动地注视着，已然没有丝毫多年前那种小鹿乱撞的紧张感。

相反，她觉得有点儿厌恶。

原来她也不是那么的肤浅，哪怕眼前这个人跟她曾经那么喜欢的那个人拥有着如此相似的英俊面容。

然而，性格不同，品德不同，带给她的感觉便是天差地别。

人比人，真的可以比死人。

“请，你，放，手。”文诗月握着手机，与之形成拉锯的状态，一字一句都掺着警告的意味。

“那咱加个微信呗。”林旭仍旧不松手。

文诗月皮笑肉不笑地问：“110，加不加？”

林旭一听，投降般地笑着松开了手，单手抄兜摸出烟盒来。

他一边抖着烟，一边说：“我就是想跟你先交个朋友而已，感情的事也可以慢慢培养，我又没强迫你，你也别这么无情啊！”

文诗月扯了下嘴角：“抱歉，我并不想。”

说完，她转身就走，一边伸手关手机的手电筒，一边回头查看身后的人有没有跟来。

一心二用的后果就是一个不小心，脚下一个趔趄，又滑了一下。

她站稳后看了眼身后。

林旭立在原地没动，微微地偏着头，单手罩着打火机的火花在点烟，火星子在空气中摇曳。

文诗月心下稍稍一松，还好这个人有贼心没贼胆，是个嘴把式。

虽然心里是这么想，但她依旧不敢掉以轻心。

她两步一回头地加快步伐，开门，进门，关门，反锁，一气呵成。

直到人安安稳稳地立在房间里，她这颗心才算是彻底松缓了下来。

林旭合上打火机的盖子，清脆的“啪”一声，火光瞬间湮灭在这片寂静里。

他被月光照得越发清明的黑眸瞧着那扇紧闭反锁的门，想起她刚才说的话及随后一系列的反应，不自觉地扬起了嘴角。

男人拿下唇间的烟卷，浅浅的轻笑声在这昏暗的廊下低低响起，伴随着几不可闻的赞扬声。

“还挺警惕。”

文诗月就快连成五子的最后一个位置被岩睿的黑子给截和了，她不由得夸奖起这孩子来。

“那是，”岩睿也丝毫不谦虚，“我可是打遍班级无敌手。”

“可惜啊，你还是赢不了我。”文诗月说完，在另外一个岩睿没注意的地方搁下了第五子，“承让了，无敌手。”

“你，你以大欺小。”岩睿连输了几把，哪还有什么君子风度，小嘴一撇，不乐意起来。

文诗月笑着挪了挪屁股，屁股痛得那叫一个酸爽。

她皱了皱眉头，又调整了一下坐姿，这才不慌不忙地告诉岩睿一个事实：“竞技场上无大小。”

“又输了？”岩香凑过来一看战况，跟着补刀。

“哼，你等我搬救兵来。”岩睿这想要赢的战斗力俨然被妥妥地激活了，跳起来就往外跑。

“哎……”文诗月以为岩睿要找岩香，结果人跑出去了。

“他去找谁啊？”文诗月有些哭笑不得地看向岩香。

“猴子搬救兵，可能是同学吧。”岩香也不太清楚，倒是关心起文诗月来，“我看你这坐立难安的，屁股还痛呢？”

“痛啊。”文诗月点头，“但比昨天好多了。”

文诗月这两天没出去。昨天岩香在给那几个姑娘退房的时候，看到走进来的文诗月各种别扭，便问了下她怎么回事。

她没提林旭那一茬，就只说是自己没注意摔了一跤。

而后，她的目光落在了那几个拖着行李箱离开的姑娘身上，有些好奇其中那个要到微信的姑娘怎么就走了，那个人不还没走吗？

好姑娘，一定在聊天过程中发现了林旭根本就不是什么好人，及时悬崖勒马，回头是岸。

两个人又闲聊了一会儿，门口有了动静，她俩不约而同地看了过去。

“救兵到。”

岩睿拽着看起来还有些睡眼惺忪的林旭出现在她们面前。

林旭身上倒是少了些之前一贯的痞气和流气，帅是真的帅，渣也是真的渣。

文诗月跟岩香互递了个眼神。

文诗月眨了下眼睛：你儿子怎么跟他这么熟了？

岩香也是一脸茫然：我怎么知道？

岩睿求胜心切，没注意大家的脸色。

加上他也不知道这些大人的纠葛，拉着林旭就朝文诗月对面的凳子旁往下拽，一副跃跃欲试的兴奋模样。

林旭却将文诗月和岩香的眼神对话看了个明白。他被扯到凳子上坐下，大剌剌地敞着两条长腿，脊背微弓，修长的手指拈着棋子把玩。

他轻撇了下嘴，一副置身事外的模样：“我是被他从床上扯下来的。说是江湖救急，你要是不乐意，我走就是了。”

言下之意，这可不是早有预谋，我也很无奈，可我有什么办法呢。

可是你这澎湖湾浪打浪，摇身一变峨眉山竹叶青的样儿，大可不必。

“为什么不乐意啊？”岩睿问。

因为他之前调戏我。

文诗月觉得这样说多少会毁了孩子的三观，所以她应该怎么接对面那个人丢过来的烫手山芋呢？

“因为……”

“哦，我知道了，因为现在是大人对大人。”岩睿一副我懂的模样，很是嘚瑟，“月月姐姐，你该不会是怕了，才不想来了吧？”

好一个误打正着的激将法。

“不是。”文诗月瞧了眼跃跃欲试的岩睿，一时半会儿还真不知道怎么拒绝好。

“那就继续，林旭哥哥代表我消灭你。”

瞧着岩睿难得有这么兴致高昂的时候，文诗月也不想当面打击了孩子的积极性。

不过，眼前这个林旭，她也实在是不想跟他有什么正面交集。

怎么不着痕迹地顺水推了舟呢?

她看了眼棋盘，有了。

文诗月将目光投向一直明目张胆凝视着她的林旭，说：“五子棋是小孩子玩的，正好这是围棋棋盘，要下就下围棋，我想你应该……”

不会吧。

“巧了，略通一二。”林旭故意拽文，直接打断文诗月的话。

文诗月没控制好表情管理，着实吃了一惊：“你，你会围棋？”

林旭笑了：“要不怎么说是缘分呢？”

说起缘分，不得不让人唏嘘。

当年疯狂地想跟那个人有点儿缘分，偏偏事与愿违。

而今，跟那个人长得很像的眼前这个让她避之不及的人，却又拿缘分说事。这两个字，对她来说更像是讽刺。

“耶，快点开始，快点。”岩睿高兴得跳了起来，被岩香揪着耳朵拎到了一边去。

“行，来吧。”文诗月也没法再找什么借口，不就是下个棋而已。

她不是刚出社会的白纸，一路干的也算是冲锋陷阵的活，跟各式各样的人也过过招。她虽从无害人之心，但遇事保护自己的应变能力还是有的。

这光天化日，敞门开户的，眼前这个人其实也就打打嘴炮，不足为惧。

文诗月上手去捡棋盘上的白子，正好被捡黑子的林旭碰了下指尖。

她腾地收回手，抬眸看向眼前这个故意为之的人，指尖像是着了火，翻涌着滚烫。

眼下，这罪魁祸首噙着得逞的笑容，捡起棋盘上最后一颗白子，丢进了文诗月右手边的棋盒里。

文诗月暗自搓了搓指尖，像是搓掉什么污秽似的，冷声警告：“管好你自己。”

岩睿被岩香拎到一边问话，才知道原来是之前林旭跟他玩过五子棋。正好是她忙的时候，所以没注意到。

后来岩睿没事就跑到林旭屋里找他玩，一来一往两个人就成了棋友。

岩香又教育了岩睿几句，才放他去看文诗月和林旭的对阵，然后又跟小杨交代了一声，就出去了。

围棋岩睿也看不太懂，他坐在一边看着两个人在棋盘上绘出黑白江山的画面，逐渐蒙了。

文诗月小时候学过的东西不少，围棋也是其中之一，就算后面没怎么学了，但底子还是在。

加上逢年过节回去看外公会陪他老人家过过招，她的技术用来对付一般的基础入门者还是绰绰有余的。

可是眼前这个林旭，好像也不只是个入门级水平。

合着现在社会哥的门槛这么高了？

还得考围棋？

第一局，文诗月胜。

第二局开始前，林旭问：“就这么干下，就没点儿赌注？”

文诗月本来想说“没有”，结果被一旁的岩睿抢了话去：“有啊，输了的要答应赢了的一个要求。”

岩睿小朋友，你是这个人派来的打手吧？专打七寸。

林旭“哦”了一声，忽然来了兴致，笑意浓浓地盯着文诗月，动了动脖子：“那我可得好好下了。”

文诗月腹诽：他看起来不像下棋，更像要准备干架。

“怎么？”林旭单手搁在桌沿，上半身前倾往文诗月跟前凑，笑道，“怕我提无理的要求？”

文诗月琢磨着这个人也赢不了她，就算被他赢了，那也是他帮岩睿赢的。她愿赌服输也是答应岩睿的要求，与他无关。

“能赢得了我再说吧。”她说。

这一局，文诗月发现林旭换了种走法，跟他第一局的激进走法不同，保守了。

就在文诗月以为自己稳赢的时候，林旭一招看似普通实则绝杀的一步，将整个局面全盘扭转。

文诗月再想反败为胜，为时已晚。

她输了。

“哦，赢了。”林旭浅浅地笑道。

“耶，赢了。”岩睿虽然看不懂，但是输赢还是看得懂，这气氛很到位，专气文诗月。

文诗月一个眼刀杀过去，岩睿“嘿嘿”地捂住了嘴。

“你先冷静一下，我去抽支烟。”

林旭说完，伸手揉了下岩睿的头发，又看了眼文诗月，起身长腿跨过凳子，径直走出门抽烟去了。

“月月姐姐，林旭哥哥是不是很厉害？”岩睿问。

文诗月没答话，一双清湛的杏眸停留在棋盘上。

她垂首，耳畔几绺碎发垂下，扫过她白皙的脸颊，微微抿着粉唇，酒窝现了出来。

确实冷静了，冷静得有些突然。

她在脑子里复盘刚才林旭的每一步走法。

对弈的时候有些轻敌，又太想赢，以至于并没太注意对方一直在给她设陷阱。

隐藏包围，压着她打。

似曾相识的打法，明明有这么点印象，却偏偏忘了这零星的印象是从何而来。

她静静地盯着棋盘，整个人宛若老僧入了定，脑海里的记忆宫殿犹如大浪淘沙。

蓦地，她“噌”一下端坐起来，扭头看向立在门口抽烟的人。

男人侧身而立，高大的身姿像一堵坚固的城墙，实实在在地堵在门口。

他依旧是一身黑T恤、黑裤子，一手抄兜，一手夹着烟，姿态吊儿郎当。他侧脸轮廓极其立体，那青色的胡楂也在他的吞云吐雾里被一并镀上了一层虚幻，融入其中。

此时阳光正巧穿过那片青烟，洒在他的头顶，有一缕折在了他的眼底，虚晃里，好似有了那个永踏光中，意气风发的俊朗少年模样。

文诗月不可思议地紧紧盯着他，一步一步去试图对上完全不可能对上的号。

这是她也没法控制的荒诞念头。

念头乍然一起，翻江倒海，浊浪排空般压制不住，她怀疑自己可能是疯了。

与此同时，林旭也倏然转过头，朝她看了过来。

两个人隔着数米的距离，在浮沉的空气里，在丝缕的阳光里，在如幻的烟雾里，跌撞进彼此的眼里。

这一刹那，目光胶着，谁也没挪开视线。

文诗月其实没有跟李且下过棋，但是她跟苏木是老对手。

那年春节是全家人陪着她们母女俩过的。王晚晴被大人们陪着打麻将，而她和苏木则是被外公拉着下围棋。

亲情总是让人能在生离死别里切身体会到可贵或廉价，文诗月很庆幸她体会到的是可贵的那一面。

苏木赢她也算是技高一筹，可是要翻越外公这座大山，困难重重。在被血虐了两局后，苏木宣告休息回回血。

这期间他出去打了个电话，回来以后便尝试换了一种全新的下法，别说，还真让他侥幸赢了。

这局棋让文诗月发现这并不是苏木惯用的走法，而是一种与之相反的隐藏包围法。

果然，正当苏木得意的时候，外公问苏木刚才跟哪位神仙取经去了。

苏木也没藏着掖着，直言不讳地回答："就我那个同学，李且。"

许是赢得太过惊险，自那以后，文诗月便将那盘棋记在了心里。

"月月姐姐？"岩睿扯了扯文诗月的衣袖，"你在看什么呢？"

文诗月回过神来，收回目光的同时，佯装随意般端起一旁的水杯喝了口水，余光却跟随着抽完烟走进来的林旭。

林旭在原位坐下，云淡风轻地瞧着文诗月，噙着笑却不说话。

此时无声胜有声。

文诗月没看林旭，而是搁下水杯，告诫自己摘除心里那些不切实际的怀疑。

她一边伸手捡棋子，一边说："第三局。"

"好啊。"林旭吊儿郎当地应道。

第三局开始，文诗月特地去关注了林旭的走法，再拿记忆里苏木曾经的走法做对比。

虽然已经时隔近十年，所有的一切都好似残羹碎片，能让她记住的那局棋也被记忆封存了三五七分。

不过记忆就是这么奇妙，一旦见缝插针地让它重见天日，很多无法抑制的东西也会接踵翻涌袭来。

就好比眼下输赢于她来说，忽然不如另外一种莫名的探寻来得强烈。

可是，才下了一小会儿，文诗月就发现林旭的走法又不同于上一局了。

她从没见过一个人可以用三种完全没有关联的方式来下三局棋，就像是三个人在跟她下棋。

"你这不按套路的下法哪儿学的？"文诗月探他口风。

"我想想啊。"林旭举着棋子虚搁在薄唇边吹了一下，落下黑子后抬眼挑眉，"自学。"

"哇，自学都这么厉害？"一旁的岩睿很是崇拜。

文诗月面无表情地看了眼岩睿，又瞥了眼波澜不惊的林旭，淡声道："自学能学成你这样该是天赋型选手，不想着为国争光，反而……”

她适时停下，没把“给社会添乱”几个字说出口，权当在小孩子面前给他个面子。

林旭倏地笑了一声，才说：“下两局棋就这么看得起我了？不过可能要让你失望了，我不过就是闲得无聊跟那些公园广场上的老大爷下得多而已。”

“是吗？”

“高手在民间，你可别小看人家大爷们，上一局赢你的招就是跟他们学的。”

文诗月其实也应该料到的，围棋讲究大局观，对弈的方式也是千变万化。谁也不会用千篇一律的下法，谁都可以学到别人的套路。

她也不是什么棋中高手，熟人倒还能看出个一二。她与林旭是第一次交手，摸不清他什么路数也很正常。

听他这么一说，摸不清他的路数那就更正常了，他的老师可不是一个人，而是一群大爷。

仅凭一局棋并不算独特的似曾相识走法，就把这个人联想到李且身上去，确实草率了。

“继续。”文诗月不再继续纠结那些荒谬想法，重整旗鼓，落下白子。

林旭看了眼文诗月，见她盯着棋盘的神色已然恢复如初，暗自勾了下嘴角，紧跟着落下了手中的黑子。

第三局，文诗月赢了。

下到第三局，也不难发现，林旭其实就是个入门级别，用的都是别人的下法。

他的下法看上去多变，其实并没有多少自己的想法，就跟套公式差不多，花架子，很好破解。

岩睿一瞧林旭输了，小大人似的叹口气：“唉，林旭哥哥，你也不是月月姐姐的对手啊！”

林旭点点头，慢悠悠地回她：“心悦……”他顿了两秒，“臣服。”

正在喝水的文诗月听到林旭刻意将“悦”这个字加重语气，手顿了一下，一掀眼帘又正巧对上他意有所指的深眸，以及轻浮眸色里那意味深长的暧昧勾子。

“悦”同“月”。

她咳了一声，被水给呛了一下。

不然怎么叫流氓不可怕，就怕流氓有文化。

眼前这个人不就完美地诠释了这句话。

文诗月搁下杯子，抽了两张纸巾抹了抹嘴，不经意瞥了一眼林旭，这个人还盯着她在笑。

“那月月姐姐，你可以向林旭哥哥提个要求了。”岩睿提醒。

没等文诗月开口，林旭倒是先开了口：“你该不会是提让我离你远点儿这种无理的要求吧？”

还真是，如果一定要林旭答应她一个要求，这个是她最希望的。

“无理吗？”文诗月因为呛着了，说话嗓音有些沙哑。

“不无理吗？”林旭不咸不淡地反问。

岩睿对于这个要求是丈二和尚摸不着脑袋，好奇地问：“为什么要林旭哥哥离月月姐姐你远点儿？”

文诗月腹诽：因为他不是好人。

林旭看了眼腕表，“哎”了一声，随之站起身来，对岩睿说：“那你就得好好问问你的月月姐姐了。”

说完，他微微俯身前倾，看着往椅背靠的文诗月，一双黑眸慢条斯理地从她的嘴唇徐徐上移，最终落进了她澄澈的眸子里。

他顺手抽了一张纸巾递到文诗月面前，一脸好心好意地笑道：“嘴角，没擦干净。”

文诗月看他笑得一脸不怀好意，压根没接，瞪着眼拿手背擦了擦。

“那……我先回去了。”他压着嗓音，声线沙沙的，话里有话，“你想好了什么有理的要求随时来找我，我都在。”

鬼才要找你。

在文诗月腹诽时，林旭已经笑着转身，潇潇洒洒地走了。

“为什么啊，月月姐姐？”岩睿孜孜不倦地缠着文诗月，发挥着他作为小学生不懂就问的优良传统。

文诗月捡起棋盘上的棋子归于棋盒里，嘴上倒是反问起了岩睿：“那你觉得他是什么人？”

“林旭哥哥吗？”岩睿帮着一起捡棋子，嘴上笃定地说，“他是一个特别好的好人啊！”

果然是小孩子，给个糖就能判断一个人的好坏。

殊不知，这不过是坏人的惯用伎俩而已。

文诗月将最后一颗棋子放回棋盒：“小朋友，等你长大了以后就会明白，什么叫知人知面不知心。”

第二天，持续了一整日的明媚天气，没等来落日晚霞，却袭来了一场始料未及的大雨。

这场雨来得气势汹汹，出门在外的人毫无例外地都无一幸免。

文诗月便是其中之一。她午饭后出去采风，意识到天气有变的时候往回走，可惜已经晚了。

回到客栈的她，像一只湿了毛的猫，可怜、狼狈又凌乱。

她不是没打伞，而是雨实在太大，犹如泼水一般。她的折叠伞不大，几乎都用来保护包里的相机和镜头了。

而她自己则是在无情的雨里冲了浪，雨浪从不怜惜任何人，兜头浇了她一个利落干脆。宽松的白 T 恤也因此贴在了身上，勾勒出她玲珑的曲线。

傍晚的天压成了沉沉的黑，文诗月浑身黏腻，就着灯光准备上楼，却被正要下楼的人挡住了去路。

是前些天住进来的那两个男人中的其中一个，还是总不怀好意看人的那个。他穿着花短袖衫，文身在他那黝黑结实的胳膊上蔓延，像是什么地方的图腾。

文诗月向来不拿文身去判定一个人的好坏，但是这个文身男这两天但凡看到她，那目光总是掺着显而易见的下流猥琐之色，那就难说他是好人了。

不过，当时他也只是远远打个照面的陌生人，像眼下这样单独撞上的情况还是头一遭。

文诗月把人当空气，没多看他一眼，移到左边准备上楼，却被突然也移到左边的文身男挡住去路。

她又移到右边，男人也跟着移过去，继续挡住她。如果说第一次是两人互相让的无意之举，那么第二次摆明就是这个男人有意阻挡她的去路。

文诗月忍住又往左移去，果然又被男人挡住。

她抬头，对上了文身男细窄的双眼，而他这双鼠目一般的眼睛正一动不动地盯着她的心口看。

文诗月眸子猛地一缩，低头看向自己。

头顶的灯光正好打在她的身前，T 恤被雨水淋湿，在灯光下几近透明，内衣的轮廓完全暴露在人前，她几乎是条件反射般地将提着的背包和还滴着水的雨伞全部拢在胸前挡住，人也跟着侧身，往后退了几步。

路她给让了出来，文身男舔着下唇下了最后一阶楼梯，人却是朝着文诗月走来的。

雨势很大，“噼里啪啦”地砸在地上，掩盖了文身男的笑声。

“美女淋得这么湿，我帮你拿东西啊。”文身男说着并不正宗的普通话，朝文诗月伸手过来。

“不用。”文诗月言语冷淡，避开男人的咸猪手，侧身掠过他，往楼梯走去。

法治社会，她并不担心这种人会在这种公共场合对她怎么样。只不过毕竟出门在外，遇到这种人尽量不要与之正面起冲突，能避就避开。

文诗月刚迈上楼梯，本是警惕着身后的文身男，回头时却被一道拉长的影子夺去了注意力。

明暗交织里，影子的主人倚在楼道尽头那间房的门口，一如既往地当老烟枪，目光直视着庭院里昏昧的雨。

林旭有时候给人的感觉很奇怪，行为举止就没个好人样，可偏偏静下来一言不发的时候，又让人感觉他心藏山川湖海，让人看似看透，又好似看不透。

也不知道他在那儿站了多久，有没有看到刚才的事。

文诗月回头往上走，心想：看没看到又如何，难道我要真脱不开身与人起了冲突，还指望着他的仗义相助吗？

抛开他带给人的隐秘，他的种种言行与文身男不也算一丘之貉，两个人半斤与八两，又能好得到哪儿去？

但他好歹还欠她一个要求……

算了，她在胡想些什么。

楼梯发出“噔噔噔”的低响，木板被踏得发出清脆的声响。

林旭扭过头看了眼空空如也的楼梯，又将目光对准那个已经离开的文身男背影。被香烟氤氲得雾霭蒙蒙的双眸，像是骤然被这眼前的大雨洗净一般，一瞬间变得清湛而锐利。

文诗月回屋检查了相机设备和照片，都完好无损，她这工作也基本上到了尾声。

她正准备洗澡，手机响了起来。

她一看屏幕上显示的“王主任”，心里蓦地突突了两下。

她赶紧缓和了一下心绪，沉了一口气，又大吁了一口气，就着窗边的椅子坐下，这才咧起嘴角接通。

“妈。”文诗月轻松地喊了一声。

“渝江下雨了吗？”王晚晴质疑道，“天气预报不是说晴天吗？”

文诗月一听赶紧起身往洗手间走去：“没有，我在洗手。”

“嗯。”王晚晴没再听见水声，也没怀疑什么，言语间倒是有些抱怨，“反正我不给你打电话，你是不会记得给我来个电话的。”

“忙嘛，我要天天给你打电话你不也得烦死我。”

“哼，我看是你怕我烦你吧。”

“那不可能。”文诗月笑道，“我烦谁也不能烦我亲爱的母亲。”

王晚晴听这丫头还给她唱上了，忍不住笑了一下，又板着脸教育：“少跟我在这儿贫，你要真不要我操心，就赶紧找个人照顾你，多大岁数了心里没数。”

多大岁数了？也没多大吧。

“我这年纪怎么说也还算是花样年华，怎么您说话跟风烛残年似的？”

“二十六岁了一次恋爱都没谈，你哪里对得起花样年华？不是，你跟我交个底，你是不是有什么……难言之隐？”

“我能有什么难言之隐？”文诗月简直哭笑不得，不忘纠正，“还有，账也不是那么算的，我二十五岁生日还没过呢，怎么就二十六岁了？”

“怎么就不是了？”王晚晴不容置喙，“你别搞那什么一天没过生日就一天还是二十四岁那一套，你这是自己骗自己。”

文诗月琢磨着这不是挺正常的算法吗？怎么就骗自己了？

王晚晴也不啰唆，直接切入正题：“行了，说正经的。我这儿有个不错的小伙子，比你大三岁，上交硕士毕业，在财政局工作，还是个副科，年轻有为，工作稳定……”

文诗月换了个耳朵听王晚晴滔滔不绝地赞美别人家的孩子。

人家都说王婆卖瓜自卖自夸，而她家王婆不是，就喜欢夸别人，尤其是公务员、事业单位工作人员等。

毕竟她一个不沾边，所以打从今年一开年，王晚晴给她介绍的相亲对象全是以上类别的职业。

虽然每次相亲都被她各种插科打诨糊弄过去，但是王晚晴像是突然着了迷，从未放弃。

要么就是隔三岔五在微信推送点儿什么剩女恨嫁、大龄单身女子在浴室摔断尾椎骨无人问津等社会新闻，要么就是在电话里给她洗脑，说什么人到了二十五岁就是个分水岭，男人扶摇直上九万里，是越老越吃香，女人都奔流到海不复回，你是颗绝世明珠也得成沧海遗珠。到时候就不是你挑别人，而是换成别人挑你了，还打捞不上来那种。

不得不说王晚晴拽文一套套的，还都说到点子上，以至于文诗月这半年来在王晚晴的“之乎者也”熏陶下，也会时不时自我怀疑一下自己是不是真的老了，成了所谓的“滞销品”。

“文诗月。”王晚晴连名带姓地喊她，“你到底有没有在听？”

“有。”文诗月无奈地点头。

“这次这个真的特别合适，你柴阿姨谁都没提，特地留着这个说给你。你看外人都知道帮你急，你倒是皇帝不急……”

柴阿姨是王晚晴的同事，自从无意间得知自己跟月老一个姓的“秘密”，就热心地分担了月老的活，干得风生水起，还真给她说成了两对。

王晚晴没说完，好像反应过来自己在骂自己，顿了一下，继续说：“反正这个我是瞧着靠谱。我把他的名片和照片都发给你，小伙子长得也不错，端正稳重，一看就很顾家。人家加你，你给我通过，约你见面你就去见见。你再像前几次那样没了下文，就给我辞职回来考公务员，我就暂时不催你相亲。”

“加加加，见见见。”文诗月立马妥协，要让王晚晴知道自己已经辞职了，她是真的可以分分钟杀到渝江把自己弄走。

“我就搞不懂了。”许是文诗月答应得过于爽快，王晚晴提了下音量，“你在渝江也非亲非故的，你一个人待那儿有什么意思？你就……”

“可是爸爸在啊！”文诗月不假思索地截断了王晚晴的话。

果然，两边都陷入了一阵沉默。

文诗月抿了抿唇，说：“渝江机会多，我有自己的理想，我不想过那种一眼望到头的日子。我还年轻，现在不拼什么时候拼呢？再说了，苏木不也要回渝江了嘛，我还有朋友同学，怎么能说非亲非故呢？”

王晚晴也不争辩，轻叹一声，语气温和了下来：“月月，我不要求你赚多少钱，我只想你有个安稳的工作，找个安定顾家的人结婚，互相陪伴，平平安安过一生就够了。”

“我知道了。”文诗月笑了笑，“我不答应你了会跟人家联系的吗？”

“你最好不是打发我。”

“哪敢？”

文诗月挂了电话，像是打了一场仗似的疲累，生怕言语间被她那精明的母亲听出什么漏洞来。

微信响了两声，她点开那朵花的头像，是王晚晴发给她的名片和照片。

她放大照片，有些啼笑皆非。

是很稳重老实，试问谁敢在工作照上做表情包？

文诗月退出微信，搁下手机，衣服贴在身上的触感也越发让她难以忍受。

她换下这一身的湿衣服进了浴室去洗个热水澡。

洗完了头，刚给身上上完沐浴露，莲蓬头哗哗而下的热水渐渐变凉，变小，再到变没。

又停水了。

文诗月不是第一次遇到暴雨天供水不足导致停水这种情况，只不过之前遇到停水她要么是没洗，要么已经洗完了。

像现在洗到一半，浑身泡沫的情况还是头一回。

她暗自闭眸叹气，今天是水逆还是怎么着，又是淋雨，又是遇到文身男挡路，又被王晚晴催婚，现在洗个澡洗到一半也能没水。

文诗月立在浴室里等了好一会儿，浑身开始泛冷仍不见来水。这一身黏腻难受让她似百爪挠心，哪儿哪儿都不舒服。

她记得上次停水，停了一夜。

思忖后，她拿毛巾擦了擦身上的泡沫，顺手套上一旁挂着的睡裙，围着浴巾拿上换洗的衣物和洗面奶径直出了浴室。

外面的雨依旧张牙舞爪地伸向大地，撼动了一城夜的静谧。

文诗月拿了个袋子把手里的东西装进去，趿拉着拖鞋走到门口，顺手拿好房卡打开了门。

门一打开，一阵咸湿的过堂风迎面而来，雨声空实有节奏，奏唱着变奏曲。

她走出去就着护栏朝下看，一楼没人，远处那间独立的公共浴室没有亮灯，没有人。

文诗月下楼经过前厅，灯火悠然，里面却没人。

她浑身上下都不舒服，也没多做停留，伸手拢了拢身上的浴巾，往公共浴室走去。

而她没有发现的是，她一下楼左顾右盼、鬼鬼祟祟的做贼警惕样，落入了看戏人的一双黑眸之中。

男人在文诗月完全没察觉的地方，不由得被逗笑了。

公共浴室不大，是接的另一根单独的水管，就是为在停水时给住客拿来应急用的。

文诗月确定有热水以后，将门关上反锁，洗这下半场的澡。

热水冲刷着身上的不适感，文诗月终于感觉到自己又重新活了过来。

淋浴声混着雨声，相互淹没，入耳全是水流声，自然没能察觉有人在撬锁。

天地连成一线，夜浓雨缠。

文身男刚好走出房门，便看见一抹旖旎的身影进了公共浴室。

他整个人正处在亢奋中，本就肖想着那个姑娘的他在这夜雨的催化下彻底沦陷。

他杵在那儿，望着那抹在浴室暗黄灯影下如画的瓷白，晃得他眼中燃起了火，火星子一路下蹿到不知名处。

那扇门被关上，却也彻底打开了他的欲望之门。

四下无人，他堂而皇之地跟过去。

螳螂捕蝉，黄雀在后。

正当他娴熟地拿随身工具撬着锁芯感觉就快成功时，肩膀被拍了一下。

“喂，干吗呢？”林旭杵在文身男身后，目光却是落在他的手上。

文身男一怔，本能般地收回手里的作案工具。

他回头看向林旭，满脑子的渴望已经彻底淹没了他的理智。耳朵里是雨声混着一门之隔的潺潺水声，光听声音都能让他浮想联翩。

文身男能感觉到林旭跟他似乎有同样的意图，无声笑了起来，笑容里是男人都懂的猥琐。

他浑身烟酒气，用他那蹩脚的中文跟林旭打着商量："哥们儿，我看你也是同道中人，里面那小妞，咱俩一起？"

林旭嘴角噙着一丝若有似无的笑，社会气浓郁，看上去确实不像什么好人。

但文身男忽略了他那双能压住黑暗的眼睛，深不见底里卷着冷冽。

"一起？"林旭哼笑了一声，不屑道，"懂不懂先来后到？这妞是我先看上的，哥们儿我可没有跟人共享的癖好。"

文身男一听，笑容登时僵在了脸上，快到嘴的白天鹅他可舍不得放手。

"小子，老子跟你好好说话你听不懂是吧？"

文身男虽说矮林旭半个头，但是块头不小，看上去也比林旭凶神恶煞得多。

林旭见他充满戾气的脸上带着不同寻常的亢奋，眸底是一闪而过的刀光，语气倒是一如既往的漫不经心："老子还就听不懂了，怎么着？"

"你活得不耐烦了。"文身男屈指揉了揉鼻子，忽然一拳头朝林旭挥了过去。

林旭往后一退，伸手握住文身男的拳头，卸了他的力道，然后就着他的手腕往下一掰，一个反手将他掉转个身子扣在了身后。

再往前一推，文身男直接面朝下倒在雨泊里。

文身男只感觉到一刹那的天旋地转，还没闹明白来人的招式，自己就已经倒在了地上，手腕火辣辣地刺痛。

"找死！"

文身男被彻底惹怒，站起身来从腰间掏出了一把枪，直接对准了林旭。

林旭眼疾手快地伸出右手握着枪管往一边压，同时左手伸过去阻止他拉保险。

"轰隆"一声，电闪雷鸣照亮了两个人的脸。

一个凶恶，一个冷峻，又瞬间黯淡在光影里。

弹匣也顺势落到林旭的左手上，他右手捏着整支枪。

从卸掉弹匣，再到被林旭装上枪匣，上膛对准文身男，一套动作干净利落，不过电闪雷鸣一瞬。

在这片暗色中，文身男根本来不及反应，枪口就已经掉转，朝向了他。

"滚。"林旭抬眸，眸色淬冰，声色俱冷，只说了这么一个字。

文身男被震慑，神志稍微回来了一些，才意识到现在是什么情况，他到底在做什么。

他举起双手，浑身都痛，看着黑洞洞的枪口，节节后退："好，好，我滚，我滚。"

文身男似乎有些分不清东西南北，以至于没有回屋，而是跑进雨里，直接跑了出去。

林旭收回枪，摸出手机发了个信息。

他听着门内的水声，敛眸沉默了数秒，干脆退后靠着一旁的墙，然后伸手摸出烟盒咬了支烟出来叼在嘴里，抬眸睨着眼前看不清珠串的雨。

文诗月洗得差不多的时候，无意间看到门缝里好像有人影在晃动。

她心下一滞，赶紧伸手扯着浴巾，将自己包裹起来，又顺手抄起一旁的晾衣架，耳朵凑近门口听外面的动静。

这一听又似乎风平浪静，再看门缝处，无人无影。

她提起的心也跟着落了下去，怀疑自己是不是有那么点儿被害妄想症。

反正也洗好了，文诗月伸手关上淋浴开关，穿好衣服，整理好东西，提着袋子，拎着湿漉漉的浴巾，拧开门锁，拉开门往外走。

岂料她一只脚刚迈出来，就撞见了靠在门口抽烟的林旭。

男人明目张胆的目光自上而下地从她暴露在空气里的小腿一路看上去，最终停在了她的脸上。

他咬着烟，笑得痞坏："你这样还挺引人犯罪的。"

有的人，光是一个眼神就能将你从外看到内，就跟有透视眼似的，让你无处可逃。

显然，眼前的这个男人就是这种人。

大雨滂沱，公共浴室里氤氲着还未散掉的热雾，横淌出来略显匮乏的清光将两个人圈禁在内。

气氛很好，情况却大大的不妙。

文诗月看着林旭这双深不见底的眸子，光像是跌进黑洞，那里面残卷着的风暴能将她身上单薄的布料撕碎。

风裹挟着雨飘了过来，前胸后背都泛着阵阵凉意，透到心底，一阵心悸。

文诗月下意识拿双臂挡住了胸口。

"你这简直就是受害者有罪论。"她言语间是显而易见的十级戒备。

两条纤细的胳膊似乎也遮挡不住什么，她迅速展开浴巾把自己牢牢地裹了起来，转身欲走。

然而林旭长腿一迈绕过她，直直挡住了她的去路。

她节节后退，被他直接堵在墙上，无路可退。

文诗月的后背是一面冰冷的墙壁，身前是一堵炽热的人墙，左右两边是男人禁锢她的双臂，四面皆被挡。

她的内心其实早已经慌成一团乱麻，周围的空气像是流不动了，鼻息间全是身前这铺天盖地又无孔不入的男人气息。

尚存的理智在提醒着她不能慌，千万不要慌，保持镇定，他不敢怎么样。

入耳是男人低沉的笑声：“受害者？你吗？”

文诗月捏紧身上的浴巾，抬头对上林旭的眼睛，冷言冷语地说：“你刚才及现在的行为已经构成性骚扰了，想进派出所明说。”

林旭“扑哧”一声笑了起来，松开一只手扯下嘴上的烟，往后一弹。一道火星子于半空腾跃起抛物线，随即直直跌进了雨里。

烟卷湿了身，也燃尽了魂。

“我啊，也算是派出所的常客了，你吓唬不了我。”

看得出来，他这做派，是进出派出所的老熟人了。

其实，他是敢的。

文诗月意识到这个人比想象中更恶劣，是绝对不会善罢甘休的，于是……

“救……”

命啊！

后面两个字还没喊出来，文诗月的嘴已经被堵上了。

她后背连着脊柱都一并肃然发麻，瞪大一双杏眼，嘴上是男人手心带茧的触感，却好似燃烧了她的唇瓣。

几乎是一反应过来，她就一只手拽紧浴巾，腾出另一只手去推林旭。

男人岿然不动。

“你放开我，”文诗月的嘴被捂在林旭温热的手心里，说话含混不清，“浑蛋，流氓。”

林旭盯着文诗月，昏弱的光线里他的目光锁定了她。

这神色，让她感觉自己像极了被猫玩弄于股掌之中的老鼠。先想让她恐惧、害怕、精疲力竭，最后任其宰割。

“你怕是骂早了，我这不还没对你怎么样呢。”林旭笑得让人犯怵，“我想你也看得出来，打从我第一眼见你，我就看上你了。你说你不整天在我跟前晃，我也没那么想你。我这个人不喜欢强人所难，但是更不喜欢别人拒绝我，我的耐心也有限。你要答应跟了我，我不就不会这么粗鲁了。”

文诗月能感觉到自己与这个男人的力量悬殊，跟他硬碰硬，吃亏的一定是她。偏偏眼下又是这般无人之境，靠不了别人，她得曲线救自己。

林旭见文诗月没再乱动，几不可察地蹙了下眉，面上依然维持着自我感觉良好的色眯眯模样：“我可是为你分的手，我这个人其实没你想得那么糟，至少我很专一啊。我长得也不差吧，不还像你那位朋友吗？那你多少应该对我也有点亲切感了不是？”

他凑到她耳边，低哑的嗓音说着耐人寻味的话："放心，只要你乖乖听话，我会对你很温柔的。"

真是恶心他妈给恶心开门，恶心到家了。

文诗月想吐，实在是想说不要侮辱人家李且了，你连人家一根脚指头都比不上。可是她不能刺激他，于是点了点头，乖顺了下来。

而她的情绪变化也一分不差地被眼前之人捕捉进眼中，他的眉目彻底舒展开来，笑得更甚了。

"好，"文诗月见林旭笑得很猖獗，稳住心神，含混不清地在他的手心里吐着热气，"那你先松手。"

"真的？"林旭故作疑惑，"你不是要跟我耍什么花样吧？"

文诗月摇摇头，尽量表现得很诚恳，杏眼还弯成了月牙。

林旭见状，很是满意地松开了手，撑着墙，问："那去你房间还是我房间？"

"都可以。"文诗月抿嘴笑，他们眼下这情况，她喊人可能又得恢复刚才的样儿，他就不会再相信她，不能冒这个险。

"那你得先让开吧，你不是很温柔吗？"她继续装。

林旭可能精虫上脑，被她这装出来的顺从笑容给蛊惑住了。

文诗月见林旭真的松手往后退出路来，给她让出空间，就在下一秒，文诗月抓住这唯一的机会，破釜沉舟。

她回忆起自己曾经学过那么一点儿对付色狼的绝杀，用尽全力一脚就朝林旭两腿中间踢去，也不知道自己踢中没，反正她脚指头都快抽筋了。

见林旭一脸始料未及的扭曲，弯腰捂着重要部位，疼得皱眉发不出声来，她知道自己赌赢了。

文诗月瞅准时机拔腿就跑，不管不顾地一边跑一边大嗓门地喊："岩香姐，岩香姐……"

林旭望着跑掉了一只拖鞋，甚至差点摔倒却不管不顾的惊慌的背影，慢慢地站了起来，伸手揉了揉大腿，脸上浮现出哭笑不得的笑容。

看上去身无二两肉的，这劲儿还真不小。

都做到这个份儿上了，但愿他今晚这个流氓耍得值得，他这结结实实的一腿也挨得值得吧。

到岩香房间之后。

文诗月把刚才的事一五一十地告诉了岩香。虎口逃生，这会儿后怕席卷而来，她浑身颤抖，后背都渗出一层冷汗来。

岩香也惊到了，那个林旭看上去确实风流不着调，但是实在是没想到他居然真的能干出这么禽兽的事来。

文诗月第一反应是报警，但她跟岩香说完，冷静下来，方感报警也无济于事。

客栈只有大厅和二楼转角处有摄像头，根本拍不到公共浴室那边的情况，属于无凭无据。

双方都可以各执一词，警方最多也就是教育，也不可能真把人给抓了。

“我明天退他房费，让他走。”岩香提议。

文诗月摇摇头：“听他口气连警察都不怕，你这么做我怕他打击报复。”

岩香无奈：“那怎么办？”

文诗月想了想：“我走。”

如果一开始觉得他只是“口嗨”，她没必要担心，那现在他的行为已经构成犯罪，威胁她的人身安全了。

他的目标是她，那她只能离开这个是非之地。

“唉！”岩香不由得叹了口气，虽然不是什么好办法，但可能也是目前唯一的办法了，“虽然咱俩认识也没多久，但我就觉得跟你一见如故，你要走我还真舍不得你。”

文诗月本来是打算再待几天，好好享受她这段旅行的最后时光，这被迫提前结束，也确实有些可惜。

可是安全无论在何时何地都是最重要的，她现在是彻底被林旭那个流氓盯上了，不得不走。

“总有机会再见的。”文诗月也没忘了提醒岩香，“你也要注意点儿，我总觉得你一个人开这客栈不安全。”

“人这一辈子遇上好事坏事都是注定的，我在这儿这么多年了，要出事早出事了。”岩香见文诗月头发还湿漉漉的，起身给她找吹风机，“你不用担心我，我也算是地头蛇。”

文诗月不置可否，接过岩香递给她的吹风机。

“今晚就在我这儿睡吧。”

“求之不得。”

翌日，雨一直下。

文诗月本来准备买出镇的车票，因为雨势大山路危险，汽车暂时停运。

有时候人倒起霉来，喝凉水都塞牙，她只能被迫改签。

岩香一上午忙着买摄像头和报警器，见文诗月面色凝重，问她怎么回事。

她说：“今天走不了了。”

另外一个消息就是文身男昨晚出去摔到了头，还挺严重，与他同行的那个朋友刚从医院探望回来，退一间房的时候被岩香问起。

医生说暂时不清楚什么时候会醒，但是没有生命安危。

这倒是让文诗月吁了口气，好歹流氓少了一个。

这场雨就像是跟文诗月作对，一连下了整整两天，车票一改再改。

这两天摄像头和报警器都安装妥当，岩香还买了防狼喷雾，文诗月的心有余悸也在渐渐消退。不过她依然不敢掉以轻心，要么把自己锁在屋子里，要么就跟岩香、岩睿他们待在一起。

因为雷雨天气，忽然停水的情况依旧，她宁愿不洗，也坚决不再去公共浴室，总之，除了睡觉，尽可能地不单独行动。

说起来，那个林旭这两天除了出去吃饭，几乎都在自己的屋里待着，也不出来瞎晃。

文诗月琢磨，他可能是看到岩香找人安装了摄像头，还是不敢太造次，就以沉默来掩盖他做过的事、说过的话，现在大家都走不了，估计他心里还是有点儿犯怵打鼓吧。

第三天，老天爷终于哭醒了，拨开乌云见青天，蝉鸣起，蜻蜓飞，彩虹悬在天的尽头，看云卷云舒。

文诗月的车票是中午的。

上午，岩香说要出去一会儿，文诗月行李收拾好了，就帮她守着前台，顺便监督岩睿做作业。

文诗月怕音乐声影响到岩睿，便关掉播放器，手滑点开了监视器的画面。

就这样，她鬼使神差地看了起来。

白天的她没看，主要看的是她入睡以后，她想看看那个林旭有没有蠢蠢欲动的行为。

看了很久的倍速画面，她没发现林旭有什么让她警惕的行为，反倒是他晚上好像都不太爱睡觉，拎把椅子坐在房门口，点着烟也不怎么抽，玩玩手机看看雨，一坐就是好几个小时。

文诗月回想起早先也总是在夜里看到他、遇到他，莫名升腾起一股子说不上来的怪异。

她又找到那天晚上前厅的监控录像，监控可以拍摄到门口庭院的一隅，她看到自己鬼鬼祟祟地从门口走过。

没一会儿，那个文身男从庭院廊下走过，紧接着，林旭也从相同的位置走了过去。

又过了好一会儿，文身男在庭院里淋着大雨一晃而过，消失在摄像头的可视范围之内。

文诗月因为工作性质，在机房看片剪片的时间很多，眼神很好，一般人不仔细看都看不出在那种雨夜没光亮的地方，有人冒雨闪现了一下就不见了。

在那个波云诡谲的雨夜，文身男又扮演着一个什么样的角色？还没等文诗月琢磨明白，岩香回来了，双手都提着礼品袋。

“给你买了点儿特产带回去给家人朋友尝尝。”岩香直接把东西放在桌子上。

文诗月站起身来，有些感动，怕分别的气氛过于伤感，不由得调侃：“你这也不怕自己亏本。”

岩香就怕文诗月不收，忙说：“我这是放长线钓大鱼，以后带上你的亲朋好友过来玩，照顾我生意。”

文诗月点头：“必须的。”

岩睿听到文诗月要走了，搁下笔，眉头一皱，问：“月月姐姐，你要走了啊？”

文诗月要走的事岩睿不知道，这下看着他的样子，她揉揉他的脑袋，说：“等我下次再来好吗？”

“那好吧。”岩睿很懂事地点点头，小大人似的伸出手，“那祝你一路顺风。”

“好，谢谢。”文诗月也伸手跟他回握住，还左右摇了摇。

吃了午饭，岩香让小杨守着客栈，她去送文诗月。

两个人出了客栈门，意外地在隔壁的书摊看见了林旭。

他侧身而立，在跟一书摊老板聊天，勾着嘴角，叼着烟，闲闲散散，依旧一身痞气。

他手里摊着本书，倒是没什么特别的情绪。

难得天放了晴，门口人潮往来，长街繁华，一路光明。

文诗月压了压遮阳帽的帽檐，抬眼瞥了林旭一下，而他的视角其实并没有注意到人群里她的存在。

她却看见正午的阳光倾洒下来，透迤一地，有一束光不偏不倚，正好跌进了他的眼里。

岩香也看到了林旭，她揽着文诗月，用自己的身体挡住两个人接触的可能性，领着文诗月经过他，再朝客栈的反方向而去。

书摊老板指着林旭手里的书，问：“你不是说手上这本你看过的嘛，那你倒是说说，书里哪一句你印象最深刻？”

“这句吧，天亮之前有一段时间是非常暗的，星也没有，月亮也没有……”

林旭低沉的声音渐渐消失在了这沸反盈天里，也一并消失在她遇上他的所有荒唐无稽和惊心动魄里。

一切都将在这一刻结束。

# 第三章 / 好久不见，文诗月

跟岩香告别后，文诗月坐上了勐镇到西市的大巴，再从西市直飞渝江。

大巴驶出车站，一路朝镇外开去，驶上了公路。

午后的天空像海一样蓝，白云如同形状各异的白色船帆在上面涌动，阳光被渲染得饱满而热烈，璀璨金光抚顺远处连绵起伏的苍翠青山，近处是参差不齐的袅袅村庄和无垠田野。山灵气和烟火气碰撞，生动得宛如水彩画，意境又似水墨画。

文诗月靠窗而坐，却无意欣赏风景，脑海中总是不由自主地浮现出刚才林旭的那句话。

那句话对于很多人来说并不陌生，尤其于她而言，赋予了特殊的意义。

那也是这些年里，每每当她觉得累，觉得迷茫不公时，让她沉淀心态的一句话。

她更不曾忘的是，这句话曾经有两个人对她说过。

一个是她爸爸。

另一个，是李旦。

其实，她那晚在平台上忽悠岩睿的话也不完全是编的。

车厢内的乘客大多数都在打着瞌睡，陷入一段整齐划一的安静时刻。

文诗月望着窗外节节倒退的景色，也在昏沉里陷入了一段久远的回忆。

她的父亲文阳是一名民警。

她打小就知道爸爸工作忙，经常在家里吃着饭就被一个电话给叫回所里。爸爸往往记不住重要的日子，好不容易记住了时间也会错过，就连家长会明明说好他来，也会因为临时有事而放老师的鸽子。

王晚晴也不是不会抱怨，但总在一顿抱怨结束后又一个劲儿地跟文诗月解释爸爸要去抓坏人，这样才有我们的幸福生活。

文诗月小的时候其实确实不能理解，为什么爸爸一定要当警察呢？那么多警察叔叔，也不缺爸爸一个，可是她只有一个爸爸啊！

文阳却跟她说：“因为天亮之前有一段时间是非常暗的，星也没有，月亮也没有。爸爸的工作就是得让天很快亮起来，这样你这个小月亮才能平平安安去上学啊！”

文诗月那时候还小，听不懂什么天黑天亮、星星月亮的，她以为爸爸是太阳。

长大了以后，她慢慢地理解了爸爸的使命和责任。他确实是太阳，照亮每一处黑暗。

文阳虽然总是神龙见首不见尾，但是她明白，她的家庭是很幸福的，爸爸妈妈很相爱，也很爱她，她也同样很爱他们。

当然，文阳虽然忙，但只要一有休息日就一定会陪她，带她出去跑跑步，听她拉小提琴，一家三口一起去照相、采风等。

文诗月的体能很差，文阳就鼓励她只要拿到马拉松奖牌就答应她一个要求。市里每年都会举行一次马拉松比赛，他不给她限时间，只要她能办到，她要他怎样都行，承诺永久有效。

王晚晴这个时候会从中作梗，说："让你爸爸趁还没老赶紧换个工作。"文阳却摇摇头，很自信地回一句："我女儿才不会这么要求我呢。"文诗月笑着点头。

上了高中，文诗月偏科严重，她考上渝江三中是超常发挥，踩着录取线进去的。

在高手如云的三中，她就是凤凰尾巴上的毛，随时都能摇摇欲坠，岌岌可危。

王晚晴为了让她专注学习，停了她的小提琴。她虽然从小学就一直在学，可她其实并不是天赋型选手，以后要吃这碗饭恐怕是难以脱颖而出。

文诗月深知自己不是这块料，也从来没打算走专业这条路，只不过毕竟学了这么多年要放下还是有点儿心有不甘。

文阳就会安慰她又不是不让她拉，只不过是作为一个兴趣，合理地去利用时间，比如在学习累了用来放松心情和脑子，就非常完美。

既然登不上世界大舞台，那就给有爸爸的这个小舞台独奏就好了。

文阳从来都是她最忠实的那个听众。

在成长这条道路上，文阳参与得并不算多，但也并不妨碍在文诗月的心里爸爸是座坚固可靠的大山，也是无所不能的超人的认识。

可是，文诗月做梦也没想到她的大山会倒，她的超人也并不是刀枪不入。

那是2009年的最后一天，三中按惯例举行一年一度的元旦晚会。晚会利用晚自习的时间举办，让全校都参与起来。

高一、高二都得参加，高三不用出节目不强制参与。如果想看，也不是不可以，只要班主任同意就行。

谢语涵是班里的文娱委员，出节目就算了文诗月的小提琴演奏。

文诗月心想最后一年了，参加这次节目，为班级争光也不错。然而，如果让文诗月再次选择的话，她其实希望永远都不要有那一天。

元旦晚会从下午六点半开始，文诗月的节目是第二个，得先在后台准备。

礼堂陆续坐满了人，而她则是抱着小提琴站在幕帘后面，不知道是不是她的视力太好，在人声鼎沸的茫茫蓝白海洋中，她一眼就看到了李且和他旁边的苏木。

他们是从后门进来的，也没往前走，就着最后一排的位置坐下，有说有笑地抬头往前看。

隔着遥远的距离和数不尽的人头与目光，她撞上了李且深邃含笑的双眸。

晚会开始，主持人念了开场白后，校长讲话。

等待第一个节目闪亮登场的时候，班主任急匆匆地冲进了后台，神色颇为凝重。

文诗月几乎是在班主任说完的下一秒，背着小提琴盒就开跑。

她一路往校门口奔跑，凛冽的寒风刮得她的脸生疼，可怎么也比不上耳朵里反复回响着“你妈妈打电话来让你赶紧去市医院，你爸爸进了手术室”这句话让她更疼。

她是被苏木追上拽停的，他身旁跟着李且。

“怎么了？”苏木问。

“我不知道，爸爸出事了，进了手术室。”文诗月慌得语无伦次，“我……不知道，我得去医院。”

“姨夫出什么事了？”

“我不知道。”

“他在哪个医院？”李且问。

“市……市医院。”文诗月结结巴巴地回答。

“先去医院。”李且说。

这一天是跨年夜，又恰好赶上饭点，三个人一出校门，映入眼帘的便是串成灯河的车流停滞不前。

这个时间点要想打车难于上青天，就算运气好打着车也能堵到明年。

李且当即提议：“市医院离这儿不远，骑车过去。”

“我没车。”苏木也有些慌，他不怎么会骑车，更别说载人。

他拍了拍李且的肩膀，郑重地嘱托：“李且，麻烦你先带她过去。”

“好。”李且应下后，就朝车棚方向跑去。

苏木陪着文诗月，摸出手机给王晚晴去了个电话，得到的消息不容乐观。

文诗月眨巴着眼睛看着苏木渐渐泛红的眼睛，忍了很久的眼泪终是大颗大颗地夺眶而出，无法控制。

之后，她也不知道自己怎么坐上了李且的自行车后座。

她只知道这一晚格外冷，冷到了骨髓里。这一夜也出了奇的暗，天空死寂一般，黯然无光。

李且将她握紧拳头的双手扯到自己的腰际两边，让她抓稳了。她紧紧拽着李且的校服外套的双手冰凉没知觉，像是被冻僵了，耳边的风似乎都在哭，替她在哭。

“文诗月。”身前的李且突然开口。

“嗯。”文诗月像个木偶一般，冻到恍惚，眼泪早已被风干。

“你要相信现在医学这么发达，你爸爸一定能渡过危险的。你爸爸会没事的。”李且温声安慰她。

“我爸爸会没事的。”她宛如机器人，木讷地重复着李且的话。

“文诗月。”李且又回头唤醒她，提高了音量，“打起精神来，你都没信心，你还怎么给你爸爸信心？”

文诗月一下被唤醒。她攥紧李且的衣服，像是在给他，又像是给自己加油打气一般，笃定地重重点头。

“对，我要有信心，爸爸一定能过这一关，一定会没事的。”

可是，那晚文诗月的信心和信念还是崩塌了。

文阳因为出任务被捅伤，身中数刀，伤到重要脏器，失血过多，抢救无效牺牲。

坏人虽然尽数被抓，但他也付出了自己的生命。

他的生命终止在了2009年的最后一天，再也没机会看到2010年的第一道光。

文诗月赶到的时候，医生说再晚点就见不到最后一面了，让他们赶紧进去。

文阳弥留之际，气若游丝地朝王晚晴和文诗月伸出手。

他对王晚晴说：“对不起，要……辛苦你了。”

他又对文诗月说：“爸爸又说话不算话，要……要失约了。”

因为他们很早就约定好明天元旦假期一起去练跑步。

他看见文诗月背着小提琴，声音越来越小：“再……给爸爸……拉首曲子……好不好？”

“好，好。”文诗月擦干眼泪，打开小提琴盒，拿出小提琴拉了起来。

悠扬的小提琴声撕裂了每一个人的心。

一门之隔，里面的人在哭，外面的人也在哭。

琴弦绷断的那一瞬间，心电监护仪上跳动的曲线变成了直线，发出刺穿心脏的声音。

文诗月跪倒在地，放下小提琴，紧紧握着爸爸的手，灵魂也像是跟着走了一般。

“爸爸……”文诗月用力咬住嘴唇，直到尝到咸腥味才松开，“今晚好冷啊，你冷不冷啊？我嘴唇咬破了都好痛，那你流了那么多血，你得多痛啊……”

王晚晴紧紧抱住文诗月，不让她看文阳，哭声却震了天。

文阳的离开给文诗月造成了很大影响。她的情绪一直很低落，不哭，也没什么话，本就不是特别大大咧咧的性子，变得更为内向，她就像是变了一个人似的，期末考试的成绩也差得惨不忍睹。

苏木怕她抑郁，放寒假带她去玩去散心，偶尔也会叫上李且他们。

他们去了山里的度假屋小住，希望在这里能让她明白生死的真正意义，让她走出来。

离开前的那天晚上，文诗月又失眠了，辗转反侧到破晓时分。

她出了房间，看到了不远处一身黑羽绒服长身而立的李且。

她显然有些意外，停在原地踟蹰不前。

李且应该是听到动静，转身看到她，朝她微微一笑，招招手示意她过去。

“又失眠了？”李且问。

“嗯。”

李且指了指漆黑的天，说：“天亮之前有一段时间是非常暗的，星也没有，月亮也没有。就像现在。”

文诗月有些愣怔，这话文阳曾经也对她说过。

没一会儿，天际渐渐破开了一道光，朝阳将浓雾驱散，迎着晨起的钟声缓缓升起。

“你看，太阳出来了，天始终还是会亮。”李且清朗的嗓音像是晨间山涧的第一滴甘露，朴实却又充斥着无尽的希望，“日子还很长，生活还要继续，才对得起努力冲破黑暗的太阳。”

她站在李且身边，望着日出，听着晨钟，隐忍了太久的眼泪无声地落下，心里好像有什么东西慢慢地放了下去。

文诗月揉了揉有些发胀的太阳穴，其实现在再想起当年文阳去世的事，怀念大于悲伤。

那段时间劝她的人很多，却是物极必反，她反而排斥那些同情的目光，倒是那日清晨，李且也没有明说什么，可他的话偏偏对她起了作用。

离开的人已经离开了，留下来的人更应该热爱生活，这样才对得起像文阳一样用血和汗守护着城市之光的警察们。

她暗自呼了一口气，有了些困意，伸手拉上了车窗的窗帘，调整了一下坐姿，打算眯一会儿。

光线稍稍暗了些许，文诗月合上眼睛，偏头往车窗的方向移了移，不动了。

就在半睡半醒之间，她上午在电脑里看到的一些监控画面却在脑海里打转，当时岩香刚好回来，打断了她，以至于她也没再去琢磨。

这会儿那些画面又顷刻间涌入脑子里，她无法忽视掉，她闭着眼睛，脑子却在不停地运转。

公共浴室的位置很独特，也很隐蔽，两边都是花圃，没有通往其他地方的路。

所以不管是去，还是走，势必会经过前厅，那就一定会在前厅摄像头里留下蛛丝马迹。

就好比文身男。

他哪怕是顶着大雨从庭院那边出去，因着他的走位，一定是从公共浴室那边过来的。与此同时，在摄像头里留下了那么一点儿身影。

也就是说，那天晚上他们三个人一前一后去到的地方只有一个。

那就是——公共浴室。

所以，根据那晚监控画面几人出现的时间顺序，她是最先去往公共浴室的。

几分钟以后文身男去了。

两分钟后林旭也过去了。

再然后，文身男冒雨离开。

文诗月努力回忆监控画面里文身男的慢动作，天太黑下着雨是看不见他的脸的。

但是，他跑得摇摇晃晃，有些狼狈，他的左手好像是搁在右手的手腕上。

难道是……受伤了?

文诗月蓦地睁开眼睛。

如果是受伤了，那能把他打伤的总不可能是在浴室里洗澡的她吧?

毫无疑问，只可能是林旭。

就文身男那个块头，林旭能打得过?

如果真是那样的话，那为什么她袭击林旭时，他会毫无招架之力?

他预判她喊救命捂她嘴巴的反应可是极其敏锐的，还有之前，林旭三番两次救她，也相当迅捷，包括她当初不小心把花盆推下楼，真的就那么巧正好落在他的怀里了?

他真要对她怎么样其实应该是轻而易举的。如果那晚就那么刚好控制不住自己的下半身，为什么他是在文身男之后，而不是之前?

那感觉，就好像是他特地过去救她一样。

文诗月被自己的想法吓了一大跳，整个人腾地一下坐直了。

由于她的反应过大，膝盖撞到了前面的椅背。

“不好意思。”文诗月见前面的人回头看过来，赶紧道歉。

等前座的人转回去，文诗月又继续陷入自我推理中。

那如果是她想错了呢?

文身男受伤不过是林旭这只黄雀在后，单纯就是要吃她这只蝉，就只是想吃独食而已。

他就是那种人，派出所常客，独断独行。他看上的不能给别人，不得到誓不罢休，哪怕是犯罪。

要还是这样的结论，那之前的疑点就不成立了。

假设到这儿，文诗月推理不动了，陷入了死循环。算了，反正她也走了，一切都结束了，别再想了。

她闭上眼睛，彻底进入了安稳的睡眠状态。大巴进入西市，文诗月下了车从车站出来，拖着行李准备打车去机场。

她被两名便衣拦了下来，被带到了西市公安局。

文诗月在西市公安局，看到了身穿警服的白雪。

文诗月做梦都没想过她会有吃“牢饭”的一天。

想她好歹也是烈士子女，被暂时没收了一切通信工具，住进了眼前这个小单间里，还有警察把守。

住进来之前，她见了好几个警察，第一个应该是领导，对她说：“文小姐，因为你不慎卷入了我们警方一起重大案件。不用紧张，你本身跟这起案子无关，我们只是为保证一切顺利，所以在案子结束之前，需要你留在这儿，还请你配合我们警方的工作……”

然后另一个负责做笔录的警员给她详细地录了一份笔录。

最后，文诗月问了白雪一个问题：“所以，林旭也是警察。”

白雪点点头：“是。”

“他是卧底？”

“也不全是。”

“那他是？”

“等一切结束了，你会知道的。”

然后，文诗月就被带到了现在这个地方。

在这段被“拘留”的时间里，她已经基本上弄明白了，她之前觉得不可能的推理是真的。

林旭的一切所作所为，其实都是在救她，也是保护她。

但是她仍然还是很疑惑，他几次三番地调戏她，还有那晚到底是为什么。

她想得头秃都想不通。

此时此刻的勐镇，一场惊心动魄的抓捕行动已经在火烧云蕴满半边天时，拉开了序幕。

竹土寸客栈里，林旭在岩香面前制伏了与文身男同行的男人，以及另外两个突然出现直接袭击岩香的男人。

重获新生的岩香抱着泪流满面的岩睿，惊慌失措地看着将男人反剪双手压在地上的林旭，问：“你是什么人？”

就在这时，一群警察冲了进来，将倒地不起的两个男人和林旭手里的男人一并铐上手铐带走。

其中一个穿着特警制服的警察走到林旭面前，对他说：“李队，那边需要紧急支援。”

“知道了。”林旭看着岩香，最后伸手摸了摸吓得发抖的岩睿的头顶，对他们说，“我是警察。”

“梁队，这里交给你了。”他对其中一个便衣说完，转身迈着长腿跟刚才那个特警一并跑了出去。

火烧云褪去颜色，天幕压得很低，黑暗笼罩着整个勐镇。山林的风呼呼作响，狂风乍起，风雨欲来。

黑暗降临的时候，地狱空荡荡，厉鬼在人间。

勐镇大酒店里灯火辉煌，门窗紧闭，明明里面有几十号的人，却给人空无一人的感觉。

而酒店外，警车顶灯红蓝交替的色彩格外醒目，把这个不大的酒店团团围住。

里面的人出不来，外面的人也进不去。

雨滴打在地面，滴滴成串。

不多时，雨串成群，用力砸下，将白日里所有的干燥瞬间浸染成一片湿漉。

踏在水花上的作战靴匆匆，未曾停歇。

“凌队。”

凌成明看着眼前这个已经换好作战服的挺拔男人，说：“来，李且，我给你说一下情况。”

八年前，东南亚的一支庞大的贩毒组织将手伸向了国内。贩毒、杀人越货、贩卖军火等罪行不计其数，但他们并不入境，受地域限制，证据不足，抓捕始终陷入僵局。

而派出的卧底警察，一卧就是八年。

前不久传递过来的消息是他拿到重要证据，并成功游说，骗他们入境谈生意。届时请求警方抓住这唯一的机会，制订部署抓捕计划。

然而毒贩头头查到卧底警察八年前有一个爱人，就是岩香。

在刀尖上混到老大的位置，疑心病都重，哪怕卧底已经是他的心腹，他依然要留一手。

卧底也深知其性格，如果有个万一，他们一定会对岩香不利。

所以，他也希望这边能派人保护，但是也恳请不要直接告诉岩香。他怕自己万一有个三长两短，给了希望又让人失望。

他在传递消息里提到：如果我不幸牺牲，请永远不要告诉她。

上级各领导尊重卧底，于是最终派了综合实力第一的李且实施秘密保护任务。

李且是特警，常年掩面出任务，几乎没有暴露的危险，是最佳人选。

而西市公安局刑警支队技术科的洪梅化名白雪，协助李且。

一是做好前期监听部署工作，二是为了让他不被怀疑地近身保护岩香母子俩做幌子。

一切都在计划中，唯一计划之外的就是半路杀出随时都有可能会暴露他的文诗月。

“现在的情况是酒店里面有58名人质，嫌疑犯共12名，其中有2名被我们的人击中，重伤。我们的卧底虽然已经暴露受伤，但是好在没落在他们手里，暂时安全。”凌成明说，“不过，时间拖得越久人质越危险，你有什么想法？”

“我带一组走排气道，跟我们的卧底里应外合。”李且看着电脑里酒店的楼层分布图，继续对在场的领导们说，“让狙击手负责掩护，剩下两组等待命令准备强攻，应该没问题。”

“你确定？”其中一个并不了解李且的领导询问。

“我可以确定。”李且笃定地直视对方。

最后在大家的商议下，决定采纳李且的建议。

出发前，凌成明郑重地交代李且：“一定要让他活着出来，他还没见过自己的儿子。”

李且伸手拉上面罩，遮住口鼻，只露出一双比这夜更黑的坚定眼眸，却又好似被这雨水洗得格外明亮。

他点头：“一定。”

不知道过了多久，枪声划破长空，在一片黑暗里开启了胜利的篇章。

文诗月“出狱”是在第二天早上，负责让她离开的是一名年轻的女警察。

女警察让她检查一下自己的随身物品，没问题就可以签字拿走离开了。

文诗月一边签字，一边问：“你们案子办完了？”

女警察回道：“是啊，所以你可以走了。”

“林旭呢，回来了吗？”

“我们这儿没有这个人啊。”

“那白雪呢？”

“也没有啊。”

“怎么可能？”文诗月搁下笔，瞧着女警察，“就昨天那几个警察同志里面的那个女警官。”

女警察想了半天，才恍然大悟起来：“哦，你说的是洪警官吧？”

“洪警官？”文诗月茫然又愣怔。

“对啊。”女警察将文诗月的随身物品和她的行李箱一并还给她，“好了，你可以走了。”

可她现在不想走啊，她还没弄清楚到底是怎么一回事呢。

就在这时，她的手机响了起来，是周芊。

一接通电话，周芊惊魂未定的声音就传了过来：“你没事吧？”

文诗月琢磨她这进局子的消息泄露了？她就“蹲”了一晚而已，怎么就传到千里之外的周芊耳朵里？

“我能有什么事啊？”文诗月当然还没傻到以为周芊真的知道，于是笑着问，“怎么这么问？”

“你旅游去的那个勐镇，昨晚破了个挺大的案子。说是抓了个东南亚过来的毒贩头头，还挟持人质跟警察火拼，你怎么这么淡定？”

文诗月却反问：“你怎么知道？”

周芊回道：“上新闻了呀，你不知道吗？”

文诗月赶紧打开手机新闻网，点开相关的新闻报道看了起来。电话那头的周芊还在说：“听说我们警方这边也有受重伤的呢，已经被送到西市市医院进行救治，你说这些毒贩咋这么嚣张……”

受伤的警察文诗月倒是没看到，不过她看到了视频里竹土寸客栈里也有警察。

结合之前种种，她开始担心岩香。

“好，我知道了，我现在有点事，晚点儿再跟你聊。”文诗月将手机置于耳边，对周芊说。

挂了电话，文诗月赶紧给岩香打了个电话，得知她现在也在西市市医院。

她拖着行李叫了出租车：“师傅去市医院，谢谢。”

路上，文诗月又继续在看关于昨晚勐镇抓捕行动的相关新闻。其实都是简单报道，不会详细说明。

以至于她想找一找林旭的身影，也是无用功。

收到邮件的提示这时从手机顶端弹了下来。

她点开一看，是渝江电视台人力资源部发给她的面试通知，时间是明天上午九点。

文诗月退出邮件，开始订机票。

昨天因为进了公安局被迫退了票，损失会由警方补给她，今天得重新订。

她看了下今天下午飞渝江的航班，虽然有余票，但是能选择的并不多。除了下午三点那一班，还有一班就是晚上八点多的，其余的都要转机。

文诗月看了眼手机，现在是上午十点十分，她去完医院再去机场时间还很充足，于是订了下午三点那一班。

到了西市市医院，文诗月找到岩香。

岩香坐在 ICU 外面，脸色苍白，人很憔悴。还有几个穿着制服的警察，不像是普通民警，似乎在保护着里里外外。

一问之下，文诗月才知道原来 ICU（重症监护室）里面那个是岩香的爱人，岩睿的亲生父亲，是一名卧底警察。

岩香也是到今天才知道一切真相。

在这之前，她只知道她爱的男人突然消失了，一消失就是八年，杳无音信。所有人都劝岩香忘了吧，找个好男人嫁了，可她偏偏不，宁愿一个人辛苦，宁愿儿子抱怨质疑，她也一个人吞下所有的眼泪。

文诗月看着岩香红肿的双眼，倏然想起了客栈的名字。

竹土寸——等。

原来岩香一直都在等一个人，等一个遥遥无期的人。而这个人如今回来了，带着一身伤在鬼门关徘徊，生死未卜。

可她却依然没有告诉岩睿，她可以承受这一切，她不希望孩子承受再次失去父亲的绝望。

“值得吗？”文诗月问。

“如果你遇上这样一个男人，你也会这样做。”岩香说。

文诗月不确定自己有没有岩香这么伟大，毕竟她不勇敢，也没有那么长情。

曾经遗憾过，释然过。未曾回头，一路向前，踽踽独行地走到今天。她是真没打算死守在回忆里，只不过怎么都遇不上那个能让她再次怦然心动的人罢了。

她理解岩香，却也不理解岩香。

就在这时，文诗月像是有什么心灵感应似的，蓦地一抬头。

一双还有些不聚焦的杏眼在半空中与不远处那双深邃浩瀚的黑眸撞上，就像冥冥之中有着某种引力。

文诗月看到男人依旧一身黑 T 恤、黑裤子，却又不同于之前的随意散漫。他黑 T 恤左边的胸章打眼，腰间系着警用腰带，肩宽腰窄又干练，胳膊上裹着的白色纱布显得格外醒目。

她起身，鬼使神差地朝他走了过去，而他也向她走了过来。

“你是警察？”文诗月站定在人跟前，瞥了眼他的胸章，抬头直截了当地问。

“我是。”李且也不再隐瞒。

“可我问过公安局的人，局里没有林旭这个人。”文诗月隐隐有所怀疑他可能会是谁，须臾间却又感到荒谬至极。

“我不隶属西市公安局。”他说。

文诗月有些自嘲地一笑，果然是她想多了：“难怪。”

李且垂眸看着文诗月，拿没受伤的那只手摸出兜里的警官证。

打开，面向她。

文诗月一抬眸就对上了警官证上的证件照。五官端正，英俊非凡，精气神俱佳，跟眼下的他很相似。

目光一移，直接叫她愣怔当场，讶异得无法言语。

姓名那一栏上面赫然写着他的真名——李且。

李且合上警官证，那些曾在他身上游荡的所有的轻浮痞流气都俨然变成了眼前的一身正气。

只见他朝她微微一弯唇，用李且的身份跟她打了声久违的招呼。

“好久不见，文诗月。”

高三毕业那天，文诗月开开心心地去吃散伙饭，她考得不错。分数虽然还没出来，但是估分后，不出意外的话，以她的分数北城一大半的985都能上，说不定还能去京大。

这是她暗自努力了两年半的结果。从一开始的年级五百名开外，到后来的稳定前二十名，在龙凤斗极其激烈的三中，她硬是涅槃重生，闯出了自己的天地。

从寂寂无名到人尽皆知，她用了两年，很多人都以她为榜样。长得漂亮又低调，还比别人勤奋，能一步步走到现在这个地步，大家只有佩服、喜欢，没有嫉妒。大家都相信努力是有回报的。

她这近一千个日夜里起早贪黑地学习，当别人在玩时，她无时无刻不在刷题，两耳不闻窗外事。她变得优秀，成为照耀别人的太阳，一身孤胆地勇往向前。

当然，只有她自己知道，这所有的一切归根结底，为的都不过是那所她想踏进的校园。

她想考到那个学校，哪怕考不进去，至少如今以她的成绩也能轻松去到那座城市。她想知道，如果她这一次努力的话，未来会不会有不一样的故事。

可是，人又怎么能跟命运斗呢？

那晚散伙饭吃到一半，苏木打电话过来恭喜她，顺便跟她讲讲出分后填志愿的一些门道。

两个人就着分数和选学校聊了好一会儿，她从苏木那儿得知李且因为他母亲，加入了学校的交换计划，很快就会出国，之后大概率会在国外定居。

文诗月不记得自己是怎么跟苏木结束通话的。她只感觉包间里吵闹欢乐的声音有些刺耳。

她笑了，越笑越大声，淹没在一片真正的欢乐里。

原来有的故事不是光靠努力就会发生的。

散伙饭的尾声是切蛋糕，蛋糕是特地定做的，上面写的是全班同学和老师的名字，老师们吹蜡烛祝同学们前程似锦。

文诗月想起她曾经也说过这四个字。

看着眼前的老师、同学，她才恍然大悟，原来前程似锦的真正含义，是告别。

吃蛋糕的时候，文诗月问身边的谢语涵："这蛋糕怎么是苦的？"

谢语涵尝了口文诗月盘子里的蛋糕，莫名其妙："很甜啊。"

文诗月又尝了一口，很是肯定："真的是苦的。"

"你嘴巴有问题吧？"

头顶的灯光打在文诗月的身上，让她整个人闪闪发光。

她抬头望着灯光，光晕刺眼，而她忽然自讽地一笑，上天可以为努力的世人送来一束光，但并不包括慷慨赐予人间情感。

吃完散伙饭以后，文诗月在路边看见一个老爷爷，身形枯瘦，衣衫褴褛地坐在花坛边的长椅上。她拐进一旁的便利店，买了一个饭团、一个三明治，还有两瓶水，然后朝老爷爷走了过去。

饭团、三明治和一瓶水都被递给了老爷爷，说是请他吃，老爷爷感激她的好心，笑着接了过来。

而她也没走，握着一瓶水就着长椅也跟着坐了下来。

一阵夜风扬起了不知道是谁丢在地上的广告单，轻薄的纸张在半空中起起伏伏。

风力始终是还不够大，纸张飘起来也略显笨重。

老爷爷吃着还是热的饭团，对文诗月说："起风了小姑娘，还不回家？"

文诗月一直盯着那张在风里飘的广告单，没头没脑地问了一句："这风能吹到北城吗？"

"这说不清楚，你希望它能吹到，或许它就真的能吹到。"

"它应该吹不到地球的另一端吧？"

话音刚落，那张广告单就落了下来，跌在了地上。

"您看，风根本就带不走它。"文诗月苦笑着。

她的嗓子有点儿干，低头去拧矿泉水瓶盖，可是怎么拧都拧不开，拧到手指割着疼，好像被钝刀割着心脏，一颤一颤地疼。所有被她强压的坏情绪终于因为这么一件小小的事情而释放。

“怎么拧不开？”文诗月还在用蛮力拧，眼泪毫无预示地滚了出来，“啪嗒啪嗒”地打在手背上，“怎么会拧不开呢？”

老爷爷看这小姑娘拧个瓶盖都能拧哭，赶紧搁下饭团，接过来帮忙拧开递给她：“不哭啊，你看，这不就打开了。”

就像是泄了洪的闸口，打开后洪流蜂拥而出。

“爷爷，”文诗月握着矿泉水瓶，也没喝，哭得很伤心，“我们不会再见了。”

老爷爷拍拍文诗月的背，安慰她：“小姑娘，人与人之间是有缘分的，会再见的。”

文诗月摇摇头，抽泣着说：“不会了，已经见完最后一面了。”

从此的他们，是山高，也是水远。

在文诗月的认知里，有的人在年少时就已经见完最后一面了。

就好比李且。

是以，她从没想过会以这样的方式再见面。

心跳了，跳得毫无章法，如海浪般澎湃而汹涌。是因为警官证上“李且”二字，也是因为他的这句“好久不见”，更是因为站在面前的这副货真价实的面孔。

不是做梦，更不是臆想，是真的，真到让人觉得假。

老实说，文诗月确实还有很多的疑问，但是在顷刻间就像是失了忆，空空荡荡，毫无头绪。头顶是层层叠叠的疑云，胸腔里是翻来覆去的巨浪。

乱，脑子乱。

心，更乱。

她望着李且，最终千言万语汇成了一句没头没脑的话：“你眼角的痣呢？”

问完她就后悔了。可真能问，什么不好问，偏偏，偏偏问这个。哪怕跟着回他一句“好久不见”，也比问人那颗痣去哪儿了要强吧？

显然这句话也让李且微愣了一下：“什么？”

文诗月暗自清了清嗓子，故意用不太确定的语气含混道：“我好像记得以前你眼角有颗痣来着。”

“前几年出任务的时候点掉了。”李且别有意味地盯着文诗月，“这你都记得？”

“就，隐约记得好像是，不确定。”文诗月挠了下鼻尖，囫囵应付她的说谎不打草稿，目光落在他的胳膊上，“你的手没事吧？”

“没事，皮外伤。”李且说。

“哦。”文诗月点点头，“那我能……”

问你几个问题吗？

话没说完，文诗月就被李且拽着胳膊往他那边带了过去。两个人齐刷刷地退到墙边时，他们刚才站的位置急匆匆地经过一张推床。

文诗月几乎是半靠在李且的身上，男人手心的温度和他身上的体温也渐渐传递到了她的胳膊和后背，又灼了一下她的心。

不知道是不是他们眼下的距离过于暧昧，还是心理作用，她感觉自己的脸有些发烫。

她偏着头，不动声色地往旁边挪了挪，脱离他的怀抱。然而她所有的举动，她的有意退开和微微泛红的耳朵，都被李且看在了眼里。

他放下手，垂眸屈了屈手指，将手揣进了兜里。手心里不属于自己的温度，经久不散。

“谢谢。”文诗月平复心绪道谢。

“客气。”李且却蓦地笑了一声。

文诗月因这一声笑又提起了她那刚搁下去的心，她不明所以地扬声问：“笑什么？”

这话问得有点儿赌气的成分，李且的笑意偏偏更甚了：“就感觉你现在变化还挺大。”

“有吗？”她哪有什么变化，但是因为是他提的，她莫名的好奇心也来了，脱口就问，“哪儿变了？”

“以前的你，”李且停了下，似乎在琢磨，“有点儿高冷。”

文诗月提起的心有点儿开裂，那不是当初在他面前装出来的嘛。

“那，现在呢？”她硬着头皮问下去。

“现在啊……”李且瞧着文诗月微微咬唇的样子，眸底的笑意越发浓烈，“倒是可爱多了。”

文诗月一听，猛地一抬头，不偏不倚地撞上了男人的目光，四目相对，好像有火花在空气中“刺啦刺啦”燃烧。

“李队。”

一声喊活生生地斩断了这道火花，两个人一前一后地挪开了视线，各看各处。

朱进跑到李且跟前，瞥了眼他身边的文诗月，又看向李且，气都没喘匀就说：“凌队找你。”

李且昨晚出完任务就上交了属于“林旭”的手机，自己的手机还在凌成明那儿没拿回来，所以现在要找他也只能用腿来找。

至于文诗月……

昨晚行动结束后兵荒马乱，一直持续到天亮，大家才放下心来。

他忙完，因为纱布浸血在重新换药，于是让跟在身边的朱进问下在西市公安局里的文诗月现在处于什么情况。

朱进本来要出去打电话的，被李且给拦了下来："就在这儿说，你跑什么？"

"李队你这还在换药呢。"朱进说。

"我伤的是胳膊，又不是耳朵。"

一旁的大夫"扑哧"笑了一声，跟着附和："对，手别乱动就行。"

朱进有些茫然地拨通了电话，等待接通的时候有意将手机递到李且的耳边，又被人给训了："问个事都不会？还要我来？"

"不是。"朱进又将手机搁回到自己的耳边。

"你别再动了，"大夫见李且支着耳朵盯着朱进，忍无可忍地提醒，"再动，得重新缝了。"

"不好意思。"李且端正坐姿，目光还停留在朱进那儿。

朱进收了线，跟李且汇报："说是已经走了。"

"走了？"李且下意识动了下胳膊，扯了下伤口，几不可察地蹙了下眉头，"说她去哪儿了没？"

"没说。"朱进摇摇头，询问，"那要不，我去打听打听？"

"算了，没事就好。"

本想着等一切结束，回了渝江再说，倒是没想到会在ICU外面遇上她。

"那我……"

"没事，你忙你的，我一会儿……"文诗月赶紧接下话来，话还没说完就被那边的岩香喊了一声，她回头应下，跟李且说，"那我就先过去了。"

"嗯，那……"李且的话也还没来得及说完，文诗月已经转身走了。

他瞧着姑娘纤柔的背影，轻勾了下嘴角，对朱进说："走吧。"

文诗月就着岩香身边坐下，不受控制地回头看去，一眼就捕捉到了那个挺拔的背影渐渐消失在她的视线范围。这才是真正的他啊，之前在客栈里那个总想占她便宜的流氓都是他演出来的，他原来还是一个很不错的演员。

他刚才说她，可爱？

"月，想什么呢？"岩香问。

文诗月回过神来摇摇头。可能这段时间的相处，她出了太多洋相，跟以前面对他时确实不太一样，他才随口那么一说的吧？这也不能怪她，那她又怎么会知道林旭和李且原来是同一个人。

说起这个，她脑子里还有千丝万缕的问题，又不知道从何问起。算了，她大致也能猜个七七八八，就这样吧。

文诗月陪着岩香说了会儿话，听她讲起他们的爱情。很巧合的相遇，很浪漫的沐浴爱河，那一段时间是她过得最开心快乐的日子。

可惜快乐和幸福总是短暂的，他消失后，她发现自己怀孕了。

然后她不顾家人反对一定要生下孩子，跟家里闹翻了来到勐镇，用所有的积蓄开了个客栈，当一个单亲妈妈至今。

同样的，岩香也问起了文诗月怎么还没走，文诗月把自己离开勐镇以后的事跟她说了一遍。

岩香叹了口气，有感而发：“我确实是没想到林旭其实是警方派来秘密保护我们母子的。”

是啊，这电视剧里才会发生的情节，谁又能想到就这么发生了呢？

文诗月想起刚才看到的警官证，说：“他叫李且。”

“这是他的真名？”岩香想起刚才看到他们俩在一旁说话，结合在客栈的种种，不由得问，“你们认识？”

“认识，”文诗月莫名有些感慨地说，“认识十年了。”

凌成明和李且他们一起从病房出来，里面躺着的是一起执行任务受伤的队员。

医生在跟他们说明目前的情况及注意事项。生命危险倒是脱离了，就是需要一段时间来养伤，目前这情况暂时不要长途跋涉，等稳定了再转院。

待医生说完了，几个队员又进病房里去了。凌成明拍拍李且的肩，跟他一边说话，一边往大厅走去。

“手怎么样啊？”凌成明看了眼李且的胳膊。

“小问题。”李且抬了下胳膊，以示没事。

“下午有个联合会议，你跟我一起去。”凌成明说。

“是。”

“还有这次行动报告关于那个姑娘的事，你得认真写清楚。”

“她就是个意外。”

凌成明“哟”了一声：“不管是不是意外，都得写进行动报告里，你又不是第一次写报告，还需要我教？”

“如果我说需要，您会帮我吗？”

“你说呢？”

“不敢劳驾您，我自己来。”

凌成明剜了他一眼：“还有啊，有的话能说，有的话不能说，这个度你得把握好。”

“说什么？”

“她不是你的朋友吗？怎么可能什么都不问？”

李且倏然想到之前在 ICU 大厅的事，没由来地一笑。

她好像确实有很多疑问。

“笑什么？”

李且一听，那个姑娘也这么问他，就是反应有点儿意思。

一脸出乎意外的茫然表情。

“没什么。”李且望向窗外，“就是突然想到那个朋友了。”

此时临近中午，医院人来人往，窗户斜对着医院大门，阳光渐烈。

而李且的目光正好锁定在医院大门口那个推着行李等车的姑娘身上。

阳光透过窗明几净的玻璃洒了一地灿金，将人笼罩在内，像是为其镀了一层金身。

来来往往的人不经意瞥见李且，就再也挪不开视线。

耳边是凌成明的声音：“反正你办事我一向放心，哎，对了，关于下午的会……”

李且哪儿还在听凌成明说什么，一双眼静静地看着文诗月让了一个腿伤的男人上了出租车，又让了一个坐轮椅的姑娘上了出租车，门口再无空车。

他弯着嘴角，心想她还是那么好心肠。

记得高中时，他曾经偶遇过文诗月两次，她都是在做好事。

一次是上学的路上，他骑车经过一个岔路口，看见她在帮一个老奶奶推三轮车上坡，然后迟到了被罚站校门口挨训。

还有一次，是在一个商场。他从透明直梯那边下来的时候，看到她朝中庭扶手电梯那儿狂奔，拿自己的身体抵住了失控的婴儿车，然后脚瘸了一个礼拜。

他也从苏木那儿听到一些，原来她舍己为人做的好事不仅仅是他所看到的那两件，还有很多，连流浪猫狗都不放过。

后来得知她爸爸是警察，他也就理解了。

她从小受到的是最正直的教育，所以她这么心地善良。

李且蓦地打断了凌成明：“凌队，我想起我还有点事，下午的会我会准时到。”

说完，他转身就小跑离开。

“哎，这小子。”凌成明看着李且急匆匆的背影，笑着摇摇头，也走了。

李且去了趟病房，没两分钟就出来了，手上多了把车钥匙和手机，脚步不停地径直朝电梯口跑去。

他出了住院大楼，一路朝着医院大门口大步迈进，文诗月背对着他低头在看什么。

他偏了下头一看，她是在看手机。

“文诗月。”他在她身后喊了一声。

只见姑娘应声转过来，白里透红的小脸上有没反应过来的呆萌，连眼神都显得有一些涣散。

他朝她走了过去。

刚刚文诗月陪了岩香好一会儿，看了好几遍手机，被岩香发现，问她是不是赶时间。

她点点头，说明天有个面试，订了下午三点的机票回去，现在差不多应该往机场去了。

岩香让文诗月不用担心她，别耽误了自己的事，有什么事手机联系。

文诗月又抬头扫视了一圈，依然没再看见李且的身影。其实她在这儿待这么久确实还是想等等看他会不会回来，可是眼下她应该是等不到他回来了。

就算让她等到他回来，又能怎么样呢?

“有什么需要你记得跟我说。”文诗月握着岩香的手，柔声安慰，“都会好的，你也照顾好自己，你可不能垮。”

岩香回握住文诗月的手，让她放心：“我知道，行了，你快走吧。”

“那我走了。”

“嗯，路上注意安全。”

文诗月离开 ICU 后，就推着行李径直往医院大门走，本来以为挺好拦出租车来着，谁知道身边站着一个腿受伤的男人。天气太热，她笑着让他先上车。

没一会儿，等来了第二辆空车，旁边又出现了一个轮椅，轮椅上坐着一个女孩，被女孩妈妈推着。她往旁边让了让，又让她们先上车。

这下又没有空车了，文诗月拿手扇着风，摸出手机琢磨着要不要喊车。

又等了一会儿，有一辆空车，却因为停的位置离她较远，被人捷足先登了。

她叹了口气，打开打车软件，还是决定叫车。

就在她选好路线正准备确认呼叫时，身后蓦地响起一个低沉磁性的声音，叫的是她的名字。

文诗月闻声转身看去，一眼就在熙熙攘攘里看到了那个高大英俊的男人。

李且行走在阳光下，肩背挺括，走姿随意中又有些端正，五官轮廓永远精致，骨相线条流畅而硬朗，更帅了。其实他还是有很大的变化，褪去了十七八岁时青涩的少年气，成熟稳重。

他唯一没变的，还是人群中耀眼到让人无法忽视的存在。

这么多年，他也快奔三了，应该……成家了吧?

“你去哪儿？”李且立在文诗月跟前，正好帮她挡住了越发炽烈的阳光。

“机场。”

李且伸手去拉文诗月旁边行李箱的拉杆，直截了当地说：“走吧。”

“啊？”文诗月一时之间没弄明白他这是什么意思。

李且瞧着文诗月，微眯了下眸子，对上她的视线说：“我送你。”

文诗月蒙了。

此时阳光的毒辣似乎又上升了一个程度，照在人身上像是荆棘扎着肌肤，人们的步履也肉眼可见地匆匆起来。

文诗月的额角微微渗着细细密密的汗，连忙摆手拒绝：“没关系，我打车就好。”

李且却没松手：“这个时候不好打车，你不用跟我客气。”

难道不应该客气吗？其实也没那么熟吧，也不是，是她曾经单方面对他很熟才对。

“你的手有伤，也不方便开车。”文诗月说，“我用手机叫车也很方便的。”

“没事，不影响。”

“你不是还有工作在身？”

“我暂时没工作。”

文诗月一时语塞。

“还有什么担心的由头，要不一道问完？”

李且干脆将手肘搭在行李箱的拉杆上，放松姿态，一副我等你想好的表情瞧着文诗月。

其实也确实没有什么可担心的由头，就是有点儿意外而已。不过，在人生地不熟的外地，遇上个认识的，还是警察，还能有比这个更安全的吗？

他这么好心好意，应该也是看在他老同学，也就是她表哥的面子上吧？而且，她不是还有问题想问吗？之前在 ICU 不是还想着等他吗？

李且见这姑娘还真在认真想，暗自叹口气：“走吧，就当我为林旭跟你赔礼道歉了。”

原来是心里过意不去。

“你也是职责所在。”文诗月笑了下，也不纠结了，“那麻烦你了。”

李且勾了下唇，站直拉着拉杆箱，扬扬下巴：“这边。”

文诗月作势要去抢行李箱的拉杆：“行李我自己来就好。”

一辆车迎面而来，李且眼疾手快地把文诗月拉到靠里面的道。

他松开她的胳膊，走在外侧推着行李对她说：“你就负责跟着我就行了。”

到了停车场，文诗月才发现李且的车的车牌是隔壁明市的。

所以他隶属明市?

“你先上车，我放行李。”李且拉开副驾门，然后才推着行李绕到车后。

文诗月刚系好安全带，后备厢被扣上，驾驶室的门打开，李且长腿一跨坐了进来。

密闭的空间里充斥着独属于他的强烈气息，是干净的、不再有烟草味的清爽。

李且系好安全带发动车子，将车驶出了停车场。

从医院到机场大概要一个小时，李且将车驶出医院，问文诗月：“你几点的飞机？”

“三点。”

“飞渝江？”

“嗯。”文诗月有些意外，“你怎么知道？”

李且瞥了一眼仪表盘上的时间，将车汇入车流，才不疾不徐地说：“当时在客栈认出你的时候，就查了你的底。”

言下之意，她的基本资料他都知道?

“哦。”文诗月觉得也是情理之中。

车轱辘压过市区的柏油路，车窗外是鳞次栉比的楼宇和特色建筑，街道两边是统一的椰树，绿意盎然，人行道上是穿着本地服饰的行人，色彩斑斓。

车水马龙，门庭若市，很是热闹。

而车内，冷气开得不高不低，很舒适，扫去了文诗月在外面吸了一身的热气。

“我记得苏木以前提过，你的意向好像是去北城，怎么最后又留在了渝江？”

文诗月发现这人怎么专往她的命门上打。

怎么没去？还不是因为你。算了，反正你这辈子都不会知道。

“我的成绩也去不了京大，对比起来我想学的专业，渝大比京大等其他的学校更好些。加上我妈身体不是很好，所以就……”

“你一直在渝江？”

“嗯。”

李且语带遗憾：“有点儿可惜。”

意思是她没去北城发展有点儿可惜?

“渝江很好，怎么会可惜？”

李且一听，偏头瞧了眼文诗月，笑容颇耐人寻味，却没有答她这话。他回头看路况，继续开车。

文诗月见他没搭话，微微偏头看他。男人侧脸轮廓立体高挺，下颌线紧致，脖颈间的喉结极其突出，每一处呈现在他身上都仿若鬼斧神工。

他的双手不松不紧地把着方向盘，目视前方，车开得很稳。

不知道是不是她的目光让他察觉到了，他蓦地转过头来看向她。

两个人的视线有一刹的交汇，她赶紧把脸转到一边，佯装在看外面。

谁知道李且打着右转向灯将车停在了临时停车位上。

文诗月脑海里浮现出四个字——自作多情。人家不是在看你，是在看路。

“你等我一会儿。”李且说完，便推开驾驶门，下了车。

文诗月的目光追着他的身影，看着他绕过车头上了台阶，往一间便利店走去。

直到他高大的身影消失在店门口，她才低头打开手机看了眼时间，又点开微信，打算给苏木发条信息问问。

她的手指在屏幕上顿了顿，又一一删除那些字。算了，现在问这些又有什么意义呢?

都过去了，一切都是注定的。

当年吃完散伙饭回去以后，文诗月收起了她跟李且的合照，唯一一张，是苏木毕业时苏木让她帮忙拍照，顺便给他俩拍的。

她也应该走自己的路了。

所以她没有去北城上大学，而是报了本地的渝大。

苏木在出国读研究生前有问过她为什么没去北城。

她的答案是深思熟虑后，还是觉得离家近的渝大更适合自己。

后来搬家，那张照片也彻底不见了。

再后来，苏木学业繁忙好几年都不回来，又跟着去援非，成了个失联人口。文诗月也忙，国内外时差影响，最多也就是过年的时候一大家子打个视频电话。

人是群居动物，长时间不见面，加上距离远，难免会让人产生生疏感。文诗月从小性格如此，时间久了不联系，曾经关系再好也会因为地域的差异变得没有过多的话题聊。

以至于这些年隔着屏幕跟苏木的越洋电话，她每次也就露个脸，剩下的拉家常、问身体状况之类的，都留给了长辈们。

没有她的主动，他们的话题里好像也不再会出现“李且”两个字。

文诗月退出微信，又抬头去看便利店，正好看到李且走了出来，应该是买的什么，他手里提着袋子。

李且一上车就把袋子递给文诗月，对她说：“吃点儿东西垫垫肚子。”

说完，他系好安全带，重新发动车子汇入车流。

文诗月确实饿了，早上到现在什么都没吃，连水都没喝一口。

她看了眼李且，他知道她没吃饭?

放在腿上的袋子有的地方是热的，有的地方是凉的，温度隔着裤子传递到她肌肤上。她打开一看，热的是加过热的饭团，凉的是矿泉水。

只不过这几个饭团都是金枪鱼蛋黄酱口味，是她最喜欢的口味。

但是记忆里没听说过他喜欢吃饭团，看来她当年还是不够了解他。

“你也喜欢这个味道的饭团？”文诗月心想这么短时间不够他精挑细选，随便拿的话一般会下意识侧重自己的口味。

“嗯。”李且说这话的时候扭头看了眼文诗月，又转回头继续开车，“以前就还挺喜欢的。”

“我也是，从小吃到大。”

“那挺巧。”

“是挺巧。”

如果当年知道他们喜欢一个口味的饭团那不得开心好多天。

现在呢，她看着袋子里的饭团，那种只会出现在少女时代的缘分心情稍纵即逝。

红灯，李且停车。

他单手支着脑袋看向文诗月低头看袋子里的东西，眸中淬着一丝笑意。

文诗月从袋子里拿出一瓶水正准备拧，被一双骨节分明的大手给拿了过去。

李且轻松拧开后，又重新递给了她。

文诗月微愣了一秒，才接了过来：“谢谢。”

绿灯亮，李且笑而不语，将车开走。

“白雪其实姓洪？”文诗月喝了两口水，润润嗓子，开始提问。

“洪梅。”李且知无不言。

相当有反差感。

文诗月拧上瓶盖又问：“也就是说，你是怕我破坏你们的计划才故意那么对我的？”

李且“嗯”了声：“因为对方也有眼线在监视，不能跟你明说。也怕万一被察觉了什么会打草惊蛇，所以我只能用自己的方式让你主动离开。”

“那个有文身的男人和他朋友就是？”

“对。”

“还有那天晚上，你其实也是为了救我。”文诗月一开始推导的没错，“然后你为了让我走，干脆将计就计。”

李且看了眼文诗月，心想：确实聪明，能举一反三。

“所以你们女孩子出门在外一定要注意安全。”李且不由得表扬，“不过你的反应还不错，很镇定。”

文诗月暗暗腹诽：当时要吓死了好吗？

“那个文身男是被你打得住院了？”文诗月想起之后听说文身男昏迷住院的事。

“他嗑了药，怕他清醒过来怀疑我，就让同事跟医院那边演了出戏。”

“哦，原来不是你打的。”

“也打了，就当，”李且停了一下，“为民除害。”

说起这个，文诗月自然想到了那天晚上她的那一脚，有些不好意思地问：“我那晚没伤到你吧？”

李且听她这口气，莫名起了点儿想逗她的心，语气也变得漫不经心起来：“那我说伤到了，你要怎么办？”

文诗月一时语噎，当时那情况她其实意识到自己是踢到了实处，但是……

她一想到这儿，鬼使神差地将目光挪到了驾驶座上的那两条长腿处。

李且见旁边的人没吱声，扭头一看。

好家伙，这姑娘正明目张胆地当“盯裆猫”呢。

“看够没？”李且清了下嗓子，喉结上下一滚，寻思着这有点儿搬起石头砸自己的脚，却还得淡定如常，“再看收费了。”

文诗月其实在回忆并思考到底有没有踢中，所以目光定住了，神思在飘。

然后被这句悠悠的“收费了”给吓了一跳，才反应过来自己在看什么。

是啊，她在看什么啊？

有地缝没？她好想钻。

“我就是……”文诗月感觉脸上的红晕快烧到耳朵了，心想：你们当警察的都这么直白？

她的声音骤然减小：“就看你能走能跑的，应该……没事吧？”

李且见文诗月微红的脸，也不逗她了，言归正传：“没事，别有心理负担，你做得很好。”

文诗月暗自吁了口气，听见李且又说：“还有我那晚说的话你也别放在心上。你们女孩子喜欢怎么穿就怎么穿，这并不能成为坏人犯罪的理由，没人能逾越我们这道防线。”

她定定地看着他说完这句话，发现他真的比以前成熟，也更帅气了，浑身还散发着正义的光辉。

“嗯。”她回正头看路。

是啊，派出所常客嘛，他其实也没说谎，一想到这儿，她扬起嘴角笑了起来。

李且扭头看了眼文诗月，姑娘笑眼弯弯，酒窝沐浴在一束光里。

他回头看路时也不由自主地弯起了嘴角。

“快吃吧，”李且提醒，“凉了不好吃。”

“哦，你要吃吗？”

“我开车，你慢慢吃。”

见文诗月吃了一个饭团，李且顺手在中控台抽了张纸巾递给文诗月，想起她频繁打哈欠，于是对她说：“还有半个小时才到，你可以睡会儿。”

文诗月是真的困炸了，昨晚辗转反侧就没怎么睡，一上午又在奔波，这会儿身体放松了，精神也确实撑不住了。

但是他在旁边她怎么睡？

“没事，我不困。”文诗月说完又打了个哈欠。

李且也没揭穿她，而是认真开车，不再说话。

空间不大的车厢内倏然安静下来，文诗月的眼皮子开始疯狂打架，她调了下姿势，努力不让自己睡，可眼皮子打着打着架就闭门不出了。

李且看着副驾上清浅呼吸着进入梦乡的姑娘，轻喃了句：“还说不困。”

他伸手调高了空调的温度，又将风口调整到不正对着她吹的位置，拉下她前面的遮光板，继续开车。

文诗月醒过来的时候，迷迷糊糊的视线对上了驾驶座上男人扭头看来的黑眸。

“醒了。”李且说。

文诗月觉得像是做梦，他出现在她的梦境中，很不真实。

待她神志归位，她才猛地反应过来，这不是梦。

是李且送她来的机场。

文诗月“噌”地坐了起来，揉了揉脸，点点头，人还有些神游太虚：“我怎么睡着了？”

李且听着文诗月软软糯糯的嗓音像片羽毛挠了下他的心，他也不自觉地放轻放缓了声音：“没事，我帮你看着时间的。瞧你睡得香，就让你多睡一会儿。”

所以，她没打呼吧？

“我真不会耽误你时间？”

“不会。”

文诗月看了眼时间差不多了，她一边解安全带，一边跟李且道谢：“谢谢你啊，学长。”

“学长？”

李且单手搭在方向盘上，微微侧身面对文诗月，漆黑的双眸里噙着一抹不深不浅的笑，低沉的嗓音也变得意味深长起来。

“不是朋友吗？”

飞机划破长空，在蔚蓝无边的图纸上留下一道白痕，久久无法散去。

文诗月望着越发缩小的西市，从一块一块变成一点一点，最后消失在一片白茫茫的云雾里。

她转过头来，沉静了片刻，想起不久前的停车场。

李且说完那话，文诗月就恍惚有一种现世报来了的感觉。那种不踏实，原来真的不是无缘无故，她果然是在本尊面前信口雌黄来着。

尴尬，尴尬得想要再抠出一个停车场来让她躲。

“我那是……”文诗月硬着头皮解释，“口误。”

“口……误。”李且慢条斯理地重复着，随即略显慵懒恣意地往椅背上一靠，偏头瞧着文诗月，给她台阶下，“学长、朋友或者别的，你喜欢怎么说就怎么说。”

他说完，也看了眼时间，解开安全带下车去后备厢帮她拿行李去了。

而文诗月还愣在座位上，怎么听出了一丝丝的宠溺感来？她摇摇头，白日做梦。

后来李且把行李递给她时正准备跟她说什么，就接到了个电话，似乎是局里召他回去。

文诗月生怕耽误了他的事，又看自己时间也比较紧张，便拖着行李跟还在通话的他说：“学长，我不耽误你了，先走了，再见。”

说完，她朝李且笑着挥挥手，便转身走了。

转身的那一刻，她的笑容也随即落了下来，心里也变得有些空落落的。

文诗月撑着脑袋，满脑子就像是放电影一般，快速闪过他们这段时间相处的画面碎片。

今日一别，他们又将重新回到自己的人生轨迹。是李且的人生，是文诗月的人生，但不是他们的人生。

后悔吗？也有吧。

后悔在车上睡着了，也没机会问他怎么当了警察。哪怕寒暄一下他的这些年，让她知道他依旧很好也是好的。

遗憾吗？还好吧。

人生本就是道选择题，选哪一个都有遗憾。曾经的遗憾既已释然，没有缘分的人和事也都不必强求。

能再见一面，已是恩赐，就让一切都永久地存储在回忆里吧。

# 第四章／从天而降的英雄

一个月后，飞机从头顶飞过。

一个穿着 T 恤牛仔裤的白净倩影从渝江国际机场 T2 航站楼的大门口跑过，径直冲了进去，引得经过的年轻男士们频频回头。

“文、诗、月。”

就在文诗月一边跑，一边四处张望的同时，被这一声无奈的喊声给指明了方向感。

文诗月一转身，就看到了不远处推着行李车的帅哥朝她笑。

文诗月也跟着笑了起来，朝他走了过去。

“表哥。”文诗月走到苏木跟前，乖巧地喊了一声。

苏木点了点腕表，笑着瞧文诗月：“我等了你一个小时。”

“我一下节目就飙车过来接你了。”文诗月跟着抱怨，“你又不是不认路，就不能自己回？”

“我多少年没回来了，你健忘？”

“这个世界上有一种车叫出租车，您也不是穿越回来的，不会不知道吧？”

“小姑娘可以啊，越来越伶牙俐齿了。”

“职业技能。”

苏木“哧”了一声，往后退了退，打量着文诗月数秒，才开口：“不错啊，长高了，更漂亮了。”

文诗月正想礼尚往来地回一句“你也越来越帅了”，就听到他后面一句：“就是越来越邋遢了。”

“如果等我焚香沐浴更衣来接驾，您老这边黄花菜得凉透了。”文诗月紧接着还反击一句，“你也好不到哪儿去，黑得我怕大姨认不出你这个儿子。”

苏木以前白得反光，比文诗月还白一点儿，虽然现在晒黑了不少，但其实也比大部分男生的肤色还是要白一些。

文诗月就是故意戏谑他的。

苏木不以为意地瞧着文诗月：“你白，你晒不黑。”

文诗月故作无奈："我也不是炫耀。"

苏木笑了笑，斜睨着文诗月说："晒不黑的人身体缺乏黑色素，缺乏黑色素容易得什么？皮肤病。更严重得什么？皮肤癌。你有什么可炫耀的？"

不等文诗月说话，苏木把话还回去："职业技能。"

被"咒"得癌的文诗月忽然不太想理苏木，转身自顾自地走了。

"哎。"苏木推着推车哭笑不得，"你不帮我推一下？"

"我都快得皮肤癌了，还奴役我。"

上了车，文诗月刚把车开上高架桥，手机就响了起来。她看了眼来电显示，对苏木说："接一下，我妈。"

苏木顺手接过来，文诗月就听见他说："小姨，对，接到了，刚刚好没晚，嗯。妈，我得先去医院报到，应该有个休息时间。那房子离医院太远，我回头就去爷爷奶奶那儿。你跟爸就不操心了，我在医院附近找到房子了……哎，外婆……"

文诗月就听着苏木被家里一群女人叨叨，不由得一笑，这下家里的女人就不用逮着她这一只羊薅了。

又说了一会儿，苏木把手机递给文诗月："你妈。"

"帮我开下扩音。"文诗月目不斜视。

扩音一打开，那边的声音传了过来："月月，你把你表哥安顿好，记着晚上的相亲啊。"

"记住了。"文诗月瞄了一眼看上去有些幸灾乐祸的苏木，敷衍道。

"打扮一下。"

"知道了。"

挂了电话，苏木就问："晚上你去相亲啊？"

"嗯，要一起吗？"

文诗月跟柴阿姨介绍的那位公务员聊了将近一个月，他有一个很有理想的名字：毛宏图。

她在想如果他还有个弟弟的话，是不是就该叫毛伟业。

他们每天也没什么可聊的，就吃了什么喝了什么的废话。文诗月感觉自己跟手机智能助手聊都比跟这位聊得通畅。

但这都是迫于王晚晴的强压，那就见见吧。这一天不见面一天心里装个事，也不是个事。

万一本人没那么死板呢？要不给彼此一个机会，让世界充满爱吧。

"你相亲我凑什么热闹？"说起这个，苏木也一副语重心长的长辈样，"你二十六岁了吧，也该谈谈恋爱了。"

说到年龄，文诗月扯了下嘴角：“你们外国人也算虚岁？”

苏木一愣。

文诗月把苏木送到他在医院附近找的房子。

一品汇，前几年的楼盘，那时候开盘价在渝江绝对不算便宜。

文诗月将车停在小区门口，探头望了望这一排排的高楼，问苏木：“你在非洲挖到金子了？”

“是啊，”苏木松开安全带，“还是金字塔那种。”

文诗月懒得理苏木，她还得回一趟电视台，然后真的得回家沐浴更衣去相亲。

时间很紧，她在路上就跟苏木说了不上去。

等苏木把行李卸下来，文诗月跟苏木说：“那我走了。”

苏木绕到驾驶座，弯着腰低头，胳膊搭在窗框上对文诗月说：“相亲愉快。”

文诗月扯扯嘴角，发动车子：“我谢谢你。”

暮色四合，彤云向晚，整个渝江仿若斑斓的少女，手捧着渗透天际的光，漫步在一条条宽阔的大道上。

文诗月跟毛宏图在一家中餐厅相亲，不当街，独门独户，环境和气氛都很不错。毛宏图还是很尊重她，事先有问过她的偏好，选了这家后还跟她确认可不可以。

毛宏图比照片看上去更温文尔雅。他对文诗月应该还是满意的，非常殷勤周到。比起微信里的一板一眼，面对面时他活跃很多，也都是他在找话题。

文诗月埋头吃菜，时不时点头应两声，看得出来他真的很努力。

可是能怎么办？

说句不好听的，这里的菜都比眼前的人更有吸引力。

“文小姐，”毛宏图看向文诗月，难掩眸中的喜欢，“踩着七彩祥云从天而降的英雄始终是编出来的，所以还是平凡的爱情更能细水长流。当然，你有危险我一定第一个挡在你前面，为你挺身而出。”

这是刚刚他努力找话题，问她心目中理想的另一半应该是什么样的，她就顺嘴说了这么一个不靠谱的。

“所以，如果你觉得我还不错的话，我们要不要交往看看？”

文诗月正在啃排骨，听到这话，她一个用力，牙齿咬到了骨头，又酸又爽。

“那个毛先生……”

“叫我宏图就好。”

文诗月“宏”了半天，没宏出来，直接省略了姓名：“你这个人其实真挺好的。”

毛宏图被夸，微微坐直，笑容更甚。

“可是我觉得我们两个不……”

话还没说完，一阵吵闹声打扰了所有人。

是正门口那一桌。

“你为什么不肯爱我？”这个男人大夏天还穿着外套，状态看起来不太好，站起身来面对对面的女人，问，“你说，你要怎么样才肯爱我？”

女人撩起眼帘，很不屑地说：“我怎么样都不会爱你的。”

男人摇摇头：“不，你要听劝，没人会像我这么爱你了。”

女人很决绝：“可是我不爱你，不爱了就是不爱了，你别再找我了。”

说完，她起身准备走，刚走到门口就被男人给拽了回去。

就在这时，男人敞开外套，不知道谁喊了一声“他身上有炸弹”，整个餐厅乱作一团。

“不准动，全都不准动。”男人仿佛失去理智，一手勒着女人的脖子，一手举起一个引爆器，“谁再喊一声，再动一下，我们就一起死。”

顷刻间，整个餐厅安静到落针可闻。

他突然对在场的男人说：“男人可以走。”

男人们面面相觑，有了第一个带头的，陆续有人离开。

文诗月就这么眼睁睁地看着刚才还在说有危险一定挡在她前面，挺身而出的毛宏图，哆哆嗦嗦看都不敢看她一眼，就跟她悄悄说了声“我出去帮你们报警”，便赶紧跟着出去了。

她忽然有些不合时宜地想笑，是真不知道这是幸运，还是悲哀。

当然，也有重情重义的男人没走，陪着自己的女朋友或是老婆。人性的光辉总是在生死关头体现得淋漓尽致。

该留下的都留下了，男人吩咐人把门窗全部上锁。让所有人往里走，聚集在一起蹲在地上。

然后他站在人群中间，突然笑了笑，温和地对大家说：“好了，你们来给我评评理。”

男人一边说，一边慢慢解开身上的自制炸药活扣，将炸药系到女人的身上。

“不要啊。”女人崩溃了，一把眼泪一把鼻涕的。

其他的人也跟着叫了起来。

“不准叫，都给我安静，谁先来？”男人指了指其中一人，“来，你先来。”

文诗月算是看出来了，这是遇上个被拜金女逼疯了的男人，精神状况十分不好。

大家都在按要求骂那个女人，骂得男人很满意。

文诗月不知道他什么时候会摁下引爆器，只希望在这之前警察能赶到。

如果真的不幸丧命的话……

她从害怕到眼下克制镇静，眼睛有些泛酸，她连遗言都没机会给王晚晴留一句。

还有，她的脑子里莫名浮现出一个月前跟李且重逢的种种。

没过多久，在突如其来的一片白色烟雾里，餐厅的灯光闪了下。

文诗月于逆光中看到了一名从天而降的特警，用枪击中男人的手腕，引爆器顺势落在地上。

随后人一落地，迅速将其制伏。

这一切快到不过眨眼之间。

原来，真的有从天而降的英雄。

警察破门而入，清理现场，将大吼大叫的嫌犯从那名特警手里接过。

另外还有穿着防爆服的警察提着工具朝那个身上绑有炸药的女人走去，现场很乱又很静。

文诗月看着那名特警快速站了起来，他蒙着面，可那双冷冽的眼睛总让她觉得似曾相识。

就在她疑惑的时候，她看见那名特警似乎脚步顿了一下，居然朝她走了过来。

她不确定地左右看了看，还是不确定，但好像又确实是朝她走来的。

特警走到她面前，摘掉了面罩，露出了一张熟悉又英俊的面孔。那双坠入星辰的黑眸在她身上打量了须臾，最终落在她不可思议的双眸中。

文诗月怀疑自己产生了幻觉，暗自掐了下指尖肉，泛起疼痛，这不是幻觉。

原来，这个从天而降的英雄居然是——李且。

“文诗月，”他一动不动地盯着她，“没事吧？”

文诗月有些木讷地摇摇头：“我没事。”

只见他好像深呼了一口气，一双锐利的眸子扫了四周一圈，嘴角才缓缓牵起了一抹意味不明的淡笑。

“对了，怎么没看见，”他顿了下，一字一句道，“你的相亲对象？”

李且也没有想到自己会在解救人质现场见到本应该在相亲的文诗月。

他是前几天才刚回的渝江，勐镇的事情告一段落以后，他又被领导派到锦南参加一个全国性的、为期半个月的交流学习，美其名曰让他养伤加休息。

交流学习没有日常训练那么耗时间，休息的时间相对来说比较充足。

以至于偶尔闲下来的时候，他就会回想起勐镇客栈发生的事和……人。

想到他第一眼见到文诗月其实就认出了她，却只能装作不认识。

想到她看到他时，那明显一脸不可置信的慌张样子；想到她警惕他也怀疑他、试探他又远离他；想到她以为自己认错人时看着他发呆的眼神。

自从跟文诗月重遇以后，他好像总是能不由自主地被唤醒高中时的一些记忆。

她成绩一般，人挺高冷，每次面对他连个眼神都极少给他，跟他说话也很惜字如金。打篮球送瓶水还得沾苏木的光，总是最后一个才想到他。

但是她也挺热心肠，做好事不怕吃亏，其实是个外冷内热的人。

唯一看到她脆弱的时候，应该是她爸爸去世那阵子，确实是挺让人心疼的一姑娘。

如今跟文诗月的久别重逢，是始料未及，也是出其不意，却也更像是老天爷刻意开的一个玩笑。

他当时不是李且，也无法跟她相认。

但他感觉心底某个隐秘角落的一颗干枯种子，在这样的雨季里，被毫无预示地浇灌进了水，生了根，便一发不可收拾。

所以，在那种特殊的情况下，他一定要让文诗月离开真的只是因为怕她认出他来吗？

也不全是，他好像更怕她会有一丝一毫的危险。

原来，他也是有私心的。

下午训练完准备吃晚饭，李且先去洗了个澡，然后回宿舍给苏木去了个电话，问他到了没，收拾得如何。

“刚收拾好。”苏木刚看了眼时间，问李且，“这个点你应该早下班了吧？你过来吗？一起吃个饭。”

李且知道是文诗月接的苏木，琢磨着去请个假，便不自觉地往外走，一边走一边问：“那你们兄妹俩想吃什么？”

苏木说：“没她，就我俩。”

李且脚步蓦地停下：“你表妹不一起？”

苏木回道：“她相亲去了，这会儿估计正吃着呢。”

“相亲？”李且薄唇抿成了一条线，语气都倏然间降了温，“她……很着急谈恋爱？”

“也不是，我小姨逼的，我看她也没那么乐意。”苏木顿了下，有点疑惑，“不是，你跟我吃饭，干吗总问她？”

李且挠了下眉毛：“这不顺便说起，就问问。”

“那我们吃什么？”苏木问。

“随便。”

“我怎么突然觉得你这语气兴致缺缺的，你……”

“等下，我接个电话。”李且有电话进来，打断了苏木。

很快，李且挂了电话一边小跑，一边跟苏木说：“苏木，今晚吃不了了，我有紧急任务。”

苏木一脸茫然：“哎，你们公务员这个时候出什么紧急任务？”

李且急切地说：“回头再说，挂了。”

然后苏木还没来得及再说话，电话里就只剩下忙音。

李且到达案发现场，从报警的群众口里得知了里面的大致情况，便先让朱进放“蛇”进去勘查。

随时待命的防爆队员看到传输过来的自制炸药图片，说是这种类型的不复杂，但是威力不算小，一旦引爆，里面的人没什么生存概率。

检测仪确定嫌犯的位置斜后方刚好有一块玻璃顶，可以进行破拆，然后看准时机速降下去，将嫌犯制伏。

这个行动一定得各方面都配合好，只有一次机会，决不能失手。

于是这一任务自然而然就落到了李且的头上。

当他成功地将嫌犯制伏后，起身正准备走，一抬眸就看到了站在不远处，一动不动看向他这边的文诗月。

他脚下一个踟蹰，心蓦地紧了一下，才朝她走了过去。

短短的几米路，他的脑子里都在想什么？

想原来她是在这儿相亲，却成了众多人质之一。

想这姑娘什么体质，怎么哪儿有危险哪儿就有她？

想万一歹徒引爆了炸药……

他没敢再想下去，而是停在了她的面前，确定她没受伤，却也不见她的相亲对象。

文诗月反应过来李且在问她相亲对象，不知为何，她的心里像是被什么晃了一下，刹那间便泛起了阵阵涟漪。

她觉得好像有点儿闷，还有点儿热，还有点儿不应该的，做贼心虚。

“你怎么知道我相亲？”她看向一边，没看他。

“哦。”李且则是一副置身事外的口吻，“你表哥说的。”

文诗月也该料到除了苏木还能有谁，她陡然想起了毛宏图，倒是有些自嘲：“跑了。”

李且一时没反应过来：“嗯？”

文诗月估摸着李且没明白，把话说清楚：“我说我那个相亲对象，他跑了。”

李且嘴角扬着，几不可闻地说了句：“跑了好。”

“啊？”现场里外嘈杂声突然变大，文诗月没听清李且说了什么。

李且朝文诗月努了努嘴，说：“先出去吧。”

文诗月看向门口：“嗯。”

此时天色已经完全暗了下来，头顶是一望无际的星盘交织在黑幕上，一轮明月显得格外洁白，轻轻晃晃地溢了下来。

餐厅外拉起了警戒线，警戒线外聚集了很多人，红蓝交替的警灯让此处变得人声鼎沸，热闹非凡。

可是文诗月记得她在里面没有听到警笛声。

文诗月跟在李且身边，伸手捋了下刘海，敛眸时正好看到地上的两道影子融在了一起，颇显暧昧。

她抿了抿唇，转移注意力：“对了，我在里面怎么没有听到警笛声？”

“怕刺激到嫌犯，没开。”李且垂眸看她。

文诗月今天穿着一身白色及膝连衣裙，腰间的松紧勾勒出盈盈一握的纤腰，一双乳白色的单鞋往上是纤长白皙的小腿，一头乌发扎了个低马尾，垂在脑后。

大致是因为之前的惊心动魄，她的头发和连衣裙都稍显凌乱，又显得楚楚可怜。

这样的她让他心间漾过一丝难掩的柔软。

文诗月走在身着黑色作战服的李且身边。一黑一白，一高一矮，一刚一柔，格外分明。

来个镜头打个光，妥妥的行走的画报。

显然，人群中有不少男女的目光是停留在他俩身上的。

包括文诗月在电视台的同事骆彤。

“文诗月。”站在不远处的骆彤举着话筒朝她走过来，目光却在李且身上流连忘返。

“李队，”朱进跑过来，“我到处找你呢，孟队说收队。”

李且没动，而是面无表情地瞧着朱进，心想：怎么哪哪都有他，要不今晚回去给他加个练?

“李队？”朱进见李且没说话，又喊了一声。

文诗月是知道他们出完任务肯定得集体归队带回，她也不好耽误。

“那你赶紧过去吧。”

“你一会儿怎么走？”

两个人异口同声，说完又都停下，看向彼此。

文诗月垂在身侧的手指下意识地抓紧了裙摆，她望着他，有些讶异他会关心她。

不过须臾，她又松开裙摆。

这可能是他作为人民警察的特质吧，而且怎么说他们还是认识的，关心一下也合情合理。

“我开了车，一会儿开车回去。”文诗月朝李且很是郑重其事地道了声谢，“谢谢学长关心。”

“倒也不用这么认真。”李且语带无奈。

“那谢谢警察叔叔。”文诗月想了想，“我是不是把你叫老了？”

“你说呢？”李且看着眼前这个突然顽皮的姑娘，被她给气笑了。

而连文诗月自己都没发现自己在李且面前连玩笑都能开得这么自然，她也跟着笑了笑：“我不耽误你了，你快去吧。”

李且看两边都有人，也不好多说什么，最后不忘交代：“路上注意安全。”

文诗月也跟着点点头：“好。”

李且拍了下朱进，又看了眼文诗月，迈着一双大长腿朝特警车那边走去。

朱进就一直在文诗月和李且说话间看来瞧去。

他家李队全队最帅那是公认的，没想到这李队的学妹也漂亮得惊为天人，李队的学校是按颜值招生的吗?

而且，这个姑娘还有点儿眼熟，是在哪儿见过呢?

抱着这个解不开的疑惑，他一边琢磨，一边跟上了李且的脚步。

“李队，你学妹多大啊？单身吗？”朱进不要命地跟着问，“是的话，能介绍一下不？”

“回去你要是还有力气问的话，我再告诉你。”李且低沉没感情的声音像冰刀子般扎进朱进的耳膜。

“不是，李队，我开玩笑的。”

“你看我像是开玩笑？”

朱进愣住了。

骆彤是眼瞧着那道颀长高大的背影消失后，才凑过来好奇地问文诗月：“那个特警帅哥是你学长？”

文诗月也收回了不自觉跟随的目光，点头：“对。”

骆彤不由得感叹：“果然帅哥都上交给国家了，真的好帅啊！”

文诗月不置可否。她知道没人逃得过李且的魅力，尤其是一身特警服的他，帅出了一个新的高度。

“话说，你俩啥情况？”骆彤八卦之心点燃，“我看他很关心你。”

“没什么情况。”文诗月解释，“他是警察我是人质，又认识一场，关心一下也是正常的。”

她发现现在的这个社会就是这样，但凡有个异性出现在你的身边，不管高矮胖瘦，只要年纪合适，有时候年纪都不重要，铁定是会被八卦的。

骆彤就跟看到自己偶像似的露出星星眼：“反正你们认识，这么好的资源不自己消化，你对得起自己？”

“人家说不定都成家了。”

“人家是不是单身你不知道？你们不熟啊？”

不熟。

这才是他用李且身份跟她见的第二面，也没说上几句话。

“碰巧遇上的，你说熟不熟？”

“也是，”骆彤颇为遗憾地说，“这么帅，肯定老早就被预定了，没戏。”

文诗月一听，笑意也不自觉地淡了许多。

她懒得再想，看向骆彤：“对了，彤姐，今天你怎么来出现场了？”

她跟骆彤本来不在一个栏目，没什么交集，在半个月前她被借调到骆彤的社会栏目，两个人才慢慢熟了起来。

据她所知，骆彤今天休息来着。

“人民记者是块砖，哪里需要哪里搬。”骆彤将话筒对准文诗月，又朝一旁的摄影挥挥手，“来，刚好，采访采访你。”

文诗月哭笑不得：“我这刚脱离虎口，就进你这狼窝了。”

骆彤忙完还要回台里赶后期，走之前关心文诗月要不要给她请个假。

文诗月表示自己没什么事，她还在实习期，还是尽量做好本职工作，免得给人落下话柄。

随后又有两名民警过来说要给她做个笔录，等她做完笔录以后，她下意识往特警车那边看，车已经不见了。

李且应该走了吧，她想。

文诗月暗自叹了口气，肩膀却被拍了一下。

她猛地一转身，苏木着急忙慌的俊脸出现在她的面前。

“表哥？”文诗月惊讶。

“没事吧？”苏木惊吓。

“我没事。”她这还没上新闻呢，“你怎么来了？”

“李且给我打的电话，说你遇到了恐怖袭击。”苏木说着，转着文诗月来回打量，“你没受伤吧？”

文诗月动动胳膊，动动腿儿：“没受伤。”

苏木见文诗月除了衣服脏了点儿，头发有点儿乱，一切安好：“那就好。”

文诗月回过味来，诧异道：“你说，李……学长给你打的电话？”

“他跟我说了下大概情况，让我过来接你，跟我交代这个，交代那个的……”苏木越说越纳闷儿，“不是，到底我是你表哥，还是他是你表哥？”

回去的路上，文诗月时不时瞥了瞥开车的苏木，欲言又止，结果被苏木发现了，问她老看他干吗。

“表哥，”文诗月佯装随意地问，“你跟李且学长一直还有联系？”

“嗯，一直有联系，就是联系得比较少。”

“那你知不知道他为什么会当了特警？”

苏木也是今晚再次接到李且的电话让他接人，一问之下才知道李且就不是他想的那种公务员，而是干的警察。

“在今晚之前，我一直以为他是个普通的公务员。”苏木说这话时还带着几不可闻的愤慨。

“他以前没跟你提过？”文诗月问。

“就他回国那会儿我问过他干什么，他说公务员，我也没细问，就一直这么认为。”

“那他……”

“文诗月，你干吗这么关心他？”苏木有些狐疑地瞧了眼文诗月，“你以前不是不怎么喜欢他吗？”

文诗月一时语噎，暗自清了清嗓子，压根就没提勐镇的事：“我就……今晚看到他有点儿意外，那他好歹也算是救了我一命不是。”

“也是。”苏木点点头，“回头我请他吃饭。”

“嗯。”文诗月抿唇看向车窗外的璀璨霓虹，忽然说，“我请吧，叫上他爱人一起。”

“他光棍一个，哪来什么爱人？”苏木问，“他跟你说的？”

我脑补的。

文诗月明显感觉自己的心跳加快，血液在沸腾，那是一种说不清道不明的情绪畅游在四肢百骸，最终冲上脑门。

“没有，我以为他应该有。”文诗月按捺住自己的心跳，平静地说。

“你第一天认识你这位学长？四个字——眼高于顶。”

“好像是。”

“行了，”苏木倒是想起个什么，“说了这么久，你那个相亲对象呢？”

说起相亲对象，文诗月立刻脸不红心不跳了，扯唇冷笑：“别提了，他跑得比兔子还快。”

经过那天晚上的兵荒马乱后，一切好像又回到了正轨上。文诗月这个礼拜要跟着去南兴出差，苏木也投入到了医院的工作中去。

至于李且，苏木说请吃饭的事让文诗月不用操心，反正他俩要约吃饭。文诗月也不好再说什么。

于是，她跟李且也不再有什么交集。

因为刚好在南兴出差，文诗月顺便抽时间回家看了看王晚晴和家人们，再顺便跟王晚晴吐槽一下那位在她眼中顶好的相亲对象有多么不靠谱。

更不靠谱的是，那位毛宏图同志先下手为强，把文诗月给删了，搞得王晚晴以为有错在先的是文诗月。

王晚晴哪里知道那晚居然发生了那么恐怖的事情，一边后悔介绍了那么个人，一边又关心文诗月有没有什么事。

到最后可好，王晚晴又反过来吐槽文诗月留在渝江危险，城市大了坏人多，不如回南兴来。

文诗月的目的是借此让王晚晴消停一下给她找对象这个事，怎么就突然又扯到了回南兴的事上。

“反正你妈说任何事都能扯到让你回去的事上就对了。”周芊挑着香菜给文诗月，笑道。

文诗月习惯性地夹着香菜裹着碗里的菜一起往嘴里塞，一边咀嚼着，一边唉声叹气：“我也不知道我妈今年怎么了，要么给我找对象，要么总想让我回去。”

“我妈也差不多。”周芊说，“就是远臭近香。”

“是啊，每次要走又挺舍不得的。”

周芊瞧了眼低头夹菜吃得津津有味的文诗月，一脸好奇：“话说那晚之后，你跟那位就没见面了？”

文诗月手上的筷子顿了一下，继续夹菜，摆出无所谓的模样：“没有。”

“有些人，光是遇见，就已经是上上签了。”周芊搁下筷子看着文诗月，“何况你们这么多年没见，居然能在勐镇那种地方遇见，回来渝江又在那种情况再遇见，你说你们这还不是天赐良缘？”

是的，文诗月回来后在逻辑严谨的周芊同志穷追猛问下，招架不住的她只好把勐镇的事一五一十地给招了。

周芊当时也是感叹又惋惜这缘分难道就这么断了？

结果，周芊得知了相亲那晚的事以后，又得知李且还是单身，抱着文诗月家沙发的抱枕一脸暧昧姨母笑，恨不得把文诗月和李且的下半生都给规划了。

“生不逢时，爱人逢人，所到之处，皆是命数。”文诗月抬眸看向瞪着她的周芊，“所以，莫强求。”

周芊恨铁不成钢地觑她：“我也不知道你这个人是清心寡欲还是㞞，你敢说你见到他就没再心动过？”

文诗月低头夹了块西蓝花丢进嘴里，没看周芊，囫囵道：“没有。”

没有希望就不会失望，她不想再跟命运斗了，反正无论如何都斗不过。就好比孙悟空永远无法翻出五指山，是缘，更是劫。

下午文诗月要去西城养老院当义工，周芊有工作去不了，两个人吃了午饭就分道扬镳。

西城养老院是文诗月在一次工作中接触到的，偶尔有时间她就会过来。

不过她工作忙，其实也没来两次。

这次刚好是少年宫和《渝江日报》在暑假期间组织的“小小少年送欢乐”活动。养老院那边问他们这些义工有没有时间，有时间的话可以参与进来，凑巧文诗月这天休息，就答应了下来。

养老院的礼堂里此刻正充满了欢声笑语，小朋友和老爷爷、老奶奶们一派和谐，等待着节目的正式开始。

文诗月到了以后就被工作人员安排到下面第一排位置坐下，然后就被一个老太太看到了。

“儿媳妇，”老太太坐在轮椅上，兴奋地朝着文诗月喊着，“儿媳妇，儿媳妇……”

文诗月将手里的小提琴盒搁到椅子上，笑着朝老太太走了过去，蹲在她面前，有些哭笑不得。

“杜老太太，您叫我文文、诗诗、月月都可以，您别再叫我……”

“儿媳妇，”杜慧景拉着文诗月的手，笑得像个小孩，“你都好久没来看我了。”

文诗月笑着抚上老太太枯槁的手背，妥协地望着她，笑道：“我工作忙嘛，这不来了。”

杜慧景嘟着嘴：“儿子也忙，儿媳妇你也忙，孙孙也忙，你们什么时候能一起来看我哦？”

杜慧景患有老年痴呆，基本上不怎么认人了，第一次看到文诗月就把她错认成儿媳妇。

听说老太太的儿子、儿媳都已经去世了，还有个孙女在读高中，交给姑姑在照顾，平时住校，现在暑假在补课，有时间才能来。

当然老太太也不是只认错文诗月，听说也把其他来看她的男人认成了儿子。

文诗月也没多问，人生最悲不过白发人送黑发人。她就觉得老太太挺可怜的，每次过来总是会多陪陪老太太。

“一定有机会的。”文诗月见台上开始表演了，便对杜慧景说，“我一会儿上去给您拉小提琴听，好不好？”

杜慧景开心地点点头：“好。”

文诗月就着杜慧景旁边的椅子坐下，等节目轮到她，才松开老太太的手，到前面拿着小提琴上了台。

舞台不算大，高约五六十厘米，台子左边放着一台钢琴，大概占据了舞台的五分之一。

文诗月站在台子中间，朝下面的大小观众们笑着一鞠躬，在掌声中架着小提琴，准备。

悠扬的《化蝶》前奏如一阵夏日凉爽的清风幻化出一对无形的蝴蝶，在空中凄美婉转，流淌进每一位听众的耳中。

而沉浸在这段故事里的演奏者和听众都没有发现，有人进来了。

刚进门的那个高大英俊的男人立在人群后面。

他一手抄兜，一手捏着手机，一动不动地望着台上的文诗月，嘴角上扬，眸底盛着显而易见的笑意。

李且上午出完任务，一直拖到下午才能离队。

他昨天答应了杜慧景要来看她，也知道今天有表演。他快速洗了个澡，驱车开往养老院，停好车直奔礼堂。

倒是万万没想到，在台上表演的竟然是已经出差回来了的文诗月。

姑娘今天穿着简单的白色 T 恤、牛仔短裤，扎着高马尾，杏眸微合，遮住了她总是澄澈似水的眼瞳，翘鼻红唇都沉静。因为皮肤太白，她站在台上比披在钢琴身上的那抹斜阳还要明亮。

还真是青春美好到像是在校的学生，让他好像看到了当年的她。

像，却又不完全像。

一曲终，掌声雷动，久久不散。

文诗月睁开眼睛，绽开笑容，露出甜美的酒窝。她搁下小提琴拎在手里，朝台下的观众们鞠躬致谢。

她站直身子朝台下扫了一眼，目光在某处蓦然停住，澄澈的双眸猛然瞪大了一圈，在巴掌大小的脸上格外打眼。

站在最后面那个看着她的，穿着白 T 恤和黑裤子，宽肩长腿，也在为她鼓掌的男人，不是李且吗？

两个人隔着一众人头与目光隔空相望，视线碰撞，文诗月仿佛看到了多年前的那个少年。

这也让她倏然之间想起了当年那个差不多的场景——那是在学校的礼堂，她在台上偷看他，他从台下看过来。明明知道他不是看她，但她还是很开心。

然而，最终她还是没能完成表演。

时至今日，他看到了她，也看到了她的表演。

只可惜，这一晚就晚了快十年。

文诗月眨了眨眼，人还杵在那儿没消失，还真是李且。

她移开视线，看向大家，心里明显紧张了起来。

“接下来，由，由我跟雷老师一起为大家演奏一首曲子。”文诗月说着又不自觉地瞄了眼李且，正撞入他的眼里，她立马收回目光，“请……有请雷老师。”

文诗月知道自己此刻的笑容一定很不自然，可是她也控制不住自己。

她在内心一个劲儿地提醒自己什么大风大浪没见过，他在下面就在下面呗，有什么好紧张的。

结果等了半天，雷老师也没出现。

主持人跑过来，有些不好意思地跟文诗月说：“雷老师突然肚子痛去医院了，要不你自己来？”

“这也行？”文诗月站在台侧，看向面色为难的主持人。

“确实没有别的更好的办法了。”

“那……好吧。”

李且瞧这情况，将手机揣回兜里，走到摄像跟前，礼貌地询问：“打扰一下，你知道雷老师用的什么乐器吗？”

摄像莫名其妙地扭头，看到李且的时候蓦地愣了一下，才说：“钢琴。”

李且道了声谢，便迈着大步朝舞台走了过去。

文诗月点点头，虽然这不是多么正式的场合，但好歹也是一个主题活动。

在这一双双期盼和疑惑的目光和交头接耳声中和那个人的眼皮子底下，多少还是有点儿尴尬。

而且，那边还有《渝江日报》和少年宫的全程摄录呢。

她正准备说话，就看到已经走近的李且，他长腿一抬，直接一脚就跨上了舞台。

文诗月下意识后退，让地上的电线给绊住了脚，有些重心不稳，往一边倾。

胳膊被突如其来的人手抓住，她还没反应过来，就撞上了宽阔而坚硬的胸膛。熟悉的触感，熟悉的气息，少了烟草味，多了丝宜人的木质清香。

也就是两三秒的瞬间，台下的人估计还没反应过来。

文诗月听到李旦偏头在她耳边低声说了句："小心点儿。"

她的胳膊还被李旦握着，男人干燥的手心像是火柴擦燃了她的肌肤，温度升高。

他吐纳的温热的气息在她耳边萦绕，她现在就像是热锅上的蚂蚁。

文诗月挣脱李旦的手，胳膊上的温度和身边人的存在感强压不下。

她脸上的热度却仍在，努力平复心绪，轻声问："你上来干吗？"

"救场啊。"李旦俊眉一挑，压低的语调里还带着一丝慵懒随意，听上去却尤为性感。

他说完，转身面向台下不明所以的观众们，一边朝他们笑着，一边跟身边的文诗月低语："鞠躬。"

"啊？"文诗月还没反应过来，就被李旦轻轻扣了下后脑勺往下压了一下，两人齐齐弯腰鞠躬。

"什么曲子？"李旦松开手问。

"《一步之遥》。"文诗月答。

两个人站直身子，李旦看向台下众人，不慌不忙地说："接下来由我们为大家合奏一曲《一步之遥》。"

刚刚睡醒的杜慧景一抬头就看到了并排站在台上的文诗月和李旦。

她眼前一亮，露出极其开心的笑容。

"儿子、儿媳妇。"杜慧景指着他俩，一个劲儿地喊，"儿子、儿媳妇……"

于是，在杜慧景的呼唤下，所有人都换了一种别样的目光看向台上郎才女貌的两位，场子也在顷刻间静了下来。

而被唤作儿子和儿媳妇的李旦和文诗月同时看向对方。

他们愣了好几秒，异口同声。

"儿子？"

"儿媳妇？"

在场的大多数人其实都知道杜慧景的情况，也不过须臾，好奇心便被接二连三类似解围的掌声所淹没。

而杜慧景也被身边的护工安抚好了，不再在下面继续乱喊。

比起李旦的一派淡然，文诗月尴尬多了。尴尬持续到正式开始表演，以至于烂熟于心的曲子，竟然有两个和弦给拉错了。

下面的观众们自然听不太出来，但是文诗月立马就能发现自己出错了，便下意识地扭头看向了坐在钢琴前的李旦。

这一节是文诗月的。她一看过去，正巧对上李旦深邃的眼睛，却得到了他漆黑明亮的眼瞳里那让她少安毋躁的眼神。

文诗月本以为她跟李且撞上视线会更紧张。

可奇了怪了，就那么一个眼神，宛若一颗定心丸，让她所有的尴尬和紧张都在这一刻烟消云散，飘着的神魂也霎时归了位。

她结束了第一节，钢琴声接住了她的尾音，悦耳悠长的琴声余音绕梁，游鱼出听。

文诗月跟李且相隔也不过是一步之遥，她又回头瞧去。

男人端坐在琴凳上，露出完美的侧脸轮廓，宽肩平直，修长的脖颈间那凸出的喉结时不时地随着琴声滚动一下，淡定又潇洒。

他修长的手指在黑白琴键上舞蹈，手背骨因为指尖用力起伏有度，青筋脉络明显。他半边身子正好被从窗外淌在琴身的阳光笼住，映得生了辉。

文诗月不由得将眼前的他与曾经透过学校琴房窗户看到的少年，渐渐重合。

那年才刚开学没多久，是一个周四。

文诗月跟谢语涵在食堂吃完饭准备回教室等着上晚自习，结果刚出食堂，谢语涵就被同学找到，说班主任找她，她便先走了。

文诗月吃得有点儿多，于是没有直接回教室，而是到艺术楼那边绕了个大圈，遛遛弯。她走在天桥上，正好能看见对面楼一排排的琴房，能听见琴房里高低音各不相同的琴声。

她一边走，一边越过一个个窗户看去，就在看到倒数第二个窗户里的人时，脚下猛地刹了车。

初秋傍晚的风还裹挟着夏日的闷热，落日和晚霞迟迟未到，阳光在蝉鸣声声里炽热而耀眼，金桂悄悄散发着馥郁芬芳。

文诗月的胃胀气，比较需要一枚消食片。

而此刻，那扇窗户里的少年让阳光成为他的背景色，让蝉鸣成为他的伴奏声，让悠长似水的琴声扫走她所有的闷热，成为那一枚比消食片见效更快的灵丹妙药。

文诗月趴在栏杆上看着那扇窗里的李且，她忽然像是想到了什么，拔腿就跑。

很快，在悠扬的琴声里加入了小提琴的合奏，直到沉溺在落日和晚霞应约而来。

那以后，文诗月发现每周四李且都会在那儿练琴，于是她每周四都会借用他楼上那间琴房跟他合奏。

直到文阳去世，她便再也没碰过小提琴。

后来慢慢放下，才偶尔在学累了的时候拉拉琴放松一下，一直延续到后来工作。

文诗月听着旋律，进入钢琴的音律，将最经典的这一段与之合奏在一起。

就像是灵魂契合一般，如此合拍。

她暗自一笑，因为当初他在不知道是她的时候，他们就已经合奏过这首曲子了。

活动结束以后，文诗月跟李且毫无疑问地被杜慧景缠着说话。李且推着轮椅，文诗月跟在他身边，远远看去，倒真的特别像一家三口。

此时外面忽然阴了天，湛湛青空不再。一阵阵风袭来，撕开了夏日闷热的轻纱幔帐，将自然风混进空气里，泛起了阵阵凉爽。

杜慧景兴许是真的很开心，一路上都在说个不停。文诗月和李且偶尔应应声，插插话，做最忠实的听众。

绵长的人工湖边绿柳摇曳，李且将杜慧景推到湖边的一张长椅旁，陪她看湖景。

“你坐会儿。”李且看向身边的文诗月，朝她扬了扬下巴。

文诗月点点头，就着一旁的长椅坐下，扭头看到两个人对着面前的景物指指点点，也随之看了过去。

水鸭戏水，鸟雀栖息，泛着粼粼波光的湖面在清风中泛起层层波浪。

不一会儿，杜慧景说累了，又迷迷糊糊睡了过去。

文诗月听到动静，回头正好看见李且轻手轻脚地给老太太调整姿势，还小心翼翼地帮她搭上薄毯，不由得笑了。

李且站起身来，一转身就看到文诗月望着他和杜慧景，露出柔美的笑容。

他也跟着一笑，走到她身边坐下。

“笑什么？”他悠闲自在地靠在椅背上，大剌剌地敞着一双大长腿，偏头看向文诗月。

文诗月因为他的突然靠近心跳漏跳半拍，但人也没因此撤开，两个人之间其实还是隔了一拳的安全距离。

她迅速调整好心绪，才道：“我只是没想到她说的那个儿子居然是你。”

“我也没想到，”李且瞧了眼睡得正香的杜慧景，低沉磁性的嗓音里也是笑意，“她总说的儿媳妇……”

他对上文诗月干净的杏眸，很有指示性地将话说完：“是你。”

目光又一次撞上，加上这声“儿媳妇”，文诗月好不容易平静下来的心又乱了起来。

她移开视线，看向不远处的这片人工湖，一阵风吹过，拂走了些许刚刚升腾起来的热意。

他们并排而坐，周围没什么人，气温舒适，风景独好。

这气氛，其实很适合谈心。

文诗月没看李且，目光下沉，落在他因坐下而露出的一截修长白皙的踝骨上。

有的人好看到连会让人忽视的脚踝骨，都像是一笔画作。

“学长。”她没头没脑地喊了一声。

“嗯？”

文诗月抬眸，视线在杜慧景的身上短暂停了片刻，她知道老太太的儿子是警察，在几年前就牺牲了。

今天看到李且，加上听到他们之间的谈话，她也大致猜测到一些什么。

她犹豫了须臾，大大方方地将目光移到李且俊朗的脸上。

“所以你当特警是因为她家？”

“你猜得没错，”李且见文诗月眸色明朗，坦诚一笑，“因为她儿子。”

五年前，李且的父亲李同源被绑架，对方不是普通的绑匪，而是警方一直在通缉的一个犯罪团伙。

绑匪是想通过李同源拿到足够的钱，冒险干这最后一票，然后逃到境外享受生活的。

本来是没有人报警的，李且在得知了消息以后立即跟母亲回国，第一时间报了警。

一个杀人如麻的团伙，他们母子俩都不信他们会信守承诺，他们必须得相信警察。

事实也确是如此。

当警方查到绑架地点以后，部署了详细的抓捕任务。场面很激烈，双方都有不同程度的伤亡，好在最终将绑匪们一网打尽了。

可是与此同时，李同源身上的定时炸弹也开启了倒计时，而当时为李同源拆炸弹的就是杜慧景的儿子卓佳生警官。

那是一个无解的炸弹，卓佳生将它从李同源的身上拆卸下来的时候，让李同源赶紧跑，然而倒计时也在以成倍的速度归零。

卓佳生穿着笨重的防爆服，抱着这个定时炸弹，却是朝反方向没人的地方用尽全力奔跑。

最后，人和炸弹一并消失在一片火光之中。

卓佳生牺牲了。

国家培养一名警察不容易。

李且当时就想着卓佳生是为他们家而牺牲的，国家和人民失去了一名优秀的警察，那他就应该把自己赔给国家，赔给人民。

那年他刚好毕业，就回来考了特警。

在特训期间的第一个任务便是当卧底，他眼角的那颗痣辨识度太高，也是在那个时候点掉的，也是在那次任务回来以后，让他坚定了选择这条路的想法是正确的。

黑暗里的荆棘荒原、极火深渊，想要逾越的那道防线里，是骄阳星辰，是山川湖海。

世间一切美好，总要有人来守。

李且望着无边的天际，语气淡淡的，却也坚定："那枚警徽的背后是亿万平民百姓，这里面也包括我们在乎的人。守护是我们的责任，也是使命。"

文诗月也顺着李且的目光看向远方，轻叹了声："报国荣警，察己修身。"

李且扭头瞧着文诗月，却没说话。

文诗月也看向了李且，莞尔一笑，酒窝浮现："以前，我听我爸爸说过。"

说完，两个人看向彼此，都是明亮而清透的双眸，似乎都能在彼此的眼中看到自己的倒影。

就像是公式找到了它的唯一答案，然后他们自动匹配到了一起，便再也分不开。

他们眼含笑意，心中光亮，一眼仿若天荒。柳枝依依，夏风温柔。不知从何处飞来一双白鹭，推开水波的涟漪，开出两朵水中花。

"哎，儿子、儿媳妇。"

两个人闻声一同起身，护工也正从不远处走了过来。

"时间差不多了，我推杜老太太回去吃饭了。"护工说。

李且说了声"好"，蹲在杜慧景跟前，柔声哄她："我们也要走了，您乖乖地吃饭睡觉，我们有空再来。"

杜慧景低头看了看李且，又抬头望了望文诗月，最终又瞅了瞅护工，三个人都朝她点了点头。

她撇撇嘴，朝文诗月招手："来，儿媳妇。"

文诗月无奈地一笑，就着李且身边蹲下："怎么啦？"

谁知道杜慧景一手拉着李且的手，另一只手拉着文诗月的手，就这么将这一大一小两只手交叠在了一起。

两个人估计都没想到，几乎在碰触到彼此的时候都下意识地看向对方。

文诗月呼吸一滞，条件反射般缩了下手，却被李且迅速抓住。

他朝她微微摇了摇头，用眼神示意她别动。

手背上的温度和触感让文诗月方寸大乱，一股潮热从后脑勺袭来，挥之不去。她一边控制着手别抖，一边一遍遍忽视那股往上侵袭的热浪。她告诫自己不能脸红，千万不能被他发现。

“儿子、儿媳妇，”杜慧景拍了拍李且的手背，看向两个人说，“你们要好好的，工作再忙也不能忽视了对方，下次也要一起来看我，知不知道？”

“知道。”李且点点头。

杜慧景又将目光投向文诗月。

文诗月半沉浸在催眠自己不能脸红的情境中，倏然感到几道不明视线投向了自己。

她抬眸看见护工朝她微笑，一偏头，发现李且也噙着淡笑看着她。

她咧嘴看向同样看着她的杜慧景，也点了点头，乖巧道：“知道。”

两个人目送护工推着杜慧景离开后，并肩往大门方向走去。

李且问文诗月：“开车了吗？”

文诗月“嗯”了声：“开了，你呢？”

李且蓦地想起一个多月前在西市机场送她的时候，她走得那是一个潇洒利落，头都不带回的绝情。

他单手抄兜，捏着裤兜里的车钥匙，说谎不打草稿地挑了下眉。

“没开。”

文诗月暗忖话都说到这份上了，她不说句载他一程也实在是不地道。

“你去哪儿？我送你。”

“一起去吃个饭吧。”李且说。

两人说完，都纷纷看向对方，一个抬头愣怔，一个低头坦然。

文诗月扭回头，继续沿着人工湖往前走，琢磨着现在本就是饭点，自己也确实应该请他吃个饭。

吃个饭也没什么好矫情的，她便爽快应下了：“好，不过是我请你。”

“怎么说？”

“谢谢你。”

“谢谢我？”李且明知故问。

“嗯。”文诗月又抬头看了眼李且，“谢你的救命之恩。”

文诗月跟李且来到停车场。

此时停车场就还剩下两辆车，白色那辆是她的，隔着几个停车位还停着一辆黑色越野。

她的目光没多做停留，拉开驾驶座的门，上了车。

李且也正好坐上副驾驶座，正、副驾驶座的门一前一后地关上。

略显逼仄的车厢里的空气有些闷热，不光是照射了半下午的太阳余温，还有身边这股让人无法忽视的、强烈的、独属于他的气息。

不像林旭，李且身上是没有烟草味的。跟记忆里的他一样，永远干净清新，但又多了份男人的气魄。

文诗月将冷气打开，车厢里的温度慢慢降了下来，也好似将她的心火一并给降了下来。

路上，文诗月问李且想吃什么，李且让她拿主意，他都可以。

文诗月想了想，点开导航输入了一家粤菜馆的地址，问李且："吃粤菜可以吗？"

李且看了眼，鼻息萦绕着淡淡的香气，跟身边这个姑娘身上的味道相近。

他不由自主地滚了下喉结，点头："可以。"

今天是周末，又正好卡在饭点上，是堵车高峰期。

渝江的交通路况一向不算好，尤其是上下班高峰期，有时候能堵到你崩溃。

文诗月也没再多说什么，而是认真地跟着导航，眼观六路地沿道行进。

其实她也不知道该说些什么，她本来就不是个社交达人，平日里在单位或是跟朋友聚餐，她永远不会是开话题的那个。尤其是此时此刻，对方还是李且，陡然安静下来，她也不知道应该说什么了。

那就沉默是金，认真开车，至少没空分散注意力去管旁边这个人。

而李且则是偶尔偏头看一眼文诗月，见她时而轻咬一下下唇，时而微张小口，都是在堵住被迫停下来的时候露出的小表情。

加上她的正襟危坐，一派认真的模样，搞得他恍然有一种他是驾校师父，在带徒弟上路的错觉。

"你平时很少开车？"李且忍不住询问。

正好遇上红灯停车，文诗月就听到李且的发问，于是点点头："我平时坐地铁比开车方便，要用车也会跟单位的车。"

她其实不太爱开车，但是为了逢年过节回南兴方便才买的。

平时上班基本上是坐地铁，偶尔下雨天或者去不通地铁的地方才会开车。养老院的地理位置比较偏，她一般是才开车过去。

其实只要不是大规模堵车什么的，她开得还是很顺畅，就是遇上这种饭点堵车，安全意识的红灯就会亮起来。

李且几不可闻地轻笑一声："你早说的话，我来开。"

文诗月这才反应过来自己这是被质疑了。

她扭头看向李且，像是不服而自我证明似的笃定道："放心，我车技没问题。"

一个多小时后，车技没问题的文司机停车出了问题。

粤道轩的生意每天都很好，停车位一向紧张，尤其是今儿还是周末，能有停车位已经是运气好了。

文诗月他们到得晚，刚好走了一辆车，给她空出了一个停车位来。

就是这个车位实在是……太讨厌了。

隔壁那辆大吉普压了她这边的线，占了一点儿位置。停是能停进去，就是要她停进去，确实十分考验技术。

接连打了好几次方向盘，还是不行。

如果是往常她就放弃了，换地方停车也不是不可以。

但是她之前还信誓旦旦地跟李且放了狠话，绝不能打脸。

她暗暗发誓，无论如何一定要停进去。

李且手肘闲闲地搭在窗框上，手背抵着薄唇，憋着笑，耐心地瞧着驾驶座上的姑娘表演跟自己赌气，跟停车位过不去。

结果，这姑娘还是不争气。

李且确实是看不下去了，这么耗下去这顿饭怕是不用吃了。

他倒是可以饿，但他不想她挨饿。

“文诗月，”他解开安全带，瞧着应声看向他的姑娘，忍俊不禁地说，“我饿了。”

文诗月回道：“要不你先进去点菜。”

李且笑了：“我的意思是，我来吧。”

文诗月有些骑虎难下，最终现实战胜了尴尬，她放弃挣扎，拎着包下了车。

李且经过她的时候，脸上还挂着笑意，跟她对视了一眼，人一弯腰，钻进了驾驶座。

然后，她眼睁睁地看着他仅凭一只手，一下就将车尾甩进了停车位，再回正，停得端端正正。

在文诗月的意识里，那些男人单手停车几乎都是油腻地耍帅。

可是李且不是，他不是刻意的，能看出是稀松平常的习惯成自然，是一种不经意却也无法让人忽视的帅。

她站在车头不远处看着他熄火抽钥匙，打开车门，迈出长腿起身，反手关上车门，再锁车，一气呵成。

此时是临近八点的天，亮色被黛色取代。

周遭灯火幽然，溢在他的脚下，将他的影子拉得深长，英俊的面容和宽肩上都沾了些落下的零星光斑。

他踏着光影走来，一步一步像是踩在了她的心上，却又轻如棉花。这一幕跟在勐镇客栈平台上的那晚有些相似。

可那时她不知。如今想来，原来无论是那时，还是现在，似乎能让她这颗心再次悸动的，始终都是同一个人。

李且走到文诗月跟前，见她盯着地上在发呆，抬手随意地在她眼前打了个响指。

“我发现你……”他故意停了下来，没把话说完。

“嗯？”文诗月不明所以，“我什么？”

李且眉眼含笑，有些漫不经心：“很爱发呆。”

文诗月的睫毛颤了颤，垂眸佯装不甚在意地伸手抽走李且手里的钥匙：“你不是饿了吗？走吧。”

一进大门，就像是突然扩了音，喧闹而至，碗碟碰撞声，声声入耳。

文诗月在跟李且确定来这儿以后就订了位子，服务员领着他俩往里走。

两个人都是极为出众的相貌，打从一进门便不乏各种关注的目光投在他俩身上。

文诗月经过一桌全是姑娘的过道，发现她们都在看李且，以至于她就认定那些目光都是属于身边人的。

她拿余光瞄了眼身边高大挺拔的男人，怎么能那么招人呢？

李且当然也注意到在场有不少的男人在看文诗月，他不动声色地走到她的另一侧，挡住了那些碍眼的目光。

他还在心中“啧”了一声，这姑娘到底是有多招人？

两个人落座后，服务员把菜单递给他俩。

李且就随意点了两个菜，剩下的让文诗月来点。

这家店文诗月常来，而她常来也是因为她特别爱吃蜜汁排骨和鲍汁凤爪，这家做得非常好吃。

她翻着菜单，瞅了眼李且，细白的指尖将那页菜单翻了过去，这两样她都没点。

一顿饭吃得还算和谐，可能是下午到晚上不知不觉聊了不少，又或许是聊到了灵魂契合点上，文诗月的话逐渐多了起来。

聊着聊着，文诗月主动聊到了岩香一家。

文诗月从勐镇回来以后，一直有跟岩香保持联系，知道她爱人蒋烈已经脱离危险，松了一口气，也为她守得云开见月明，一家人终得团聚而感到开心。

当然，文诗月也从李且口中得知岩香好像在秋后算账，蒋烈任重而道远，但是具体的情况就不得而知了。

随后，他们又聊到彼此这些年的学业和工作，虽然两个人都不过是一语带过，但文诗月最初的那种拘谨和不自然也在这松弛的气氛里消失殆尽。

时至今日，她其实也是可以用一颗平常心去面对李且的。

“那你回国以后就一直在渝江？”这是文诗月很想知道的。

“嗯。”李且左手拎起茶壶把文诗月还剩一小半杯茶的杯子添满，云淡风轻地说，“第一年出了任务，回来以后就一直在。”

文诗月伸手虚扶了下杯子，目光落在李且线条紧实的左臂上，看到那条愈合的淡色伤疤，倏然之间颇为感慨。

说他们有缘分，可是他们同在一个城市多年，一次都没有遇见过。

说他们没缘分，可又偏偏在勐镇那种地方遇见，到渝江再相逢，再到眼下像朋友一样同桌吃饭。

文诗月盯着瓷白茶杯里暗红色的茶水，色调碰撞，有些发怔。

当年苏木出国之前的一个蝉鸣初始的夏夜，夜风还不燥，略微凉。

他们俩坐在露天阳台上，一人拎着一罐啤酒，从儿时开始聊，延续到畅想了一下未来。

就是在那样的气氛里，苏木提了一嘴李且。

“对了，李且你还记得吧？”苏木问。

那是一个熟悉又陌生的名字。

文诗月抬头望着一望无垠的星空，繁星点点，有的明亮有的黯淡，像极了曾经的他和她。

她仰头喝了口酒，酒甘苦，却叫她清醒。

“不记得了。”她笑着看向苏木，拎着啤酒跟他碰了一下，把话题岔开，“对了，程岸让我提醒你记得带面国旗出去，万一出什么事，或许能救你一命。”

“我人还没出去，那小子就盼着我出事，他不好好训练，整天瞎操心。”

“人家这不是在提醒你以防万一吗？”

后来，苏木也没再提李且，两个人似乎都各怀心事，喝大了。

尤其是苏木，醉得一塌糊涂。

现在想来，那时候苏木应该是想告诉她李且回国的消息吧，但也是她亲自斩断了这个消息的。

说到底，无缘始终是大于有缘。

“谢谢学长。”文诗月松开杯子，顺口道了声谢。

李且搁下茶壶，勾了下嘴角：“我们之间不需要这么客气，学、妹。”

文诗月听到他刻意强调“学妹”两个字，就像是故意以此在回敬她的“学长”。

她掀起眼帘朝李且看去，对上他正好投过来的视线。

头顶的复古吊灯散发着港风电影调调的清光，蔓延在桌子两侧的俊男美女身上，四周男女老少的说话声成了无须收音的背景音。

动静皆宜，在红尘烟火里，仿若将情投意合的故事推至一场没有剧本的神秘。而端坐在故事里的那对男女，相视不过须臾，都莫名其妙地笑了。

就在这时，李且的手机响了起来。

就像是场外导演的一声“咔”，故事没有结局，所有人也都得出这场景。

文诗月低头夹菜吃。

李且搁下筷子往椅背上一靠，当着文诗月的面接通了电话。

文诗月虽然在低头吃菜，但她分了神在瞄李且。

她见他接通电话后本是含笑的神色慢慢地敛了下来，说了句“我马上过来”，就挂断了电话。

“你有事就先走吧。”文诗月搁下筷子，率先开了口。

李且看向文诗月，却是问：“你吃好了？”

文诗月点点头：“我吃好了。”

“行。”李且微微往前倾，目光一直停留在文诗月的脸上，思忖了两秒又问，“你接下来还有没有什么安排？”

“没有。”文诗月也不知道为什么想都没想就脱口而出。

“没安排的话我想让你跟我去一趟。”

“去哪儿？”

“派出所。”

文诗月杏眸睁大，有点儿没闹明白：“派出所？”

李且点了下头，抬眸对上文诗月迷惘的眼睛，貌似想到了什么，哼笑了一声：“带你去捞你的女儿。”

文诗月蒙了。

去派出所的路上是李且开的车，他开得很稳，也不需要导航。

窗户微微敞着，透进点儿风，车厢内温度很是舒适。

这段路程中，文诗月大致了解了她这还没一夜之间就喜当妈的来龙去脉。

原来这个“女儿”是杜慧景的孙女，卓佳生的女儿，叫卓小满。

那么文诗月作为杜慧景一口一个喊得亲热的“儿媳妇”，卓小满自然而然就成了她的“女儿”。

刚才给李且打电话的派出所老吕刚好认识李且，在电话里说了个大概。

他们接到报警，抓了一群在娱乐场所斗殴的男女，这里面有几个未成年人，其中一个就是卓小满。

李且让文诗月一起去的目的文诗月也猜到个八九不离十。可能是因为卓小满是女孩，李且是男的，万一有什么特殊情况，女孩子之间可能比较好说。

“放心吧，我能帮的一定帮。”文诗月扭头看了眼李且。

谁知道李且接下来的一句让文诗月大跌眼镜。

“我的意思是，”只见他用舌尖顶了下嘴角，语气带了点儿冷冷的气焰，“我怕我忍不住想揍她，你一会儿帮忙，拦着我点儿。”

其实这是一个严肃的事情，开这个玩笑真的很不合时宜。

但是文诗月从未见过这一面的李且，让她忍不住想笑。

不过她不能笑，她抿了下唇，点点头，冷静地应了声：“好。”

不多时，文诗月转而一想，让她拦住他？

她看了眼驾驶座上这个高了她将近一个头的特警同志。

她，能拦得住吗？

派出所门口地上淌着白光，亮如白昼，与漆黑的夜形成了鲜明的对比。

李且在跟一个身穿警服的老民警说话，时不时回头看一眼文诗月这边，面色冷峻。

文诗月看着眼前这个漂亮的小姑娘，高高瘦瘦的，齐肩中发，挑染了两绺金色，化了个烟熏妆。小姑娘穿着露脐上衣、牛仔短裤，一双眼睛也在打量着她。

两个人谁也没说话，直到李且走了过来。

“且哥。”卓小满没什么中气地喊了一声。

“三进宫，厉害啊。”李且似笑非笑地盯着卓小满，笑得人瘆得慌，冷声冷气地“表扬”。

“不敢当。”卓小满咧着嘴笑了笑。

“你还真敢接。”

李且一张俊脸一下子就垮了下去，上前就要去拎卓小满。

小姑娘跟耗子似的，迅速躲到了文诗月的身后。

“姐姐，你，你劝劝你男朋友。”卓小满抓着文诗月的肩膀往后退了两步，在她耳边说。

文诗月也是第一次见识到李且这副寒气逼人的模样，压根就没反应过来卓小满乱点鸳鸯谱。

她是真怕李且会动手，跟个鸡妈妈似的张开双臂挡着。

“你先冷静一下，这是派出所。”文诗月挡在中间，望着李且说。

李且脸色微凋，沉了一口气，朝卓小满招招手：“来，你过来。”

卓小满拽着文诗月，摇头。

“我不动你。”

卓小满没动。

“我什么时候跟你动过手？”

卓小满琢磨了一下，确实是，这人凶是凶了点儿，但是从来没打过她也是真的。

她松开文诗月的肩膀，脚步微挪，与之平行而站。

不远处看热闹的几个民警见这场面，还以为李且训的是俩闺女。

“打架斗殴，混夜店，染发，穿得不伦不类。”李且越说越无语，伸手拎了拎卓小满头上那绺金毛，哼笑一声，“卓小满，你真是回回都不会让我失望。”

文诗月还以为李且又要动手，赶紧伸手护了下卓小满，另一只手去扒拉李且的胳膊。

“你说话就说话，先松手。”她对李且说。

李且瞧着文诗月认真相劝的模样，气忽然之间消了不少，寻思着这姑娘还真是听他的话，全心全意地在拦着他。

他松开那撮金毛，垂下手来。

文诗月也跟着松开了他硬邦邦的跟铁似的胳膊。

“警察叔叔，不都跟你说了嘛，我是见义勇为。”卓小满见文诗月还真能治住李且，找对了挡箭牌，赶紧先把话撂了，“他们骗了我弟那么多钱，我不得要回来啊？”

“不得了，您是超人还是女侠？”李且气乐了，“卓小满，请你认清自己，你到底是干什么的。”

卓小满抿嘴不语。

李且继续说：“你是学生，未成年人，遇到敲诈勒索应该报警。你搞成这副样子去跟社会上的人要钱，不要命了你？”

卓小满挽着文诗月的胳膊，嘟囔：“那我……不是也会点儿防身术嘛。”

李且瞪她一眼：“我就不该教你。”

文诗月终于明白这姑娘力气怎么这么大，合着这是师出有门，她肩膀还隐隐作痛呢。她看着时间也不早了，跟李且说先把人领走，这么晚了家里人该担心了。

李且让卓小满去把脸上的熊猫妆给卸掉，文诗月主动陪着一起去，随后他跟几个民警打了声招呼，把人给带走了。

路上，文诗月透过内视镜看了眼后座的卓小满，有些哭笑不得。她还挺佩服小姑娘的心大，闹了这么一出，人居然躺在后面睡着了。

大致情况她也了解了，就是卓小满的表弟被社会上的混混骗了钱，不敢跟他妈妈，也就是卓小满的姑姑说，却被卓小满察觉到他的不对劲，给套了出来。

卓小满今晚找了几个朋友装扮成大人的模样，混了进去找到人。结果其中那个老大看上了卓小满，这小姑娘虎啊，意识到不对劲先把人揍了再说，两边就打了起来。

后来有人报警，都齐刷刷地被带走了。

夜色正浓，月明星稀。

夜风阵阵，扬起柳枝，杨柳依依，摇起黑波，波浪潺潺。

汽车行驶在河岸边的柏油路上，一边是闪烁的河灯，有散步的人，一边是灯红酒绿的各色酒馆，有凡尘的歌。

文诗月扭头看了眼李且，虚虚实实的各色光影偶尔扫过他立体深邃的脸，像是五光十色里的缱绻，莫名让人着迷。

车厢内安静，车载香薰散发着淡淡的邂逅香气，仿若这车会一直开往银河的尽头，与星辰接吻，与浪漫为邻。

李且倏然转过头来，文诗月来不及躲藏，只好将目光往上移，移到了内视镜里。

“你这个女儿是不是很厉害？”李且褪去了在派出所里的冷冽严肃，带着晚间微懒的嗓音开着玩笑。

文诗月也懒得一直强调反驳，反而显得她多在意这个名分似的。

她瞧着卓小满，想起李且说的“三进宫”，好奇地问：“你说她‘三进宫’，是进了三回派出所？”

“嗯。”李且回道，“第一回在公交车上见义勇为，打了个变态；第二回，帮她姑姑捉奸，把人家酒店闹了个底朝天；这是第三回，至于其他的小打小闹也不少。”

“那她其实都是在做好事。”

“出发点是好的，就是每回留一堆烂摊子都找我来给她善后。”

“她不是跟姑姑住吗，怎么每次都找你？”问完这个，文诗月察觉到自己有点儿多管闲事了。

李且把车开出河边小路，上了大路，大路宽广，路灯排列整齐，车流来往不息。

他偏头瞧了下文诗月，遂又看回前方：“这孩子其实很孝顺，她不想她姑姑担心，在家里总是报喜不报忧，至于忧的这块……”

他笑了一下：“我的事。”

文诗月转身看了眼后座的小姑娘，还是有些感同身受的。

小姑娘其实也是个被迫早早长大的懂事孩子，只不过处理事情的方式比较直接冲动，但出发点也是好的。

文诗月转回来的时候，肩膀扯了一下，她伸手揉了揉。

李且见到文诗月的动作，想起了刚才在派出所卓小满恨不得整个人挂在她身上，不由得放柔了语气：“她把你压痛了。”

“没有。”文诗月松开手，倒是笑了，“不过，她劲儿真还挺大的。”

“所以不对她凶一点儿，能给天捅个窟窿。”李且笑意里掺着无奈。

文诗月莞尔一笑，见他嘴硬心软，心想他以后一定也会是一位好父亲吧。

把卓小满送到小区楼下，小姑娘下了车也不急着走，而是绕到副驾弯腰看向文诗月。

“怎么了吗？”文诗月柔声询问。

“嫂子，咱俩加个微信呗。”卓小满摸出手机。

文诗月被这称呼给惊了一跳，耳根一热，连忙解释：“我……我不是你且哥的女朋友。”

卓小满刚好点开微信，听到这话，看向驾驶座上面无表情的冷漠男人。

这脾气，帅出宇宙人家也瞧不上你。

“那不正好。”卓小满对文诗月可以说是一见如故，笑意满满地趴在车窗上跟她聊，“我回头给你介绍我们一老师，又帅又温柔，温柔的人才是天生一对嘛。”

“卓小满，你干脆别考大学了。”李且冷冷的声音响起，“回头我送你上庙里拜月老为师，要么我出钱送你出国找丘比特学射箭。”

“我其实想开飞机。”卓小满诚恳地说。

“我看你是想上天。”李且皮笑肉不笑。

文诗月忽然想笑，从派出所一路到这儿，她发现李且还挺毒舌的。

卓小满见李且脸色不太美丽，赶紧催促文诗月：“姐姐，微信微信，你扫我。”

文诗月摸出手机，点开微信扫一扫，对着二维码扫了下。

于是乎，她这个夹心饼干就这么平白无故地加了“女儿”的微信。

“姐姐你叫什么？”

“文诗月。”

“还不走？”李且的声音随后响起。

“我叫卓小满，卓别林的卓，小满那个小满。”卓小满见李且在解安全带了，一边退后，一边举着手机说，“姐姐，咱们微信聊，拜拜。”

“拜拜。”文诗月微笑着朝卓小满挥挥手。

“且哥，”卓小满弯腰看向驾驶座，“虽然但是，今晚还是谢谢你，拜拜。”

说完，她转身就往楼道里跑去，留下车里同时看向她离去背影的两个人。

“臭丫头。”李且重新系好安全带冷哼，却笑了。

回去的路上，文诗月是有意打算先送李且，自己再开车回家的，谁知道李且却让她报地址。

“警察叔叔送你回家。”李且饶有意味地说。

这话让文诗月想起了相亲那晚她无意调侃的话，加上之前的学长学妹，她发现这人不仅毒舌，还挺有报复心的。

既然如此，那就让他送吧。

“渝景苑。”她说。

李且调了导航，扭过头看了眼文诗月，发动车子。

一路上两个人都没怎么说话，李且闲散地开车，偶尔在红灯时看一眼低头在聊微信的文诗月。

姑娘在昏暗的手机微光里，微微勾着嘴角，五官小巧精致，眼睫一扇一扇的，像蝴蝶蹁跹。

比起高中那会儿还有点儿婴儿肥的她，现在的她瘦了很多，但很匀称，看得出来是有在锻炼的。

只不过，在他的印象中，这姑娘好像没什么运动细胞。

现在有了？

绿灯亮，他收回视线，继续开车。

文诗月在跟卓小满聊，对方也有询问李且的情绪如何。她看了眼李且，情绪好像还算正常吧，之前不还跟她开玩笑来着。

李且的灵敏度实在是太高，一下子又捕捉到了文诗月偷看的目光，他慢条斯理地问：“看我干吗？”

文诗月听着这话怎么听怎么有点儿弦外之音。

像……调情。

她被自己不要脸的想法给怔住，晃了晃手里的手机说：“小满怕你还在生气，让我问问。”

李且眉眼含笑：“犯不着跟个小姑娘怄气。”

文诗月当然看得出他没生气。经过当事人的肯定，文诗月便给卓小满回了过去，让她早点洗澡休息，结束了聊天。

等李且把文诗月送到渝景苑地下停车场，四平八稳地将车停进停车位，两个人一前一后下了车。

“我送你出去打车。”文诗月好意道。

李且垂眸瞧着文诗月，也不推辞：“好。”

两个人乘坐电梯上一楼，从单元楼出大门。

两个人并肩无语，小区里一盏盏旖旎的路灯散发着幽幽的光，一路相陪，气氛有些微妙却并不显尴尬。

文诗月把人送到大门口，顺手招了一辆远远迎面而来的出租车。

“学长，有车了。”她说。

“嗯。”李且看着由远及近的出租车，不慌不忙地摸出手机，一边解锁，一边说，“加个微信。”

“啊？”文诗月忙着看车，听到这话明显愣了一下。

“别人加你微信可以。”

李且适时停下，看向文诗月，垂眸与她对视。

他眸光里的漆色像黑洞，能将人吸附进去，低沉磁性的嗓音浸在了这月光与灯光里，莫名勾人。

“我，不可以？”

# 第五章／原来，他们可以有故事

文诗月洗了澡，就收到了李且的微信：“到家了。”

她捏着手机看到他们的聊天界面，还是有一种恍然如梦的感觉，这一天过得真就跟做梦一样。

她跟李且成了别人口中的“儿子”和“儿媳”，还拥有了一个“女儿”。

她跟李且在一个舞台上合奏，而不再是当年的隔着一层楼合奏。

她跟李且聊了比以前加起来还要多的话。

她跟李且交了心，虽然只是属于普通朋友之间的交心。

“好。”

文诗月回过去以后，盯着这个“好”字，总觉得是不是太过冷漠了，于是她又添了一句：“我收到照片就发给你。”

那时候在小区门口，李且跟她要微信的状态确实很像男人跟女人搭讪，夜色里的暧昧由不得她不想歪。

可转念一想，她又觉得这个人和这件事一并发生在她身上，实在是天方夜谭。

以至于她一时之间有些没反应过来。

果然，还没等她说话，李且就笑了，笑得好正直，人也跟着站笔直了。

他说出了加微信的理由：“下午表演的照片，你应该认识人，到时发我一下。”

一道名为“自作多情”的雷兜头朝她劈了下来，瞬间将她劈清醒。

果然是天方夜谭。

没一会儿，李且就回复她了：“不用急。”

文诗月的手指在屏幕上定住，在斟酌还应该发点儿什么，手机振了一下，聊天框里又弹出一条：“肩膀还不舒服就贴一下。”

文诗月拿起梳妆台上摆着的药贴，是李且送她回来的时候路过药房给她买的。

他这应该是在替卓小满给她赔不是，他这个人总是礼貌细心又周到。

就像高中时，他会因为路过，而退回去替不相干的人捡掉了一地的作业本；他会在大冬天里把自己的围巾送给路边衣衫褴褛的流浪汉；他会在看到因为被他拒绝的女生在遭到别的女生冷嘲热讽时，去替人解围。

又比如现在，他会照顾卓佳生的母亲和女儿，又当儿子又当父亲，他也会在吃饭点菜的时候跟服务员说谢谢。

这些好像是他刻在骨子里的教养，无论岁月如何变迁，他都始终如一。

文诗月睨着手里的药贴，像是看到了李且的脸，嘴角一扬，给他回了个："好。"

李且让她早点休息，她回了个晚安的表情，两个人的聊天也到此结束。

室内一片沉静，文诗月盯着聊天界面看了好一会儿。李且的微信名就是他的名字，头像是一辆特警车模型，很简单粗暴。

他的朋友圈比他的脸还干净，如果不是他主动加她，她都会怀疑这是个假号。

文诗月像是又想到了什么似的，退出微信打开QQ，抱着试一试的心态找到当初那个小号，本以为可能已经停用了，谁知道找了半天密码，竟然成功地登录了上去。

好友列表里只有一个好友，显示的是离线。在那个非主流的时代，所有人的QQ名都千奇百怪，而他顶着他的真名成了众多女生的向往。

那时候能加到李且的QQ，比考试进步还让女孩子们开心。

她也是，不敢用大号，于是偷偷注册的小号，再从苏木那儿弄到了他的QQ号，以他们班一个转校生的假身份加上了他。

偶尔见他上线紧张地斟词酌句想跟他说句话，却始终还是不敢。到后来也不知道是微信普及了还是他被盗号了，就没再见他的头像亮起过。

但他的空间从一开始就成了她每天必去的地方。进空间，当侦探，离开，删除来访记录，日复一日。

就这样陪伴了她度过高中三年，直到散伙饭那晚以后，她再也没上过这个号。

文诗月退回到手机主页面，一看时间已经深夜十二点半了。

她关了灯，躺上床，却怎么也睡不着，闭上眼，今天的事就像是走马灯，一帧一帧出现在她眼前。

她忽然想起今晚那顿饭，李且说是他麻烦了她，得他请。这么说她还欠着他一顿饭。

静谧的夜里，漆黑的房间，躺在床上的文诗月好像听见了心跳加快的声音，清晰而鲜活，像是将要破茧而出的蝴蝶。

这顿饭，她还是得找机会还。

她想。

李且收到文诗月发给他的照片是在两天后。

他刚下训，一身汗，一进宿舍就拎起衣领，一把就将作训T恤脱了下来，露出八块排列整齐的腹肌和线条流畅的窄腰与人鱼线。

人也没着急去拿换洗衣服，就赤着上身去抽屉里拿手机，一打开就看到了微信上的小红点。

李且倚在桌子旁，点开微信，一看到顶端的那个简笔画狗狗头像上的红点，嘴角一翘，修长的指尖直接点了进去。

文诗月连续发了好几张照片，最后附上一句话：“学长，照片发你了。”

李且不由得笑出了声，隔着屏幕都能感受到这姑娘的语气——公式化。

难道她就真的一点儿看不出他的意思，还是她就真的完全对他没点儿意思？

他想起那晚找她要微信时她那副茫然无措的表情，又怕自己太激进吓到她，才找了这么一借口。

合着她还真以为他加她微信就是为了这事？

李且舔了下唇，越想越乐。

副队孟白元一进来就看到打着赤膊，盯着手机在那儿笑的李且，不由得揶揄：“哟，看到啥搞笑的，能让你这么乐？”

李且抬头看了眼孟白元，语气裹挟着一丝无奈：“一小白眼儿狼。”

“小白眼儿狼？”这把孟白元的好奇心给勾起来了，走过来作势要看，“我瞧瞧，怎么搞笑了？”

“没了。”李且把手机扣过来，看向孟白元，问，“找我有事？”

“我今晚相亲。”

“所以你专门过来跟我嘚瑟？”

“少来。”孟白元看了眼这个让他都得甘拜下风的身材，“啧”了一声，“你个千年铁树，那么多姑娘送上门来，别说开花了，你叶子都不摆一下，我能跟你嘚瑟得起来？”

说起这个，李且脑海里瞬间浮现出那张漂亮的小脸，偏偏他想开花的那个还挺让人伤脑筋的。

“讲重点。”李且说。

“帮我搭搭衣服。”

“这么隆重？”

孟白元摸出手机翻出照片给李且看：“好看吧。”

李且看了眼，这个姑娘长得眉清目秀，确实挺漂亮的，再一看，有点儿眼熟。

但他始终没能想起来在哪儿见过，就没再琢磨，而是警告孟白元：“你什么时候变得这么肤浅了？”

“当然不是，”孟白元跟李且搭档多年，一听就听出他的意思，“我们聊了一个礼拜了，有很多共同话题才决定见面，是性格合，不是看长相那么肤浅。”

孟白元什么样的人品李且还是了解，绝对靠谱。

于是他换了件 T 恤，拍了下孟白元的背：“走吧。”

等再次回到宿舍，李且赶紧给文诗月回消息过去：“抱歉，现在才有时间看，拍得很好。”

文诗月没有回复他，他等了一会儿，还是没动静，便拿着换洗衣服去洗澡。

他洗完澡看了眼手机，还是没有信息。

他又去食堂吃饭，吃完了饭都还没有回复。

快到熄灯时间，李且靠在椅背上，窗外一轮明月皎洁如画，宿舍的灯火清幽，落在他棱角分明的脸上，眉目淡然。

他在翻文诗月的朋友圈。

也翻不出个名堂，这个姑娘设置了三天可见，入目皆是一片空白。

李且回到微信界面，最上面那个卡通狗狗头像依旧风平浪静。

他微微仰头，捏了捏高挺的鼻梁，喉结轻滚。

这是把他给忘了?

李且随即点进聊天框，点开文诗月发过来的照片，又看了起来。

几张照片都差不多，他在弹琴，她在拉琴，看上去一派和谐。

他盯着照片，记忆停在了那天下午他们俩几乎天衣无缝的配合中，记忆的洪流慢慢往回退，退到了十年前，停住。

高中三年他很少再弹琴了，到了高三更没有什么时间练琴。

某一天他经过琴房心血来潮，就找老师要了钥匙进去，没想到会出现一道小提琴声跟他的琴声合奏，让他来了兴致。

后来几天他经过时都没再听到那道小提琴声，也就没放在心上。

到了周四，他经过时听到了一道小提琴的琴音，于是鬼使神差地去了琴房。

就是这样，他每周四有时间都会去琴房，而那道跟他合奏的小提琴声一直都在。

连续一个月，他开始好奇什么曲子都能跟上他的人到底是谁，特地上楼去一探究竟。

他双手抄兜，人倚靠在拐角处守株待兔。不一会儿，他看到从那间琴房提着小提琴出来的人竟然是苏木的那个表妹。

惊讶不过须臾，他就没由来地笑了。

李且看到其中一张是他在跟文诗月对视，指腹停留在屏幕上，然后点了保存到相册。

文诗月这会儿还在电视台加班，傍晚临时出了个紧急的现场，现在在编辑室里忙成狗。

等一切结束以后，今天也已经过了。

渝江依旧灯火辉煌，路上有车，街道有人，夜总是有着极大的反差，像画师笔尖畅意的寂静与欢喜，是人间烟火色，也是悠悠岁月长。

文诗月坐同事的车望着窗外斑斓霓虹，连打了两个哈欠。她太累了，脑子一团糨糊，无心再赏这夜色，便靠着窗框合眸小憩。

到家洗了澡出来，她躺在床上稍微清醒了些许。她突然想起什么，赶紧拿起正在充电的手机看了眼微信。

果然看到几个小时前李且给她发的微信。

她下意识想要回，结果一看都快凌晨两点多了。

这个点给人发微信，好像不太好吧。

纤细的手指在屏幕上打了字又删除，反反复复，犹豫再三，困意却先一步帮她做了决定。

手机慢慢从指滑溜走，滑落到一边，充电线绷得笔直，人也进入了梦乡。

李且第二天早上一起床就看到那个“文诗不动”的头像动了。

他嘴角一勾，点开一看，更乐了。

凌晨两点十五分，文诗月给他发了一个鬼脸。

他给人回复了过去，搁下手机，起床出早操。

文诗月早上起来找手机，一边看手机一边刷牙，手一停，差点没把牙膏吞下去。

她瞪着一双大眼睛，直愣愣地盯着屏幕上的符号。

上面是她像玩似的给李且发的那个鬼脸，下面是一小时前李且给她回的“？”。

文诗月闭了下眼睛，误发什么不好，偏偏是个鬼脸，你这还跟人家上下呼应上了？

她吐掉嘴里的泡沫，把嘴里清理干净，赶紧回过去解释一下：“抱歉学长，我昨晚太困睡着了，可能是手滑发错了。”

李且看到这个回复的时候在吃早饭，嘴角挂着淡淡的笑意，整个人氤氲在晨光里，褪去了一身冷峻。

一旁坐着的孟白元也拿着手机挂着笑容，不知道在跟谁发消息。

看到队长和副队一个比一个不正常的队员们面面相觑，但谁都不敢问。

最后，是朱进看出了点儿端倪，往前凑着低声说：“李队和孟队其实是在互发吧，故意欲盖弥彰，难道是……”

“是什么？”大家齐齐压低声音问。

“今天不是考核嘛，懂了吗？”

大家不约而同地看向他们的两位魔鬼队长，秒懂。

这不就是暗度陈仓嘛。

李且握着手机给文诗月回了过去，他搁下手机，目光扫到一群偷看他的队员。

他敛下嘴角，好整以暇地直直看着他们不说话，一双黑眸不怒自威。

全员接收到眼神杀，立刻低头吃饭，谁也没敢多看多说。

文诗月一直在等李且的回复，吃早饭都心不在焉的，反复滑动着消息列表。

蓦地，手机振动了一下。

她的大拇指赶紧往上滑，打开李且的聊天框，看到他的回复直接被切片面包给噎到了。

文诗月赶紧喝了口咖啡，又烫到了舌尖。

她吐着粉嫩的舌尖，目光还滞留在手机屏幕上，李且发来的微信是——

“学妹，你变调皮了。”

八月一过，像是闷在蒸笼里的渝江仿若被揭开了盖子，蒸汽四散开来，透进了清新的空气，让整座城市在繁忙中迎来了第一缕温柔的秋风。

文诗月八月中旬回到了渝江一台，比起之前就更忙了，加班不说，有时候还会通宵。

忙归忙，累归累，但是自从她一贯波澜不惊的生活里闯入了李且以后，好像变得有些不同了。

她跟李且的工作性质都摆在那儿，她有她的忙碌，他也有他的纪律和任务。

联系不多，算起来这个月他们统共也就见了两次面。

一次是跟苏木一起吃饭；一次是他们俩碰巧同一天休假，便约好去听一场演奏会，在去之前一起吃了个晚饭。

文诗月还是没能还成那顿饭，当她说起这事时，李且却来了句：“不急，来日方长。”

他们之间像是学长学妹，也像是普通朋友，可有时候又让她觉得，他们之间好像比普通朋友多了点儿什么。

就好比他之前在微信里说她变调皮了，搞得她隔着屏幕正在想象他发这句话的情绪和用意，结果人家云淡风轻地问她吃早饭没有，轻描淡写地将那一茬揭了过去，之后谁也没再提。

又好比后来说什么来日方长，还有些总是让她没法接下去的模棱两可的话，他都能适时轻松地将话题带到别处去。

这些看似稀松平常朋友间的调侃和关心，似乎也并未逾越半分，但因为对象是李且，就有本事叫她的心湖泛波，久久不平。至于到底是不是多了点儿什么，文诗月没敢再往下想。

她怕这一切不过是自己织出来的错觉，因而失去了正确的判断。

“诗月，”张雯看着摸着电脑键盘发呆的姑娘，拍了她一下，“你这打的什么哦？”

文诗月回过神来，看向电脑，手蓦地一哆嗦，后面两排全是“李”字。

她赶紧猛点删除键，朝张雯笑了笑：“手滑手滑。”

张雯“哦”了一声，问了她一下遣词造句的问题，便滑着椅子回到她的工位上，“噼里啪啦”地修改提纲。

文诗月看了眼张雯，把头偏向另外一边，支着脑袋咬唇闭眼蹙眉，暗自告诫自己别胡思乱想了，好好工作，顺其自然。做好了心理建设，文诗月继续编辑稿子，这时，搁在一旁的手机响了一声。

她顺势捞起手机查看，看到是李且来的微信。光看到“李且”这两个字，她的心就不受控制地颤了一下，刚做好的心理建设似乎又要崩塌。

李且：“明天一起吃个饭，有个事想问问你。”

有事要问她，什么事?

文诗月看着这句话半天，给李且回了过去：“什么事？不能在微信上说吗？”

李且：“不太好说，见面说吧。”

文诗月的心越跳越快，隔壁张雯的打字声都掩不下她胸腔里那阵如雷的心跳声，如海浪击石，一浪高过一浪。

怦，怦怦，怦怦怦……

明明在胸腔，却犹如响在耳畔，越发铿锵而清晰。

难道，那或许不是她的错觉?

这一夜，文诗月有些失眠，人就是这样，心里一旦装着事，就很难高枕无忧。她辗转反侧一夜，睡得极其不踏实，庆幸第二天是休息日。

天还没亮，她又醒了，反正也睡不着，干脆起来去跑步。跑了步回来洗了个澡，有了些许困意，她便躺回床上补了个回笼觉。

可惜计划赶不上变化，李且的一个电话直接打了过来，言语间满是无奈：“抱歉，我临时有任务，今天不能一起吃饭了。”

文诗月听到这话心下倏然空落落的，但她也没多废话：“没关系，下次约。”

李且回道：“嗯，下次约。”

“学长。”文诗月在这短暂的空隙间急忙地喊了一声。

“嗯？”

“万事小心。”

“好。”

文诗月下午没事，正好谢语涵约了她，两个人也好久没见了，就答应了下来。

谢语涵在文诗月还在勐镇的时候跟未婚夫分手了。两个人本来已经到了谈婚论嫁的地步，男方却在这个时候被捉奸在床，两边闹得都不太好看，还闹进了派出所。

好在两个人还没来得及扯证，文诗月当时知道这事的时候，什么都没再多问，只安慰她不值得的人忘了好。

谁知道今儿一见面，就接到一个重磅消息，谢语涵又要结婚了。不是又要，是要跟另一个人结婚了。

谢语涵经过那事以后没有以前那么闹腾了，整个人沉静了不少。说对方是相亲认识的，人很好，也很帅，是特警，很靠谱，两人很聊得来等。

这么巧，也是特警，文诗月条件反射似的想起了李且。

她对谢语涵说："你是真的爱他，还是你只是想随便找一个合适的人结婚来堵住别人的嘴？"

谢语涵跟那个渣男在一起也有好几年了，文诗月怕谢语涵因为伤心过度，所以随便找个人结婚。

这是对自己的不负责，也是对别人的不负责。

谢语涵明白文诗月说这话的意思，她搅拌着咖啡，说："你认识我多少年了，我虽然没有你事事俱到，但是我也不是拿婚姻当儿戏的人，我对他是真的有感觉。"

她还开起了玩笑："可能我也是渣女吧，见一个爱一个。"

文诗月反正千叮咛万嘱咐，让谢语涵一定要想清楚，虽然现在离婚也没什么，但是如果抱着这种心态结婚的话，那这场婚姻注定是个悲剧。

总之，该说的她都说了，都是成年人，每个人对待感情的方式都不同，也不能一竿子打死闪婚的夫妻，人家那些闪婚的，也有很多幸福的例子。

反正，文诗月叮咛谢语涵一定要遵从自己的心，所有决定都要想好再去做。

但不管谢语涵最终的决定是什么，她都是会支持的。

谢语涵差点感动得哭起来，文诗月却瞧着谢语涵笑了。

晚上两个人去吃了秋天的第一顿火锅。

然而才吃到一半，谢语涵接到电话，说她男朋友出任务时受伤进了医院，人一下子就慌了。

文诗月也跟着眼皮一跳，想起李且也是今天因为临时出任务，才放了她鸽子。

李且跟谢语涵的男朋友出的不会是同一个任务吧？

一想到这儿，文诗月给李且去了个电话，没有人接，文诗月的这颗心也莫名地跟着提了起来。

"别急，我们先去医院。"她稳住自己，安抚着谢语涵。

到了渝江第一医院，她们直奔住院大楼。看到安静躺在病床上的男人，谢语涵才松了一口气。谢语涵走到病床前，握着病床上的男人的手，眼眶泛起了藏不住的红。

“你怎么样啊？严不严重？”

“不严重，不会耽误你嫁给我的。”

“还开玩笑呢。”

“干吗，你想反悔啊？”

“才没有。”

而文诗月则是看向病床边那几个特警，一张脸一张脸地扫过去，却没有一个是李且。如果是他的人，他应该在才对。

病床上的人还能跟谢语涵打情骂俏，其他人在偷笑，病房里弥漫着这种轻松的气氛，那说明应该没其他人受伤了。

她暗自吁了口气，整个渝江那么多特警，应该只是凑巧而已。

文诗月也没进去，就站在病房门口，这个时候还是别去打扰了。或许她真的杞人忧天了，看到里面那一幕，她相信那是发自内心的爱。

文诗月走之前给谢语涵发了个消息，说不打扰他们，先走了。

可能是不太想吃狗粮吧，刚好这是苏木所在的医院，她打算去跟苏木见一面。

她走到大门口摸出手机，身后走出来的俩特警在一片嘈杂声中交谈。

“终于看见孟队的媳妇了，这有媳妇就是不一样，一休假跑得比谁都快。”

“那李队为什么也跑得那么快？他以前可是把咱基地当家的，难不成他也有媳妇了？”

“没有吧，咱李队是出了名的爱情绝缘体，断情绝爱第一人。多少姑娘脸都不要了贴上来，他能冻死人家姑娘。还有，你忘了刑侦刘局的女儿，啥啥都好，漂亮得跟女演员似的，那追得多火山爆发，愣是让李队把火山口给堵了。想拿下他，没戏。”

“咱李队真可惜了他的那副好皮囊了。”

“可不。”

文诗月还是没打通李且的电话，她望着门口斜在地上的灯光和影子，朝左边走了去。文诗月去心外科找苏木，在大厅里看到了李且，男人从另一边的电梯出来，腿长步伐大，却不快。他一袭特警制服，在炽白的灯光下能隐隐看到他脸上头上，以及黑色的布料上全是灰。

他手里拎着一袋子药，永远都像是青山松柏一样，挺拔笔直，有一种别样的俊美。

那是一种什么样的感觉呢？蓦然回首，那人却在灯火阑珊处。

文诗月的目光最终落在了他的腰侧，那个地方的布料是破的。迎着光线，能看清那一块的颜色深了很多，像是血迹，触目惊心。

她的眼瞳倏地一缩，心腾地一紧，紧跟着慌乱得没了节奏，抬步就朝李且小跑了过去。

“李且，”文诗月根本没过脑地喊了他的名字，停在他面前，伸手拽着他胳膊，抬头望着他，颇为紧张地问，“你受伤了？”

李且今天出任务抓人，嫌犯朝他们丢手雷，孟白元伤得严重些，而他是避开的时候被炸碎的玻璃片割到了腰腹。

伤口其实不深，就是血染了衣服，瞧上去有点儿吓人而已。

等确定了孟白元没事以后，李且才去处理伤口，顺便在护士站给苏木打了个电话，说过来找他借件衣服。

却不料苏木没找到，装在心里的姑娘突然出现，一脸担心地投怀送抱。他瞥了眼自己的两条胳膊，被她柔软的小手抓得还挺紧。

等会儿，她刚才是叫他名字了？

“问你话呢。”

文诗月见李且盯着她也不说话，以为他可能疼得说不出话来。

那就是很严重了，他真的跟谢语涵的男朋友出的一个任务。

一想到这儿，她更急了，声音都带着几不可闻的颤抖：“你到底伤在哪儿了？腰上吗？严重吗？”

“文诗月，”李且忽然弯起了嘴角，弓背弯腰直视着她的双眼，低沉的嗓音里淬着显而易见的笑意，“你刚叫我什么？”

她刚才叫他什么了？

文诗月见李且的眼里淬着笑意，先前的心慌好像被另一种心慌所取代。她刚才貌似一时情急，好像叫他名字了。她一直叫他学长，这还是头一回当他面直接叫他名字。

可能他也没想到，才摆出这副审视的表情。

“我……”文诗月赶紧松开李且的胳膊，暗自抿了下唇，理所当然道，“那这又是医生又是护士的，还有别人，我不叫你名字，谁知道谁叫谁呢？”

“哦。”李且站直，又看向文诗月，一双黑眸仿若要看穿她的装模作样，他点了下头，“别紧张，小伤。”

这话听上去似乎有点儿意有所指了。

“我没紧张。”文诗月表现得一脸坦然，矢口否认。

“咝。”李且忽然捂着伤口微微弓背，皱眉。

文诗月见状，伸手去扶他，忙问：“扯到伤口了？”

回应她的是男人低沉的笑声，笑得肩膀都在微微抖动。

他的薄唇刚好落在姑娘的耳边，沉沉地吐着热气：“嗯，你没紧张。”

男人的气息打在文诗月的耳畔，像在烈火里逃脱的羽毛拂过平静的湖面，霎时发了烫。

文诗月有些羞恼地撒开手，耳朵烧了起来，还好她今天披着头发。

“幼不幼稚，”她杏眸一瞪，“拿这种事开玩笑。”

她怎么就从没发现他还有这么……这么使坏的一面。

“好了，不闹了。”李且见好就收，言归正传，“你来找苏木？”

文诗月见李且这收放自如的状态，她实在是自愧不如。他是怎么做到吊儿郎当与一本正经无缝衔接、毫无破绽的？

“我发小谢语涵，不知道你有没有印象？她男朋友好像是你同事，受伤进了医院，我陪她过来，顺便来看看表哥。”

“正好，我要跟你说的也是这个事。”

“这个事？”文诗月问。

“你发小和我同事的事。”李且说。

“哦。”

所以，不是他们之间的事，她真自作多情了。不知为何，她心里有一瞬失落划过。

“你俩怎么一块过来了，约好的？”苏木走到两人跟前，把手里的衣服递给李且，笑着问。

“碰上的。”文诗月的情绪明显低落了一些，笑容都有些敷衍。

“这么巧？”苏木若有所思的目光在两个人身上打量。

文诗月听了苏木这话，又看他的表情，总觉得他貌似在说反话。

苏木也没多问多看，而是关心起了李且：“你这伤得如何啊？”

李且笑着说：“还行，不用你操刀。”

“需要我操刀的话，你问题可就大了。”说着，苏木又看向文诗月，“你呢，来干吗？”

“陪谢语涵来看她的男朋友。”文诗月如实说。

三个人也没聊上两句，苏木就被急诊叫了过去。

他临走时叮嘱文诗月回去注意安全，被李且接了话说会把人安全送到，让他放心看诊，别误诊就好。

苏木白了李且一眼，揶揄李且一伤员别是被送回去的那个才好。然后在离开之前他又看了眼两个人，欲言又止地走了。

“吃饭了吗？”李且问文诗月。

“吃了。”

“那再陪我吃点儿。”李且垂眸看向文诗月，“然后送你回家。”

文诗月确实没吃两口就过来了，还是有点儿饿。

只不过她的关注点在其他地方：“你不用归队吗？”

“不用，”李且言之凿凿，“有伤在身。”

这话让文诗月有一种感觉，需要被送回家的其实是他才对。

文诗月等李且去卫生间换了衣服，收拾了下，他们才并肩出了医院正大门，就近选了家小吃店。

文诗月点了碗干拌小面。李且本来也要点一样的，被文诗月直接挡了下来，改成了粥和小笼包。

老板娘看着两个人，笑着露出了暧昧的眼神，就差点没说“你真听你媳妇”这种话了。

“虐待我？”李且哭笑不得。

文诗月觉得自己有点儿好心没好报了，她这是为谁好？

“你有伤。”她诚挚且缓慢地吐出这三个字。

点的食物很快就上来了。

文诗月搅拌着面，想起之前李且说的事，问道：“你说谢语涵跟你同事的事，你要问我什么？”

“我一开始不知道老孟的相亲对象是谢语涵，后来他们在一起以后我才想起来她是你发小。”

李且一边搅着粥，一边继续说：“我是从一同事那里听说她六月时跟人闹到了派出所，对方是她未婚夫，所以想问问你怎么看。”

“其实谢语涵要跟你同事结婚这件事，我也是今天下午才知道的。我本来一开始也怀疑她是不是想随便找个人嫁了，但是今晚我看到她得知你同事受伤的反应是发自真心的。”

顿了顿，文诗月看向李且：“我们从小就认识，她不是个玩弄感情的人。虽然发展确实是有点儿快，但是感情这种事本来也不是用时间来衡量的。”

“所以，你认为两个人要在一起的话，不是时间长短来决定的。”李且手里的调羹停了下来。

“当然了。”文诗月还沉浸在理论里，滔滔不绝，“有的喜欢是一见钟情，有的喜欢是日久生情，只要是两情相悦，时间并不能成为阻碍。”

“问题的关键，”李且说这话时突然停下来低头喝了口粥，才撩起眼皮瞧着文诗月，一副恍然大悟的语气，“得两情相悦啊！”

“是这么个道理。”

李且笑了笑，很是认同地说了句“有道理”，便低头继续喝粥。

文诗月听这口吻，倏然反应过来抬头，这不是在聊别人的事吗？

怎么突然之间扯到了情感话题上来了？眼前这人似乎还听得挺认真，还很认可。

而且，她总觉得李且好像话里有话似的，但是又好像是她总下意识去过分解读他的话中意。

可是，之前在医院他故意吓唬她，现在说话又怪怪的，感觉又不全是她过于敏感。

这种感觉不是高中时，他们之间的距离是透明的钢化玻璃。

他在外面，她在里面，能看得清清楚楚、明明白白，但她无法打碎那面玻璃。

现在，那面玻璃似乎变成了纸，却也不再透明，朦朦胧胧有个影子，让人捉摸不透。

她是可以轻而易举地撕开那张纸，却又怕撕开以后的窗外空无一人，一切不过是她的幻觉而已。

人越长大越谨慎，也越胆小，越瞻前顾后。

她现在好像连还喜欢他都不敢承认，又有什么勇气去窥探那张纸背后的真相呢。

李且见文诗月又在发呆，提醒她：“快吃，凉了。”

“哦。”

文诗月吃了一口，一边咀嚼，一边看着对面的男人。

身前是莹亮的灯光，身后是漫长的黑夜。

而李且就像他曾说过的那样，是一道隔绝黑暗的防线，让光屹立不倒。

他不只是黑暗里的光，也曾是她的光啊！

就在李且看向文诗月的时候，她决定不再胡思乱想，而是为自己的好姐妹问话：“那你同事为人怎么样，我也得为我的朋友把把关吧？”

李且就撂了俩字儿：“靠谱。”

文诗月等了好一会儿，也没见李且再说什么。

就……没了下文。

就这？

第二天上班，文诗月手头上的工作比较急，毫无疑问又得加班。

谢语涵在饭点打电话找文诗月吃饭，文诗月正忙得晕头转向，说再跟她聊下去今晚就睡单位了。

睡还是有地方睡的，就是等忙完了以后，已经过了凌晨。

她出了电视台，在大门口跟保安打了声招呼，拖着疲惫的残躯去打车。

文诗月今天穿着一件条纹衬衫，扎在牛仔长裤里，小白鞋，简约休闲韩范儿。

路灯往她身上一照，夜也挡不住她的美。

她打了个哈欠，半眯着眼睛扭了扭脖子，就听到一声喇叭声。

文诗月循声转身看去，本有些晕乎乎的脑子倏然一下清醒了不少。

身后离她不远的阴影处停着一辆车，穿着一身黑的男人反手关上驾驶座的门，迈着长腿信步朝她走了过来。

九月初，城市的夜还掺着些许余热，好在有风。

夜风晃动着路边的树枝，穿过罅隙，泄满星点的光晕里，枝叶翩翩摇曳。

眼前这一幕像极了电影里的场景。

高大英俊的男人，一步步从那处黑影中走进了光影里，风吹拂他的短发，乌眸里的光胜过眼前的一切。

他的影子率先一步走到她的面前，将她笼在其中。

李且站定在她面前。

原来秋风也不解风情，吹动了少女的心。

“怎么，不认识人了？”

一部完美的电影，一个俊朗非凡的演员，如果声音不好听也会毁掉一部分的氛围。

可该死的是，这个男人的声音也如此动听。

像萧瑟的海平面升起的第一缕阳光，有海的深沉，也有日出的慵懒，却又宽广而明亮。

“你，怎么会在这儿？”文诗月仰头看向李且。

“路过。”李且笑着凝望文诗月，答得漫不经心。

文诗月有些不太相信：“这个点，你路过？”

李且眉头一抬，好笑道：“这个点我怎么就不能路过？”

文诗月这会儿脑子实在是不太能转得动，暂时也想不出还有什么别的理由，便自动接受了李且的路过理论。

“然后看到了我？”

“可以这么理解。”

“哦，那真的好巧。”

李且见文诗月迷糊的模样，想起刚才她从大门口出来时甚至有点儿分不清东南西北，像个无头苍蝇似的，笑意更甚。

他朝她抬抬下巴："走吧，我送你回家。"

李且拉开副驾驶座的门，伸手虚撑在文诗月的头顶。等人进去了，关上车门，他才不急不缓地绕过车头坐上驾驶座。

文诗月揉了揉发胀的太阳穴，靠在椅背上，眼睛追随着李且上了车。

她总觉得有什么东西要破壳而出，却因为太困太累而失掉了所有头绪。

李且一上车就瞅见副驾驶座上的姑娘一双带着水雾的杏眸盯着他在看，难得看得这么毫不遮掩。

在半明半暗里，她精致的五官都镀上了一层诱惑。如果说平日里的她是百合，那现在的她更像玫瑰。偏偏这是她在困顿中无意间流露出来的神色，撩人而不自知。

李且喉咙有些发紧，扭头看向一边，喉结不受控地上下一滑。

他再重新看向文诗月的时候，她已经睡着了。

他不由得一笑，伸手将后座的外套搭在文诗月的身上，又俯身去拉安全带。

刚好整个人半覆在她面前，他的手一顿，姑娘身上淡淡的香气如微风般钻进他的鼻息。离得近，在一隅清光里，能看清她几近透明的细腻白皙肌肤上细小的绒毛。

姑娘睡得安稳，温热的气息打在他的脸上，却惊动了他的心。

心轻飘飘又剧烈地跳跃着，擦出漫天火花，灼烧了一整片心海。

他目光下移，落在了她红润的唇瓣上。

很近，近在咫尺。

很远，远在道德。

最终他闭了下眼，脖颈间的喉结用力滚了滚，压制住心底的渴望。

睁眼时，他无声地笑了下，拉着安全带轻轻插进插扣里。

他退回到驾驶座，仰靠在椅背上平复了一下心神，偏头又看了眼睡得安稳的姑娘，才将车开走。

文诗月醒过来的时候，入目一片黑，眼睛适应了黑暗，才看清透过挡风玻璃打进来的暗暗天光。

她人不在床上，而是在……车上。意识到这一点的时候，她的心猛地跳了一下，"噌"地坐了起来，回想起她上的是李且的车，才松了一口气。

她动了动脖子，有点儿酸。

可是驾驶座上却没有人，她这边的窗户紧闭，那边的车窗半敞着。清新的自然凉风顺着窗户灌了进来，让人神清气爽，还有点儿冷。

文诗月把椅背调起来，打算低头摸手机，却摸到了身上滑到腿上的外套。带着熟悉的木质香，很淡很好闻。

她摸出手机一看时间，清晨五点十五分。

所以她在李且的车上睡了一宿？

正当她准备下车的时候，驾驶座的车门从外打开。

李且看向盯着他的文诗月，说了声“醒了”，便坐了进来。

他没关车门，一条腿屈在车椅上，另一条腿站在车外，整个人很闲散，嗓音也较平时要沉哑一些。

“你怎么不叫醒我？”文诗月有些不好意思地问。

“叫了，”李且摁亮车内灯，顺手将纸杯搁在仪表台上，一边拧开手里的保温杯，一边语带无奈，“没叫醒。”

文诗月大窘，她睡着了确实不太容易被叫醒，而且还有起床气。

有了灯光，她才发现李且的手里握着个保温杯，同时也看清了眼前的环境。

是山顶的平台。

她三连问：“那你睡了吗？你去哪儿了？怎么上这儿来了？”

李且将保温杯里的咖啡倒进纸杯，袅袅热气在杯子上方盘旋。

他将咖啡递给文诗月：“睡了，比你早醒一会儿。”

说着他又继续倒下一杯：“我去后面的小卖部要了点儿热水。速溶咖啡，将就一下。”

文诗月握着纸杯，未见黎明的山顶凉意四起，手里的暖意漫上来，她看向后面不远处的一间店铺泛着莹莹光亮。

“这么早就开门了？”文诗月问。

“山上的人醒得早，早点开门早点做生意。”

文诗月知道很多人晨跑到山顶会就地吃个早餐，可能店铺老板是要提前准备，才起这么早。

李且把保温杯搁下，看向文诗月：“问完了吗？”

文诗月一愣：好像我成了警察在问话。

“下车吧。”

“啊？”

李且勾着嘴角，朝挡风玻璃扬了扬下巴：“你不是问我怎么上这儿来了吗？”

他扭过头，睨着文诗月，声如晨钟，震动人心：“一起看一场九年后的日出。”

“我天，这么浪漫！”周芊笑得贼兮兮地看向文诗月，“他绝对对你有意思。”

周芊跟男朋友闹别扭，这两天暂住文诗月这儿。昨晚文诗月跟她说了要加班，她就睡了。

没想到早上一起来在阳台上伸个懒腰，居然看见了文诗月被一个男人给送了回来。

楼层太高，她看不清男人的相貌。

但是以她这么多年专业的审美等级区分，这个男人不用看脸，大概都是顶级的水平。

不久以后，当周芊看到李且的脸时，觉得她的顶级水平都有点儿侮辱人，那是神级啊。

于是，文诗月一进门就被周芊给堵了，让她交代一下那个男人到底是谁。

文诗月今天上午休息，周芊上班时间还算自由，两个人就窝在沙发上聊了起来。

在山顶上，李且说完那话，提醒文诗月外面凉披着外套出来，就率先下了车，拉开后座车门弯腰进去拿了什么。

她缓了好一会儿，才把外套披在身上，端着咖啡下了车。

两人靠着引擎盖，一人端着一杯咖啡，吃着刚才李且从后车座拿出来的曲奇。

她咬了口曲奇，看着它，问身边的人："这个还挺好吃的，跟外面卖的感觉不一样。"

李且端着咖啡，暗色中响起他的笑音："你运气好，昨儿个我奶奶烤的。"

文诗月记得以前在学校的时候听说过李且那人人艳羡的家世，也顺理成章提到了他奶奶。

说起他奶奶的名讳，在百度百科都能搜到一堆，是很著名的钢琴家，那双手是相当值钱。

当时她得知的时候，已经知道李且会弹钢琴，后知后觉地恍然大悟，原来这是遗传基因。

"果然是钢琴家的手，做什么都游刃有余。"文诗月下意识地赞赏。

"你连我奶奶都知道？"李且饶有意味地问。

文诗月咬曲奇的动作一顿，腹诽自己哪壶不开提哪壶。

她暗自清了下嗓子，仗着天没亮他看不清她的神色变化，语气随意地说："这不以前在学校大家都知道的，学长你很出名啊。"

李且喝了口咖啡，悠悠道："哦，我以为你对名人的事没兴趣。"

这话说得有些自我，但也并非浪得虚名。

李且的名声不说当年，就连现在也时常被老师们挂在嘴边，是三中一大传奇。

"有人在耳边念叨，总不能听不见吧。"她胡诌一句。

"行，有理。"李且低笑，语调沉缓地问，"喜欢吃？"

“喜欢啊。”

“喜欢就好。”

一来一回的聊天声中，天光渐渐破开黑暗，晨光乍现。

他们不约而同朝前方看去，看着远山雾霭茫茫中慢慢透出第一缕暖橘光芒，渐渐灿金扫走一片白，日头渐渐露了出来。

很美的日出，时隔九年多再跟身边这个人一起看，心境变得不一样了。

而他们的关系好像也在潜移默化地发生着变化。

连这并不怎么好喝的速溶咖啡，都让她觉得是人间美味。

看完了日出，他们去了后面小卖部买早餐，味道一般，然后吃完了就下了山。

李且送文诗月回来，让她回去好好补个觉，他下午也要归队，等他下次放假再约。

又提醒她加班太晚注意安全，有事给他打电话。

后面看日出的过程文诗月一句带过，然后就是周芊看到的了，没想到周芊听完这么激动。

“我现在也糊涂了，不知道是不是。”

文诗月端着杯子脸微红，种种迹象都在争先恐后地告诉她这一切似乎不是她的自作多情，他好像真的对她不一样。

“什么不知道是不是？”周芊说，“咱就不说晚上他路过接你那事，就当是个巧合。那其他的呢？什么朋友送普通朋友回家是不叫醒的？哪有叫不醒的？只有不忍心、不舍得叫醒的。还有普通朋友看什么日出，那是情侣，或即将成为情侣，以及一方对另一方有意思才会想到的事情。看日出看日落看流星雨等，这是天文浪漫。你会跟你妈看吗？会跟我看吗？会跟你同事看吗？”

文诗月想了想，好像是不会。

“而且，他说那话多明显啊，”周芊清清嗓子，拿腔拿调，“一起看一场九年后的日出。”

文诗月嫌弃：“你学得好恶心。”

“是是是，我哪有人家那么英俊潇洒，清新脱俗。”周芊“啧啧”两声，“这摆明就是遗憾啊，时隔九年以后跟你重逢才喜欢上你，字里行间都充斥着可惜、错过，但还来得及。”

周芊做总结：“所以，他就算还没彻底爱上你，那绝对也是对你有极大的好感。”

说起这个，文诗月又突然想起一个事。

“还有个事。”她端坐着面向周芊，“之前我不是跟他吃过两次饭嘛，但是他开的车跟昨晚开的车不一样。”

“有钱人。”

文诗月摇摇头：“不是，他昨晚开的车跟我上次去养老院在停车场看到的是一样的，但是那天他跟我说他没开车，坐的我的车。”

周芊伸出食指在空气中一点，笃定地说：“他喜欢你。”

文诗月还没来得及说话，周芊娓娓道来：“他应该知道你看到了那辆车，所以前两次没开应该是怕你发现。可能是觉得太快了，怕吓跑你。这次开了就摆明是不怕你发现，他这是在暗示你呢，傻姑娘。”

“但我也没注意车牌。”文诗月还是不敢置信，“那万一就是个巧合呢？”

周芊笑了：“你就应该当面问，看他怎么说。”

“那万一就是巧合，多尴尬。”

“那万一不是呢？”

文诗月沉默，喝了口水。

“暗恋成真”是很美好的四个字，也是很残酷的四个字：美好在于它像童话一样极少发生，是一种奢侈；残酷在于它本身就是暗恋者一个遥不可及的梦，也只能是梦。

对于文诗月来说，李且是她曾经那个想要努力接近，却依然是遥不可及的梦，她的梦早在多年前就醒了。可是如今却告诉她可以继续这场梦，它是有可能成真的。

周芊见文诗月还苦恼起来了，笑叹了口气，问：“那你呢，你还喜欢他吗？”

没跟李且重逢前，她确实已经放下了，甚至很少会再想起他。

直到林旭的出现，再到李且露出的真实身份，以及之后在渝江发生的一切，每一个过程都像是在激活她已经毁掉的程序。

那个写满了李且的程序不受控制地重新启动，不仅让她想起了曾经的喜欢，也让她多了份现如今的喜欢。

都说人总是喜新厌旧，但曾喜欢过的，其实真的可以再喜欢上。

文诗月点了点头，她不想违背自己的心，更不想骗自己。这份喜欢好像在不知不觉中已经胜过了从前，是她也料想不到的。

“诗月，你已经遗憾过一次了，不要让自己再遗憾一次。你要知道，你们这样的缘分是别人做梦都梦不到的。”周芊话音一转，“既然你确定了自己的心意，不妨主动点儿，主动才有故事。”

“怎么主动？”文诗月也没有这方面的经验。

周芊“哎”的一声：“你这种总是被人追的‘母胎单身’真的是……”她停了一下，直接支招，“就多发消息刷刷存在感，约他吃饭看看电影什么的。但是你也别用力过猛了，咱们女孩子的矜持还是要有。”

她扫了眼文诗月这天真清纯的模样：“不过我看你这死样子也过猛不了，反正你就别太被动，不要总是等人家找你。进退有度，见招拆招，不要尿，就是刚。”

周芊话已至此，打了个哈欠，起身拍了拍文诗月的肩膀，去了卫生间。

就在这时，谢语涵给文诗月发来微信：“醒了没有，工作狂。”

文诗月搁下杯子回过去：“醒了，大清早有何贵干？”

谢语涵：“你忙我没敢打扰你，你猜我昨晚见到谁了？”

文诗月：“你未来老公。”

谢语涵：“不是，是李且学长。”

文诗月也不惊讶，但是她不能出卖李且，于是回了个：“然后呢？”

谢语涵：“他居然当了特警，跟我们家白元是同事。他来看白元时刚好我在，你说巧不巧？重点是他还是那么帅，不对，比读书那会儿更帅了，真的要命。”

文诗月想起李且，嘴角不自觉上扬，手上打字：“你这么花痴，你家那位不吃醋？”

谢语涵：“他有自知之明，就是我正好给你打电话约你吃饭时，看到李且进来，吓了一跳。”

文诗月倏然之间反应过来什么，腾地坐直了身子，葱白的指尖疯狂地在屏幕上敲打：“所以，他知道你给我打电话？”

谢语涵：“他进来的时候咱俩还在通话，应该知道吧。”

文诗月看到这儿，回想起昨晚李且的路过，回想起李且好像知道她今天上午不用上班，心上顷刻间像是被抹了蜜。

所有不确定的答案似乎都在这一刻浮出水面，那些听上去模棱两可的话，那些看似不经意的举动，原来都是有迹可循。

原来，她不是一厢情愿。

原来，他们可以有故事。

周芊从卫生间出来，看着坐在沙发上盯着手机发呆的文诗月，走了过去：“怎么了？”

文诗月抬起头看向她，月牙弯弯的眸中晶莹水润，本是上扬的嘴角弧度越发上扬，连酒窝都谱写着欢喜。

# 第六章／所爱隔山海

周一，文诗月一上班就开会。

下个月就是国庆，所以台里直接定下了一个军旅选题，要去到各军警单位进行跟拍和采访，到时候在国庆期间作为纪录片播出。

至于如何分配，大家可以自行商量，分配不均再进行调动和调整。文诗月看到文件上有特警支队，想起周芊说的要主动，又想到谢语涵的微信。

想到她心底最真实的声音，她有一种前所未有的冲动和渴望，她不想一直被动。

于是她第一次没顺从地接受安排，而是主动选择去特警基地。她想这一次她勇敢一点儿，主动往前朝他走一步，去见他，去了解一下他的工作环境，顺便也礼尚往来地暗示一下他。

如果有可能，她想把这场梦做下去。

然后，希望，梦想可成真。

文诗月业务能力强，写稿、采访、摄影、后期样样行，一进电视台就能独挑大梁。所以这次就由她和张雯，还有组长老姜一起进特警队。

等一切安排结束，大家得先提前做好准备工作，虽然只有几天，不过得入住到相应单位，所以还得回去准备行李。

文诗月回去收拾妥当，摸出手机找到李且的微信，聊天框入目的那一页是上周他问她给他打那么多电话干什么？

她还插科打诨地说可能是误碰到了，不小心为之。

李且发个语音过来，低沉的嗓音里满是调侃，却又格外撩人：“学妹，你怎么不是手滑，就是不小心，这么迷糊？”

下面的一条是看日出那天，他中午给她发的微信问她吃了没。

她回了个正准备吃。

等了几秒，李且发了个语音过来：“我在医院看孟白元，一会儿找你表哥吃饭。”

她看着这句，总感觉像在报备似的，扬着唇，给他回过去，让他们吃得开心。

之后，打从李且归队以后这一个礼拜他们都没有联系。

文诗月也忙，偶尔想起来准备给李且发个消息，却又被别的事情绊住了，等她回过神来时已经是一周以后的现在。

不知道是不是敏感，文诗月总觉得这心里隐隐有点儿说不上来的感觉，手指在对话框里打了几个字："我要到你们特警队……"

她又一一删除，退出了微信。

算了，去了他不就知道了，说不定还是个惊喜呢。她很不要脸地想了一下。

等他们到达特警基地路过操场的时候，文诗月一眼就看到了李且。

他穿着一身黑色作训服，踩着军靴，侧身面向队员们，高瘦挺拔，立于阳光之下，影子都昂首挺立。

作训帽帽檐遮住了他一半的眉眼，但能看到他眼尾微微上挑的自然弧度。他高挺的鼻梁和薄唇在暗影里格外分明，下颌线被拉得异常流畅而锋利。整个人不像是平日里带着些潇洒恣意，现在的他是冷硬的，是严肃的，也是英武不凡的。

"这会儿都在日常备勤训练，这边是一队，那边是二队。"负责接待的小彭介绍。

"来着了，来着了。"张雯也一眼就看到了李且，激动得要流口水，凑在文诗月耳边一个劲儿地滔滔不绝，"那个是队长吧，也太帅了吧，你看那宽肩窄腰大长腿，这是现实中的人应该拥有的吗？他得有一米八五以上吧，绝了，绝了，我要陷进去了……"

站一旁的老姜拍了下张雯的脑袋："注意影响，你学学人家小文，女孩子家家的，懂不懂矜持？"

张雯不情愿地"哦"了一声。

老姜也看过去，艳羡地叹了口气："不过是真的帅啊！"

张雯和文诗月齐刷刷看向老姜，都笑了。

于是，就这样走一路，张雯搁文诗月耳边花痴了一路，几乎将她毕生会的溢美的词语都说得差不多了。

直到中午，一切安排妥当，文诗月接到主任的电话临时找她做个文案，就让张雯他们不用等她吃饭，她忙完了再去。

等她把文案给主任发过去，已经过了饭点半个小时，她才起身去食堂，路上撞见吃完饭回来的张雯和老姜。

张雯跟文诗月说这会儿去能撞上那个帅哥队长，美色下饭，回味无穷。

文诗月笑了笑，与两个人分道扬镳以后，逐渐加快了步伐。

到了食堂，果然很多特警在吃饭。

文诗月一出现，里面的无数目光像是搜索雷达捕捉到她，难掩双眸中的惊艳。

而文诗月压根就没注意这些目光，她的视线一直落在背对她的那个唯一没抬头的背影上。

她琢磨着这会儿总可以打招呼了吧，于是主动走到李且面前喊了他一声：“学……”

她碍于当下身份，改口叫：“李队长。”

这温温柔柔的一声喊震惊了一众吃饭吃成瓜的队员。

他们队长魅力无边啊，电视台的这位看上去柔美清冷的漂亮小姐姐居然主动搭讪，这也太让人羡慕嫉妒恨了。

李且身边投下一道影子，带着淡淡的花香。

他闻声抬起头来，一双深邃的黑眸里却少了一贯待之的笑意。

他淡然地点了点头，语气都显得客气而疏离：“嗯，你慢慢吃。”

说完，他一手端着餐盘，一手拎着作训帽，长腿跨过凳子，将餐盘放到回收处，然后一边戴上帽子，一边走出了食堂。

而一众吃瓜队员看到这一幕，纷纷无语又震惊。

这样的初恋女神可比之前那些姑娘都强，刘局家那位跟演员似的都比不上。

这都不屑一顾，他们队长怕是只能孤独终老了。

文诗月愣怔在原地，心上的蜜好像在干涸脱落，还连带着扯了一块心头肉下来，那一块似乎一下子就空了，还隐隐作痛。

她回头看向那个颀长冷淡的背影，他刚才不但没有一丁点儿的惊喜，反而让她生成一种他在看陌生人的错觉。

如果在食堂文诗月觉得李且是碍于大庭广众才那么对她的话，那接下来就真的不是她的错觉了。

他似乎确实在实实在在地疏远她。

比如在商量拍摄方案的时候，他几乎没给过她一个正眼。

比如她朝他走过去，他会在她还没走近的时候，让孟白元去跟她沟通。

又比如，她在路上碰到远远迎面而来的他，他会转身上楼。

这整整一天，文诗月明显感觉到李且在躲她。

可是她不明白，明明一切都好好的，不过一个礼拜，怎么就变得不一样了呢？

第二天下午，文诗月去上厕所，因为特警队没有分男女厕，她在门口立了个牌子。

出来拿开牌子，她一抬眼就看到前方不远处大步朝前走的李且。

那个昨天一整天不苟言笑的面孔浮上脑海，不解和委屈一并涌上心头，她几乎是想都没想就往前跑去。

“李且。”她在他身后喊了一声。

李且脚步明显顿了一下，又似乎没听见似的继续迈步往前走。

文诗月见状加快步伐，冲到他面前，挡住了李且的去路。

他们刚好停在篮球场中央，金灿灿的阳光落在他身后，而她落在了他的影子里。

就像那晚一样，可是时间、地点、气氛都变得不一样了。

风一吹，扫起地上的一片尘埃，浮絮在半空中盘旋，经久不落。

掩住了男人眼底卷起的纷繁。

文诗月抬头望着李且，小口喘着气：“你没听见我叫你？”

李且垂眸，双手握拳往身后一放，淡淡地问：“叫我有事？”

“我……”文诗月抿了抿唇，明明有一肚子的话，话到嘴边却又不知道应该说些什么。

“如果没事，那我先走了。”李且说完，长腿一迈，绕过文诗月往前走。

文诗月看着他的背影，明明是挺拔地立于阳光之下，却又莫名感觉他要走向未知的凄凉荒芜。

总觉得他哪里不对劲，却又说不上来到底是哪里不对劲。

“你为什么躲我？”文诗月在他身后直白地问。

李且停下，并没有立刻转身。他的手垂在两侧裤缝，好像是在想什么，好半天才转了过来。

他逆着光，整个人看上去显得虚幻。

就好像，好像下一秒他就会在她的眼前消失。

文诗月看见他笑了一下，神色划过一丝复杂，似乎欲言又止，却很快又恢复如常。

低沉而克制的嗓音在空旷的篮球场里飘荡，明明听上去并没有什么不妥，却又让人觉得过于平静，平静得异常。

“我没有躲你。”他说。

“那为什么……”

为什么现在的你就像是变了一个人？

“有什么事你可以找小彭。”李且看了眼腕表，说，“我还有事要忙，走了。”

他说完，转身，头也不回地往前走去。

文诗月回到训练场，老姜已经搭好了机器，在跟张雯说着话。

昨天和今天上午拍了格斗和枪支战术，眼下要拍体能常规训练。

张雯见文诗月无精打采的样子，不由得问：“怎么了，不舒服啊？”

是不舒服，心里不舒服。

文诗月敷衍地一笑，摇摇头：“没有，准备开始了吗？”

老姜让文诗月过来看镜头：“小文，等一会儿拍的时候先走一个远景，再往回拉，然后你……”

一名特警从镜头前跑过去，刚跑到还在自由活动的队伍跟前，就有人问他：“你掉厕所里了？这么久。”

这名特警叫曾光，他摇摇头：“不是，我去厕所时刚好碰到李队，他让我去二号楼那边上。”

“难怪这么久。”

一队操场训练拍完李且都没出现，带队的是孟白元。

文诗月在来这儿之前就跟他见过一面，加上拍摄上都是在跟他沟通，也算是熟悉了起来。

拍完了一队，阳光被成片袭来的乌云盖住，天一下子就暗了下来，有一种风雨欲来的预兆。

老姜让文诗月跟二队队长说一声，抓紧时间拍完，免得下雨耽误。

文诗月跑到二队那边，他们正在集体做俯卧撑，她人一过去，所有人都抬起头看她，做得更加卖力了。

二队队长许哲见状，一个眼刀杀过去，声如洪钟：“好好做。”

大家又齐刷刷埋头苦练。

“许队长。”文诗月看向这个寸头帅哥，说，“看这个天气怕是要下雨了，你们这边准备好了，我们就马上进行拍摄。”

许哲本是叉着腰的，文诗月过来他就把双手放了下去，微微弯腰倾听，咧开一口大白牙，跟刚才凶神恶煞的模样形成了鲜明的对比。

“好的，文记者。”语气都变得格外温柔了。

“谢谢。”文诗月朝许哲笑了笑，便转身往回走。

而许哲的目光还一动不动地落在姑娘纤瘦的背影上，嘴角的弧度只增不减。

与此同时，操场对面二楼的支队办公室。

凌成明吹着茶叶还在继续跟李且说：“中秋和国庆期间的备勤和巡逻，你跟许哲两个队把人员调动出来，还有休假排班表。小孟不是国庆结婚吗？你队上的人也得安排好啊，逢年过节可不能出什么纰漏。然后国庆之后的联合演习……”

李且本来听得好好的，随意扭个头看向窗外。

也怪他视力太好，一眼就看到了文诗月跑到许哲跟前，两个人不知道在说什么，反正有说有笑的。

呵，他什么时候见过许哲笑成这副德行。人都走了，那双眼睛还长在人家身上。

凌成明见对面的人没反应，一抬眼发现这小子扭着头，一双眼都在窗外。

他将茶杯搁在桌上，直接起身走到窗边，往外看。

看到大家都在备勤，也看到了电视台的几个记者在拍摄，最终目光落在了那个穿着 T 恤、牛仔裤的漂亮姑娘身上。

“我昨天见了这几位电视台记者，就那个……”凌成明指着远处操场边上的文诗月，示意李且过来，“是你朋友吧，勐镇遇上的那姑娘？”

李且走过去看着正在拍摄的他们，也不意外凌成明知道文诗月。

当初查文诗月身份的时候，凌成明也在，自然认出来了。

“嗯。”李且目光一路跟随着那道倩影，情绪不明。

“真人比照片还漂亮，有对象没？”

李且没说话，而是扭头看向他的领导。

凌成明笑了起来：“要没对象，你也没有，反正都是朋友，处一处不就成了，我也少操你这份心。你看看人家小孟来得多快，你也抓紧点儿，老大不小了，终身大事该好好考虑了。”

“如果真这么简单就好了。”李且自嘲地一笑，视线定在操场边，本就握紧的拳头收得更紧了。

凌成明看向李且，见他没什么表情地看着外面，总觉得这小子有心事。

凌成明眼中的李且是能闯刀山火海，能跨枪林弹雨，是带着锋芒的骄傲，是不服输的战神。

但现在，李且给他的感觉是，这个“战神”卸掉了浑身的骄傲，锋芒黯淡，像是对什么认了输，也认了命。

凌成明看向窗外，听李且刚才那话，难道是跟那个姑娘有关?

雨说来就来，一颗一颗很快连成串，“噼里啪啦”地砸在地上。

狂风席卷，雨水倾斜至窗内。眼前这一片穿不透的雨帘，模糊了人的视线。

李且看到那些黑色人影里的白色身影，快速跟凌成明说了声：“凌队，借下你的伞。”说完，转身就跑。

“哎，你这小子……”凌成明回头，“要还啊。”

人和门口的伞都已经消失不见，只余一室清静与雨声做伴。

很快，依旧立在窗边的凌成明看到从楼道出来的李且打着伞，径直朝那几位记者的方向走去。

看样子果然跟那个姑娘有关。

他倏然一笑，转身回到了办公桌前，端着茶继续喝了起来。

这雨没给人缓冲，像刀子一样往下扎，扎到谁谁倒霉。

老姜忙着拆卸摄影机，文诗月和张雯拿手挡着机器。越是慌乱，这机器就越是故意与人作对似的，卡住了半天拆不下来。

许哲眼尖，第一时间命令一个队员去找把伞，其余人原地继续训练。

而他脱了作训服，露出上半身的腱子肉，大步跑过来，拿作训服帮着挡雨。

“文记者，你先去楼里躲雨，别淋感冒了，这里有我。”

许哲被雨打湿眉眼，却也挡不住红了的耳根，一脸湿漉漉地看向文诗月。

文诗月这会儿光顾着保护机器，不止摄像机，还有相机和镜头，倒是没注意许哲光着膀子。

“谢谢你啊，许队。”文诗月也淋湿了一大半，对于许哲的帮忙很是感激，抬眼朝他一笑。

“甭客气。”

李且一下来就看到两个人相视而笑的场景，他不受控地哼笑一声，步子越发快了。

文诗月让张雯把相机和镜头拿走，她起身帮着老姜弄卡住的摄像头。

她扭了两下才反应过来可以连根拔起，两个人合力扛走不就行了。

“老姜，咱们带着支架扛走不就好了？”

老姜也是被雨给砸蒙了，反应过来几人干吗在这儿一直拆：“对哦。”

许哲把作训服递给文诗月：“文记者，你挡着，我来扛。”

就在这时，头顶的雨被一道突如其来的阴影遮挡住，雨水不再蚕食文诗月的身体。

耳边是男人比这雨天更沉的嗓音：“许队，在姑娘跟前袒胸露怀不太妥当吧。”

文诗月一回头就对上一个线条流畅的下颌线，而它的主人扯着唇，似笑非笑地瞧着许哲。

“非常时间非常手段。”许哲见有伞遮住文诗月和机器，也跟着笑了下，赶紧套上早已淋湿的作训服。

李且把伞递到文诗月手里。

湿漉的手与干燥的手触到那一瞬间，文诗月对上李且的双眼。而他并没有看她，目光落在摄影机上。

他把伞交到她手里后，往前一步走到摄影机跟前，三两下就把摄影机拆了下来。

老姜接过摄影机，诚恳地道了声谢。

“伞你们拿着。”李且看着老姜，说着把许哲给拽了过来，“我们先走了。”

“我送……”

许哲瞧着文诗月话还没说完，就被李且接了话：“许队，我有正事跟你谈。”

说完，李且搭着许哲的肩膀走进了雨雾中，留下个渐行渐远的模糊背影。

“小文，看什么呢？走吧。”老姜说。

“哦，好。”

文诗月收回视线，心里依旧不是个滋味。李且从头到尾就没看过她，全程无任何交流。

哦，除了他把伞递给她。

她帮忙举着伞，把注意力放在眼下，跟老姜往楼道那边走去。

李且回头，看见伞下小心翼翼护着身边的人和机器的姑娘行走的背影，弯了下唇，却是苦笑。

已经做了决定，他这又是在干什么？

晚上文诗月洗了澡正在跟周芊说这两天的事，周芊也纳闷儿了，这转变来得有些不合常理，让她这个恋爱专家都有些摸不着头脑。

“他不会是打击你的吧？”周芊得出结论。

“但是感觉又不像，”文诗月拿毛巾揉着刚洗了的头发，又十分笃定，“他不是那样的人。

“你们都多久没见了，人会变月会圆，你又怎么知道？诗月，他要真是这种人你就别冲了，到最后受伤害的肯定是你。”

文诗月陷入了迷惘，这时，门被拍响了。

她起身去开门，张雯站在门口递给她一盒感冒冲剂。

“李队长让人送来的冲剂，说下午淋了雨，预防一下。”

文诗月还举着手机在通话中，电话那头的周芊也听到这句，在那边大声嚷嚷：“他就是打击你。”

事实上是张雯没有说清楚，不是李队长特地让人给文诗月送的感冒冲剂，而是李队长让每个队员都去领了感冒冲剂，顺便让曾光给那几位记者也送点儿去。

然后没一会儿，二队的许队长也来送冲剂了，这次倒是单独给的文诗月。

文诗月没再浪费他们特警队的药品资源，说已经有了，谢谢许队长的好意，便上楼回了宿舍。

喝了冲剂，她躺在床上，却怎么也睡不着，满脑子都是李且冷淡又疏离的神情，随即又是周芊劝她放弃的话语。

可是自打两个人重逢以后相处的种种并不是她的幻觉，每一个细枝末节都是真真实实发生过的。

李且待她细心又温柔，还总是逗她。他为人处世一向分明，不是一个不清不楚的人，如果不是对她有好感，是做不到那么多的。

可为什么变了呢？他到底什么意思？

文诗月摸出手机，打开微信，想跟李且发消息。

她犹豫很久，退出又进去，打字又删除，最终还是没有发出去一个字。

另一边，烈士陵园。

静谧的陵园里一片漆黑，草丛里的地灯泛着幽幽的清光。水泥地上左一块右一块斑驳的水痕落在暗色里，一双沉重的脚踏上了阶梯。

李且站在一块墓碑前，慢条斯理地剥开手里的月饼纸，半透明的油纸下，是渝江老字号的传统月饼。

若隐若现的光影里，能隐约看清月饼上的字迹是很朴实的“蛋黄莲蓉”四个字。

他蹲下，就着油纸将月饼平摊在墓碑前。墓碑上是一个看上去还很年轻的警察的照片，五官端正，笑起来还有些孩子气。

黑色的墓碑上写着“江轲烈士之墓”。

“新鲜出炉的，你的最爱。”李且眉眼淡淡地看着照片，跟他聊起了天，“我好像从来没跟你说过，我高中那会儿对一个姑娘有过好感，前不久我跟她重逢了。”

他似是想到了什么，笑了起来：“是，我喜欢她，她很美好，温柔又有趣，很会替人着想，特别善良，也很孝顺。”

“我知道你要问什么，她很漂亮。”说到这儿，李且的笑容慢慢敛了下来，嗓音里是无奈的惆怅，“她太好了，好到……我不敢再喜欢她。”

他自嘲道：“是啊，我也会有不敢的时候……”

空旷的陵园上空坠着几颗星星，并不明亮，可月亮被洗得干净透明，清辉洒在大地上。

李且说了会儿，一抬头，看见了这轮圆月。

他起身，拍了拍墓碑：“走了，提前祝你中秋快乐。”

走到大门口，李且跟保安打了声招呼，便出门往停车场走去。

其中一个老保安瞧着昏黄灯光下那个高大也孤独的背影，不由得叹了口气。

旁边新来的年轻保安好奇地问：“怎么这么晚来这儿看战友？”

老保安说：“他看的那个战友明天才是忌日，他每年都是八月十三来，好像是特地跟他战友家人错开似的。”

李且上了车，看了眼仪表盘上的时间，打着方向盘离开烈士陵园。

到了分岔路，他的车开往了跟特警基地相反的方向。

一个小时后，他的车停在了渝江第一医院的停车场。

中秋节这天，天朗气清。

文诗月大清早就收到了不少生日祝福和红包，一一感谢。

她农历生日是在中秋节，特别好记。以至于从读书到上班，同学朋友同事知道的都能下意识记住，在这天给她送生日祝福。

只不过正好是在中秋，大家都要阖家团圆，她要是没工作的情况下都会回南兴跟王晚晴一起过。

说起来，今天也是他们在特警队的最后一天拍摄了，下午结束了有时间可以回南兴。

文诗月走到窗边给王晚晴去了个电话，听筒里还是“嘟嘟”声。

她看着楼下经过的特警，忽然想起昨夜凌晨起床上厕所经过窗边时，好像看到了李且从楼下的花坛边经过。

她又想起昨晚吃完饭经过操场的时候，看到李且换了便装往大门方向走，又正好听到经过的两个队员在八卦。

“最近这一个多礼拜，李队怎么总是请假往外跑？”

“好像是他亲人住院了，他得空就会去看。”

“哦，我还以为他是不是有女朋友了呢……”

“月月。”文诗月的思绪被电话那头熟悉又让人忽感心安的嗓音唤回。

“妈。”这一声喊带着点儿鼻音，听上去颇为委屈。

“怎么了，这声音？”王晚晴问。

“没有，刚起床。”文诗月说，“我今天晚上回来。”

“我正要给你打电话呢，我跟你柴阿姨他们去旅游了，你就别跑空趟子了。再说你之前不说你这几天很忙嘛，就别来回跑了，晚上开车不安全。”

“哦，那好吧，你们旅游注意安全啊。”

“知道。”王晚晴笑了，“生日快乐啊。”

“我看到你给我发的红包了，谢谢妈。”文诗月忽然听到电话那头有人喊“医生”，她忙问，“怎么有人喊医生？”

王晚晴说：“你柴阿姨在看电视剧。”

跟王晚晴结束了通话，文诗月又滑了滑微信，李且的微信已经被压到很下面了。

她看了一眼，手指往上滑，上面有一条是她还没来得及回复的。

是程岸在零点零分给她发的生日快乐，她给他回了过去。

一切收拾妥当，文诗月出了宿舍，遇见了张雯。

“生日快乐啊，诗月。”张雯说。

“谢谢，一会儿出去就别说了。”

“知道。”

她俩跟老姜碰头时，老姜也跟文诗月说了生日快乐，她谢完也让老姜就别再提了。

今天拍摄的内容是对抗训练。

一队和二队抽签，一队匪，二队警。

场地定在基地对战厂房里，领导们都会出席观看。

不过因为在对抗中文诗月他们记者是跟不上节奏的，也怕出什么意外，所以他们的拍摄只针对开始和结束。

至于对战中的打斗场面，到时候提取厂房里的摄像头拍下来的画面就行。

开始前，文诗月他们要拍个开头，看到二队一个个武装出境，张雯在旁边低声尖叫："天啊，太帅了，帅到我原地去世。"

没一会儿，身着便装的一队出来的时候，张雯更加激动："妈呀，不行了，我还是不去世了，我原地活着好。天啊，李队也太帅了吧，这一身又痞又坏，整个感觉都跟平时完全不一样了。果然男人不坏女人不爱，啊啊啊，他都不看手上的枪，盲拆啊！"

文诗月也朝那一群便装特警看去，穿着各异，而她的目光最终停在了走在后面的李且身上。

男人穿着黑 T 恤、黑裤子，其实跟平日里穿着大同小异，可仍旧是人群中最打眼的那个。

只不过他高挺的鼻梁上架着副墨镜，手里拎着一把格洛克手枪，一边走，一边娴熟地将弹夹拆了下来，看都没看手里。

他低头瞥了眼里面，遂又抬头看前面，漫不经心又速度极快地将弹夹扣上，再拉动套筒，而后又松开，将之插在后腰。

身旁的张雯就没停止过尖叫。

而另一边的朱进因为家里有事，休了几天假，昨晚归的队。这会儿他偏头看见了文诗月，眼前一亮，这不是李队的学妹嘛。

身旁的曾光见朱进盯着文诗月在看，跟他说："那是渝江电视台的记者，漂亮吧？第一天来就跟咱李队搭讪，结果……"

"搭讪？"朱进看向曾光，"她跟咱队长认识的搭什么讪？那是李队的学妹。我见过，瞅着两人关系还不错。"

曾光想起那天食堂的场景及这几天两人也没多少交流，就纳了闷儿，那怎么瞧也没瞧出来关系不错啊。

"不过他们今天下午就走了，"曾光颇为遗憾，"看不到漂亮小姐姐了。"

两方人马到位，在老姜的摄像头下亮了个相，一边正义凛然，一边匪里匪气，还没开始就已经进入角色了。

许哲跟李且会面，说：“这次不如再加一项。”

李且问：“什么？”

许哲说：“拯救人质。”

李且倒是无所谓，只不过许哲这是在给自己增加难度，倒不像他一贯的行事作风。

“你确定？这样我们的赢面会更大。”李且说。

“确定，不过人质我们挑，没意见吧？”许哲说。

李且弯唇，眉头一挑：“你随意。”

另一边凌成明走过来问：“你们在商量什么？”

许哲把加人质的意图报告给凌成明，凌成明没有拒绝的理由，这更能锻炼双方的应变能力，于是问：“那你找谁当人质？”

许哲说：“文记者。”

李且一听，嘴角的笑容瞬间落下，合着给他们增加难度，是有利于许哲的英雄救美，还真是用心良苦了。

许哲确实有私心，他打从见第一眼就喜欢上文诗月，但是相处时间始终有限，人家今天就走了。

他想女孩子都有英雄情结，那他今天只要顺利救了她，一定会在她心上添上一笔另眼相看。

所以就算是有难度，他也认了。

“文记者在里面也能知道一些对抗情况，对她的工作推进也有帮助，这也算是双赢。”许哲添了一句。

凌成明看了眼面无表情的李且，对许哲说：“这个还是要经过人家的同意才行。”

“我去说。”许哲说完，一溜烟就朝文诗月跑了过去。

凌成明瞧了眼李且，呵呵一笑，话里有话：“瞧瞧，你不努力，有人努力，你俩都是我的人，我可不偏袒谁啊。”

李且瞧着不远处那对交流的男女，心像是被用力拧了一把，再松开，酸疼绵密，凌迟也不过如此。

良久，他冷冷地来了句：“救得走再说。”

文诗月也没想到自己一不小心就成了“人质”。

刚才许哲来请她帮忙的时候，她也想到自己在里面能更进一步了解关于他们的实战和演练的门道，有利于之后的撰稿。

加上许哲一个劲儿地保证不会有任何危险，她也就点头答应了。

走之前，张雯还叨叨：“怎么不找我啊？”

老姜瞅了眼张雯：“就你这花痴样，也不知道是你当人质，还是人家特警同志们成了你的人质。”

许哲把文诗月交给李且，笑道：“李队，请好好善待我们的人质。”

李且看了眼文诗月，刚好对上她投来的目光。

他移开目光看向许哲，语气平静地纠正：“她是我的人质。”

文诗月一听，这几天积在心里的郁结稍微松了一下，再看向他，人家已经跟自己的队员招手：“朱进。”

还是那样，郁结又上来了。

“是，李队。”朱进跑过来，看到文诗月跟她笑了笑。

文诗月也回以微笑，紧跟着嘴角就耷拉了下来。

因为她听到某人毫不怜香惜玉地吩咐：“把她给我绑了。”

文诗月穿着防弹衣，作为“人质”被关在一间房里，外面什么情况她也不知道，只听见有枪声。

虽然知道这是演练，但是听着还是挺让人心惊胆战的。

不知道过了多久，打斗声越来越近，似乎就与她一门之隔，屋子里有些闷。

门开了，一股穿堂风灌了进来，将她的脑子吹清醒了不少。

她看见李且一身灰地走了进来，风尘仆仆一般朝她走了过来。

在留有一隅微光的昏暗房间里，他的衣服裤子脏得不像话，英挺的五官在光影里若隐若现，看上去很痞坏。

可偏偏那双眼睛，深邃漆黑且明亮。

门外有动静，李且一个箭步拉起文诗月挡在身前，一把枪抵在她的太阳穴上，门口好像是许哲。

天知道，有一天李且会拿着一把枪，在她的生日这天抵在她的太阳穴上，虽然是假的。

明明是剑拔弩张的气氛，文诗月的那颗心却不受控制地跳了起来。

空间不大的昏暗房间里，视力会下降，但是其他的感官会尽数被放大。

她能感受到自己的整个后背都贴着男人坚硬的胸膛，能感受到他炽热的体温和他心口跳动的频率。

他的左手虚虚勒着她的脖颈，右手搭在她的肩上，她从脖子一路延伸到肩膀都像是起了火一般，火种在她的肌肤上燃烧。

房间里灰尘的气味浓重，而现在萦绕在她鼻息间的全是那熟悉的气息，独属于身后这个人。

“打中了人质，全军覆没。”李且说着话，气息却是打在文诗月的耳边，低沉嚣张，“虽然你没什么人了。”

文诗月被这气息挠得不受控制地瑟缩了一下，就听到耳边仅供她听见的沉哑耳语，还算温和："别乱动。"

还真把她当人质了。

许哲说："只要人质到我手上，我自然就赢了。"

李且不以为意："那你尽管试试。"

两个人僵持了须臾，文诗月其实没怎么看清，就感觉自己倒下的同时枪声响起。

文诗月看见许哲的枪是举起来朝向他们的，但是他身上在冒蓝烟。

而她只感觉自己摔得不痛，回头才发现自己倒在了李且的身上。

他给她当了肉垫。

"没事吧？"李且扶着她的肩，这会儿他不是冷漠的，而是温柔的。

"没事，"文诗月摇摇头，"谢谢。"

"起来吧。"

李且说完，扶着她的肩膀坐了起来，又握着她的胳膊拉她站起来，待她站稳了才松开手，给她松绑。

先前那毫无距离的触碰也于眼下这一刻结束，松绑后，李且将距离拉开，让一切又回到了原点。

文诗月偏头看了李且一眼，见他朝许哲挑衅地一笑："不好意思，你输了。"

许哲脸色略显尴尬地看了眼文诗月，拍了拍身上的灰，暗自腹诽自己本来想英雄救美，结果英雄没当成，还成了"死人"。

他瞧着李且："不用这么拼命吧？"

李且弯腰捡起地上的枪，目光扫过文诗月的侧脸，随即起身看向许哲，扯了下嘴角："彼此彼此。"

临近下午六点，所有的拍摄工作全部结束。

离开的时候，凌成明带着小彭来送了送他们。

两方就工作上的问题寒暄了几句，最后互相道了声"中秋快乐"。

凌成明让小彭送他们去停车场，文诗月走了一路碰到了好些特警队员，可就是没见到李且。

打从演练结束，他跟她一起出去，一路上他几乎是一言不发。

倒是许哲一个劲儿地跟她说刚才内部发生的情况。

文诗月听着听着，总是不经意地扭头去看李且。

男人目视前方，流畅的下颌线、抿直的薄唇和高挺的鼻梁，看上去是真的冷酷到底。

唯独她下楼梯时踩到一截钢管，被李且扯住胳膊，让她小心点儿。

就和之前在养老院的舞台上的情况相似，他也这么说，可惜那时候他带着笑意，现在他却像个工具。

但是文诗月明明能感觉得到他其实并不是表面这样，他总是能护着她，说明他还是关心她的。

他到底怎么了？

出去以后，到最后的拍摄结束，他便彻底不见了踪影。

文诗月一边走，一边摸出手机，想了想还是给李且发了个微信过去："我走了。"

与此同时，她一抬头，正好看见在停车场取车的李且立在车边垂眸看了眼手机，然后放下往驾驶座那边走去。

文诗月发誓，他一定看到她的微信了。

他，当作，没看见。

"文记者。"

文诗月回头，是朝他们大步跑过来的许哲。

"许队。"文诗月喊了一声。

"那个……"许哲喘着气，耳根子泛红，摸出手机说，"能不能加个微信？"

怕被拒绝，他又加了一句："就是有什么问题好沟通。"

文诗月的余光扫到停车场那个拉着车门还没上车的男人，暗忖他都不理她了，那确实在后期工作上需要一个特警当军师。

又或许是心里憋着口气，于是她赌气般地拿起手机，抬头朝许哲笑盈盈地说："好啊。"

两个人加了微信，张雯见状也要加，老姜无奈也加一个，小彭寻思着要不要也加一个。

大家一并加好微信，互相道了再见，便彻底分道扬镳。

文诗月回过头，这才发现李且居然还没走，坐在车里不知道在想什么。

她跟老姜他们上了车，李且的车才开了出去，老姜也紧随其后将车开走。

车开出去以后，文诗月盯着前面不远的那辆黑色越野，回忆起之前李且队员说的话。

他经常请假出去。

亲人住院了。

还以为他有女朋友了。

又回忆起他这几天对她的态度，想起周芊的判断。

一个几近荒唐却又有点儿靠谱的念头浮上心头——

难道他真的有女朋友，被发现他跟她有密切来往，导致住院?

而他愧对女朋友，又不能跟她明说，所以只能一边疏远她，一边抽时间去医院照顾女朋友?

越想越真，这是最合理的解释。

所以，她，被迫当小三了?

难道，真印证了周芊那句“人会变月会圆”？多年不见，他真的变成渣男了?

可是，文诗月感觉得出来，李且不是，他真的不像是那样的人。

一想到这儿，文诗月按捺不住了，无论如何她一定要确定真假。

“老姜，停下车。”文诗月盯着前面的越野车，急忙说，“我有点儿急事，就不回台里了。”

老姜一边打转向灯靠边停车，一边说：“没事，今天你生日，你忙你的。”

“谢谢老姜。”

一下了车，文诗月立马拦了辆出租车，一路尾随李且的车来到了医院。

是渝江第一医院，苏木所在的医院。

暮色已至，夕阳醉了，金橘光芒落在城市尽头，垂下最后一丝天光，交棒给今夜的主人公，圆月。

灯火里的欢乐与医院里的伤痛并不相同，饶是中秋团圆夜，也难以在这溃白的灯光下，让生病的人们体会到健康人的快乐。

没有生病的文诗月也同样体会不到快乐，她就像是个正在抽丝剥茧的刑警，一定要将真相握在自己的手中。

李且也是警察，她不敢跟得太近，后来他进了精神科住院部，跟丢了。

不过，她看到了李且上的那趟电梯停在了 3 楼和 5 楼。

她一层一层地找，一间一间地找。

终于，文诗月在 516 病房里看到了李且的身影，他立在床头柜边倒水。

而她的目光最终落到病床上那张熟悉的脸上时，冰冷从脚底蹿到背脊，一瞬间麻木。

不知道为什么，就在这一刻，文诗月心里所有的疑惑都倏然之间被尽数掏空，然后被塞满了难以言喻的难过。

就像针，一根一根慢慢地扎在心上，痛是慢慢袭来的。

不会死，但是比死还难受。

“月月。”王晚晴惊讶的声音传了过来。

文诗月逐渐泛红的眼对上了李且那双刻骨铭心的眼。

李且是在归队那天遇上王晚晴的，那天他去医院看孟白元，然后去找苏木还衣服他，顺便跟苏木吃饭。

两人是在医院食堂里吃的饭。

苏木见李且容光焕发，心情很好的样子，不由得说："前天在医院，我看了一会儿你跟我表妹。"

李且提取到苏木这话里的"看了一会儿"，而不是"看到"。

他掀起眼皮，看着苏木了然于心的模样，笑意漾在嘴边，不躲不藏。

"是，"李且点点头，直言不讳，"我在追你表妹。"

"果然，"苏木也被感染般笑了起来，"不过吧，你俩不没什么交集嘛。"

"那只是你觉得。"李且眉毛一扬，笑意更甚。

"话说我表妹那会儿不还挺讨厌你的，你这是受虐体质啊。"

苏木这话倒是让李且想到了高中那会儿，虽说他不是人见人爱的人民币，但好歹各方面都还不错吧。

偏偏文诗月就特别嫌弃他，想想就还挺伤自尊的。

跟文诗月重逢以来，李且也经常会想，如果高中时这姑娘对他没那么冷淡，他们的故事会不会提前?

不过现在也不迟，他喜欢文诗月，是实实在在的喜欢，是想要跟她永远在一起的喜欢。

"我乐意，"李且笑道，"乐意给她虐，给她欺负一辈子。"

苏木"啧啧"几声，他什么时候见过李且这副嘚瑟又骚包的模样。

他又想起那天晚上一出来就看到李且和文诗月在那儿打情骂俏似的，有些诧异，所以没第一时间招呼他们。

不过他不瞎，自然看得出来他们眼里都有对方，那是一种旁若无人的暧昧。

否则他今天也不会问。

"行了，你别跟我这儿肉麻，我是不会帮你传话的。"

"谁稀罕。"

"那你打算什么时候表白？"苏木言归正传。

"我俩这工作都挺忙，我这不才刚有机会追，也没什么经验。"李且说，"多追追，让她知道是我得来不易。"

说到这儿，苏木倏然搁下了筷子，调笑的脸也在顷刻间变得有些严肃。

李且见苏木这架势，揶揄道："不是，你这会儿反应过来要揍我了？"

苏木看着李且，欲言又止的样子。

"有话就说，卖什么关子。"

苏木思忖了片刻才开口："确实有个问题我应该跟你说一下。"

李且低头吃了口饭："嗯，你说。"

苏木说：“就是我小姨吧，估计要过她这一关有点儿困难。”

李且手上的动作一顿，抬眸看向苏木：“因为当年文诗月爸爸的事？”

苏木点头。

李且也郑重其事地开了口：“不管是以前还是将来，我都是考虑好了，才决定追的。我跟她之间最大的阻碍只有一点，她不喜欢我。”

李且顿了顿，笑了一下：“不过，这一点好像不太成立。”

“那是你不知道我小姨，其实她……”

“苏木，”李且打断苏木，“我知道你担心什么，不瞒你说，我还挺讨长辈喜欢来着，丈母娘这关我能过。”

“八字还没一撇，都丈母娘了。”苏木点了下头，“既然你什么都已经考虑好了，我也就不多说了，那就祝你成功。”

“谢了。”

李且跟苏木分开以后，打算去换药，抄近路经过急诊手术室的时候，发现前面很吵闹，似乎在吵架，一群人围在一起，还有好几个民警。

下一秒他听到人群里发出一声撕心裂肺的喊：“文阳。”

这个名字听起来很耳熟，但是李且也没来得及琢磨，以为有人闹事，便提步上前。

等走近了，穿过一个个人头，他看到一个五十岁左右的女人趴在推床上，发了疯似的抱着推床上的人。

任凭谁去拉女人都拉不动，女人还正好把那张白布给扯了下来，完完整整地露出了推床上那个已经没了气息的人身上的警服。

一旁的医护将人拉起来：“哎，你不能这样，快快，拉开她拉开她。”

旁边的家属一边哭一边跟着抢人：“你干吗啊？这是我老公，你看清楚啊。”

女人本来盘好的头发早已凌乱，也不知道哪儿那么大的劲儿，一群人去拉开，她又冲上去，疯得离谱。

她还振振有词：“你才看清楚，这是我老公。他身上穿的警服，我老公是警察。”说着她又去拽医生的白大褂，“医生，你愣怔干吗？你抢救啊，你们为什么不抢救他……”

女人又转身把着推床栏杆不放，嘴里大声地念叨着：“文阳，文阳你坚持一下，你不能丢下我们母女俩，你要走了让我们怎么活啊？你女儿就快来了，你最疼的女儿，文诗月啊，她快来了，你再坚持一下，你看看你女儿……”

李且终于知道为什么文阳的名字那么耳熟，原来是文诗月的爸爸，眼前这个女人应该是文诗月的妈妈。

一阵兵荒马乱，王晚晴被扯倒在地，李且见状赶紧扒拉开人群，蹲下扶住她：

“阿姨。”

医生见状让人把推床推走，家属哭着跟着走。

被李且桎梏着的王晚晴对他又拍又打：“文阳，你们要带他去哪儿，放开我，放开我。”

随即，王晚晴被注射了一针镇静剂，才得以安静下来。

李且一直陪着王晚晴，做了一系列检查，最后，王晚晴被安排到精神科住院部。

廖医生是王晚晴以前的主治大夫，王晚晴的精神分裂症复发了。

给她脑部照了片子发现她的脑前叶长了个肿瘤，神经受到压迫，初步断定是这个原因引起的病情复发，产生幻觉。

目前最重要的一点是患者不能再受一丁点儿刺激，否则会引发颅内出血，有生命危险。

至于瘤子要等她精神状况基本稳定以后，才能开颅取样化验是良性还是恶性。

廖医生知道王晚晴有个女儿，看李且认识他们一家，让他尽快通知家属。

最后慎重交代，王晚晴的外因刺激是她的警察丈夫牺牲引发出来的，所以千万不要在她面前提，人命关天。

李且守在王晚晴的病床前，整个人沉静了，唇线抿得很紧，像一座雕像一般一动不动，任由身后淌进来的阳光也温暖不了他。

他静静地盯着病床上的女人，两鬓掺着好些白发，从面容到身形都十分脆弱。

原来他打断苏木的话，背后是这样的故事。

李且不自觉地想到了岩香苦等八年，离乡背井一个人带大孩子。

又想到卓佳生，想到了卓佳生的妻子因为卓佳生的牺牲，第二年就生病去世了，卓小满成了孤儿。

还有江轲，李且的好兄弟、好战友，是他至今都无法释怀的心结，让他夜不能寐。

他想到了2009年的最后一天晚上，那个坐在他车后座的小姑娘，像被抽走的灵魂一般，往后好些日子就跟变了一个人似的，看着让人心疼。

原来不只是文诗月，她的母亲也在这段失去里饱受这样的摧残与煎熬。

他搁在腿上的双手渐渐地拢紧，紧到骨节泛白，却像是用力捏紧了他的心，让他有些呼吸困难。

那天王晚晴醒来以后看见眼前这个帅小伙，有些警惕地问：“你是谁啊？”

“我是志愿者。”李且起身给王晚晴倒了杯水，将病床升起来，把水杯递到她手里。

王晚晴捧着水杯，环顾这间病房，问：“那我怎么会在这儿？”

李且见王晚晴果然不记得之前的事，跟她解释：“你晕倒了，正好被我碰上。”

王晚晴一惊，抓着李且的胳膊，紧张地问：“那你们没有通知我女儿吧？”

李且没从文诗月和苏木那儿听说过丁点王晚晴要来渝江的事情，加上碰到她时人在医院，估计她是瞒着他们自己过来的。

所以，他连苏木也没通知，就等王晚晴醒来再说。

“没有。”李且撒谎，“我们暂时不知道怎么联系你的家人。”

王晚晴明显松了一口气，喝了口水才朝李且笑笑：“谢谢你啊，小伙子，我是瞒着我女儿过来看病的，我不想她担心。”

李且想着还有苏木，于是问：“那你还有没有其他家人想通知的，我可以帮你通知。”

“不用了，我就一个女儿，她是记者，工作很忙的，我不想她那么累了还要照顾我。”王晚晴保持着微笑，“我这老毛病了，不碍事，就是最近总是头疼做噩梦，才过来找廖医生给我检查一下。”

李且瞧着目前看起来精神还算不错的王晚晴，她笑起来的样子跟文诗月很像，都是那种带着春风般温柔的气质。

王晚晴瞧着李且，她见过那么多小伙子，还没见过这么标致的，还有一种莫名的亲切感，于是笑问：“小伙子怎么称呼？”

“叫我小李就好。”

“小李啊，你多大了？做什么工作？忙不忙啊？我会不会耽误你时间？”

李且一一如实作答：“我今年二十七岁，公务员，不算忙，不耽误我时间。”

王晚晴点点头，满眼都是欢喜：“公务员好啊，只要不是警察，什么都好。”

说到这儿，王晚晴忽然神色一变，瞳孔一缩，紧紧拉着李且的手，没头没脑地胡言乱语：“我不能让我女儿嫁给警察，警察会死的，我不能让我女儿步我的后尘。我不同意，绝不同意，除非我死……”

李且见状赶紧摁铃叫来医生。

他退到一边，看着病床上前一刻还好好的人，忽然扭曲折磨成这副模样，他的心被扯着。

像是心里某个重要的东西在渐渐被抽走，每一下都扯着漫长绵延的痛。

王晚晴不让廖医生通知家人，大家也不敢刺激她，李且便帮她找了靠谱的护工。

而后这些天，他但凡抽得出时间，就一定会请假过来，瞒着所有人尽心去照顾她。

王晚晴的精神时好时坏，好的时候能跟李且聊上几句，不好的时候就一个人在那儿没完没了地说，说的都是以前她跟文诗月爸爸的事。

李且是一个倾听者，但他也好像在这段短短的日子里参与了王晚晴的一生，并且跟着走了那么一遭。

感受就是，幸福没有多少，剩下来的全是苦。

王晚晴偶尔也会发病，把李且当成文阳，反反复复说的都是差不多的话。

说不会让女儿像她一样嫁给他这样的警察，她不能接受，她宁愿去死也不会让女儿成为第二个她。

她也会苦口婆心地劝说：“小李啊，你也别找警察，警察对得起国家对得起人民，唯独对不起家庭，当警察的家属苦命。”

李且想起苏木的杞人忧天，还尚且存有信心，兵来将挡，水来土掩。

可是这段时间，他反复想起在手术室门口认错人的王晚晴，想起连日来王晚晴喋喋不休的话和她时好时坏的病情，想起曾经一蹶不振的文诗月。

他一天比一天怀疑自己，那所有的盲目自信就像是个笑话一般，在一天天中流逝。

他突然觉得自己不配，不配带给文诗月未来和幸福。

要不然，就到这儿吧。

停在还没有开始的时刻，总比在一起以后总让她过着担惊受怕的日子，变成第二个王晚晴强。

而他，如果不能跟文诗月在一起，这辈子也就一个人吧。

文诗月跟李且在楼下的长椅上坐了很久，头顶是皎洁的圆月，今天是个人月两团圆的日子，却不包括他们。

没有月饼，没有石榴，没有团圆夜的其乐融融，有的只是天边月聆听着人间男女的心照不宣。

李且说得不多，只说了如何碰到的王晚晴和她的病情情况。

说到因为不愿意通知文诗月，才主动抽时间来看看王晚晴，陪她说说话。

他说得很平淡，省略掉了很多细节，但是文诗月都知道，也知道他突然对她改变态度的原因，原来是因为她的母亲。

刚才王晚晴介绍他是志愿者小李，不知道他是警察。

王晚晴曾经生病的时候就千叮咛万嘱咐着文诗月不许跟警察来往，不要跟他们建立感情，更不准找警察男朋友。

后来王晚晴病情稳定，回到南兴，文诗月以为一切都在朝着好的方向发展，那时候的她确实从来没有考虑过找警察。

如果李且没出现的话，她的想法依旧不会变。

可惜，世事难料，李且出现了，他是警察。

“我妈这个病其实已经控制得很好了，很多年没发作了，如果不是因为脑子里长了个肿瘤……”

文诗月有些哽咽，握紧手里的手机，难怪今年王晚晴总是催她找对象，原来这是一个预兆。

她深呼吸，努力不让自己哭出来：“这些天谢谢你，你平时那么忙还要来看我妈，反而我这个当女儿的什么都不知道。”

“现在一切都还稳定，你也别太担心。”

李且看向文诗月，她情绪有些低落，让他的心猛地一抽。

他不动声色地抬起手，很想不顾一切地去抱住她，手抬到一半却又像是费尽全身的力气，克制着将之搁回到腿上。

“会好的。”他轻声安慰道。

文诗月看着前方星星点点变换的地灯，点了点头，有点儿破涕为笑：“倒是我，还误会你，我以为……”

她意识到不对劲，适时停了下来。

“以为什么？”李且问道。

文诗月想到幻想自己被小三的事也实在是难以启齿，于是扭头对上了李且的视线。

可能是月色太美，也可能是正好一隅灯光落在他的脸上，幽幽柔柔，让他的眉眼不再冷硬，反而攀上了温柔的浅笑。

“没什么，反正我知道了我应该知道的，就够了。”文诗月弯了弯嘴角，说完又扭头望着挂在天上的圆月。

知道你为什么突然变了，知道你在顾虑什么，知道那些茫然无措和委屈不解背后的原因到底是什么。

但至少她知道他不是在耍她，知道他不是周芊口中的那种人，这样就够了。

至少，她曾经那份深藏心底的暗恋到如今也算是没有遗憾。

至少，也就差那么一点点就碰到星星了。

至于最终能不能走到那一步，就交给时间和命运吧。

但是李且似乎并没有打算让她蒙混过关：“你怎么知道你妈住院的？你跟踪我？”

“我来找我表哥，刚好看到你，是哪门子跟踪？”

文诗月挠了挠鼻尖，生怕李且再盘问两句她就露了馅儿。

她又低头看了眼手机，也怕王晚晴醒过来了找不到她，她坐直身子看了李且一眼，又看向前面，对他说：“很晚了，你赶紧回去吧。”

然后，她听到身边的人发出一声极轻的笑声，转瞬即逝，仿若是幻觉。

“走吧。”文诗月欲起身。

“文诗月。”身边的男人忽然喊她，在这四下无人的夜色里，他低沉的嗓音格外动人。

“嗯？”文诗月扭过头，看向李且。

李且不知道什么时候摸出了个打火机，火石吐出火星子，火光微微摇曳，映照在彼此的脸上。

四目相对，比灯火来得更馨柔，也更炽热。

“生日快乐，许个愿吧。”他对她说。

用打火机许愿还是破天荒头一遭，可眼下的气氛却让文诗月觉得比一个热闹的生日聚会更让人难以忘怀。

她双手合十，越过火光看着李且被光晕染的五官，眉眼深邃，高挺的鼻梁，薄唇和消瘦的轮廓都被光披上了一层柔和。

医院这个充满生离死别的地方总是让她畏惧，让她像是在黑暗里寻不到方向。

而眼前这刹然而起的光，像是指引，让她沉没的锚扎进安定的领域，让她第一次在这样的地方感受到前所未有的归属感。

文诗月闭上眼睛，很快睁眼，“呼”的一声，吹熄了火光。

“啪”的一声，打火机的盖子被合上，李且捏着打火机对文诗月说：“阿姨会康复的。”

文诗月确实许的王晚晴康复的愿望，她看向李且，他懂她。

她杏眸含笑，点了点头：“嗯。”

“走吧，我送你上去。”李且放低声音对文诗月说，像是怕惊动了沉睡的万物。

文诗月没拒绝，站起了身来，跟一并起身的李且往敞亮的住院大楼那边走去。

她也没有问李且是怎么知道她今天生日的。

应该是张雯今天说漏了嘴，他听他的队员说起了吧。

李且把文诗月送到病房门口，见王晚晴还在睡，也就不进去了。

文诗月点点头，跟李且说：“开车注意安全。”

李且凝视着文诗月，回了声“好”，转身欲往电梯口走。

谁知道，他刚走了两步，又转身看向立在病房门口的姑娘。

“怎么了？”文诗月有些不明所以。

走廊里此时没有其他人，白色的灯光落满长廊，落在男人高大挺拔的身上，影子正好斜在文诗月的脚下。

李且立在原地也不往回走，目光深凝在她的脸上，落进她的眼中。

隔空相望，文诗月在他的双眸里读到了一种情绪。

不是冰川寒流，也不是赤焰烈火，而是涓涓细水，她好像读到了故事的未完待续。

“我忘了一句话。”李且说。

“什么话？”

“除了生日快乐，”李且停了一下，才道，“中秋也快乐。”

不止今天，每一天都要快乐。

文诗月扬起嘴角，酒窝若隐若现，如水的嗓音沁着甘甜：“你也是，中秋快乐。”

接下来的日子文诗月更加繁忙，王晚晴不让她请假照顾，她只能每天抽空往医院跑，改在病房里加班。

苏木也知道了王晚晴住院的事，跟王晚晴温和地抱怨了一通，意思是你在你外甥医院治疗，居然不通知你的外甥。

因为苏木的原因，苏木的母亲，王晚晴的姐姐也来了一趟，又被王晚晴给赶回去了，说太吵，她要犯病。

她还特定叮嘱所有人不要跟文诗月的外公外婆说，他们年纪大了，可不能受什么刺激。

于是一顿闹腾之后，一切又恢复到了先前。

唯一不同的就是所有人都知道，所有人都在背后为之奔跑和关心着。

李且还是会来，用他志愿者的身份，有时候能撞上文诗月，有时候撞不上。

但大部分时间都能撞上。

两人在王晚晴面前演绎着刚刚认识，不算熟，但也不生疏，彼此的相处融洽，一起陪着王晚晴聊天，维持着进退得当的距离。

就是王晚晴确实很喜欢李且，总是有意无意地把他和文诗月凑一对，明眼人一看就知道她的意图，何况是俩当事人。

中秋那天晚上王晚晴醒了以后，跟文诗月念叨了一晚上小李，把人家的基本资料给报了个大差不差。

然后开始花式夸——人长得又高又帅，比电视剧里那些男演员还好看，重要的是人家当公务员够累了，还抽空来医院做志愿者，把她这个陌生人当亲妈一样照顾，这心地绝对没得说。

最最最重要一点，还是单身。

王晚晴说：“这样打着灯笼都没处找的绩优股，错过了那就是天大的可惜，再想找这样的你得做梦。”

文诗月笑得无奈，她不知道他的好吗？但是她不能说。

王晚晴见文诗月好像一脸不太上心的样子，就开始叹气：“我这病也没个底，万一我要抗不过去，丢下你一个人没人照顾，我死不瞑目啊。”

“呸呸呸。”文诗月笑容顿时落下，看向王晚晴，“大过节的说什么不吉利的话。”

“那我不是放心不下你吗？”王晚晴笑了。

“你一定会好好的，以后我还指望你帮我带孩子呢。”文诗月拉着王晚晴的手，也跟着笑。

“要是你跟小李能成，你俩的孩子得多好看啊。”

“妈。”

“好好好，顺其自然。”

于是这个顺其自然就很有意思了，那叫顺其刻意。

第一次撞上，王晚晴让他俩加了微信，说他俩差不多也算是同龄人，年轻人应该多交朋友，多聊天多沟通。

文诗月都没敢看李且，心想：妈你还能再明显一点儿吗？

随即，一部手机落在文诗月的眼前，手机屏幕上显示着二维码，她一抬头，对上李且含笑示意她的目光。

“你扫我。”李且说。

文诗月从善如流地摸出手机，打开扫一扫，跟这个本来就是微信好友的人演了一出添加好友的戏码。

就在她退出微信的同时，正巧瞥到了李且的消息列表，第一个就是她。

自中秋那天离开时给他发了个消息以后，他们就再也没有发过微信。这么多天过去了，照理说，他不可能没有一个微信消息。

也就是说，他应该是把她设置成了置顶。

她是他联系人里的首位。

这一刹那，文诗月的心像是突然被什么东西烫了一下，慢慢渗透到了眼底，是止不住的汹涌和强烈。

李且见文诗月的目光滞留在他的手机屏幕上，手稍用力握紧了手机，随即快速摁下侧面的锁屏，将手机揣回兜里。

“月月，怎么眼睛红红的？”王晚晴盯着文诗月的眼睛问。

文诗月一听别开脸，收拾情绪，朝王晚晴笑了笑，胡乱解释说：“昨晚加班熬的，被你发现了。”

“你们年轻人啊就是这样，不把身体当回事，提前透支自己的身体。”王晚晴说着看向李且，“小李，你可别跟我女儿学，要爱惜自己的身体，什么都不重要，身体最重要。”

李且点点头，像个听话的好学生，又像是保证一般：“我会很爱惜自己的身体的，阿姨你放心。”

文诗月一听这话，抬头看向李且，正好对上他回过头来也看向她的目光。

阳光倾洒，那双黑眸里的温柔也在对上那双如水杏眸时变得缱绻。

后来，王晚晴总是找借口让他俩单独相处。

比如她要吃老苏家的糖，没两天又要吃老黄家的饼，让他俩去帮她买。

偏偏每次总这么巧都是饭点，王晚晴便让他俩顺便吃了晚饭再回来。

比如最近刚好上映了一部电影，王晚晴说特别想看。但她哪能去电影院，于是让文诗月看完了回来讲给她听。

她又说害怕文诗月会在电影院打瞌睡，于是麻烦李且也一起去。

王晚晴说：“我还是比较相信小李。”

文诗月哭笑不得，故意唱反调：“那你让他自己去呗。”

王晚晴瞪她：“你好意思让人家一个人去帮你妈我去看电影吗？”

“妈，你最近要求有点儿多。”

“我是病人。”

“是，你是病人你最大。”

李且听着这母女俩你来我往，默默地在手机上买好票，然后对文诗月说：“走吧。”

文诗月看向李且，头顶一个问号：“啊？”

李且笑看了眼病床上的王晚晴，又将视线投向文诗月，眸底淬着掩不住的笑意：“买好票了，现在过去差不多。”

文诗月恍然大悟，抿唇一笑，点点头起了身：“哦。”

王晚晴看着两个人，怎么看怎么相配，怎么看怎么开心。

她还一个劲儿地催促他俩赶紧走，晚了就看不到开头了。

又交代他们看完了电影不用急着回来，难得周末一起休息，秋高气爽的，逛逛街，散散步，放松一下心情，别总是工作工作的。

李且出去叫护工过来，文诗月见人走了，趁机凑到病床边跟王晚晴说：“妈，你这越来越明显了吧？”

“你敢说你对人家小李没感觉？”王晚晴一脸暧昧的笑，“妈看得出来，你俩对对方都有点儿意思。”

文诗月无言以对，一时语噎。

李且正好跟护工进来，对文诗月说：“都交代好了。”

文诗月去沙发拿包，然后起身看了眼笑意浓浓的王晚晴，不得不说最近她的病情确实控制得还不错，没再发作。

文诗月又瞥了眼一旁的李且，心想可能是因为这个人让她心情好吧。

可是，事物总有两面性，王晚晴只看到了她认为好的那一面。

一想到这儿，文诗月心里又惆怅起来，她看不清未来，也不知道这场戏能坚持多久。

“走了。”文诗月背好包，对王晚晴说。

王晚晴催促道：“快走快走。”

李且侧身让文诗月走在前面，然后也跟王晚晴说了声：“我们走了，阿姨。”

王晚晴挥挥手：“玩得开心啊。”

刚走到门口的文诗月听到这话脚下一顿，刚好等着身后的李且，两个人互看一眼，一并走出了病房。

看电影时，文诗月确实是看睡着了，醒来的时候影厅里的人都走光了。

而她发现自己是靠在李且的肩膀上，鼻息间萦绕着他身上淡淡的木质香。

他的宽肩很舒服很有安全感，带着他的体温一并传递到她身上，心瞬间被塞得满满当当的，让她不愿意起来。

她想，如果时光能永远停留在这一刻该有多好。没有烦恼，没有疲惫，没有阻碍，没有一切，甚至没有全世界。

有的，只有她和他。

然后，那短短的一段温存被进来打扫卫生的阿姨打断，将文诗月扯回了现实，她无法再贪恋下去。

被阿姨的大嗓门一喊，她佯装从睡梦中刚醒来，波澜不惊地坐了起来。

文诗月看了眼身边的人，又迅速收回视线，半边脸还尚存着余温，还烧到了另一边。

她挠挠眼睑，拿手遮住脸，含混不清地说：“我怎么就睡着了？”

李且拿起文诗月的矿泉水瓶，拧开盖子将水递给她，笑着说：“没事，我看了，我跟阿姨讲。”

文诗月接过来仰头喝了两口水，嗓子才恢复，心跳也被水淹没，不再狂乱。

“哦，那走吧。”

“嗯。”

随后，两个人起身离开了影厅。

这段时间，他俩在王晚晴明目张胆的各种撮合下，顺水推舟地走到一块儿，确实很像在约会。

李且永远细心周到，却也永远止步于那条隐形的线后。

或许他们彼此都心知肚明，他们的心其实是在一起的，可他们谁也没有提一句在一起。

月底，王晚晴取了瘤子样本化验，推出手术室以后人还在昏迷中。

手术是上午做的，文诗月昨晚又熬夜加班把手上的活赶出来。主任都让她有事请假就是了，别天天都这么熬，身体熬坏了可不得了。

但是临近国庆，每个人都在忙，她还是尽量安排好自己的时间，不给别人找麻烦。

文诗月一直守着还没过麻药的王晚晴，今天的阳光格外温暖，她靠在椅背上，歪着脑袋瞧在金光里飘摇的窗帘，微风徐徐，渐渐合上了眼睛。

李且过来的时候，落入眼中的是坐在椅子上的姑娘偏着头，摇摇欲坠的酣睡模样。

他立在床尾，一双黑眸静静地看着她，嘴角微微勾着，眉眼间都是柔情。

直到椅子上的姑娘撑不住往一边倒的时候，他眼疾手快地过去扶住她的肩膀，而她的脑袋正好靠在他的身上。

旁人看去，这是被他拥在怀里的姿势。

李且把文诗月扶到病床上趴着睡，大手小心翼翼地撩起她落在脸侧的碎发，给她捋到耳后，从头顶往下轻抚了一下她柔顺的乌发。

姑娘动了动，偏着脑袋调整了一个舒服的姿势，便又不动了。

男人几不可闻地轻笑了一声，随即脱掉了身上的薄外套搭在文诗月的身上。

他慢条斯理地理了理外套，又走到窗边拉上了半边窗帘。

医院的窗帘透光。

李且干脆就着窗户边倚靠着，见文诗月微蹙的眉头在暗色里舒展开来，无声笑了起来。

文诗月是被说话声吵醒的，她一睁眼，整个人落在一片阴影里，帮她隔绝了让人无法适应的刺眼光线。

再一抬头，她看见王晚晴在跟站在对面的李且说话。

文诗月坐起身来，身上的薄外套滑落在地，她没注意，而是看着李且，哑着嗓子很自然地说了声："你来了。"

而后她立即起身问王晚晴有没有哪里不舒服，不过须臾，医生就进来了。

检查一切没问题，医生跟文诗月说了几句，便出去了。

文诗月回到病床边才发现地上的男士薄外套，这才反应过来了似的，她赶紧弯腰捡了起来，站在病床边拍了拍上面的灰。

王晚晴这会儿靠在病床上，笑看着给她倒水的李且，问："小李啊，阿姨其实也观察了一阵子，就不拐弯抹角了，你对我家月月……"

话音是在打开的证件落在病床上时消失在空旷的病房里的，连风都在这一刻忽然间静止了。

王晚晴的目光落在了证件上的“公安”二字上，最终停在了证件下那张俊朗非凡的寸照上。

文诗月伸手去摁住的时候为时已晚。

只见王晚晴扭头看向李且，一改笑脸，不可置信地问：“你是警察？”

而文诗月下意识去遮挡证件的反应也一并被王晚晴看在了眼里，她又盯着文诗月问：“所以你是知道的？”

“阿姨，你别激动，你听我解释。”

李且迅速搁下热水壶，转身面向王晚晴，一向遇事处变不惊的他也在这一刻慌了神。

苏木一进来就看到眼前的这一幕，忙大步上前去安抚：“小姨，稳定情绪。”

王晚晴抬头看向苏木，又扭头看向李且，像是结合上了什么似的：“李且，你叫李且啊。苏木，我记得你以前有个同学就叫李且吧。”

“公务员，警察可不就是公务员。”她自嘲般地一笑，“原来就我一个人被蒙在鼓里，被你们骗得团团转。”

“妈，你冷静点儿，你千万别激动。”文诗月握着王晚晴的手，生怕她发病。

苏木也跟着凑在王晚晴身边，李且提前摁了铃，都在以备不时之需。

谁知道王晚晴并没有发作，反倒是很平静地看向三个人，最后将目光落在了李且脸上。

“小李啊，”王晚晴甚至还对李且笑了笑，还算心平气和，“这段时间给你添麻烦了，阿姨郑重地跟你说声谢谢。以后你就别来了，走吧。”

审时度势，此时确实不能再刺激王晚晴，李且暗自握紧拳头，点了点头：“那阿姨，我先走了，你注意身体。”

文诗月将外套和警官证交给李且，视线对上的那一刹那，他们都在彼此眼里看到了无可奈何。

李且朝她笑了下，暗自摇了摇头，伸手接了过来。

“文诗月，你过来。”王晚晴说着咳了两声。

文诗月赶紧转身过去，紧张地问道：“妈，你没事吧？”

这个时候，医生也闻铃而来，将李且隔绝在了外圈，他就像是一个局外人一样，再也无法融入进去。

苏木伸手拍了拍李且的肩膀：“你先走，有什么事等过了今天再说。”

李且透过缝隙看了眼另一边的文诗月，看着她一脸忧心忡忡的模样，用力滚了下喉结：“照顾好她们。”

苏木点头：“放心。”

王晚晴并没有像之前那样发病，其实连她自己都觉得不可思议，但是一想到李且是警察，又是气愤又是可惜。

这天她问了文诗月，也问了苏木，其实也大致猜到了他们早就认识。

这段时间，他们都搁她跟前演戏。

阳光此时也颇为应景地隐没在云层里，云层叠叠，裹挟着风，不再风和日丽。

“我不怪你们。”王晚晴看向两个孩子，继续说，“我知道你们都是为我好，才故意瞒着我。但是月月，你不能跟他来往，是妈的错，妈没弄清楚就撮合你俩，妈跟你道歉。”

“妈，你别这样，其实李且他也不想瞒着你，他只是……”

王晚晴伸手打住：“月月，我不想从你口中再听到他的名字。你不是今天才知道我为什么不准你跟警察来往，你以前跟我保证过的，你想反悔？”

“我不是想反悔，可是……”

“可是什么？”

文诗月咬了咬唇，抬眼看向王晚晴，杏眸中复杂的神色在窜动，像是积压已久的情绪在做着激烈的斗争。

最终，斗争结束。

她眸中一片平静却也坚定，终是把这么多年不敢述说的秘密，在这样的不合时宜里宣之于口。

“我喜欢他。”

苏木都没想到文诗月直接摊了牌，这丫头得多喜欢李且，才在这种时候表态啊。

“文诗月，你少说两句。”苏木压着嗓音给她使眼色。

情绪就像是装了水的气球，当针不小心在球面上扎了个眼，水流便会止不住地往外流。

“我这辈子就喜欢了他这一个，”文诗月说着说着，红了眼眶，“就他一个。”

“文诗月，”苏木第一次大声吼了她，“够了。”

王晚晴自知是自己的罪过，最后像是用尽了全身力气说了一句话：“你要是想我死的话，你就继续跟他来往。”

“妈。”文诗月几乎是吼出这一声。

这句话就像是冰刃，扎进了文诗月的心坎，心一刹那变得又凉又痛，而滚烫的眼泪却从眼眶里无声地落下。

“行了，我累了。”王晚晴说着闭上了眼睛，摆明了不会再听。

文诗月转身往窗户边走，一边走，一边擦眼泪，却看到站在楼下花坛边望向她这扇窗的李且。

她立刻转身撤到一边，在他看不见的地方哭得更凶了。

苏木看了看病床上的人，又看了看靠在窗边墙壁上的人，心里也堵得慌。

他重重地叹了口气，伸手拿起纸巾盒朝文诗月走去。

王晚晴的脑瘤取样检测结果是良性，这是这一天对文诗月来说唯一的好消息，只要做手术切掉良性瘤就没什么大碍了。

谢语涵是知道文诗月妈妈的情况，所以她备婚的事都没有麻烦文诗月，选什么买什么都会在微信上跟她沟通，也不多打扰她，让她照顾阿姨也别忘了照顾好自己的身体，可别自己先倒下了。

文诗月开始被王晚晴逼着去相亲，她反抗过，好说歹说，却因着王晚晴一句“那我就不做手术，我就等死”，击溃了她的所有，让她不得不听，她无能为力。

而她跟李且最后的联系也仅仅是那天她告诉他是良性瘤，让他别担心，也别自责，跟他没关系。

李且也没多说什么，叮嘱她要好好照顾阿姨，也要好好照顾自己，除此他们没再联系。

文诗月国庆前三天连续相看了三个，依旧是对相亲对象兴致缺缺，神游太虚。

但是她对这家餐厅的菜倒是很满意，让没什么胃口的她难得有了食欲。

以至于每天她都选在这家餐厅，就是最后一天味道不一样了，她还特地问了老板是不是换了厨师。

老板说前两天那个厨师请假了。

文诗月每天都像制订好的计划表一样，上班，下班，相亲，然后去医院看王晚晴。

王晚晴问什么她就答什么，也会笑，看上去一切都挺正常的，其实并不正常，她不过是被迫妥协。

王晚晴不是没发现文诗月在强颜欢笑，只是装作没发现而已。

她始终相信，总会有另一个人可以代替李且的。他们这感情也没多久，一切不过是时间的问题。

王晚晴的各项指标趋于稳定，但目前还不能手术，她也不想一直住院，毕竟单人病房也不便宜。

因为她的坚持，跟几位主治医生沟通以后，便在医嘱下出了院。医生提醒她按时回来复查，虽然是良性瘤，但是也不能拖，得尽快做手术。

苏木叫妈妈过来照顾王晚晴一段时间，王晚晴为了能出院也就没拒绝。

# 第七章／绝世隐藏款『盲盒』

谢语涵结婚这天，文诗月才见到李且。

文诗月是伴娘之一，李且是伴郎之一。

谢语涵坐在婚床上正在抱怨文诗月怎么瘦了这么多，伴娘服都大了，就听到门外的动静。

一阵欢天喜地又兵荒马乱的堵门，一群男士喜笑颜开地冲破重重难关，让新郎官抱得美人归。

文诗月一眼就在人群中捕捉到那个英俊的面孔。

李且穿着伴郎统一的白衬衣黑西装，无疑是最出众的那一个，在场的单身姑娘就没有哪一个没去看他。

他是个衣服架子，身材高大颀长，穿什么都好看，她也是第一次看他穿正装，很帅。

白色的衬衫领子熨帖地围绕着他修长的脖颈，喉结极其突出，绅士又禁欲。

他头发剃短了，露出光洁饱满的额头，窄瘦的脸颊显得五官更为立体，下颌线也越发锋利了。

就是，瘦了。

李且一进门就看到了文诗月，姑娘穿着淡紫色的礼服，整个人白得发光，在一群姑娘里格外打眼。

她五官精致，化了淡妆，翘鼻朱唇，嘴角噙着淡淡的微笑。

她没有其他伴娘那么闹腾，偶尔被喊到才会加入为难孟白元的行列里。

不过几天没看到，她又瘦了一圈。

两个人的视线在半空中交汇，隔空相望，眸底都掺着心照不宣的笑意。

明明相隔不过几步，却宛若隔着山海。

婚礼仪式温馨而又感动，仪式结束，伴郎伴娘陪着一对新人去敬酒。

而李且和文诗月作为颜值最为突出的一对伴郎伴娘，自然成了在场所有单身人士的目标。

拉近关系最快的方式是什么？喝酒。

一旦有人要敬文诗月的酒，李旦就上了，于是伴郎们都不甘示弱地帮伴娘们挡起了酒。

虽然被挡了不少，但文诗月或多或少还是喝了一些。

也可能是空腹的原因，又或许是别的原因，她回到座位上就感觉有些上头了。

这一桌的人都还没回来，入耳全是沸反盈天的欢闹声，她的头更晕了。

一件黑色的西装随着一道阴影缓缓落下，西装外套搭在了她的腿上。鼻息间瞬间涌入一股好闻熟悉的味道，夹杂着酒香，将她团团包围。

文诗月扭头看去，在身边落座的李旦只穿着一件白衬衫，袖子挽到了手肘处，露出一截紧实的小臂。

领口的扣子不再扣得一丝不苟，解了两颗，微微敞着，领带松松垮垮地挂在脖子上。

脖颈显得更长，蜿蜒至凹凸有致的锁骨，结实的胸膛在衬衫里虚虚掩掩，若隐若现。

此时的他是性感的、迷人的、无人能招架得住的。

“李旦。”

文诗月望着他，眼线自然上挑，一张清纯带欲的脸上泛着点点脂红，红唇潋滟，嗓音绵延似水，格外勾人。

“你陪我喝酒吧。”

李旦宠溺般地伸手揉了揉姑娘的头顶，语气温柔，像是在哄她：“你喝了很多了，不能再喝了。”

文诗月支着脑袋，双眼蒙眬地盯着李旦，像只撒娇的猫：“我想喝嘛。”

“那喝醉了怎么办？”

“你会管我。”

“好，我管你。”李旦纵容又无奈地给她倒酒，“只此一次，下不为例。”

文诗月点点头，咧嘴笑了起来，乖巧应道：“好。”

很多人都喝醉了，是开心高兴地喝醉了。

文诗月也喝醉了，其实她喝得并不多，是心事让她很快醉倒。

李旦跟孟白元和谢语涵说要送文诗月回家，就背着姑娘出去了。

谢语涵看着两个渐行渐远的背影，有些纳闷儿：“老公，我怎么觉得李旦学长对我家诗月特别好呢？”

孟白元想起之前李旦问过他怎么这么快就追到了老婆，怎么追的，他还奇怪来着，现在回想起这两人很多暗搓搓的细枝末节，他忽然就不奇怪了，一点儿也不奇怪。

“可能有戏呗。”孟白元搂着谢语涵，朝她挑挑眉。

“哎，诗月最近因为她妈妈的病心情也不好，才喝这么多，我就应该看着她的。”

“还好有我好兄弟，你放心吧。”

“他是我们学校男神呢，你看今晚多少人找他要微信了，还好拒绝了，人品我超级放心。”

“高岭之花栽你好姐妹手上了。”

“我好姐妹值得好吗，你没看我好姐妹今晚行情也很好吗？”

“是是是，反正他俩把咱俩风头抢没了。”

李且背着文诗月一路走着。他没有打车，就想这么背着她沿着河边一直走。

柔软的姑娘贴在他背上，纤细的手臂圈在他的脖颈上，脸侧全是她呼出来的热气，带着她身上的花香和酒气。

两人谁也没说话，一个没醉稳稳地背着，一个醉了牢牢地圈着。

夜风凉凉，秋夜瑟瑟，四周灯火辉煌，远处高楼林立，河面浮光掠影。

是人间也是人生。

路灯拖着他们相融的影子，像爱存在的痕迹，一路作陪，走向漫漫悠长。

不知道过了多久，一滴滚烫的液体打在李且的脖颈上。

李且停下脚步，一滴又一滴，一滴比一滴滚烫，似熔岩一般滴进了他的心里，灼烫出了无数个窟窿。

背上的姑娘像是醒了，很不安分地动了动，圈着李且脖子的两条胳膊也收得更紧了些，像是要努力抓住什么重要的东西一般。

“呜呜呜……”身后的姑娘就这么伤心地哭出了声来，“我好累哦。”

李且往上抬了抬文诗月，滚了滚发紧的喉结，柔声说：“我知道，我都知道。”

文诗月含糊地说着醉话：“可我真的好累，每天都好累，我快要，坚持不下去了。”

“有我在。”李且扭头看了眼文诗月，又更为笃定地重复了一遍，“有我在。”

“没有，你不在，”文诗月抽泣着，娇柔的嗓音里和着委屈，因为醉酒，说话总是断断续续，“你……你都，都不联系我。”

“好，我错了，我不应该不联系你，都是我的错。”

“那你，那你，跟我……道歉。”

“对不起。”李且偏头，“文诗月，对不起。”

文诗月无意识地拿脸蹭了下李且的耳朵：“那我……我，原谅你。

“我，我想吐。”

李且把人放下来，扶到一边让她吐，帮她拢着头发，结果也没吐出来。

两个人就地蹲了一会儿，文诗月又开始絮絮叨叨：“你知道吗，小时候看《西游记》，总觉得女儿国那关好无聊哦，都用不上孙悟空他们。

“结果错了，全都错了。你知道为什么错了吗？”

李且揽着文诗月靠在自己身上，问：“为什么？”

“因为，九九八十一难，这一关最难过。”文诗月带着哭腔，“情关最难过……”

“世人，世人皆是至尊宝……”她又突然毫无预示地换了频道。

说着说着，文诗月又没声了，闭着眼睛靠着李且好像又睡了过去。

李且单手帮她把穿在身上的西装外套理好，转过身又把姑娘重新背上，起身，继续沿河边向前行走。

偶尔会遇上散步的人。经过时路人会忍不住看他们，眼里透着惊艳、艳羡、向往等各种美好的目光。

可是他们不知道他们艳羡的这两个人心里的苦。

“文诗月。”李且轻唤了一声。

“我不做唐僧，也不当至尊宝。”李且一边走一边轻声说，“我这半生也算是大公无私。这次我想自私一次，这辈子我也就自私这么一次，好不好？”

耳边是姑娘平稳的呼吸，还有刮过的尔尔风声。

除此之外，无人回应。

李且仰头望着天边的明月，月光皎洁，清辉铺洒在水面上，在水光中摇曳。

“你看月亮多美。”他停了下来，不由得弯起了嘴角，“而你这个月亮，我不打算放手了。”

文诗月做了个斑驳凌乱的梦。

一开始，梦里的她正在军训。

阳光暴晒，滴雨不下，站完军姿休息的时候要了她半条命，她坐在草坪上拿帽子扇着风。

倏然，脸颊一冰，一下子就带走了她满身的暑气。

她一抬头，在逆光里看到两个男生。而她的目光落在了其中一个男生的脸上，整个人愣住了。

刚刚消下去的暑热以另一种不受控制的潮热方式从后背一路升腾到脸颊，惊喜来得猝不及防，也打得她措手不及。

为了掩饰内心的狂喜和怦然的心跳，她皱着眉头，一脸不爽。

“表哥你无不无聊。”她将目光移向苏木，余光却还落在身旁那个低头看手机的男生身上。

“好心没好报，专门过来看看你，你还不乐意，饮料还我。”苏木作势要抢。

“不给。”文诗月起身把饮料藏在身后。

苏木白了她一眼，跟身边的男生介绍：“这就是我表妹，文诗月。”

随即他又跟文诗月说：“这是李且，叫学长。”

这个名字不陌生，文诗月第一天进校就有人在讨论，还齐刷刷地去荣誉栏看照片。

她没兴趣没去看，却不想活生生错过了提前对上号的机会。

苏木话音一落，两个人几乎同时看向对方。

文诗月心如擂鼓，面上却装得冷然，甚至有些机械般地喊了一声：“学长。”

只见李且淡淡地勾了下嘴角，回了一句：“你好，学妹。”

梦境一转，来到了苏木他们拍毕业照那天。

文诗月带着相机去给他们拍照，然后也不知道怎么的，相机落到了苏木手上，给她和李且抓拍了一张。

她拿出笔在照片背面认真仔细地、一笔一画地写下了两行字。

场景又忽然变了颜色，不再明亮，而是灰扑扑的，入眼尽是脏乱不堪。

王晚晴在楼下喊：“月月，走了。”

文诗月“哦”了一声，回头再看了一眼这个承载了她十八岁之前所有记忆的地方。

她迈出大门，转身将门关上。

“砰”的一声，她迈步下楼，也走向了长大。

回去收拾东西的时候，文诗月翻箱倒柜，却再也找不到那张合照。

她也没再回去找，就当作这一切都是天意吧。

画面再一转，就像是走马灯一般飞快地闪过鳞次栉比的高楼、川流不息的车流，春夏秋冬瞬息变幻，时光更迭。

最终停在了一个看上去陌生却又有些熟悉的城市。

眼前是一扇宽敞的双开门。

文诗月有些艰难地走上台阶，伸手推门，入眼是一双布满了皱纹的手，像行将就木的枯枝，了无生气。

她没在意地去推开门，里面穿着统一黑色衣服的人都转身朝她看来。

一个头发几近花白的老太太上前来扶住了她，有些眼熟，却又似乎并不认识。

“你终于来了。”她说。

文诗月看着眼前这个陌生的老太太，问：“你是？”

一出声，她顿住了，她的声音怎么这么苍老？

“我是卓小满啊，诗月姐姐。”

文诗月双眸蓦地一睁，人险些没站稳，她正好偏头看到旁边墙上的镜子，整个人愕然呆愣在原地。

镜子里的她一头花白的银发，满脸皱纹，除了一双不再清澈的眼睛，哪里还有她的模样？

可这就是她啊，是已经老去的她。

卓小满扶着文诗月一步一步走向前面的棺椁，当她看到躺在里面的人时，眼泪一下子便倾巢而出，止也止不住。

那里面安详躺着的人是李且，跟她一样满头银发，其实已经辨认不出几分他年轻时的样子，可她一眼就认出了他来。

耳边是卓小满哽咽的声音："他等了你一辈子，终于等到你了。"

文诗月听到这句话，双腿支撑不住，跪倒在棺椁前，哭得撕心裂肺。

最终两眼一黑，与这个世界彻底分离。

文诗月睁开眼，入目一片黑暗，只余一盏悠悠的小夜灯散发着莹莹微光。她几乎是条件反射般坐起来，跌跌撞撞地起身跑向梳妆台，打开灯，看向镜中的自己。

没有皱纹，肌肤依旧光滑白皙，一双眼红肿，眼底还泛着一层青色。

眼角和睫毛全是水汽，而她的脸遍布着泪痕，绷着很不舒服，头也很疼。

文诗月扶着梳妆台坐在凳子上松了口气，随即心悸伴随着心痛从胸腔里传递出来。

她摁着胸口，想到梦里那个如此真实的场景，忽然一下子喘不过气来。

"他等了你一辈子，终于等到你了。"

文诗月耳边反复重复着这句梦里的话，想到棺椁中那张脸，眼泪不由自主地夺眶而出，打在梳妆台面上。

待她平复了心情，才一点一点回想起昨晚的事，回忆像碎片一般在脑子里疯狂割裂，没有头也没有尾。

她似乎记得她让李且陪她喝酒来着，然后喝了很多。她以为喝醉了就没有烦恼，却更难受，心里难受，脑子难受，胸腔里也难受。

她好像哭了，在河边上，在李且的背上哭的。

后来呢？

她不记得了。

房门此刻从外面被打开，王晚晴立在门口，看向坐在梳妆台前发呆的文诗月，暗自叹了口气。

"月月，醒了？"王晚晴顺手打开门口的开关，房间霎时大亮，"快去洗漱，出来吃早餐。"

“哦。”文诗月没回头，垂眸抹了一把脸，起身往卫生间走去。

收拾好，文诗月出来跟王晚云打招呼：“大姨。”

王晚云瞧着她这漂亮外甥女一脸憔悴的模样，又看了眼自家妹妹，似是想到了什么，也跟着叹了口气。

“我给你泡了蜂蜜水。”王晚云说。

“谢谢大姨。”

坐在一旁的王晚晴对文诗月说：“虽然结婚是好事，但你也不能喝那么多，以后别这样了。”

文诗月喝着蜂蜜水，脑子里一直在想昨晚的事，她搁下杯子就问：“昨晚谁送我回来的？”

“说是你同学，我不太认识。”王晚晴摁住王晚云的手，淡淡地说。

文诗月又端起杯子，心中疑惑：难道那些醉酒后的片段，也是她做梦。

“今天你休息，吃完了再去睡一会儿。”王晚晴说。

“嗯。”

吃了早饭，文诗月顶着头痛回房，刚躺下，就收到了谢语涵的微信，问她怎么样了。

文诗月：“没事，头还有点儿痛。”

谢语涵：“没事就好，你注意身体啊，太瘦了。”

文诗月：“我知道。对了，我妈说昨晚是我同学送我回来的，是谁啊？”

谢语涵发了语音过来：“什么同学，是学长，李且学长啊。他一晚上都陪着你，照顾你，你不会感觉不到他对你有意思吧？我和我老公都看出来了。呜呜呜，好好哦，你俩就跟演偶像剧似的，羡慕啊。”

文诗月突然坐起来，所有的碎片似乎都在慢慢拼凑成一帧帧完整的画面。

虽然还是很凌乱，但是她可以确定，那不是梦。

是李且一路背着她回来的。

王晚晴骗了她。

这一刻，文诗月想到了很多，想到了高中，想到了重逢，想到了他们这几个月相处的点点滴滴，想到了昨天的婚礼，昨晚的梦。

一想到梦里卓小满那句能诛她心的话，她就痛彻心扉。

这段时间她快要被逼疯了，违背着自己的心去做一个孝顺女儿。

可她不快乐，她一点儿都不快乐。

她不能，她不能让李且等，她不能对不起自己的心，她不能再继续软弱，她不想错过。

对，她的人生不应该这么被摆布，她应该去争取。

她想要跟李且有未来，她只想跟李且有未来，而不是彼此带着遗憾离开这个世界。

文诗月决定跟王晚晴谈一次，她一分钟都不想等。走出房间去找王晚晴，听到厨房里的谈话声，她却止住了脚步。

王晚云小声说："其实你又何必提都不提呢？那孩子昨晚跑前跑后一直照顾月月到后半夜，你不也让了？"

王晚晴没好气地说："那是我让的吗？那是你让的。而且文诗月拽着人家不撒手，我能怎么办？一个姑娘家喝得烂醉，拉着个男人的手不放像什么样。"

"那你也不能骗月月啊，她这一问就能问到的。"

"问到就问到，那也不代表能改变我的想法。"

"晚晴啊，我看得出你也并没有那么排斥那孩子啊。说实话，那孩子我瞧着都喜欢，他看月月的眼神是骗不了人的。"

"我当然知道。姐，他也算是我的救命恩人了，我没那么不近人情。但是一码归一码，我不能因为他救了我的命，我就要拿我女儿未来的幸福去赌吧？我赌不起，也不可能去赌。"

王晚云正要说话，一侧身正好看到在门口立着的文诗月。

王晚晴见王晚云突然不说话了，一抬头，顺着她的目光也看向了门口，跟文诗月对上了视线。

文诗月揪着睡裤，对王晚晴说："妈，我想跟你聊聊。"

"如果你是聊你跟李且的事，我想没必要。"王晚晴依然很坚定，走出了厨房，进了卧室。

文诗月一路跟着王晚晴进卧室，反手掩上门。

她看着背对着她整理床铺的王晚晴，说："之前我跟你撒谎了，我不是被电视台挖走的，我是主动辞职，再去的电视台。六月辞了职后，我去西市勐镇住了一段时间，我在那儿跟李且重逢的……"

文诗月生怕王晚晴打断她，说得很快，但是条理还算清晰，将这段时间发生的事全部说了一遍，包括李且为什么会当警察。

"所以在他遇到你之前，我们本来快在一起了，是因为他顾及你的身体，顾及将来照顾不了我，顾及了太多太多，所以才慢慢开始疏远我。他永远都在为别人考虑，永远都不会考虑自己，当警察是，对你是，对我也是……"

王晚晴转身，话语笃定："所以他是个好人，是个好警察，是个好孩子。他什么都好，唯独不是个好对象。"

文诗月可能被压抑得太久了，抓住这个机会据理力争："你怎么就确定他不是？如果每一对父母都像你这样杞人忧天，是不是全天下的警察都不需要找对象了，他们就得孤独终老？”

“别人我不管，也管不着，但你是我女儿，我生了你就得管你。”王晚晴见文诗月跟她杠上，火气也跟着上来，“除非你不认我这个妈，你爱找谁找谁。”

“你这是道德绑架，你作为一个母亲有没有想过我的感受，你不过是一直在威胁我，用你自以为是的母爱，甚至用你的命来威胁我。”

文诗月忍不住了，眼泪大颗大颗地往下掉，情绪崩溃到一定地步，说话根本不过脑：“你总是打着对我好的旗号控制我、要求我，小时候我不学小提琴，你逼着我学，后来我想继续学，你又让我放下。还有爸爸，爸爸热爱他的工作，你却总是泼他冷水，让他辞职。当警察是爸爸的理想和信仰，是他临死都没有后悔过的选择。我们是人，不是你的傀儡，不是你说的一定就是对的，你根本就是自私，是你的控制欲作祟……”

“啪”的一声脆响，将文诗月的理智给打了回来，话语戛然而止，只剩下一室诡异的静谧。

文诗月泪眼蒙眬地捂着半边脸。

王晚晴也整个愣住了，垂眸看着自己微微发抖的手，失去力气般缓缓坐在了床上，呼吸有些急促。

她看着文诗月，似乎想说什么，却又不知道应该说什么。

不知道何时来的苏木和王晚云听到动静进了屋来，苏木见王晚晴状态不太好，赶紧上前去给她检查。

而文诗月颓败似的垂下手，像是行尸走肉般转身走出了卧室。

王晚晴看着文诗月仿若被抽干了灵魂的背影，脸上一片茫然，眸中的神色很是复杂。

最终被眼泪所淹没。

文诗月在后楼梯坐了很久，眼泪风干糊在脸上，冷静过后是后悔。

她双手捂着脸，头很痛，脑子一团乱。

自己这是怎么了？怎么能那么跟妈妈说话呢，妈妈还有病在身。

门被拉开，发出“吱呀”一声，又随之合上。

苏木走到文诗月身边，就着楼梯坐下，递给了她一个冰袋。

“我妈怎么样了？”文诗月接过冰袋搁在火辣辣的脸颊上。

“没事，还好我过来，稳住了。”苏木说。

“表哥，我好像说错话了，但我真不是故意的。”文诗月把头搭在膝盖上，闷声闷气的，“我只是，只是想争取一下，我没想说那些话。”

“我明白。”苏木伸手拍了拍文诗月的背，“我知道你跟李且最近压力都很大。路是人走出来的，车到山前必有路，不要急于一时。”

文诗月抬起头来，点点头，问：“你今天不上班吗？这么早过来。”

苏木说：“你的学长担心你跟你妈，他归队之前给我打的电话，让我过来看看，我还真是来着了。”

文诗月小声说：“你别跟他说。”

“我知道。”苏木瞥了眼文诗月，暗自叹口气。

一对总是为对方着想的苦命鸳鸯。

文诗月回去以后，还是主动跟王晚晴道了歉。王晚晴躺在床上闭着眼睛，始终没应声。

文诗月无奈地走出房间之前，回头看向王晚晴，抿了抿唇，平静地说了最后一句话：“妈，爸爸去世后的那段时间，是李且帮我走出来的。”

说完，她轻轻地带上了门。

王晚晴睁开眼，看着缓缓被关上的门，想起刚才文诗月的那句话，眼泪从眼角滑落到了枕头上。

十月中旬迎来了第一波降温，道路两旁的梧桐叶每天都在掉落，清早与傍晚的扫地声总是遍布在城市的各个角落。

文诗月依旧每天跑新闻，蹲机房，仍然加班，偶尔会睡在电视台，很忙，但心里充实了起来。

自从谢语涵结婚那天以后，李且几乎每天都会跟她发微信，话不多，但是早午晚安一定准时到。

出任务他也会跟她说，不用她提醒，他自己就会跟她保证一般地说：“一定平安回来。”

他们像恋人却又不是，充其量勉强称之为网恋吧。

王晚晴一直没怎么理文诗月，好在身体没什么大碍，就是每次去医院，医生都要提一次手术问题。

她也没再给文诗月安排相亲，两人能打上照面的时间其实并不多。

直到十月快见底了，文诗月跟王晚晴才破冰。

这个破冰连文诗月都有点蒙，毕竟一开始她如何示好，王晚晴都当她是空气。

今天吃饭的时候，王晚晴突然没什么语气地跟文诗月说：“我后天做手术。”

文诗月一听，立即喜笑颜开：“妈，你终于肯做手术了。”

王晚晴还是冷着脸：“但是，你明天得去相亲。”

文诗月的笑容登时僵在脸上，还是躲不过。

她看了眼一旁的王晚云，终是妥协：“好，我答应你。”

这次相亲跟以往有点儿不一样。

王晚晴只给了文诗月时间和地点，对方是什么人也没说，姓名、年龄、照片什么都没有，宛若一个盲盒。

王晚晴只说文诗月的照片已经给对方发过去了，人家会认出她来。

文诗月也没再多问，无论如何用她相亲换王晚晴做手术，她是千百个愿意。

相亲也相习惯了，都是应付，是谁并不重要，至于其他的，等王晚晴做了手术再说吧。苏木说得对，车到山前必有路，每个人都得走下去。

第二天，文诗月提前下了班，算着时间赶到了相亲的餐厅。

也不知道是巧合还是王晚晴知道她喜欢吃这家，才特意跟对方提过的。

依然是之前她连续相亲的那间餐厅。

也好，至少有得吃。

到了餐厅以后，相亲对象还没来。

文诗月让服务员叫来老板。

老板是个四十多岁的大叔，保养得很好，人也很健谈，可能是文诗月这种长相确实让人一眼难忘，又或许是她总是在这儿相亲，老板一见是她就笑了起来。

“又来相亲？”老板开口调侃。

“对。”文诗月其实也有些不好意思，这里成了她的相亲食堂，她抬头问老板，“今天那个厨师在吗？”

老板点点头，笑道：“在。”

文诗月一听也跟着笑了起来：“那就好。”

聊了几句，老板就忙去了。

文诗月看了眼手机上的时间，已经过了约定的时间。

虽然她并不在意，可这个“盲盒”跟之前所有的相亲对象不太一样，不但没有早到，反而还迟到。

看来他好像也挺不在意，如果真是这样的话，那她反而舒心。

文诗月看着菜单，她其实是想点菜吃了，但人没来，也不太好。

等待的这短短的时间段，就已经连续有好几个上前来要微信的男人，还有个女人。

文诗月都冷淡地拒绝了，继续看菜单。

她脑子里琢磨着最近台里有个综艺要做美食节目，要不要推荐一下这家餐厅，毕竟这老板上电视的话还挺能招揽生意的。

就在她睨着菜单分神琢磨的时候，一道暗影落到了她的身上。

她的余光里又出现一部手机，但无人说话。

“不好意思，不加微信，”文诗月头都没抬，懒得应付，语气清冷地实话实说，“我在相亲。”

过了几秒，头顶上方倏然发出一声低沉而熟悉的笑。

她捏着菜单的葱白指尖一紧，心跟着猛地抖了一下。

文诗月抬起头，从下至上，是将一身黑休闲西装穿出比模特还合适的绝好身材。

再往上看，落入眼中的是那张依旧俊朗的脸。

她那茫然诧异的杏眸对上近在咫尺宛若星辰大海般的黑眸，让她整个人愣怔在座位上，变成了个哑巴。

李且直起身来，长腿一迈，径直走到文诗月的对面坐下。

他将手机搁在桌面上，人微微往前倾，深邃的黑眸一动不动地凝视着眼前的姑娘。

此时窗外日月交替，天边云层半明半暗，像是笼着面纱提灯而来的姑娘。

餐厅明亮的灯火溢满每一处角落，像是开门迎接姑娘的爱人，让始料不及的惊喜无处可藏。

男人修长的手指很随意地点了点手机屏幕，目光不偏不倚，语调漫不经心地染着笑意。

“那如果你的相亲对象想加你微信呢？”

第一次拆“盲盒”居然拆到了绝世隐藏款，第一反应是会让人产生怀疑的，怀疑这是假的。

就像是此时此刻的文诗月，无论如何她都无法将相亲对象跟李且联系起来。

她认为她的相亲对象可以等于任何人，唯独不可能是李且。

但是真真实实坐在她对面含笑盯着她的确实是李且没错啊，她该不会是思念成疾，产生幻觉了吧?

文诗月另一只搁在腿上的手掐了一下大腿，痛的。

这不是幻觉。

她看着李且，整个人还是没有缓过来，又或许是脑子抽了，没头没脑地问了一句：“你把我相亲对象怎么了？”

李且一听这话，没忍住闷声一笑，又随即收敛了些许。

他挑了下眉，又往前倾了一点儿，像是怕被别人听见似的，压低了嗓子说得言简意赅：“绑了，打了，威逼利诱了。”

这话说得很流氓手段。

但是出自一个警察的口中，加上他的表情，文诗月又不是傻子，自然不会信。

所以，她的相亲对象就是李且。

“我妈安排的相亲对象是你？”文诗月总算是反应过来了。

“嗯。”李且点了点头，笑意不散，装得倒是一本正经，“那，文小姐对我的第一印象还满意吗？”

“可是……”文诗月满眼疑惑，“怎么可能啊？”

“怎么就不可能了？”李且好笑道。

“你啊，我妈怎么可能安排你跟我相亲？”

“可能是你妈终于想清楚了。”李且开着不太要脸的玩笑，“撇开我的职业，我其他各方面不都还挺打着灯笼都找不着的？”

文诗月倒是没觉得李且开玩笑，只不过……

不知道为何，她心蓦地一紧：“你该不会是……”

“没有，”李且知道文诗月在想什么，打断了她的胡思乱想，“我没有辞职。”

文诗月心里提起来的大石落下，松了口气。

如果因为她让李且放弃他热爱的职业，她永远都不会原谅自己的。

“所以是我妈主动联系你的？”文诗月问。

“嗯。”李且见文诗月将信将疑的表情，加重可信度，“如果不是的话，我能出现？”

文诗月见李且不像是安抚她的，而且这次的相亲本来就处处透着可疑，与其说王晚晴卖关子，在看到眼前这个人的时候，她更相信这是给她的一个惊喜。

换而言之，或许是之前她的那些话起了作用。王晚晴并不是没有听进去，而是在这段日子里终于想通了，不再钻牛角尖。

文诗月看着李且，回想起李且身份暴露那天，以至于之后，王晚晴其实并没有因为李且是警察而触发病情。

就算是那天她说了那么多刺激王晚晴的话，也好好的，或许王晚晴心里本就是认可李且的。

于是，就有了今天。

一想到这儿，文诗月的心终于彻底放松了下来，是这么久以来完完全全地松弛了下来，觉得忽然之间所有的烦恼都消失了。

王晚晴答应做手术，王晚晴不再反对她跟李且，还特地安排了他们相亲。

似乎一切都在朝着她期望的、好的方向在发展。

“你还没回答我呢。”李且说。

“嗯？”文诗月被唤回思绪，“什么？”

李且撩起眼皮对上文诗月的杏眸，像是怕人听不明白似的，刻意放缓了嗓音，反而更加勾人。

“我啊，满意吗？”

就像是蜗牛卸下了重重的壳，所有的压力全部消失以后露出了最原本的面貌。与此同时，也会被另外别样的情绪所替代，是自己也无法控制的。

文诗月看着李且，听到这话，脸不由自主地一热，怦然的心跳声在这一刻锣鼓喧天。

“就，还行吧。”文诗月清了清嗓子，说道。

“只是还行啊？”李且颇为遗憾地轻叹口气，“那我可得好好表现了。”

文诗月躲避对面那道直白到让她招架不住的目光，装模作样地扭头看向旁边的窗外，窗明几净的玻璃上有她的影子。

她今天并没有刻意打扮，穿着杏色的套头针织衫和牛仔裤，披着一头乌发，投射到玻璃上的她是秋色里的温婉，以及早已出卖了她那压不下去的上翘嘴角。

李且招来服务员上菜，目光落在姑娘看向窗外的笑颜上。

终于又能看到她发自内心的笑，他的心一瞬间就被她的笑意塞得满当而柔软。

那里面每一分寸、每一毫厘都深深地刻着“文诗月”三个字。

他就这么静静地凝视着她，想看到天长地久，想看到地老天荒。

李且垂眸一笑，想起刚才这姑娘的满腹疑惑。

其实，他确实是找了她妈妈。

前几天他借着文诗月上班的空当，特地登门拜访了王晚晴。

口说无凭，他给了王晚晴一个U盘，里面是他这段时间熬更守夜做出的一系列清晰明确的资料。

U盘没打开，他简单地说明里面的内容。

“阿姨，这里面有三个文件夹。第一个文件夹是我家祖上三代的详细资料，我是独生子女，父母、奶奶、外公、外婆健在，没有任何遗传病史……我的父亲从商，母亲从教。”

他顿了下，并不想炫富，用了个比较朴实的词语：“家里还算富足，所以在生活保障方面一定会让诗月得到最好的，而我的家庭也会成为她的底气。

“第二个文件夹是有关近二十年来特警安全装备等迅速发展和进步，以及伤亡率的情况，我拿各行各业与之进行了一个数据分析与对比。

“其实各行各业都有着不同程度的危险系数，每一天每一分钟都在发生着死亡。尤其是现在很多久坐不动的上班族，猝死的概率也不低。我这不是偷换概念，我只想告诉阿姨你，这些都是不可避免的事实。

“特警的确是高危职业没错，但时代在进步，我们拥有着最先进的设备和装备，也会科学用警。我们每天都必须坚持备勤体能训练，年年硬性体检达标上岗。不说其他行业，就拿所有警类来说，特警的体能健康的标准是最严格的，这是对国家、人民和社会的负责，无法造假。

“而在我收集的所有数据里，特警受伤率确实不低，但死亡率并不是想象中那么高，我们也非常爱惜自己的生命。这些数据都是可以查到的资料，我也并不敢作假。

“第三个文件夹是我从小到大的成绩，毕业证、奖状、从警后立功勋章等，这个是以备一个不时之需。我打小头脑还算灵活，成绩一直名列前茅，学东西也还算快。如果阿姨你始终还是接受不了我这个职业的话，我……”

李且倏然停了下来，滚了滚喉结，扭头看到了电视柜上文诗月的照片，才继续道：“我，可以转行。”

王晚晴说：“我大概也知道当警察那份刻在骨子里的信仰，你为了我女儿丢掉信仰，值得吗？你能保证你不会后悔？”

“人这一辈子不是在选择就是在选择的路上。”李且笃定地说，“这一次，我选文诗月。”

“你其实完全可以两个都选。现在你们年轻人不顾父母反对硬在一起的也很多，你们也可以先斩后奏，到时候我也没办法。”

李且摇摇头，坦诚道：“阿姨，正因为我喜欢文诗月，我才不想叫她为难。你说得对，我完全可以不计后果跟她在一起。但你是她的母亲，是她最亲的人，也必将成为我最尊敬的人，所以没有得到你的同意和认可，我是绝对不会做出先斩后奏的事。”

接下来是一阵沉默，静谧的客厅里能听见挂钟“嘀嗒”的清晰声音，每一秒都像是凌迟。

他不会对文诗月放手，但是他也做不到让她众叛亲离。他想让她幸福，给予她的不只是他，还有所有人的祝福，尤其是她的母亲。

然而那天，王晚晴也没说同意还是不同意，直到前两天，李且接到了她的电话。

心情好了，胃口相继也变得很不错。李且提前点好的菜齐刷刷地端了上来，还都是文诗月喜欢的，她很久没吃这么饱了。

李且瞧着文诗月吃这些菜吃得心满意足的模样，心间暖流流淌，比她还要心满意足。

“这个厨师做的菜是真不错。”文诗月一边吃着一边说，“我之前相亲的时候把这儿当食堂，就是有一次这个厨师没在，我就不……”

文诗月看到给她夹菜的李且筷子顿在她碗里，抬睫看她，她才意识到自己哪壶不开提哪壶。

“哦，相亲相成了食堂。”李且收回筷子，玩味道，“我瞧着你还挺自豪。”

文诗月慢慢咽下嘴里的食物，心虚感油然而生，含混不清地解释：“我是奔着菜，不是奔着人。”

“现在呢？”李且问。

“也是奔着菜啊。”文诗月口是心非。

“没良心。”李且轻叹一句。

“那你呢？”文诗月问，“你相过几个？”

“一个。”李且看着文诗月，一字一顿地画重点，“这辈子怕也就这么一个了。”

文诗月突然觉得有点热。

李且见文诗月微红的脸颊，目光往下，落在了文诗月泛着一层淡淡油光的红唇上，朝她伸手过去。

文诗月见李且朝她伸手来，还没反应过来就愣了。

他温热干燥带着薄茧的四根手指钩着她的下巴，大拇指缓慢轻柔地擦过她的嘴角。就像是过电一样，她看着微微敛眸盯着她嘴唇的李且，失去了所有的行动力，像是被他点了穴。

“油嘴猫。”李且松开文诗月，拿纸巾擦了下手指，才慢悠悠地道，“无所谓了，反正你记住，我将会是你的最后一个相亲对象就行了。”

文诗月只感觉嘴角和下巴还持续着酥酥麻麻的感觉，这股子劲儿还带到了耳朵上，渐渐发了烫，加上他后面这句话，像是燎原了烧不尽的火种，火光满盈，燃烧了整片荒野。

王晚晴明天要去医院，之后会进行手术。于是吃了饭，李且便开车送文诗月回家。

路上文诗月跟李且说了一下王晚晴手术的事，李且说明天他休假，到时候过来接她们。

到了小区楼下，文诗月解开安全带，一边准备推门，一边跟李且说：“那我上去了，你路上注意安全。”

“等一下。”李且伸手轻轻握住文诗月的手腕，往他那边带了带。

昏黄的路灯透过车窗玻璃跌进车厢里，打在座位上男女的脸上，在忽明忽暗里，在密闭的空间里，在若有似无的亲密接触里，在旖旎渐渐攀爬整个车厢里，文诗月微微动了下手腕，在存在感极强的男人气息里，她听到了自己不受控制的心跳声。

明明已是深秋时节，她却忽感一阵突如其来的夏季燥热。有些紧张，有些期待，有些胆怯，有些羞赧，还有些别的说不清道不明的情绪杂糅在一块，让她浑身都下意识绷紧了。

“干……干什么？”文诗月嗓音轻柔，还透露着一丝几不可闻的紧张。

李且握着姑娘柔弱无骨的手腕。

她好像哪儿都软软糯糯的，包括声音都是，跟糯米糍似的，就怕手劲拿捏不好给她弄痛了。

“你以为我想干什么？”

李且说这话的时候嗓音很沉，比夜更深的目光下落到文诗月微启的唇上，定格了几秒，他才慢条斯理地掀起眼帘，对上姑娘明亮的杏眸。

文诗月被这赤裸裸的目光看得面红耳赤，还好此时光线幽暗，她不至于太过被动。

“那你松手。”她直视李且，余光落在她的手腕上。

李且笑了起来，松开了手，朝文诗月努努嘴，嗓音更哑了些：“储物盒里有你的礼物。”

文诗月微愣，随即伸手打开储物盒，里面很整洁，最上面躺着一个被包装纸包装好的方方正正的盒子。

她拿出来，不明所以：“相亲还有礼物？”

她倒是头一回遇到。

李且说：“那就生日礼物。”

“我生日早就过了。”

“补送。”

文诗月稍微一琢磨：“你要这么算的话，那我是不是也要补送你？”

李且笑着问：“你知道我生日过没过？”

“你不是七月十……”文诗月意识到自己下意识的反应太快，赶紧挪开视线闭了嘴。

“十什么？”李且饶有意味地“哦”了声，瞧着文诗月，“原来你知道我生日啊。”

文诗月心想我记自己生日都没记你的清楚，但她当然不会说。

“苏木提过，”文诗月心虚地说，“我记性挺好。”

“行，礼物就不用补了，”李且盯着文诗月说，“我就希望明年生日能跟我女朋友一起过。”

文诗月是真受不了李且这眼神，就像是能洞穿她所有的心事，让她无处可逃。

“嗯。”她故作镇定，“那祝你愿望成真。”

李且往文诗月跟前凑去，距离不远也不近，淡淡的木质香缠绕着清浅的花香，气氛足够暧昧。

“所以，文小姐，我循序渐进，但你能不能……”他倏然停了下来，深深地凝望着她。

他眉眼间、深瞳里都落满了温柔的笑意，低沉的嗓音像是在与之耳语，诚恳却又显得不太正经。

“别让我追太久。”

文诗月回到家以后，家里很安静，客厅没人，她估摸着王晚晴可能已经睡了。

她马不停蹄地跑到阳台上朝楼下望去，那辆黑色的越野车还停在原地，被路灯的一缕微光穿透车顶。

手机微信响了一声，她点开是李且发来的消息：“走了，明天见。”

文诗月趴在窗栏上，笑着给他回过去：“那你还不走？”

李且秒回了个语音：“嗯？偷看我？”

文诗月做贼心虚一般地往后退了步，聊天框里又弹出一条语音：“别躲了，你相亲对象视力太好，看得到。”

她听到语音里那刻意把“对象”俩字儿咬得很重的含笑嗓音，心里的小鹿又乱撞了两下。

她给他回过去：“很晚了，快回去。”

李且：“走了。”

然后文诗月探头看到那辆半隐在夜色里的越野车车灯一亮，缓缓驶出了她的视线范围，直至消失不见。

她的目光顺着盏盏路灯往回收，而后仰头看向泼墨般的天，阵阵深秋泛冷的夜风裹挟而来，将她浑身的热量散去了一些。想到刚才在车里，李且没有直接跟她表白，而是说要追她。

她其实明白他的用心良苦，王晚晴还没做手术，手术怎么都会有风险，哪怕是良性也是开颅，所以他不希望刚好是在这个时候，而且，虽然他们经历了这么多，但也是苦乐掺半。

今天是第一次相亲，他才说循序渐进，这是尊重她，还有吃饭时他在她还没有问出是否辞职的事，就被他先说了出来。不知道为什么，她跟李且相处的时日并不算多，可很多事完全不需要彼此说出口，仅凭一个眼神就能知道对方在想什么。

这种感觉，想想还挺奇妙的。

文诗月低头看着手里的礼物，扬着嘴角，转身回了房。

等她再出来的时候，遇到了从卧室出来的王晚晴。

“妈。”

“刚回来？”

“回来了一会儿，我以为你睡了。”

王晚晴朝文诗月笑了笑，直言不讳：“怎么样，今天的相亲还满意吗？”

文诗月本来是打算回来找王晚晴聊聊的，结果以为她睡了，想着明早要去医院，就没有打扰她。但是眼下王晚晴问了，文诗月还是很想知道是不是自己想的那样，让她改变了主意，接受了李且，还特地安排了他们相亲。

“嗯。”文诗月点点头，看向王晚晴，“可是你为什么会突然……”

“月月，来，”王晚晴打断了文诗月，“你跟我进来。”

文诗月有些不明所以，扶着王晚晴进了房。

一隅柔柔的壁灯半盈在卧室里，窗户半启，夜风鼓动着窗帘，让夜寂静而温馨。

王晚晴从抽屉里拿出一本书，在文诗月的身边坐下，递给她。

文诗月目光落在书上，是那本《明朝那些事儿》。此去经年，走过十年的书早已沾染了岁月的痕迹，老旧泛黄，还透着一股淡淡的霉味儿。她慢慢掀开扉页，上面的字苍劲有力，笔锋潇洒，看似端正却又带着股飞扬骄傲。

其实也就不过“李且”二字加上一个日期“2009.6.21”。

这本书不是当年她买的那本，而是李且的那本。

说起来也是机缘巧合，当年她在苏木那儿看到了这本书，是他借李且的来看，于是阴差阳错被她给换了。

“上个礼拜我回了一趟南兴，在储物室的箱子里看到的，就带了回来。”王晚晴伸手翻到中间，取出了夹在里面的照片递给文诗月，“书里还夹着这个。”

文诗月微愣，原来照片根本没丢。

她接过照片，照片陈旧，可照片里穿着蓝白校服的俊逸少年和清纯少女，依旧被定格在最美好的年纪和地点里。

因为是被抓拍的，两人看向镜头的目光都有些茫然，却又格外自然，照片里的他们还很青涩。

文诗月将照片翻过来，背面那两行字已经变淡了不少。她轻轻摩挲着上面还算清晰的字迹，好像知道了原因。

“我一直在想你对李且为什么会有这么深的感情，原来这就是答案。”王晚晴叹了口气，“你从小到大我都用心在培养你，培养你的兴趣，培养你的性格，把我认为最好的都给你。我自认把你培养得很好，你懂事善良，哪怕成绩差一点，你也不气馁。我看到你努力去追赶成绩，看到你高中那几年起早贪黑有多努力，也看到了皇天不负苦心人，你得到了回报。”

王晚晴说着有些哽咽：“但是我竟然把这些当作理所当然，当作是我培养的结果。因此我从来不问你为什么，从来没有像你爸爸一样，站在朋友的角度跟你谈过一次心。我从来就不知道，你拼命努力的背后是有原因的。”

“妈，”文诗月伸手抚上王晚晴的手，用力摇摇头，“这不能怪你，自从爸爸去世了以后你也病了，你真的也为我付出了太多，是我不敢跟你说。”

“难怪你想去北城。”王晚晴稍微缓和了一下情绪，问道。

“嗯，”文诗月点点头，“只不过还是错过了。”

王晚晴拍拍文诗月的手背，话音一转：“还好啊，你们终归是有缘的，没有错过。”

“一切都是我这个当妈的错。你说得对，妈从来就没有顾及过你的想法，总是把我觉得好的强加到你身上。妈不知道你原来喜欢了他这么多年，妈更加不知道你爸爸去世以后，在你最艰难的那段日子里，是他帮你走出来的。

“我跟你道歉，是我一直以来忽略了你，是我错过了你最需要我的时候。”

文诗月转过身面向王晚晴，母女俩潸然泪下。她伸手抱住王晚晴，安慰道：“妈，你别这样，你给了我足够的爱，也给了我最好的物质生活，让我心怀善意去对待这个世界，没有你就没有现在的我。

“至于李且，我跟他现在是两情相悦，我们也得到了你的认可，我真的很开心。”

王晚晴伸手抚摸着文诗月的头发：“李且是个好孩子，有教养有担当，可比你爸爸细心靠谱多了。把你交给他我很放心，我相信他能带给你幸福。”

发现李且是警察那天，王晚晴醒过来的时候看到他站在窗户边用身体帮文诗月挡光，他看文诗月的眼神是柔情似水的。而类似这样的细节，她在那段日子里还观察到了很多，所以那天如果不是因为他的证件掉落被她看见，她已经问出口了。

而她当时也并没有情绪失控，现在的她好像可以正视警察了。

谢语涵结婚那晚，李且送文诗月回来。他明明知道王晚晴不愿意看见他，却又怕文诗月影响到她，在她的冷眼下还是留了下来忙前忙后，守了大半宿。

还有那天李且特地来找她，想起他当时欲言又止的模样。她能看见他的拳头攥得有多紧，能看到他内心有多挣扎。可是当他看到文诗月照片的一瞬间，他所有的纠结神色都消失了，他是那么坚定地告诉她，他可以转行。

而他临走时还恳请她不要把这些告诉文诗月，他不想文诗月的心里有任何负担，这是得多爱她的女儿，才事事考虑至此，并且让他能决心放弃自己的信仰和理想。老实说，这一点连文阳都无法做到。

文诗月跟王晚晴又聊了一会儿，才回到房间，情绪也平复了不少。她将手里的书搁在桌子上，伸手去拆礼物。她刚好打开盒子看到里面的东西，微信提示音就响了。

李且：“到家了。”

文诗月瞥了一眼盒子里的大牌手表，回他：“你怎么送我这么贵的手表？”

李且发来一个语音，慵懒低沉，像午夜电台男声嗞嗞过耳：“这不比你总是看手机强？你这工作需要经常看时间。”

直男果然是够简单粗暴，还是个有钱的直男。

文诗月清清嗓子，也回他语音：“那这个也太贵了。”

李且笑了：“哪有收礼物还挑三拣四的？学妹，学长教你，要学会接受别人的好意，尤其是你的相亲对象，嗯？”

文诗月耳朵被烫了一下，她承认她今晚真的很兴奋，她从王晚晴那里得知了一切，她好久好久没有这么踏实开心过了。

仰躺到床上，感觉自己整个人比随风而起的蒲公英还要轻盈。飘到哪里，哪里就被播下开心的种子，开出漫山遍野的欢喜之花，从此鸟语花香。

文诗月拿起手机，说：“那谢谢，但是你以后别这么乱花钱了，礼物只是个心意而已。”

李且很快回她：“怎么，这么快就想管我了？”

文诗月的脸更烫，翻了个身，伸手拿起枕头，把脸藏了进去，看来“林旭”还真不是他演出来的，他完全是本色出演。

文诗月刚才好像听到语音里有谁在说话的声音，刚好给她机会转移一下话题。她把头抬起来，继续凑到手机前，问：“谁在跟你说话吗？”

言下之意，你稍微克制一下你的语言。

谁知道，李且却意味深长地回道：“放心，是我奶奶。”

文诗月一噎，什么放心？她不是在怀疑他什么，他这话说得她好像是在查岗似的，她不是这个意思啊。

文诗月小声说：“那你陪你奶奶聊聊天吧。”

李且回道：“我奶奶说想跟你聊天。”

文诗月一惊，坐了起来，理了理头发，问：“现在吗？”

李且笑了：“不是，是问我什么时候带‘曲奇姑娘’见她。”

文诗月故作不知：“谁是‘曲奇姑娘’啊？”

“有的小姑娘这就有点儿不厚道了，好歹是吃人嘴软，怎么就翻脸不认人了呢？”

文诗月还没想好怎么回，李且就又发来一条：“六大门派围攻光明顶，不跟你说了，早点睡。”

文诗月蒙了：“什么六大门派？”

李且笑得无奈，声音都小了一些：“我奶奶，我爸，我妈。”

文诗月一听蓦地一笑，手上打字：“那李教主打完架也早点休息。”

李且那边可能不方便发语音，发了文字过来：“行，给我的教主夫人守住光明顶。”

然后他又给文诗月发了个月亮的表情，两人才结束了聊天。

李且收起手机，就被一家人三双眼睛盯死，让他从实招来。毕竟家里人总觉得他在感情方面不开窍，就从来没从他口中听说过姑娘的名字，急得团团转。

他也不以为意，毕竟他早就想过他这一生大概率就贡献给警队了，没打算结婚生子，所以面对姑娘时他总是退避三舍，冷淡待之。

可惜他遇上了文诗月，遇上了这个让他反复心动沦陷，怎么样都无法放下，也割舍不掉的姑娘。

晚上回来的时候，李且以为大家都睡了，才在沙发上跟文诗月聊微信。哪知道，身后一阵凉飕飕，从奶奶开始，一个接一个地出现，搞得他无法金蝉脱壳。

最后，他老实交代：“是，在追一个姑娘，等追到了再带给你们看。”

妈妈颜君心笑问：“还是那个‘曲奇姑娘’？”

李且点点头：“是，一直都是。”

最后，他被奶奶和“母上大人”问得招架不住，最后单手撑着沙发背，轻松翻了过去，逃之夭夭。

窗户没关，深夜寂寞的秋风许是害怕寂寞，敲进了百姓家的窗，与万家灯火跳一支深夜的探戈。风在光影里卷起桌面上的书页，发出清脆的声响，最终停在了那张有些老旧的照片上，洁白的窗帘一下一下拂过少年和少女的脸庞。

文诗月洗漱好，正好走到窗前，看到桌子上的东西，不由得莞尔一笑。原来有的东西在对的时间里是真的可以失而复得的，包括那本初遇时的书，包括那张以为丢失的合照。

包括，她和李且。

王晚晴的手术很成功。

手术当天，李且一直陪文诗月在手术室外等着。等到手术结束以后，王晚晴醒了没什么大碍了，他才离开。

他人没在，但是该安排的比苏木安排得还要妥当，VIP 病房、轮班护工，还有绝对按照医嘱找人做的餐食等，一应俱全。

连医生都羡慕：“你这未来女婿顶好啊，你女儿好福气。”

王晚晴却笑道：“是我女儿运气好。”

刚进门的文诗月听到这句，还有点回不过神来，上个月妈妈那反对的情景她还历历在目，现在满嘴夸得实在是有些过，连她都有些听不下去了，但心里也是难掩地开心。

王晚晴住院也有好些天了，手术前后见了为她鞍前马后的李且，心里满是欣慰。待她基本上没了大碍了以后，李且也跟着归了队，也就不能说来就来了。

王晚晴瞅着文诗月，问：“小李最近在忙什么？”

文诗月掰着橘子往自己嘴里塞了一瓣，说：“他前段时间把这一年的假都用得差不多了，最近说是他们公安系统有个联合演习，所以很忙。”

说到这儿，文诗月暗忖着他不在这儿也好，实在是太招人。

她想起了VIP病房这边护士站的那些护士第一次见到李且的样子，那个词怎么说来着。

如狼似虎。

以至于一开始王晚晴的病房成了打卡地一样，只要有李且在，就有不同种类的小护士来频繁查房。次数多了，文诗月也悟了，这哪是看病人，这就是来看帅哥的。

第二天送李且归队，文诗月回来后就听到那几个护士在那儿议论他，不但议论他，还议论她。

说什么看他俩都没有什么亲密接触肯定不是那种关系，说她可能是帅哥的妹妹或者就普通朋友而已，其中一个就说回头打听打听，只要帅哥单身那就各凭本事了，能追到这种绝对级别的帅哥，就算不能过一辈子，过一阵子，也不枉此生了。

文诗月本来已经走过了护士站，越想越不爽，于是又退了回去。她极其有礼貌地敲了敲台面，微笑着看向那几位因为她的到来而将话题戛然而止的护士，说：“不如问我。”

几个护士面面相觑，倒是有些不好意思了。

文诗月宛若一把温柔刀，一刀致命。

“我是他女朋友。”她说。

此话一出，几个护士看见文诗月都还有些尴尬，却又一脸认命，输给这样的天仙，也不丢人。

“唉，他这个工作啊……”王晚晴轻叹道。

“妈，你说了不反对的。”文诗月赶紧说道。

王晚晴笑着白了一眼文诗月：“我说反对了？你激动啥，还没嫁呢，胳膊肘就往外拐了。”

文诗月抿抿唇：“我哪有。”都还没在一起呢，嫁什么嫁。

她忽然又想起了什么，对王晚晴说：“哦，对了，妈，程岸回来了，说要来看你。”

“好啊，说起来我都好久没见过这孩子了。”王晚晴笑道，“你看看人家多有出息，世界冠军。”

文诗月点头：“是是是，咱们大院之光嘛。”

文诗月最近这段时间也依然很忙，加班也是家常便饭，跟同样忙的李且只有每晚短暂的空闲时光聊聊天。

她加班的话，李且就会给她点外卖，还是那家相亲餐厅的菜，是真的百吃不厌。

一开始文诗月还纳闷儿，问：“那家餐厅不是不送外卖吗？”

李且说了句很嚣张的话：“我拿枪逼着老板必须送。”

文诗月没忍住笑了起来：“李队长，你这简直就是公器私用，小心被开啊！”

李且漫不经心地说：“那不正中你妈和我爸的下怀。”

文诗月一听这个倒是好奇了起来：“你爸也不同意你当警察？”

“嗯。”李且隔着电话传过来的嗓音会更沉一些，像是贴在她耳边说似的，让耳朵发痒，“所以你要做好准备，以后见我爸时，他一定会让你站在他那边一起游说我。”

“不会的。”

“为什么不会？”

“你穿特警制服还挺好看的。”

“哦，是这样啊，那文记者帮个忙。”李且说。

“什么忙？”

李且沉沉地笑了起来：“什么时候你有空帮忙见下我爸，跟他详细解释一下我怎么个好看法。”

文诗月这才反应过来被下了套，挠挠耳朵，嗔道：“谁要见你爸了，咱俩清清白白，我听不懂你在说什么。”

“你妈妈我可都见了，咱再捋一捋这个清白问题啊……”李且刻意停了下来，语气越发饱含深意，“也不知道是谁那晚喝醉了对我又搂又抱，还差点拉着我睡觉……”

“李且，你……你闭嘴。”

“怎么就恼羞成怒了呢，学妹？”

“我才没有。”

微信又响了两声，但文诗月没有去看，而是坐在那里发呆，或者说回不过神来。

“诗月，手机响了。”张雯把文诗月落在某人身上的魂给喊了回来。

文诗月接通，是跑腿到了，她起身出去拿。李且每次点得都还挺多，受益的当然是同甘共苦的同事们。等她拿进来的时候，办公室里一片欢呼，齐声呐喊：“感谢诗月的追求者。”

是的，一开始她就被八卦过了，问她是不是有对象了。她招架不住这些嗅觉灵敏的新闻媒体工作者，没否认，但是也说了还不是。

张雯当时立即就来了句：“那就是还在追求你，哇，真暖男。”

而张雯并不知道她口中的暖男其实就是她总是时不时花痴的上天入地、英武不凡的李队长。

后来当她知道了以后，少女心碎了一地，含泪祝福文诗月要跟李队长幸福一辈子。

# 第八章 风也温柔

文诗月接到李且电话的时候，她正在跟程岸吃饭。

程岸执着筷子，眼睛却是看向文诗月的，见她看到来电显示就喜笑颜开的模样，倏然想起了之前看王晚晴的时候，听王晚晴提了一嘴文诗月好像有了喜欢的人。

在他的记忆里，文诗月这个直女对感情就没怎么开过窍。哦，应该半开过一次，她高中暗恋过一个学长，然后自己单方面失了恋，还是大学期间这姑娘喝多了说出来的。

可是看见眼前这个生动而鲜活的姑娘，程岸忽然感觉自己的心很慌，就算他站在面对全世界的竞技场上也没有过的心慌，那是一种什么东西在流失，他无法抓住。

“在吃，”文诗月看了眼程岸，说，“跟我发小。”

“不是谢语涵，是我以前院子里的邻居。嗯，好，那明天我直接去，知道了……”

挂了电话，程岸问文诗月：“男朋友？”

文诗月一边笑，一边夹菜吃：“世界冠军也爱八卦？你这次回来待多久？”

第二天下起了雨，文诗月特地调休一天去看李且他们的篮球赛。

昨天李且跟她打电话就是说这个事。

他们演习结束以后，照惯例会打一场篮球赛，特警队跟刑侦队打，李且问文诗月有没有兴趣来看。

距离上一次看李且打篮球还是十年前。想起那个在篮球场上挥汗如雨，意气风发的少年，文诗月满口答应了下来。

上午她去医院看了王晚晴，下午她估摸着时间，开车到渝江公安局体育馆。

李且接到文诗月的电话时，刚好又拒绝了一个上来要微信的警花。比起他的冷漠无情，一旁坐着的队员们恨不得集体冲上去把他们李队的脸毁了。

人往这儿一搁，跟个活招牌一样，还有他们什么事？你好歹接受一个，剩下来的给兄弟们一点儿机会嘛。拒绝得那么干脆利落不留情面，人家警花们快恨死他们特警队了。

人家是一人得道鸡犬升天，搁他们李队这儿，那简直就是一颗那什么，搅坏一锅汤。

一群人再齐刷刷地看向另一边。更气人，他们孟队跟媳妇坐在隔壁你侬我侬秀恩爱呢。

朱进咬咬牙："我上个厕所。"

曾光马上说："一起。"

其他人附和："走走走。"

眼不见心不烦。

天空洒下绵密的珠串，丝网般倾斜在车来人往的路面上，冷雨和着车笛声，掺着人声，车轮和脚印惊起一汪水洼。

文诗月挂了电话，没下车。

李且说她自己进不去，让她原地待命，他出来接她。

她靠在座椅背上，看着车窗外模糊的城市背景，看着背景里相互交错的各色伞面，看着他们彼此接近又错过，看着他们各自行走在雨中的悲欢。

她看着不远处朝她大步走来的男人，举着一把黑伞，穿着一身黑白运动装，肩宽腿长，三庭五眼俊朗张扬。

在雨雾中，李且就这样朝她一人走来。

雨是凄凉的雨，人是心上的人。

李且走到驾驶座这边拉开车门，举着雨伞伸手护着文诗月下车。

姑娘今天穿着白色的宽松毛衣、奶茶色的半身裙，裙摆刚好落在小腿处，露出一小截纤细白皙的小腿和脚踝，乌发披着，黑白分明。她化了妆，唇红齿白，整个人看上去温柔甜美又软糯，像是她毛衣的毛线挠痒了他的心。

他不由自主地滚了滚喉结，嗓子有点儿干。

谁知道她一下车，就打了个喷嚏。

李且瞧着文诗月笑，把伞递给她："帮我拿一下。"

文诗月有些茫然地接过伞，因为李且太高了，她得用力地高高举着，毛衣袖子往下滑，露出细白手腕上的那块表。

李且三下五除二地脱掉外套，里面是白色的球服，暴露在空气里的胳膊肌肉结实，偏冷白的肌肤上青筋明显。

他将运动外套搭在她身上，帮她把头发理了出来。

"我不冷。"文诗月看着李且，觉得他才冷。

"毛衣透风。"李且慢条斯理地说着，两只手给她拢了拢领子，随即弯腰对上她的杏眸，“这样也很漂亮。”

文诗月今天确实特地打扮了的，但是妆不浓，居然被这个直男看出来了。

她有些不好意思地移开眼，耳根子没出息地烫了起来：“你不冷吗？”

李且直起身来，伸手接过伞。

也不知道是无意还是有意，他温热干燥的手心拂过她微凉的手背，最终将伞握在手中。

文诗月松开手，明明泛冷的手，霎时就烫了起来。

耳边微微渡来一阵热气，幽幽吐出了两个意味深长的字：“我热。”

文诗月被男人强烈的气息包围，那独属于他的气息将她身上的气味都好似掩盖了下去。

明明是冰冷的雨、冷意的风，她怎么也热了？

李且瞧着身边姑娘殷红的脸颊，笑着将雨伞往她那边倾。

进了体育馆，李且收伞，文诗月才发现他另外半边胳膊都湿了。

她忙从包里摸出纸巾给他擦，一边擦一边说：“你这怎么淋这么湿？”

“伞小了。”李且任由文诗月给他擦，含笑凝望着她，说得理所当然。

“那你靠近一点儿嘛。”文诗月随口说道。

“那不是没名没分，怕毁人清白吗？”

文诗月手一顿，这话耳熟，还让人耳热，像是在明目张胆地提醒她当初的酒后行为毁了他的清白。

她一仰头，不偏不倚地撞进男人深邃的眸光里。

“行行行。”李且见文诗月难为情的模样，一挑眉，“我那不是怕自己忍不住吗？”

文诗月把头偏向一边看雨，轻声说：“那就不要忍了呗。”

“嗯？”李且笑意更浓烈了，是显而易见的开心，“什么？”

“李队，”朱进跑了过来，打断了两人的暧昧，“我到处找你，比赛快开始了。”

说完，他才发现一旁站着的文诗月，笑得更开心了：“文记者，你来采访？”

文诗月笑着摇摇头：“不是。”

朱进疑惑：“这是咱们内部的比赛，那你这是？”

李且把伞递给朱进：“不是要开始了吗，哪儿那么多废话？”

“先进去吧。”

“嗯。”李且点头。

被彻底抛弃的朱进看得一愣一愣的，看着李队变脸，看着这一对背影都如此亮眼的男女，一边感叹上天不公，一边感叹真的很配。

他挠挠后脖颈，自言自语：“我怎么总觉得哪儿不太对劲儿呢。”

文诗月一进去就被谢语涵给拽走了。本来两个人约好了今天一起来，但是谢语涵刚好跟家人在这附近吃饭，两个人商量好还是分开过来。

谢语涵拉着文诗月坐在一排观看区，旁边挨着的就是队员们的休息区。

她就跟文诗月告状：“你再不来，学长就要被盘丝洞的蜘蛛精给吃了。”

“啊？”文诗月没太明白。

谢语涵朝文诗月努努嘴，示意她看过去，又一个漂亮的警花走到李且面前，拿出手机在跟他说话。

“第六个了。”谢语涵啧啧，“风云人物是不是被岁月这把杀猪刀遗忘了，什么年纪都风云。”

文诗月一看，这才反应过来蜘蛛精是什么意思。

敢情李且是唐僧肉？

她瞧着男人高大挺拔的背影，也没错，他就是唐僧肉。

谢语涵看向文诗月：“话说你俩到底什么情况，在一起了？”

文诗月摇头：“没有。”

谢语涵纳闷儿：“不应该啊，学长不像那种喜欢吊着人的人吧。”

话音刚落，李且就转身朝她们走了过来，从裤兜里掏出手机递给文诗月：“帮我拿着。”

文诗月自然而然地接了过来，李且伸手揉了揉她的头顶，然后走到一旁空无一人的休息区，拎着个运动包往后面走去。

“天啊……”谢语涵挽着文诗月笑得花枝乱颤，“帮你宣示主权啊，好温柔，还摸头杀，我人没了，没了。”

文诗月被谢语涵摇得头晕：“你别激动。”

“我能不激动嘛，当我知道学长对你有意思的时候，你知道我有多惊讶吗？”

“不是，姐姐，我也不差吧？”

“哎呀，你当然不差。只不过我就觉得学长是那种不食人间烟火的神仙，不会被情爱这种俗物所牵绊。”

文诗月暗忖那是你还有很多事不知道罢了，而且李且的性格其实没那么神仙，你被他的外表骗了。

“快看。”谢语涵示意文诗月往对面看，“多少双羡慕嫉妒恨的目光在看你，啊啊啊，学长牛。”

文诗月也下意识地看向对面，好像是有很多女警察在看她，让她瘆得慌，也不知道是不是胜负欲作祟，她不由自主地挺起了胸膛。

比赛即将开始，场子里很热闹，三三两两聊天的、看手机的，等待着比赛正式开始。

谢语涵拉着文诗月去上厕所。文诗月无语，谢语涵这习惯从小学开始就没变过，她就没管过你是不是真的想上厕所。

文诗月在洗手台洗了洗手，从包里摸出口红补了补，而后将口红搁回包里，看到了里面挨在一起的两部手机，不由得一笑。

她走到卫生间外面的长凳上坐下等谢语涵，听到一阵嘻嘻哈哈的笑声，转头看去，看到换好篮球服的一众特警队员。

平日里的他们都是荷尔蒙爆棚的猛男形象。而眼前的一幕，文诗月仿若看到了校园里青春洋溢的男同学们。

走在最前面的是李且，他穿着白色的篮球服，球衣还是那件，换了球裤，露出修长劲瘦的长腿，在人群里格外打眼。

他噙着淡淡的笑意，在听身边的孟白元和许哲说话，不经意地一抬眸就对上了文诗月看向他的视线。

李且将手上的运动包递给孟白元，笑着大步朝文诗月走了过去。

身后一众队员整齐划一地跟随他走去的方向看过去。

"李队去哪儿？"

"不知道啊。"

"哎，那不是文记者嘛。"

"对，文记者又变漂亮了。"

"不对，李队奔着文记者去了。"

"难道你们不觉得李队刚看见文记者笑得跟朵向日葵似的？"

"还真是。"

…………

李且走到文诗月跟前，直接在她面前蹲下，笑着问："怎么在这儿？"

文诗月被李且突然蹲下的动作吓了一跳，微微往后挪了一点。

她一垂睫，落进眼里的是他锋利的下颌线、脖颈间那极为突出的喉结，以及微敞着领口下那若隐若现的好身材。

她好像被色诱了，有些不太自在地挪开视线，暗自清了清嗓子，说："上厕所，在等谢语涵。"

而她刚才的反应加上突然泛红的脸颊都一并被李且看了去，他故意逗她："上个厕所，怎么脸都红了？"

他不说还好，一说文诗月感觉自己的脸更烫了。

"这里面有点儿热。"她强行解释。

"哦，有点儿热啊。"李且吊儿郎当地拖着尾音，伸手给姑娘扇风。

谢语涵正巧出来，就看到卫生间外面这一幕。

一个男人愿意蹲下仰望一个女人，还拿手当扇子，这得多宠啊。

这画面比偶像剧还偶像剧，实在是太美好了。

于是她不动声色地摸出手机，退到一侧阴影处找好角度，想要拍下这让她少女心泛滥的一幕。

而一众队员看到这儿基本上明了了，一个拉一个躲到了墙后面，跟叠罗汉似的扒着墙角偷瞄。

文诗月见走廊上突然之间就没人了，以为比赛要开始了，忙说："他们都走了，你快去，我等谢语涵出来就过去。"

"讨个彩头。"李且岿然不动，笑睨着文诗月，不慌不忙地沉声道，"给我加个油。"

"怎么加油？"

李且极其不要脸地朝文诗月凑过去，脸微微侧着，拿食指点了点自己的脸颊，以一种只可意会不可言传的方式暗示着她。

文诗月搁在腿上的手蓦地抓紧了裙子，心紧张得快要从胸腔里跳了出来。她犹豫了须臾，再次确定四周无人，才抿了抿唇，缓缓地往前，朝这张近在咫尺的俊脸凑上去。

谁知道下一秒，李且突然转了过来，她的唇就这样猝不及防地擦过他微凉的薄唇。

只一秒，在她瞪大眼睛，惊讶到无以复加的同时，男人已经撤离了她的唇瓣。

她看见他唇上还沾了点儿不属于他的红。

李且望着仍呆怔得一动不动的文诗月，眸光里的笑意越发深远，眉目间尽是缠绵。

他沉哑的嗓音里酿着浓情的蜜意："收到，一定赢。"

比赛准备开始，两方球员相继入场，现场除了警察们，就是家属。

人不算多，但也不少。

文诗月跟谢语涵坐回到观看席，看着球场上即将开始的比赛，却有点儿神游太虚。

她刚才是跟李且……亲了？

虽然只是碰了一下，但是为什么现在嘴巴还是麻麻的？

她暗自抿了抿唇，比赛场上更热闹的是她久久无法平静的心，如火山似海啸。

最尴尬的是她以为李且那些走了的下属，在那一刻好死不死地齐刷刷地从墙后倾倒了出来。

有的倒在地上，有的站着，十分默契地瞧着他俩笑，让她想找地缝钻。

他们一个个的还欲盖弥彰地说什么都没看见，可那是没看见的表情嘛。

然后李且这个罪魁祸首压根就跟个没事人似的，跟她说了声先出去准备了，才起身过去把那几个人又拎又踹地给弄走了。

一旁的谢语涵拿手肘撞了下文诗月，语气暧昧："收照片。"

文诗月回过神来，有些茫然地扭过头，问："什么？"

"照片。"

"什么照片？"

"微信，我发你了。"

文诗月觉得莫名其妙，摸出手机，打开微信，点开谢语涵发给她的几张照片，纤细的指尖明显抖了一下。

"你偷拍。"

"画面太美，我实在是没忍住。"谢语涵笑嘻嘻地问，"男神学长的嘴是不是特别欲，特别软啊？"

文诗月还真回忆了下，虽然就那么电光石火地接触，欲不欲她还真不知道。

不过好像……是挺软的。

什么软不软的？文诗月暗自摇摇头，她怎么被谢语涵这个已婚少妇给带跑偏了？

谢语涵颇为感慨地看向篮球场上的李且，比文诗月还兴奋，滔滔不绝，还越说越离谱。

"够了啊，我并不想听你们两口子的床笫之言。"

文诗月打断谢语涵，果然结了婚的女人满脑子都是黄色废料。

她说完，低头看着谢语涵发给她的几张照片，应该是连拍的，都大差不差。

前三张是李且蹲在她面前给他扇风，看起来没什么差别，都还挺清晰；后三张是她亲李且的，糊了两张，只有一张比较清楚，两个人都盯着对方，嘴唇碰在一起。

文诗月瞄了眼一旁的谢语涵，默默地点了保存到相册。

"小谢同学，把照片删了。"文诗月收起手机，笑得颇为"诚恳"。

"不要，我得留着欣赏呢。"谢语涵摇头。

"照片主人说不行。"

"摄影师说不删。"

"不行不行，必须删了。"

于是两个姑娘一个抢手机，一个藏手机，嘻嘻哈哈，闹得不亦乐乎。

李且回头看了眼闹成一团的俩姑娘，目光落在文诗月的身上，也跟着笑了起来。

他回转身，哨声一响，比赛正式开始。

文诗月逼着谢语涵把照片删了，这才理了理头发，坐好认真看比赛。

而坐在休息区的朱进的眼睛一直在李队和文记者之间徘徊，他一拍脑门儿，终于想起来哪里不对劲了。

先前那会儿在场馆门口，文记者身上披着的不正是他们李队的外套?

就像是瞬间被打通了任督二脉，他也终于记起来第一次见到文记者时为什么总觉得眼熟，那其实是第二次见，第一次是在西市的医院才对。

他又想起之前还让李队介绍学妹给他认识，那晚回去他快被练废了。

朱进看向在球场上万众瞩目的李队，暗自咽了下口水，自己这是嫌命太长在作死啊，怎么没点儿眼力见儿呢?

他遂又探头看了眼不远处盯着场上的文诗月，思考着以前篮球赛死活不上场的李队，今年主动要上场的迷惑行为。

唉，实在是“双标”啊!

赛场上两队打得如火如荼，李且带球绕过防守，一路强攻。一个漂亮的投射假动作骗过抢篮板的对手，转身再上篮，一个扣杀，现场立即欢呼雀跃起来。

文诗月也跟着为李且鼓掌，那抹白色的身影在球场上肆意奔跑，扣下篮板的那一刻跟当年的那个少年几乎一模一样。

他永远是球场上最亮眼的那道光，走到哪儿，哪儿就是光芒，神采飞扬又意气风发。

就连对手阵营的后援团都在为他鼓掌，所有的场景都像是回到了当年——无论是在学校打着玩，还是正式的比赛，对手的啦啦队一定会倒戈相向给他加油。

想起了那时候的她暗地里吃了一场又一场的飞醋。

而现在，他进球后转身第一个看向的就是她，四目相对，彼此眼中都带着心照不宣的笑意。

她也不再像当年，连为她鼓掌庆祝都不敢，装得冷淡又无所谓，却又偷偷在心里开心又难过，难过又庆幸。

他们如今，双向奔赴。

接下来，李且每次投进球后的第一反应都是去看文诗月，谢语涵羡慕得已经词穷，挽着文诗月就像是人家在看她似的，激动得手舞足蹈。

文诗月被谢语涵搞得没脾气，不得不提醒她：“你小心你老公吃醋。”

谢语涵这才稍微收敛了一些。然而并没用，李且下一次进球，她依然还是会恢复原状。

上半场结束，特警队领先，不过刑侦队也不是吃素的，比分落后不算多。

“走，送水去。”

谢语涵说着就去休息区那边拿水去了，文诗月刚站起来，就看到李且径直朝她走了过来。

他满头大汗，发尖濡湿贴在额上。

老实说，很性感。

李且一边伸手随意捋了把短发，一边微喘着气，沉声笑问：“这次该不会最后一个给我水了吧？”

文诗月发现这个人不但记性好，还挺记仇。她当年也很想第一个给他送水，那不是她㞞，害怕被他发现嘛。

“我过去给你拿。”

文诗月说完准备朝休息区走，却被男人的大手拽住了胳膊。

他刚运动完，手心很烫，隔着毛衣热量直接传递到了她的肌肤上。

“这不是有吗？”

李且拿眼神示意文诗月旁边立着的大半瓶矿泉水，然后伸手一捞，拧开瓶盖仰头就灌。

“这是我……的。”

文诗月根本来不及阻止，他好像真的很渴。

看着他上下滑动的喉结，肌肤上渗着一层星星点点的汗，亮晶晶的，极其诱人。

李且喝了一半松开，才像刚听见似的看了看手里的水，弓着背与文诗月平视。

“那我们这不是……”他顿了顿，故作一副不知者无罪的无辜样，却加重了语气，一字一顿地说，“间接接吻了？”

文诗月怀疑李且是故意的，她有证有据。

下半场开始前，刑侦队临时换了一个帅哥韩放上场，身高长相跟李且都不分伯仲，都是那种长相极其端正的帅。

两个人似乎认识，走到一起还聊了起来。

谢语涵也激动了：“果然帅哥跟帅哥都认识，就像你表哥跟学长关系好是一个道理。”

“那你老公跟你学长关系也好。”文诗月说。

“所以我老公也是帅哥啊。”谢语涵很自豪。

文诗月愣了愣。

谢语涵继续说：“不过我还是觉得咱们学长更帅。”

文诗月看向球场中间的两个帅哥，视线就没从李且的身上移开过，她也这么觉得。

正当她欣赏李且的绝世容颜时，李且忽然扭头看向她，文诗月躲避不及，两个人的目光就这么在半空中撞在一块儿，她再挪开就显得有些此地无银了。

于是她弯起嘴角给他比了个大拇指，李且本是微勾着的唇也跟着无止境地上扬，温柔又缱绻。

韩放也注意到了李且看向的那个姑娘，他心明眼亮地说：“我说你今年怎么突然想通了要出山，那就是原因啊？”

“嗯。”李且笑着点了下头。

“英雄难过美人关，不过呢……”韩放拍了拍李且的肩，“我是不会手下留情的。”

李且一扬眉：“我也一样。”

下半场比上半场打得更激烈也更谨慎，虽然换上来个绝对厉害的角色，但是李且这人有个特点，遇强越强。

比分咬得很紧，双方都在赛点上。

最后，在李且一个后仰三分球的绝杀下赢得了整场比赛。

在欢呼声中，他转身面向文诗月，人站得笔直，五指并拢自然伸直，在太阳穴处抬起，朝她敬了个礼。

文诗月有一瞬的愣怔，随即展开了笑颜，这一敬礼，是他在明目张胆地向全世界宣告。

现场也因为这一幕将气氛点燃到了极致。

比赛完了，李且还要归队，没法送文诗月回家，便送她去停车场取车。

外面的雨势依旧很大，而伞下面的男女比之前靠近了许多，远远从身后看去，这一高一矮就差没有搂在一起了。

走到车子旁，李且面向文诗月，低垂着睫毛盯着她看：“跟你要个东西给吗？”

文诗月问：“什么东西？”

李且没头没尾地跟她说：“我的下属都看见了，多少给个面子。”

雨水打在伞面上发出“噼里啪啦”的声响，文诗月的心在这一刻却暴跳如雷。

她抬头看向李且，不由得问：“什么？”

李且弯腰，凑到文诗月的耳边，低沉的嗓音像在蛊惑人心：“给个面子，当我女朋友。”

饶是文诗月早就做好了准备，听到这话时还是忍不住鼻子一酸。是为了曾经看不到未来的茫然无措和当年那些辗转难眠夜里的无以言表而酸，也是为了她十五岁到十八岁整个青春里的悲欢苦涩、努力与放弃而酸。

明明他们早已心照不宣地珍惜争取着这段感情，明明他们其实只差打开天窗说亮话，可是真当等到了他的表白，走到这一步的时候，依然难掩她心中的动容。少女时代的那个遥不可及的梦，她从梦到醒，再从醒又梦，横跨了十年。

如今梦醒了，梦也成真了。

原来她真的可以这么幸运，把故事里的我写成了我们。

李且见文诗月迟迟没有回应，又低头朝她看去，才发现她眼眶红了，他的心跟着一慌。

“怎么了这是？”李且柔声询问。

谁知眼前的姑娘忽然笑了，双眼红红的，却笑得让人备感踏实：“好。”

李且暗自松了一口气，也跟着笑了起来。

他们两两相望，眸光里是对方的倒影，是他们的爱情就此尘埃落定。

一把伞将眼下的一切分隔成两种境地，伞外的雨放肆在百感交集里，伞里的他们却缠绕在情投意合里。

良久，文诗月也不知道接下来该怎么办了，于是开口说：“那我走了。”

“嗯。”李且抬了抬下巴，静静地看着文诗月，人没动。

文诗月笑容清甜，露出两个酒窝，然后转身伸手拉开车门。

就在她刚好拉开车门转身要跟李且说话的同时，却被朝她倾过来的雨伞给钩了回去，整个人直直撞上了男人的胸膛。

文诗月下意识仰头看去，嘴唇就被猝不及防落下来的薄唇贴住。

她呼吸一滞，手指紧紧地抓着他的衣服，她的后背被他揽住往前带，被迫踮起脚将这个吻落实。看见眼前这张放大的动情俊颜，她也跟着闭上了眼睛。

耳边的雨声淅沥，彼此的心跳澎湃。

李且慢慢松开文诗月，将她搂在怀中，没有哪一刻能有此刻这般让他如此的心满意足。他沉哑的嗓音里噙着笑，在她的耳畔说：“我刚才没忍住，履行了下男朋友的义务。”

“你跟李且在一起了？”苏木瞅着对面的文诗月，问道。

忙得饿了一天好不容易吃上饭的文诗月一听这话，咀嚼的嘴巴停了一下，才又继续嚼着饭。

她抬起头看向苏木，琢磨着自己昨天才跟李且正式在一起，今天苏木就知道了？

“李且跟你说的？”

“那倒不是。”苏木笑了一声，“你今天没跟他发微信吗？”

文诗月摇摇头：“我今天都没什么时间摸手机。”

昨天她跟李且确定关系以后,没抱一会儿,李且的手机就响了,说是领导找他。

虽然舍不得，但是也没办法，文诗月让他赶紧回去。

李且松开文诗月，叹了口气，说：“我这工作总冷落我女朋友，要不辞职算了。”

文诗月见李且摆明了逗她，但还是有些担心：“说什么呢，以后别说这话……”

她被迫仰起头，目光正好落在他的薄唇上，上面沾着樱桃红，她好不容易不烫了的脸又烧了起来。

可能是见她盯着他的唇，李且的大拇指指腹在她嘴角轻轻滑了滑，很是“体贴”地问：“还要？”

文诗月的脸彻底烫了起来，烫到了耳朵。

她也顾不得拿纸，伸手就在他的薄唇上一顿乱擦，擦干净了才清了清嗓子，小声地说了句：“口红。”

“哦。”李且笑了起来，发出耐人寻味的笑声，文诗月羞得都不敢看他了。

“你快回去。”她招架不住，扯开他捏着她下巴的手，开始撵人。

“你先上车。”

李且揽着文诗月的薄肩往前带，然后一边给她举着伞，一边把车门拉得更开，护着她的头顶让她坐了进去，帮她关上车门。

文诗月顺势降下车窗，探头跟他说：“好了，你快走吧。”

李且点点头，弯着腰，盯着她，视线往下落在了她的唇上。

他一抬眸，眸子里笑意不散，“好心好意”地提醒：“嘴角的口红我帮你擦掉了，其他的你自己照镜子……”

文诗月一听就知道是怎么回事了，她羞恼地用力说了句“再见”，伸手准备升起车窗。

李且伸手进去摁住她的手，抓进他的大手里握着，笑得更开怀了，肩膀都在微微颤动。

“你别笑，你松手。”文诗月被他笑得浑身都泛着潮热，她快出汗了。

“好了好了，不闹了。”李且言归正传，“下雨天开车慢点儿，到了给我打电话。”

“知道了。”文诗月抿唇一笑，“那你快走。”

李且也没再磨蹭，捏了捏文诗月的手指，才慢慢松开：“我走了。”

“嗯。”

李且前脚刚走，文诗月便立刻拉下遮阳板，看向镜子里的自己，一切都还好。

就是，口红花了。

她羞得捂住了脸，却不知正好被转过来看向她的李且给看了个正着，他是一路笑到了领导跟前。

文诗月到家以后给李且去了个电话，两个人又聊了一会儿，他那边好像有事就挂了。

今天一早，文诗月临时出了个现场，采访对象是一个高中生。正好是在她的母校三中，她跟着去出现场，还遇到了卓小满。

少女穿着校服青春洋溢的模样跟那晚简直是判若两人，跟她说那个情绪失控的女生是她班上的同学。

消防、警察都来了，还有一个年轻又漂亮的谈判专家在跟那个女生交流，最后缓解了她的情绪，让她得以平静地思考问题。

而她的母亲竟然还在一个劲儿地责备她，而后被那位谈判专家言辞犀利地教育了一番。

这个事件引发了各界人士的关注。

家庭强压教育，不是一朝一夕。

三中卧虎藏龙，家长内卷的情况更甚。他们自以为了解自己的孩子，却不知道往往压垮孩子的最后一根稻草也正是他们。

这种情况在全国几乎每天都在发生着，无论是学生还是大人都在不同的环境面临着类似的情况，数量越来越多。

新闻媒体作为第四公权力，是用笔和镜头报道和传播真相，坚持公平、公正与公开原则，坚持以人为本，以善为名。

虽然力量确实有限，无法直接像警察一样去驱逐黑暗，但是新闻不是冰冷的，新闻是温暖的，它也在一点一点地将黑暗一步步推向光明。

让人们感受到这个世界虽然不尽如人意，但它终究还是美好的。

这也是文诗月为什么要学新闻的原因。

她不能像父亲一样做一名警察，但是做一名正直的记者，也是另一种寻求真相的途径。

于是这一天，她从出现场到回去剪片编辑，拟提纲写稿子，送审过审，忙得团团转。

文诗月终于停下来才反应过来今天就啃了一个面包，正巧抽个空去医院看王晚晴。她怕被念叨，于是看完了人，只好找苏木去蹭他的饭卡。

她看了手机也没有未接电话和未读信息，也点进了微信，只不过没新消息，就没注意什么。

这会儿听苏木这么一说,她才摸出手机打开微信,找到李且的微信,低头看去。

"挺正常的啊。"

"你看看他的主页。"

文诗月看了眼苏木,翻开李且的主页,狐疑的神情被微微上翘的嘴角所淹没,心瞬间像是被灌了蜜糖。

他的主页封面变成了一张月亮的照片,漆黑的天际高高挂着一轮圆月。

原本空白的个性签名也不再空白,而是一个月亮的表情。

苏木瞧着文诗月的样子,"啧啧"两声:"行了,你们什么时候在一起的?"

文诗月如是说:"昨天。"

苏木也算是欣慰,说起话来都有些老气横秋:"你俩也不容易,尤其是李且,好好对别人。"

"嗯。"文诗月一听这话怎么有点儿酸溜溜的,她搁下手机,看向苏木,"不对啊,表哥。"

"什么不对?"

"你没事干吗翻李且的主页?而且你刚才说话还怪怪的。"文诗月瞅着苏木,像是得出了什么结论,眼睛蓦地瞪大,一脸的不可思议,"这么多年也没听说你有女朋友,难道你对李且……"

"你给我打住。"苏木直接被气笑了,"我是不注意点进去的,你这丫头想象力真可以。"

"真的?"

"我要真有那意思,还能有你什么事?"

文诗月还来不及说什么,苏木继续说:"文诗月,你想象力着实丰富啊,当什么记者,当编剧去吧。"

"你干吗激动?你真有点儿不对劲啊。"

"吃饱了滚蛋,我还给你吃出毛病来了。"

文诗月是真的要滚蛋,程岸今晚在台里录节目,她答应了过去看看。

回到电视台,文诗月去了录制现场,就站在台下看着台上接受访谈的英俊男人,却也还保留着少年感。

看着程岸面对主持人的从容不迫,哪里还有儿时的调皮捣蛋。

时光其实是不等人的,在大家都还没反应过来的时候,就已经长大了,也有了变化。

就像是程岸,就像是她,就像是李且,还有很多很多人,但是时光把他们都变得很好,变成了自己想成为的那个人。

主持人的问题比较幽默：“小道消息啊，听说你游泳更有天赋，你看你这么帅，身高身材也很出色，还听说你做菜也很好吃，为什么就偏偏选择了射击呢？”

程岸笑了笑：“那不会游泳的厨子，不是一个好的射击运动员。”

主持人被逗笑：“再加一个还很幽默。”

程岸看了眼台下，捕捉到文诗月含笑的目光。他垂眸一笑，才继续说：“不开玩笑，其实我是因为一个人才选择学射击的。”

说完，他看了眼台下的文诗月。

文诗月保持着微笑，听到这话，还生出了一种老怀甚慰之感。

因为她知道那个人是她爸爸。

小时候程岸特别皮，父母都搞不定他，只有文阳可以，因为文阳是警察。

在小孩子的眼里，警察是有枪的，程岸或多或少受到点点化。后来，文阳跟程岸的父母说练小孩子心性可以让他学学射击，结果这一练，一路练到了国家队。

主持人八卦之魂在燃烧：“那能不能透露一下？”

程岸说：“我只能透露是小时候认识的人，具体是谁保密。”

节目录制完，程岸找到文诗月，说时间还早，请她出去吃饭。

“算了吧，就我一个人吃肉，我良心不安。”文诗月说，“而且我今天有点儿累了，早点回去算了。”

“行吧，你开车了吗？我送你。”

“这个可以有。”

“那你等我会儿。”

“久了我可不等啊。”

“文诗月，你从小到大都没耐心。”

文诗月等程岸的时候，李且打来了电话，很干脆利落：“文记者，单位门口取外卖。”

“你怎么知道我在台里？”

“自己发的朋友圈自己忘了？”

文诗月这才想起来，她回台里的时候抬头瞥见今晚的月亮也很圆，想起李且的月亮，她也拍了一张。

配了句话——“今晚的月色真美。”

但是，李且怎么通过月亮知道她还在电视台？她正准备看一下她的照片，李且就给她解了疑。

“建筑。”

“嗯？”

“你照片里露出了你们电视台顶楼的角。”

“所以你仅凭一个角就断定我在台里？”

电话那头的男人沉沉地笑了一声：“你男朋友干什么的？”

文诗月悟了：“但是我现在要回去了。”

李且说：“带回去吃。”

文诗月挂了电话，程岸刚好出来：“走吧。”

“我先出去取个外卖。”文诗月怕人家外卖员还有下一个单子，耽误人家工作，说完就跑了。

“我陪你一起。”程岸说着跟了上去。

出了电视台大门，文诗月探头左看看右瞧瞧也没看见外卖员。

她摸出手机给李且打电话，身后倏然一道阴影压了过来，紧随其后的是耳边熟悉的木质淡香和让她永远心动的悦耳嗓音：“找我呢？”

文诗月一转身，看见出现在眼前的李且，惊喜之情溢于言表：“你怎么来了？”

李且垂眸瞅着文诗月，理所当然地笑道：“来接我女朋友。”

“你休假了吗？”文诗月只能想到这个原因。

“嗯。”李且点了点下巴，“供我女朋友使唤。”

这左一个女朋友右一个女朋友的，搞得文诗月不好意思地“哦”了一声。

李且见眼前的姑娘在灯光的照射下那泛红的耳根子，笑意更浓，伸手轻轻刮了下她的耳郭。

“怎么回事呢？”

文诗月因为李且的动作几不可察地颤了一下，脸颊也跟着升了温，说话也不自觉带着娇羞：“什么啊？”

“纸老虎啊。”李且笑道，“高中那会儿不挺酷，装的啊？”

文诗月现在不光是脸热耳朵热了，浑身都蹿起了一层热，是被说中的心虚。

“哪有……”文诗月狡辩，“那会儿不是也不太熟。”

“哦，不熟啊。”李且拖着腔调，伸手用力揉了揉文诗月的头顶，像是在发泄，“你个没良心的。”

程岸一出来，正好看见眼前这一幕，脚下一顿，口罩上那双总是如星闪耀般的眼蓦地一暗，才又继续往前走。

文诗月看见程岸走了过来，寻思着跟他说一声不跟他的车了。

“果然跑了几年新闻，跑步练出来了啊。”程岸走到文诗月跟前，打趣道。

“啊，还可以。”文诗月笑着说，“我有人接就不坐你车了，你回去注意安全啊。”

程岸这才把目光落在文诗月身边的这个男人身上，偏头摘下了口罩。

文诗月吓了一跳："你疯了，摘什么口罩，不怕被拍？"

程岸没搭理文诗月，目光却是落在李且一张淡定的俊颜上。

他勾唇一笑："诗月，不介绍一下？"

文诗月莫名其妙地看向程岸，吃错药了，不一直叫全名的吗？

然后也没等文诗月开口介绍，社交很牛的程岸同学就主动伸手自我介绍："你好，程岸，诗月的发小。"

李且自然认得眼前这个男人是谁，为国争光的射击冠军。

只不过听到他这明显亲昵的称呼，还有刻意将"发小"俩字敲重点，就差没直接用更暧昧的"青梅竹马"了。

李且在心里冷哼了一声，这司马昭之心。

"你好，李且。"

他右手跟程岸礼貌地回握，左手直接牵住了身旁姑娘的手。

修长的五指陷入纤细的五指间，严丝合缝地交握在一起。

他面上带笑，嘴上却格外挑衅地把话说完："月月的，男朋友。"

文诗月把程岸赶走了以后，跟李且手牵着手往停车场的方向走。她低头瞄了一下他们紧扣在一起的手，到现在都还觉得有点儿不可思议，她跟李且真的在一起了，他还叫她月月，只有最亲近的人才会这么叫她。

"我没听说过你还有个世界冠军的发小。"李且的声音在文诗月头顶响起。

"小时候我们住一个院子，他家就在我家隔壁，我们算是一起长大的。"文诗月收回视线，扭头看向李且说道。

"青梅竹马？"李且稍稍紧了紧手里的小手，感觉牙有点儿痒痒。

文诗月倒是没注意到李且的情绪，看着前面，点点头"嗯"了一声。

她一边跟他漫步到了停车场，一边说："小学我们不在一个班，到初中的时候他就被选进省队了，也跟着转学到省里去读书。后来算他厉害也争气又进了国家队，就更少回来。谢语涵跟他都不算太熟悉，就没怎么提起。不过毕竟是从小一起长大的，又是隔壁邻居，所以我们关系一直都还不错。"

"看得出来。"两人刚好走到车边，李且轻哼一声，语气吃味，"你对他的态度可比对我好多了。"

虽然只有寥寥几句话，却能看出文诗月对程岸的态度是大方而随性的，这是从小到大培养出来的一种默契，是青梅竹马之间独有的。

而他在高中时总是被这姑娘冷眼相待，现在呢，她在他面前其实还是没有在程岸面前的那种自然。

他比程岸认识她晚，他们还错过了这么多年。

他承认他嫉妒了。

“我对你态度不好吗？”

文诗月听这口气，琢磨着她总是调侃程岸，揶揄程岸，没那么和睦。她哪里会对李且这样，恨不得对他百依百顺好吗？这还叫不好？

两人立在副驾驶座旁，面对面站着。四下无人，路灯光芒冷清地铺洒在地上，将两道影子无限拉长。枯叶落在他们的影子上，点缀着初冬的晚霜。

“很好吗？”李且握着文诗月泛冷的手摩挲着反问，嘴上还不饶人地跟她翻起了旧账，“尤其是高中的时候。”

文诗月发现今晚李且见到程岸以后，好像特别跟她较真，又是在人前秀恩爱，又是跟她这儿问问题，又是做比较的，可一点儿也不是他的风格。

她脑子在顷刻间唰地一亮，似乎闹明白了。

文诗月抬起头望着李且，嘴角越发上扬，杏眼弯弯，酒窝甜甜，笑得有点儿开心。

李且垂睫看这姑娘还挺乐和，扯唇警告她：“你别以为跟我笑一笑就能讨好我，让我不追究啊。”

“你是不是……吃醋了啊？”文诗月笑问。

“我吃什么醋？”李且一时之间反被拿捏住，傲娇上身，眸光一瞥，清了清嗓子，呵笑，“我干吗要吃醋，你男朋友是我又不是他。”

李且这反应让文诗月给瞧乐了，虽然她第一次谈恋爱，但是这点儿眼力见儿还是有的，吃醋还不承认。一向泰山崩于前而色不变的李队长，居然也有这么有趣又可爱的一面。

这也太反差萌了吧。

她好像也终于明白这个男人为什么总是喜欢逗她，逗得她脸红奓毛还乐此不疲了，现在不是角色互换了嘛。

这么一闹，李且也忘了继续追究，拉开副驾车门，护着文诗月上了车，自己也紧跟着上了车。等他关上车门正转身看向文诗月时，唇上蓦地一软，一触即离，他都还没回过味来。

文诗月觉得自己吃了熊心豹子胆，都敢偷亲了。不过看到李且明显没反应过来微愣看她的样子，又觉得好像还不错。

她其实就是想哄一下他，她不想他们刚开始谈恋爱就有什么误会。她认为在爱情里，两个人应该是彼此坦诚的，也是相互信任的。

“你有没有听说过一句话，大大方方是友情。”文诗月这会儿㞞了，都没敢看李且，跟挡风玻璃说话，“我跟程岸就是这样的，你完全不用误会。”

“哄我？”

“算……是吧。”

耳边传来一声轻笑，文诗月扭头看去，就被扣住后脑勺。

她眼前一暗，唇上一软。

“哄我就好好哄。”他在她唇间低声道。

淡淡的木质香在她鼻息间纠缠，呼吸渐渐紊乱，男人逐渐升温的唇像打火石互相摩擦一般，将她的唇也一并点燃，慢慢变得灼烧起来。

她被他一遍一遍地被吮着，两个人的鼻尖在辗转里碰触又分离，让她意识越发模糊却又无限清醒。

模糊是沉溺在李且温柔绵长的亲吻里；清醒是他在温柔亲吻时意犹未尽地撬开了她的唇齿，将自己的舌尖推了进去，勾缠住她的，而后再度比模糊更加的模糊，大脑一片空白，只有被无尽放大的感官，让她伸手搂着他的脖颈，生涩地跟上他的节奏。

密闭车厢里晦暗不明，唯有淡淡从车窗外斜斜溢进来一缕极浅的微光，在他们情动的旖旎中，将彼此间的爱意发挥到极致。

“风也温柔。”李且松开文诗月，碰着她的鼻尖，嘶哑的嗓音温柔又缱绻。

文诗月喘着气，大脑在慢慢恢复运行。

他说风也温柔，是在回应她朋友圈那句今晚月色很美。

他居然知道这话的最终指向是——我爱你。

李且又啄了一下文诗月的唇，往后退了几分。

文诗月对上他的眼睛，他一向漆黑清明的眸色此刻还有些混沌，残卷着难掩的欲色。

“是吃醋了。”李且伸手将文诗月耳边凌乱的碎发捋到耳后，手还搁在她的脸颊边有一下没一下地抚着，“不过现在不吃醋了。”

“嗯。”文诗月嗓音还带着低哑的余韵，娇娇柔柔的，听上去格外诱人。

李且盯着眼前的姑娘，杏眸水润晶莹，红唇在暗色中都如此娇艳欲滴。

他不动声色地滚了滚喉结。

“是回家还是再亲一会儿？”他哑声问。

“回家。”

“哦，是再亲一会儿。”

李且的话音与他的薄唇同时落在了文诗月的唇上。

第二天，李且当起了护花使者，陪文诗月吃了早饭再送她去上班，然后去医院看王晚晴，中午回家吃饭，下午一早在电视台旁边的咖啡店当一个痴情的望妻石。

文诗月跟张雯出来的时候，李且已经在门口等着了。

他穿着黑色的短款夹克，肩宽腰细腿长，整个人精神又干练，此时不笑，却是冷酷又无情。

眼下他正被一个姑娘举着手机搭讪，不知道他跟那姑娘说了什么，姑娘回头朝她们这边看了一眼，然后笑得有些尴尬地走了。

张雯也看到李且了，激动地摇着文诗月的胳膊："李队长，那是李队长吧，他怎么在这儿？"

说完她就拽着文诗月朝李且走了过去。

"李队长，你怎么在这儿？"张雯笑问。

文诗月见张雯激动的样子，又想起刚才的那个姑娘，也不知道他站这儿多久了，被多少人给看上了。她抬眼看向眼前这个长得为祸人间的男人，在想要不她努力挣钱金屋藏他这个娇算了，怎么能随便往那儿一站，就是一道风景线呢？

"来接我女朋友。"李且对张雯说，眼睛却落在她身旁的姑娘身上。

"你有女朋友了？"张雯难掩惊讶。

"嗯。"

"咱们台里的？"

"对。"

"我认识吗？"

"认识。"

张雯见李且一直盯着她旁边的文诗月在看，还笑得好温柔，哪有之前那个冷面队长的模样，她心中缓缓浮现出一个答案，就更觉不可思议了。

张雯机械地扭头看向抿唇笑的文诗月，答案呼之欲出。

"你们俩？"

张雯的手指在两个人之间来回摇晃，然后她见文诗月主动走到了李且的身边朝她肯定般地点了点头。

她的少女心在这一刻崩塌了，她的男神和女神在一起了。她是做梦都没想到之前文诗月那个暖男追求者竟然是眼前这个李队长，在特警基地他可不是这样的。

果然男人暖不暖是看对象的，铁血也柔情啊。

文诗月见张雯还没从震惊中缓过来，对她说："请你吃饭。"

干饭人张记者一听，一点头："当然得请吃饭。"

三个人去吃了饭，张雯见李且在饭桌上把文诗月照顾得无微不至，又是羡慕又是为她感到开心。吃完饭她很识相，不再当电灯泡，自动自觉地撤了。

文诗月跟李且也没有继续二人世界，而是一起去看王晚晴。路上文诗月想起电视台门口搭讪的姑娘，好奇地问李且："你怎么拒绝那个跟你要微信的姑娘的？

我看她挺尴尬的。”

李且说：“我就跟她说我女朋友很凶，会打人，现在正看着我们。”

“我哪里凶了，你就这么编排我？”

“那不是为了出效果嘛。”

李且瞧着文诗月微微嘟起小嘴的模样，满眼笑意。

其实他说的是：“不好意思，我媳妇出来了。”

到了医院，文诗月跟李且继上一次同行以后，这是第二次一起来，护士站的护士看着两人般配的模样，羡慕嫉妒没了恨，笑着问他们是不是来约会探病，两人也跟着点头默认。

走廊上，李且饶有意味地问文诗月：“护士怎么知道我俩的关系？”

文诗月一瞬间就想到了她宣示主权的事，毕竟那时候他们还没在一起，这种单方面的不要脸行为她是不会承认的。

她抬起他们牵在一起的手：“她们又不瞎。”

“可我们刚才上来的时候没有牵手啊。”

文诗月一时没回答上来。

“哦，可能是她们意会。”

闻言，文诗月瞅了眼笑意浓浓的李且，总觉得他笑里藏着刀，却又看不出个所以然来，刚好走到病房门口，也就没在意。

李且看了眼身边的姑娘，不由得一笑。

上午来看王晚晴的时候，护士看到李且就问女朋友怎么没一起。结果他好奇她们是怎么知道的，一套话就套出来了，原来是某人还没正式成为他女朋友之前，就把这个身份给认下了。

算了，这姑娘本来脸皮就薄，给她个面子，不拆穿她。

看完了王晚晴，李且送文诗月回家。

在车上，文诗月收到了卓小满的微信，问她明天有没有空。

文诗月说明天休息，就被邀请一起去登山郊游，仔细询问，才知道卓小满的同学有抑郁症。

他们想开解她，登登山，玩玩娱乐设施，让她感受这个世界的丰富多彩与美好。

出发点是这个，文诗月心想卓小满肯定也跟李且说了吧。

“小满约我明天去登山郊游，她跟你说没？”

“不知道，你帮我看下有没有她的微信。”

文诗月从储物格拿出李且的手机，随口就问：“密码。”

“0621。”李旦说。

文诗月嘴角翘着，这是他们重逢的日子，她发现他这个人浪漫又直接，像他又不像他。只不过，这一天对她来说不仅仅是重逢那么简单。

她解锁，看了眼微信，没有小红标，就是没有新消息。

“有吗？”李旦问。

“没有”

文诗月说完，她的手机微信一响，是卓小满催促她。

她把大致情况跟李旦说了，然后征询一下他的意见：“那明天约会地点改一改？”

李旦毫无主见地说：“你做主，我都听你的。”

文诗月抿唇一笑，拿起自己的手机：“那我回她了。”

李旦骨节分明的手指敲了敲方向盘，也就是说卓小满根本没有找他，连问都不问，那就一定有问题。

“嗯。”他瞧了眼文诗月，看回路况，“你先别跟她说我也会去。”

文诗月不明所以：“为什么？”

李旦“哼”了一声：“我得瞧瞧她这葫芦里卖的什么药。”

初冬的阳光不浮不躁地跌落在大地上，偶有风过，吹散上空蓝底上飘浮的牛奶云，又变换了新的模样。天朗气清，难得的好天气，确实适合户外游。

只不过这户外游，文诗月好像被卓小满给安排了。

卓小满一见到文诗月就跟她介绍自己身边的同学，而后生怕她看不出来似的跟她眨眨眼，着重介绍了与他们同行的唯一成年人：“这是我们的英语老师，唐老师，是海归哦。”

文诗月瞧着这位看上去儒雅温和的唐老师，像是回忆起了什么，也大致明白了今天攒这个局的个中含义。

她略显无奈地看了眼卓小满，这君子一言，驷马难追的精神，还真是有月老和丘比特的天赋。

唐老师很主动地跟文诗月伸手打招呼，镜片下的笑眼温润如玉：“你好，文记者，我们上次在学校见过。”

上次他一眼就瞧见了文诗月，便被她深深地吸引，也算是一见钟情，然后他知道卓小满认识她，刚好借此机会想要更近一步。

这么一说，文诗月好像有点儿印象，只不过当时在场的老师太多，她也没怎么特别注意。

“你好。”文诗月也不好在孩子们面前让他们老师下不来台，就伸手礼貌回握一下。

结果，唐老师的手被另一只从一旁蹿过来的修长大手给牢牢地回握住了。

这只手很好看，骨节分明，就是看上去似乎有点儿用力，手背骨骼凸起，脉络清晰且明显。文诗月反倒是有点儿担心这位唐老师的手会不会被捏坏了。

“唐老师也在啊。”李且勾起一侧嘴角，他比对方高小半个头，微垂着长睫浅淡地瞧人，还算客气地一语双关，“在这绿意盎然的地儿，为这些孩子费心费力，辛苦了。”

还拽上形容词了，文诗月能没听出那带颜色的弦外之音？她紧紧地抿着唇，暗忖着自己这个时候笑出来不太礼貌，不能笑。

这论毒舌啊，李且是真的当仁不让。

“卓小满哥哥，这么巧。”唐老师的手指骨被捏得有点儿痛，他忍不住用力地抽了出来，背在身后暗自活动了下手指，面上还是保持着微风般的笑意，“你也过来玩？”

唐老师在家长会上见过李且，几乎引得全校女老师和女同学前来观看。至今教师办公室的同事闲聊时偶尔还会提起他来。得知他是三中曾经的风云人物，现在人家的照片还在历届荣誉册里挂着呢。

女同事们只要一提起李且来，就难掩花痴之色。如今看来，他风姿依旧，只增不减，确实是名副其实。

“不算巧，我陪我女朋友来的。”李且一边不急不缓地拧着保温杯盖，一边说道。

唐老师环顾四周，也没见到别的姑娘，他看了眼一旁的文诗月，又觉得不太可能。

或许是他心里根本不愿意往那个方向想，于是顷刻间便打消了那个念头。

“那你这是……还在等你女朋友？”

李且也不知道这唐老师是不是揣着明白装糊涂，他将拧开盖子的保温杯递给文诗月，细心地提醒着她烫。

随即，他一挑眉，对骤然间敛了笑意有些愣怔的唐老师，说：“是我女朋友在等我。”

文诗月端着杯子也没急着喝，而是扼杀掉唐老师对她不管是有的，还是没的一切想法。

“那个，唐老师，我就是他女朋友。”

她身边的这位男朋友勾着唇，跟他的女朋友一同看向唐老师。

一旁几个看八卦的学生比他们唐老师更早发现这两人暗地里的小细节。

帅气的班长淡定地给他们科普了一下这两位其实是学长和学姐，他在学校荣誉册里见过。

几个学生更是星星眼，这是什么神仙剧情，他们居然有幸看到了学长和学姐的爱情。

而且不得不说两位真的好好看，好相配，就像从小说或漫画里走出来的一样。再看一眼明显情绪没有刚才那么好的唐老师，输也光荣，这级别的帅哥谁干得过啊？

只不过有人嗑糖，就有人嗑石头。

卓小满笑不出来了，她觉得她嗑到了李且这个花岗岩，不脱层皮怕是活不下来。

戏散场，唐老师招呼大家准备出发。

卓小满第一个就想跑，然而没跑掉。

李且冷淡地朝卓小满勾了勾手指头："卓小满，来，聊两句。"

唐老师心理素质好，知道了结局，遗憾之余也无可奈何。他做不出抢人家女朋友的事，人贵在有自知之明，就算真想抢，也抢不过。

他看了眼人家那才是一家人，琢磨着这是人家的家事，不便掺和，便带着其他同学先走一步，把他们留在了后面。

文诗月知道李且不会怎么着，也就慢慢喝着水，看热闹。

李且拎着卓小满的书包，哼笑道："原来你葫芦里卖的这药啊。"

"那我怎么知道，上次你们明明还不是，现在又是了。"

"怎么，合着我还得经过你的同意？"

"我不是这个意思。"

卓小满说着拿求救的目光看向文诗月，被李且弹了下脑门儿："看什么看，你嫂子跟我统一战线。"

文诗月被水呛了一下，心间却又像是突然塞满了轻飘飘的棉花糖，格外柔软甜蜜。

教训完卓小满，三人才跟上大部队。

李且接过文诗月手里的保温杯，就着喝了两口，边拧着盖子边轻哼："我就拿个水的时间，你都能被别人惦记上。"

"冤枉啊大人，我怎么知道小满闹这么一出。"文诗月示意李且看前面的唐老师，"人家唐老师估计也挺尴尬的。"

李且揉了揉文诗月的头顶，然后直接把手搭在她脑袋上，偏下头，笑了："行，大人不记小人过。"

文诗月反应过来这个"小人"是谁，抬头看向李且，正好对上他含笑的目光。

她瞋了他一眼："你拐着弯说我呢？"

李且干脆把文诗月当拐杖，整个人半瘫在她身上：“我记得你高一就这么高了吧，怎么不长个了？”

文诗月被压着还被埋汰，气得去扒拉他：“你才不长个，我一米六五。”

李且继续逗她：“没有吧，你们小姑娘好像都喜欢谎报身高来着。一米五八说成一米六，一米六三说成一米六五，以此类推。”

“我才没有，只有你们男的才是这样，你这是说你自己吧？”文诗月反驳。

李且干脆就地站直，用眼见为实来打假：“你觉得我需要谎报？”

文诗月仰起头，行吧，是不需要，这人打从高中起就鹤立鸡群似的。

中午大家在山上的农家乐租了烧烤架，在一个亭子边支起来烤烧烤。

几个男生动手支摊，摆桌子，生火；几个女生穿菜，洗水果，打下手。

文诗月看着李且从容淡定地教唐老师生火，她就在想啊，到底有什么是他不会的呢。

目光一瞥，她看见卓小满在偷看他们班那位帅气的班长。

她又瞧向那位毫不知情的班长，随即笑了。

李且生好了火，一起身就看见文诗月手里拿着土豆和竹签没动，一双眼睛却直直盯着那小帅哥，笑意明晃晃地挂在脸上。

不得了，看得还挺带劲儿。

他洗了洗手，抽了两张纸巾擦手，遂迈着长腿朝文诗月走了过去。

李且钩着旁边的一张椅子往文诗月旁边一挪，恣意地往下一坐，往后一靠，两条腿大剌剌地敞着，偏头看着姑娘含笑的漂亮脸蛋。

然而，人家居然压根就没注意他，还盯着不远处在看。

他凑到她耳边，压低嗓音威胁道：“再看别的男人，我就亲你了。”

文诗月被耳朵上这突如其来的热气和话音给召回神来，才反应过来李且不知道什么时候坐她身边来了。

她拿手肘撞了下他的胳膊，微红着脸颊警告他：“小满他们都在呢，你正经点儿。”

“到底是谁不正经了？”李且故意拖着腔调，一字一句地说，“小帅哥看得还挺乐和。”

“未成年的醋你也吃？”

“你也知道人家未成年，要我抓你回去吗？”

文诗月偏头凑近李且，柔声说：“没你帅。”

“嗯？”李且愣了愣，这姑娘突然不按套路出牌。

文诗月干脆看向李且，一脸的诚恳：“最帅最好的已经是我男朋友了，其他的我瞧不上。”

笑意铺满李旦漆黑明亮的双眸，嘴角翘得很是得意：“算你有眼光。”

“哎，你有没有发现小满对他们班长不太一样？”文诗月说。

原来是看这么个事。

“好像有点儿，我看她对别人都挺疯的，唯独对他们班长就不太搭理。”

文诗月说：“她想和班长做朋友。”

李旦说：“她想离班长远点。”

两人异口同声得出结论。

“嗯？”李旦不明所以。

文诗月瞧着卓小满，开始给李旦科普：“这你就不懂了吧，在他们这个年纪，想和一个人做朋友，但觉得对方是异性又不好意思，于是大多数都是表面上根本不在乎，但心里是想的。”

李旦也在观察卓小满，确实发现了她忍不住地去偷看班长，想起一路上她的区别对待，忽然觉得好像是这么一回事。

他盯着看了好一会儿，脑海里瞬间闪过无数很久以前的一些细碎的画面。

有些熟悉，有些似曾相识。

他瞧着身边噙着笑颇有感触的姑娘，又看向卓小满，有一个他觉得不太可能的想法渐渐在心底萌生了根茎。

李旦干脆伸手，将文诗月连人带椅子转了过来面向他。

“我怎么记得……”他停了一下，一动不动地凝视着她澄澈的杏眸，“你以前也是这样的。”

文诗月硬生生被李旦连人带椅子给掉转了个方向。她晃了晃没坐稳，手腕摁在他的胳膊上找支撑，被他给反手握在掌心里。她惊魂未定，一抬眸，正好撞上男人打量的目光。

那漆黑眸色里宛若漩涡一般，要将她和她的秘密一并吸附进去。文诗月紧张得心跳加速，下意识避开这道浓烈探究的目光。

她吃卓小满的瓜，怎么吃到自己头上了？眼前这个可是警察啊。

“哪样？”

“对谁好像都挺友好的，除了对我。”

“我……慢热。”文诗月开始胡诌，还振振有词，“而且我说的一部分人不代表全部，肯定得是朝夕相对，像他们这种一个班的情况下才比较容易发生。”

她反将一军：“再说了，那时候你几时看得到我，你又知道我对别人怎样？”

李旦瞧着文诗月，琢磨着别套她不成反把自己给卖了。

她说得好像也不无道理，但是这姑娘的反应又难免不让人有些起疑。

“你这脉搏怎么跳得有点儿快？”李且搭在文诗月腕脉的指尖象征似的点了下，继续试探，“你紧张什么？”

文诗月心一抖，这人还会把脉？

她拧了拧手腕，蹙了下眉，故作埋怨的表情：“你刚挪我椅子吓到我了。”

“这么不经吓？”李且恍悟，揉了揉文诗月的手腕，“要不要抱抱压压惊？”

文诗月轻拍了下他的手背：“大庭广众，别闹。”

“哦，你这是在暗示我关门闭户就能？”

李且说这话的时候，带着薄茧的指腹意有所指地沿着文诗月的手腕骨轻轻往上滑了下。

这是什么流氓发言？

实在是一波未平一波又起。这触感让她瞬间攀上了一阵电流，从手腕一直蜿蜒，抵达心上。

文诗月受不了被这么撩拨，她“噌”地一下站起来，抽回自己的手，扭头问不远处的人：“要不要帮忙？”

说完，她也不管人家要不要帮忙，腿一迈，便逃也似的走了。

李且笑着往椅背上慵懒地一靠，偏头瞧着姑娘窈窕的背影，目光一路跟随着她。虽然一开始是有所怀疑，但又确实觉得不太可能，而且每个人的情况不大相同，也不能一概而论，应该是他想多了。

如果一定要有个答案，他宁愿当年的文诗月就是不喜欢他，甚至于讨厌他都行，他可不希望他的姑娘曾经一个人吃下了不知名的苦果。

# 第九章 甜心似蜜

下午一行人下了山。

山下有个中型的游乐园，虽然不算大，但是能玩的娱乐设施还是挺多，最重要的是人少，不用怎么排队。

就是没想到大家分开玩了以后，文诗月和李且居然能遇上程岸和一个美女，于是二人世界顺理成章地变成了四人行。

李且牵着文诗月，手指捏了捏姑娘柔软的指腹，凑在她耳边颇有微词：“怎么哪儿都有你这发小？”

文诗月瞧了眼另外一边戴口罩的两个人，洞若观火地一笑：“你说你是不是白吃醋，人家程岸有喜欢的人。”

那个美女一开始跟程岸一样戴了口罩，之后摘了口罩文诗月才发现是女明星安敏啊，她演了几个剧很有口碑，顺利挤入一线。

她长得是那种明艳的美，该瘦的瘦，该有的有，人也没架子，很健谈，跟在综艺里的她是一样的。

文诗月是个女人都看得挪不开眼，何况是男人，难怪连程岸这种万年零绯闻的都招架不住。

她瞄了眼李且，莫名生出一丝危机感来，握紧了他的手。

“怎么了？”李且低头看了眼两人交握的手，笑问。

“没什么，有点儿冷。”文诗月胡诌。

李且哪能没注意到这姑娘什么心思，心情反倒是大好。

“吃醋啊？”他低声问。

“哪有？”文诗月死不承认。

李且意味深长地“哦”了一声，瞧着走在他们前面的安敏：“话说这安敏比电视上漂亮多了，演技好，性格也好……哟……你掐我干吗？”

“手痒不行？”文诗月也盯着安敏，小脾气一上来自己都控制不住，嗓音阴阳怪气的，“没想到咱们堂堂李大队长也看偶像剧呢。”

这话酸得李且心里特爽，他还继续气人：“这你就不了解了，咱们娱乐时间还是不少，就好这一口。”

文诗月气得想甩开手，奈何甩不开，只能偏头看向另一边，不想搭理他了。

随之耳边传来一声低笑，带着男人温热的气息：“可我只喜欢你。”

然后李且看见身边的姑娘在光亮里白得几近透明的耳朵渐渐红了起来，殷红的小嘴也跟着扬了起来。

李且确实是拿安敏逗文诗月，可是这个安敏也确实是不对劲。

打从见面起他就发现这个安敏看他的眼神不太正常，一开始他还不甚在意，次数多了就不难看出来。

还有程岸，他的注意力也根本就不在安敏身上，反而是在文诗月身上，一直围着她在转。

不是李且敏感，也用不上他的职业嗅觉，除了文诗月这傻姑娘被蒙在鼓里，他们仨都门儿清。其实哪儿这么巧就在这儿碰上了，文诗月今天中午发了朋友圈，怕是闻圈而来的吧？

无论是那晚，还是今天，种种证据都显示着唯一一个答案，这个程岸喜欢的是文诗月。

“李且，”安敏笑容迷人，摸出手机撩了下头发，像一只魅惑众生的狐狸，“我们加个微信吧。”

说着她还特意想去摸李且的手，被他快她一步收了回去。

这会儿程岸和文诗月去洗手间了，剩下他俩在外面的休闲桌椅相对而坐地等。

李且看手机没搭理安敏，谁知道这女人直接在桌子下面拿脚钩他的腿。

李且收回腿，眼都没抬地冷冷一笑，凛冽的气场却慑人，让此处的温度倏然之间下降了不少。

“安小姐，我劝你适可而止。”

“你女朋友又没在，何必装蒜呢，难道我不比你女朋友好吗？”

“你再好跟我有什么关系？在我这儿没人能比得上我女朋友，别白费心机。”

文诗月跟程岸从洗手间回来以后，看到安敏的脸色不太好。

她还关心地问：“你没事吧？”

安敏摇摇头：“没事。”

四个人经过一个打气球的摊儿，文诗月极其随意地瞥了眼，两个男人就突然很有默契地互看了一眼，过去了。

“搞什么？”文诗月瞧着俩男人的背影，仿佛读出了小男孩幼稚的倔强。

安敏拉着文诗月跟着过去，淡声说：“让他们打吧，总要有个结果。”

文诗月看着两个人。

李且今天穿着一身黑色的冲锋衣，领子立着，侧脸精致立体，露出流畅锋利的下颌线。

他漫不经心地端着气枪，目视前方，面无表情。

程岸穿着运动装，戴着口罩，露出一双眼，比李且要矮一个天灵盖，可能职业不同的关系吧，他的气场比起李队长是要弱一点儿。

一个是特警队长，一个是射击冠军，搁这儿打气球，会不会太大材小用了?

气球爆破声响个不停，两个板子上的气球消失一排，又消失一排，两个人都快狠准。

胜负还没分出来，老板就上前叫停了这两个大材小用的人。

众所周知，这打气球的枪其实都是有门道的，打一局才多少钱，能让你把奖品给赢走了，亏本买卖谁做?

可是，老板没想到眼前这两位真神了，简直是百发百中。

这盛况，他做了这么多年这生意，还真没遇到这么厉害的。这都不能叫砸场子了，这摆明是让他对这门生意产生阴影啊。

“那个……二位帅哥，我这儿的奖品你们任选一个，”老板笑得像是在哭，“就别再打了，好吗？”

李且跟程岸搁下枪，同时喊了声文诗月。

话音落，李且瞧着程岸，嗤笑一声：“叫错人了吧，我喊我女朋友，你喊谁呢？”

“你怎么回事啊？”文诗月过来也跟着李且扎程岸，忙跟安敏解释，“可能他小时候习惯了，总让我帮忙选东西。”

说着她给程岸使眼色：“该改了啊。”

程岸笑了一下，对安敏说：“选一个。”

安敏瞧着程岸明显落寞的神色，是从上次他跟文诗月见面回来以后就这样了。

而他那一向明亮的眼睛，在看着旁边笑意盎然的那两个人时也跟着晦暗了下去。

她心里也随之被扯了一下，笑着走到他身边：“好啊，我选一个。”

文诗月选了个兔子玩偶，安敏选了个水晶球，四个人才在老板的感谢不杀之恩下离开了。

李且晚上还要归队，文诗月跟卓小满发了个微信说他们先走了，让她回家记得给报个平安。

收到卓小满的回复后，他们四个人刚好走到停车场，便两两分开。

程岸看着李且跟文诗月离去的背影，也转身跟安敏上了车，将车驶出了停车场。

安敏瞧着驾驶座不发一言的程岸，暗自叹口气，说：“我失败了。”

“我知道。”程岸说。

安敏想起之前李且说的话，暗自弯了下唇。

她活到现在，遇到的全是恭维爱慕她的人，除了身边这个男人，李且是第二个完全没把她放在眼里的男人。

当时李且直接将手机往桌子上一丢，话说得倒是云淡风轻，一口一个您的，却句句不留情面。

“好歹您也是个公众人物，有艺德也应该有人格。有这闲工夫不如好好引导自己的粉丝，别学着做些三观不正的事。您要做跌份儿的事我管不着，但也别跟我玩这一套。至于一不小心犯罪了，这事倒是可以找我。还要再继续吗？再继续的话，我怕要伤您自尊了。”

“现在你该放心了，试也试过了。”安敏说，“我觉得李且是个好男人。”

“嗯。”

“值得吗？就这么默默守护她？”

“她幸福就值得。”

安敏看向程岸俊挺的侧脸，心里也跟着难受，嘴上却为他不值：“程岸，是你先认识她的，你喜欢了她那么多年，为什么不说？”

“爱情不分先来后到。”程岸苦笑，“不是不想说，而是不能说。”

说了，他或许就要永远失去她了，连朋友的位置都可能失去。

那晚跟文诗月分开的时候，他隐约在他们身后听到了她叫李且学长，就像是一个导火线，一旦点燃便一发不可收拾。

程岸托人查了下李且，的确是三中的。文诗月高中时暗恋过一个学长，他很难不联想到一块，直到在卫生间外面，他等文诗月出来，终是在他直言不讳里得到了她的证实。

他忘不了她承认后谈起李且时双眼里那藏不住的明媚光芒，是看别人和看他时都没有的。

他更忘不了她的那句“原来念念不忘，真的会有回响”。

文诗月长这么大就喜欢了两个人，而这两个人原来一直都是同一个人。

而他，就算他站得再高，站在了世界之巅，她还是看不见他。他的念念不忘，没有回响。

程岸看了一眼安敏：“不好意思，把你卷进来，让你帮我做这种事。”

“我们是朋友嘛。”

安敏看向车窗外，我跟你又何尝不是一样？

李且晚上要归队，两人打算提前吃个晚饭。

文诗月玩了一天有点儿累，靠在副驾驶座上刷手机。她看了半天大众点评，各种排队。怕耽误李且回基地的时间，她想了想，关掉了 APP，扭头看向李且。

“看好了？”李且问。

“今天周末很多店都要排队。”文诗月斟酌了须臾，问，“你要不要去我家，尝尝我的手艺？”

李且一听表示怀疑：“你会做饭？”

正儿八经的硬菜文诗月确实不行，不过谁还不会个番茄炒蛋和土豆丝了？

“嗯。”她扬起天鹅颈加深可信度。

“不过……”李且顿了顿，摆出一副深思熟虑的样子瞥了眼文诗月，像是在心里做斗争一般，犹豫道，“才处了几天对象就上你家，不太好吧？”

这话反倒是提醒了文诗月，好像是哦，她为什么会这么自然地说出这么猴急的话来？好丢脸。

“那就……”

“恭敬不如从命了。”

文诗月的“算了”直接被李且给打断。

然后，她看着他导航都不用，直接娴熟地变了道，还提了速，看起来还挺着急。

那刚才？这欲拒还迎演得还真挺好，她觉得可以找找安敏，问一下需不需要男演员，她这儿有一个。

鸡蛋和土豆家里倒是都有，番茄和肉没有，于是他们先到附近的超市去买。文诗月又担心李且吃不饱，特地又选了点儿现做的荤菜。

李且推着推车，走到文诗月身边，笑着问：“到底尝谁的手艺？”

“我这不是怕时间不够，耽误你归队嘛。”文诗月理直气壮。

“安排得倒是井井有条。”李且一语双关。

“勤俭持家。”文诗月假装听不懂，只管表扬自己。

李且一听，胳膊横在推车扶手上，整个人弯腰往文诗月身边偏。

在掺杂着歌声和各种大减价叫卖声中，他低沉磁性的声音独独入了文诗月的耳。

“那你打算什么时候帮我持家？”

文诗月又脸红了，甩了句“我才不要”，接过刚做好的铁板牛肉，就走了。

李且屈指碰了碰鼻尖，笑着跟看了一场打情骂俏，咧嘴笑得深明大义的加工师傅说了句“女朋友比较害羞”，就推着推车追人去了。

回到家以后，文诗月把手里的兔子玩偶搁到一旁的鞋凳上，弯腰从李且提着的塑料袋里拿出刚才在超市买的男士拖鞋丢在地上。

她顺手想接过袋子，被李且给制止了。

“你先去准备你的。”

“哦。”

文诗月换了拖鞋，抱起兔子玩偶，脱了外套一并丢在沙发上，径直朝厨房走去。

李且提着塑料袋走进厨房的时候，正看到姑娘背对着他抽了根筷子在绾头发，露出修长白净的脖颈，手法很娴熟的样子，像是经常这么干。

她就穿着紧身的高腰针织衫，勾勒出窈窕的曲线，牛仔裤包裹着两条长腿，个子不算多高，身材比例却很好。

他的目光不自觉地被她因抬起手而露出一截盈盈一握的白皙小细腰吸引住，在厨房炽白的灯光下，她的肌肤仿若波光粼粼的水面，却在他心中掀起了涟漪。

李且忽感口渴，滚了滚喉结，将手里的袋子搁到操作台上，偏头就对上了姑娘看向他的视线。

口更渴了。

“喝水吗？”文诗月没注意李且的眼神变化，转身过去取围裙，“你后面的柜子里有杯……”

“子”字因为身后突然覆上来的高大身躯，以及猝不及防被温热濡湿的唇瓣亲舔脖子，活生生地被卡在了嗓子眼儿里。

文诗月下意识地一阵瑟缩，脖颈间的热量在攀升，漫开了一片酥麻，一路传递到全身。

手里的围裙被她用力攥紧在指尖。

“喝。”

李且嗓音沉哑，薄唇慢慢往上，咬住她粉白的耳垂，单手捏住她的下巴迫使她把头转过来。

他的唇松开她的耳垂，垂睫看她。

他的皮肤出奇的好，完美的五官在眼前放大，睫毛垂到眼睑处，落下睫影。

一双含情又惑人的深眸胶在她的眼中，越发浓郁。

他低头，精准地咬住了她的红唇。

“现在就喝。”

围裙和筷子一前一后地落地，前者悄无声息，后者清脆回响，在安静中藏匿着断断续续的水声，不算宽敞的厨房里明明还没有生火，便已经变得火烧火燎。

是燃不尽的火苗，是煮沸的热水，一并蹿在人的身上，烧出了暧昧和旖旎。

李且把文诗月抵在操作台前，一手扣着她的后脑勺，一手圈着她的腰往他这边带。她被禁锢在了他的怀里，被他身上的独有气息尽数淹没。

失去了操作台带给她的冰凉触感，剩下的沸腾滚烫，全是来自于面前这个人。

她只能攀着李且的宽肩，被吻得很深。

他一点一点地吮咬着她的唇舌，湿麻混着灼热，叫她一步一步沦陷。

他就像是一个掠夺者，不给她任何躲闪的机会，比他们之前的任何一次都要强势。彼此间大不相同的喘息声层层叠叠，却又融合得恰如其分，如巨浪拍打礁石，汹涌又澎湃。

几分钟后，文诗月突感腰间的肌肤被灼。她睁眼，下意识地摁住针织衫下的手，却也没什么力道。

她轻喊了声："李且。"

李且也在这一声娇柔的喊声中唤回了他的意乱情迷，他松开文诗月，把手拿出来搂着她。

他睁开眼睛对上姑娘迷离的杏眸，一下一下地亲着她明显红肿又娇艳欲滴的唇瓣。

文诗月望着李且，他的眉眼漆黑动情，黑瞳里有些微红，弥漫着浓烈的情欲。

李且往上，亲了亲她的鼻尖，又亲了亲她微颤的眼睛，最后亲了亲她光洁的额头，将她完全拥进了怀里。

"抱一会儿。"他嗓音嘶哑。

文诗月顺势圈住李且的窄腰，身体贴在一起，能听见他心口那热烈的跳动声，一下一下击打着她的耳膜。

抱了好一会儿，文诗月也缓了过来，拿指甲抠了抠他的后背："再不做饭，你就要饿肚子归队了。"

耳边是男人低沉的笑声，她的头发被他温柔地抚了两下，说话却极其不正经。

他亲了下她的耳郭，就着她耳边对她说："以后关门闭户的，少引诱我。"

关门闭户？这是今天中午说起的那话吧，这会儿还真让他给实现了。可是文诗月感觉自己很冤枉啊，这从何说起？她打从进门开始哪有引诱过他，她不都在准备做饭吗？

她抬起头看向李且，有些较劲："我哪儿有？"

"你看我了。"李且直截了当地说。

"我就看了你一眼吧？"文诗月觉得他这话就有点无理取闹了。

"你就看了我一眼，"李且垂眸瞧着文诗月，伸手拿指腹擦拭着她嘴角的水渍，笑得漫不经心，"我魂就没了。"

文诗月被这双深情又别有深意的黑眸直勾勾地盯得有些吃不消。

她清清嗓子，撇去羞涩，故作一本正经地教育道："那你好歹也是个受过专业训练的特警，自制力应该非同常人才是。"

“自制力？”李且低头又亲了下文诗月的嘴唇，相当理所当然道，“我在你这儿，没那玩意儿。”

文诗月竟无言以对。

把李且赶出厨房以后，文诗月怕时间不够，忙着洗菜切菜。

李且在客厅里溜达了一下，上两次来的情况跟这次大不相同，没怎么注意。

这房子是个两居室，整体都是奶白色的简洁风，包括沙发家具都是偏暖白色，其他的装饰和小物件以暖色为主。

整个装修风格倒是跟文诗月的气质有些像，像个小姑娘一样温柔里处处彰显着温馨。

他听到厨房里的声响，把手里的相框放回到电视柜上，转身走了过去，也没进去，而是跟个监工一样抱臂倚在门口看了一会儿，看这姑娘忙前忙后还算是有模有样，也就放下心来。

他又瞅了下她时不时仰起的头，像是想到了什么似的又转身走了出去。

李且的目光在客厅里快速搜寻了一圈，随即又走到卫生间，在洗漱台边上摸了个东西，大步走了出来。

文诗月这会儿在切菜，一手的番茄红。

她刚才被李且闹得忘了重新绾起头发，这会儿一低头，发丝就往下滑，有点儿挡视线。

就在她寻思着把番茄切好，洗了手把头发绾起来的时候，刚落下来的几绺发丝被突如其来的大手给捋了回去。

文诗月想回头，被身后的男人制止：“别乱动，看着手里的刀。”

她不动了，但是手上的动作因为头发上的大手，让她真没办法专心致志地切菜，本就不算利落的动作明显更缓慢迟钝了起来。

李且带着薄茧的手穿过文诗月的发间，一边往后捋顺，一边拢在一起，却拢好这边又让那边的发丝落了下去。

将各种枪械用得炉火纯青的李队长跟这一头秀发较上劲儿了，怎么就那么不听话？

文诗月的头皮被男人的指腹给勾得发麻，他温热的指尖顺着擦一下，她的心就跟着抖一下，手上的动作也随之顿一下。她好像有点儿理解他所说的引诱，他这不也在引诱着她。

李且好像终于找到了门道，顺利地将姑娘的头发捋成一束，然后摘下咬在嘴上的发圈，耐心又细心地给她扎好。

“好了。”他暗自松了口气，这比他出个警抓一堆嫌犯还累的。

文诗月这会儿没有遮挡，脖子凉爽。

她一边将切好的番茄装盘，一边跟李且说：“你先把菜腾到盘子里，我这儿很快。”

“嗯。”

“盘子在那上面。”

文诗月伸手仰头指过去的同时，脖子就被亲了一口。

湿热感在那一块被碰触的地方霎时荡漾开来。

“你……”她一回头正巧对上李且笑意不散的黑眸，咬唇瞪他。

“奖励。”

李且一扬眉，意有所指地轻轻扯了下文诗月的发尾，而后特正直地走过去拉开柜门将盘子取出来。

男女搭配，干活不累。

文诗月炒好两个菜，电饭煲里的饭也好了。她盛好饭出来，李且把熟食也都一一摆盘端上了桌。

窗外薄暮已至，屋内灯火馨柔，两个人相对而坐。简简单单，却让文诗月生出了家的感觉。

“尝尝。”她执着筷子，看着李且。

李且瞧着餐桌上的番茄炒蛋和青椒土豆丝，勾着唇伸筷子，一一夹到嘴里。

“怎么样？”文诗月看着他。

“还不错。”李且给出客观点评。

文诗月得到评判，忐忑的心总算是落了下来，也跟着吃了起来。其实她根本就不用紧张，她就会这俩菜，从小做到大，不容易翻车。就是可能是做给李且吃吧，莫名有些担心。

结果下一秒，李且就问了：“除了这俩菜，你还会什么？”

李且瞧着文诗月明显迟疑的模样，心领神会地点点头：“哦，只会这俩菜。”

这人铁定是有读心术。

“没事，”李且说，“你男朋友除了这俩菜，都会。”

一晃一个礼拜就这么过去了。

李且归队后很忙，文诗月也一样，虽然没什么大事，不过忙起来也是没日没夜。

一对工作都忙的情侣谈起恋爱全靠手机。

文诗月被张雯各种调侃他们这哪是现实中的处对象，充其量就一对网恋对象。

但是张雯听到他们打电话的一些对话，又好羡慕，疯狂想脱单。

特警基地也一样，队员们看着每天春风得意训得他们死去活来的李队，一到吃饭或休息的时间就打电话发微信。

那个温柔劲儿，哪里还是他们认识的李队。

离谱的是万年不发朋友圈的李队，自打处了对象，恨不得向全世界宣告。那朋友圈发得跟个营销号似的，全是他女朋友。

最离谱的就是他假期的最后一天，发了三条朋友圈虐狗——爬山的倩影、烧烤的纤手、厨房里忙碌的完美侧颜。

人也没明说那么土，照片也就像是随手一拍。

但瞎子也能看出照片里的人是谁吧？这欲盖弥彰的，比指名道姓还让人受不了。

但是转念一想，就文记者那张脸和性格，妥妥的绕指柔啊，绕得他们冰山上开花的铁树李队性格大变，恋爱脑还各种没原则。

当然，这一切的一切只针对他的女朋友。

“双标”队长石锤。

周芊出差一个多月回来跟文诗月约了一顿饭。

知道了她的好姐妹终于跟那位曾经的遗憾不再，比当事人更开心，问了一个晚饭的细节。

文诗月该说的还是都说了，当然某些不可描述的细节她肯定是不会说。

周芊一脸过来人的笑意笑得文诗月脸红，笑过之后，她又佩服他们为这份情比金坚的爱情坚持和争取的勇气。毕竟大多数人是过不了这一关的，真没有多少人能像他们这样坚定。

而后，她又看到文诗月手腕上的表，不由得感慨文诗月这位男朋友是有钱又浪漫啊。

有钱，文诗月倒是不否认，只不过浪漫？

周芊一看文诗月的表情就知道她不明白，笑她直女。

“这牌子的广告语你不知道？”

“不知道啊。”

“经过这么长时间，你仍是我的爱人。”周芊一脸少女怀春，“你们这么困难才在一起，多符合你俩的爱情基调，浪漫死个人。”

文诗月一听，敛眸看着腕上的这块手表，伸手摸了摸，笑得酒窝里都灌了蜜。

她决定收回她觉得李且直男的想法。

最后，周芊这个文艺女青年还不忘做个总结：“你知道吗？你们这样的故事往往只能存在于小说里。而现实就是故事会永远就停在分别的那一刻，再也没有之后。你们这样的缘分世间少有，既然如愿以偿了，那就好好珍惜吧。”

文诗月点点头，扭头望向窗外的茫茫夜色。上空是一望无际的黑，看似望不到头，眼下却是五光十色，流萤璀璨，充斥着无尽的希望。

人间灯火山川，前路漫漫，她定会跟他一起走过每一个黑夜与明天。

王晚晴出院这天，李且在临市特训。文诗月让他别担心别操心，她搞得定。

就是让她没料到的是程岸打电话问她王晚晴是不是今天出院，他过来帮忙。

本来文诗月是不打算麻烦程岸的，奈何他说他的假期也结束了，明天就要走，反正他今天没什么事，是来接王阿姨，跟她没关系。

文诗月被程岸这么一激，也就随他了。王晚晴也拗不过，便也就没再跟他客气，同意让他送了。

其实一开始，文诗月本来是打算让王晚晴留在渝江的，奈何她不愿意，说是在南兴住惯了，亲戚朋友现在都在那边，空气也好，她人舒服。

倒也是，想着家里人都在那边，文诗月也就随她去了。

现在什么都知道了的外公和爷爷、奶奶他们一早就在家里等着了，大家都住在一个小区，超级方便串门。

文诗月他们是午后才出发的，等到了南兴已经临近下午五点。

对于程岸，其实大家都不陌生。小的时候也见过，只不过长大了就只能在电视里看到了，看到他来，大家的热情那是极其高。毕竟现在的程岸可是为国争光的名人，大家你一句我一嘴地招呼着他在家里吃饭。

说是早点吃，让他吃了再回去，反正南兴离渝江也不远，耐不住长辈们的热情，程岸便爽快地答应了下来。

知道王晚晴和文诗月今儿要回来，菜老早就备好了，就等下锅就行。

程岸是运动员，吃东西有讲究，饭桌上吃得少，聊得多。

眼下已入冬，昼短夜长，南兴的天比渝江黑得更早些。

屋内灯火明亮，欢声笑语，屋外寒风卷起掉落一地的枯叶，在路灯下翩然起舞。

文诗月休假，今天自然是不走的，但她却时刻关心着时间，担心太晚了路上不安全。

程岸瞧着文诗月又在抬头看钟，也跟着看了眼。时间从不会为谁而停留，到时间了，他也应该走了。

他跟大家一一告辞，文诗月送他下楼。

“你下次什么时候回来？”

“可能会很久。”程岸看了眼文诗月，淡笑道。

“也是。”

文诗月双手抄兜，望了眼下行的电梯数字。她垂睫时目光落在电梯门上并肩而站的两人的影子上，已不再是儿时的模样。

当年还不如她高的男孩儿怎么突然之间就比她高了这么多了呢?

顷刻间，那些久远的回忆袭来，让她有些感伤：“自从你被选进省队以后，我们好像就不能像小时候那样一起玩了。现在想起来，倒是还挺怀念那个时候总惹我哭的你。”

程岸也因为这句话瞬间被带回到了过去。小时候不知道欺负原来就是喜欢，等反应过来的时候已经晚了。

“你有受虐倾向啊，文诗月？”他勾唇揶揄。

“不是，”文诗月看向程岸，“我只是总觉得，长大后的你好像没有小时候那么快乐了。”

“人就是这样，小时候想赶快长大，真当我们长大了以后，却开始无比怀念小时候。”程岸说，“因为长大了再也不能像小时候那样想哭就哭，想笑就笑，无忧无虑。长大后的我们学会了如何隐藏情绪，报喜不报忧。越长大越孤单，怎么可能一直是快乐的？”

这话不假，文诗月也一直在经历着这样的成长。话题忽然变得沉重，她不由得开起了玩笑。

“你都是世界冠军了，还忧虑什么？你这话说出去一堆人追着你打，实不相瞒，我都想打你。”

“世界首富会害怕死亡，解开了无数人心结的心理医生也会抑郁。成年人哪有没情绪的，只是很多情绪只有自己知道，自己跟自己死磕，自己跟自己和解而已。”

文诗月发现程岸真的变了好多，其实这么多年来他们见面的次数只手可数。尤其是这一次，她发现无论是外表还是心性，还是人生感悟，程岸跟以前相比都有了很大的变化，变得通透也看淡世事，变得更稳重了。不过他的经历本就丰富，见惯了各种大场面，其实也正常，当竞技运动员，心态比什么都重要。

电梯到了 楼，电梯门缓缓打开，程岸等文诗月出去，他紧跟着出去。

文诗月扭头看向跟在身边的程岸，问：“对了，你跟安敏怎么样了？”

程岸不由得一笑：“不愧是记者，挺八卦。”

“你应该庆幸我不是娱乐记者。”

“那我真是谢谢您嘞。”

“喜欢就要行动，你是男人，难不成还等人家女孩子追你吗？”

两个人走进暮色里，程岸顿住脚步，面向文诗月，眸色幽深：“喜欢一个人从来就不是拥有，而是更希望她能得到幸福。”

文诗月抬头看向程岸，是一脸真诚的笑容：“可是程岸，幸福也是需要争取的，我希望你也能得到幸福。”

“知道了。”程岸瞧着文诗月，眼含笑意，“你也是，李且是个值得托付的人，要幸福。”

“嗯，我很幸福，”文诗月一提起李且，眼里是藏不住的欢喜，“真的很幸福。”

程岸看着幸福的文诗月，喉间发涩，笑容却越发深刻：“行了，外面凉，上去吧。”

说完，他转身朝身后的姑娘摆摆手：“走了。”

“加油，全世界都是你的。”文诗月在程岸身后喊道。

程岸脚下一个踉跚，早已落下笑容的眼中蓄上了一层红。小的时候，就因为文诗月这句话，他坚定而坚持地一往无前，冲进了世界竞技场。

他立在原地自嘲般地自语了一句：“赢了全世界又如何？”

他迈步继续往前走，走进暮色婆娑里。

却输给了你。

第二天早上，文诗月是被生物钟给唤醒的。

迷迷糊糊的，她脑子还没清醒，以为自己在渝江要上班。

她顺手摸起床头柜上的手机看了一眼时间，翻了个身盯着昏暗的天花板看了几秒，才反应过来自己在南兴，今天不用上班，成年人的幸福感往往就在这一瞬间。

她开心地翻了个身，看到手机上李且雷打不动给她发的早安微信，也给他回了过去。

刚准备搁下手机继续睡，李且就秒回了：“这么早就醒了。”

文诗月想着这个时间段应该是他正出早操的时间，怎么有时间看手机？

她给他回过去：“你们现在出早操也能带手机了？”

李且：“不能。”

文诗月：“那你这是什么情况？”

李且干脆给她打了个语音电话过来，低沉的嗓音里还带着一层性感的倦意：“情况就是我本来打算找我女朋友吃个午饭，看来现在还能多吃一顿早饭。”

“你是不是忘了我在南……”文诗月话音蓦地一顿，陡然从床上翻了起来，有些不敢相信，“你……来南兴了？”

“嗯，我在你家楼下。”

李且这话刚说完，语音电话就断了。

他寻思着是信号不好还是怎么着，又打了过去，无人接听。他一扭头，从车窗看了过去，看到了本是黑着的楼道里感应灯亮了。

他笑着将手机丢到中控台里，开门下了车。

文诗月一出单元楼，就看见不远处路灯下那辆黑色越野车，以及从驾驶门那边走出来的高大英俊的男人。她有些着急地趿拉着拖鞋，就着门厅溢出来的灯光下了最后几级阶梯。见李且立在车边，在将亮未亮的清晨，身姿挺拔地落在了白雾笼罩的光影下。

他朝她张开双臂。

文诗月心中连绵悸动，无法平息，扬着嘴角，穿着拖鞋脚步笨拙，但双腿却根本不受控制地小跑着朝他而去。

“慢点。”李且温柔地提醒着。

她直直地扑进了他的怀里，被他紧紧地抱着，笑意里满是宠溺：“慌什么？我又不会跑。”

“你休假吗？你怎么会来？你怎么知道这儿？”文诗月双手圈着李且的腰，抬起头看他，一双充满惊喜的眼睛比星辰还要亮。

李且垂眸瞧着文诗月，姑娘就穿着睡衣和棉拖鞋就下来了，不过转念一想，笑意越发浓郁。

他一边扯开她的手将她整个人裹进自己的外套里，抱住，一边不慌不忙地一一解答：“休假。想见我女朋友。打听了一下就知道了。”

文诗月想李且多半是问的苏木，也就没再继续追问下去。她的胳膊重新穿过男人劲瘦的窄腰，指尖轻轻揪着他的衣服。他里面就穿着一件衬衫，能感受到他身体的热量，还有淡淡的也带着温度的木质香，让她从上暖到下，从外暖到里。

“你什么时候到的？”她问道。

“没多久。”李且低头凝视着文诗月，倒是反问她，“穿这点儿就下来了，不冷？”

文诗月摇摇头：“不冷。”看到你怎么都不会冷。

李且沉沉地一笑，低头亲了一下文诗月的脸颊：“这么凉还不冷？”

文诗月望着李且，在昏暗的灯光下和轻薄的晨雾里，像是从天而降的谪仙一般，眉眼却染着人世间的缱绻情愫，长得实在是太好看了，叫人怎么都看不够似的。

李且就这么大大方方地给他的姑娘看。姑娘一双杏眸亮晶晶的，白嫩的小脸在灯光下几乎看不到毛孔，素着的五官精致小巧，嘴角翘着，脸颊两边的酒窝像是让他小酌了几分。

四目相对，他们就这么静静地凝视着对方，谁也没挪开视线，清冷的雾气都不能将他们的目光驱散。

其实也就一个多礼拜没见，怎么就感觉过了好多年？

文诗月心中一动。

“李且。”

“嗯？”

她收紧环住他的双臂，漾开笑意，眸色潋滟似水，水中倒影独独只有眼前一人：“我想你了。”

李且被这温声俘获了整片心野，开满了漫山遍野的花。

他视线缓缓下移，落在了她的唇上，整个人往下压，去采撷那朵最温柔的花。

文诗月预判李且的意图，赶紧抬起一只手捂住嘴巴，男人微凉的薄唇毫无预示地落在了她柔软的手背上。

“我没刷牙。”她含混不清道。

李且笑着拽开她的手腕往下拉，手指顺着她手腕下滑，将五指滑进她的指间握住，一并揽在她身后往上一提。

她被迫抬头，他主动低头，用实际行动来证明他根本不在意。

文诗月的唇便被瞬间落下来的微凉柔软触感所淹没，凉意在数秒里升腾起热量，在辗转厮磨间变得炽热。

但她还是有包袱，紧闭着双唇。

她听到了男人沉沉的笑声。

李且往后退，把人带到灯光之外，两人隐匿在了还未驱散开的雾色里，在无人之地的静谧里，诉说着浓浓的思念。

李且微微用力咬住文诗月的下唇。

“月月。”

“痛。”

就这一个字，让他成功地长驱直入地探入她的口中，攻城略地，缠卷着她的舌尖一路绕到舌根深处占领，鼻息纠缠，将两人的滚烫又濡湿的气息混在一起。心跳频率一致，分不清彼此，却格外相融。

李且一边吻着文诗月，一边嘶声呢喃：“我也想你。”

晨光熹微，路灯整齐划一地灭了，薄雾飘浮在晨露里，枯枝覆上一层淡淡的雾白。

小区里有了脚步声，有了说话声，有了琅琅的读书声，万家灯火也在一方方大小统一的窗内被一一点亮。

文诗月一进门就看见已经起了床的王晚晴。

“妈。”她反手关上门，喊道。

“一早我就听到动静了。”王晚晴瞧着文诗月笑意盎然的脸和睡衣，问，“衣服都不换，干吗去了？”

文诗月一边换室内拖鞋，一边如实告知：“李且来了。”

王晚晴一听也是一惊，忙说：“那你不让人家上来坐？外面还在起雾，多冷啊。”

“没事，他在车里。”

文诗月这边话音落下，那边本是站在客厅的王晚晴就已经不见了踪影。

她也跟着往客厅走去，便看见王晚晴推开阳台的窗户，探头又探手地朝楼下招呼着。

“快上来等。”

不一会儿，李且已经坐到了她家客厅的沙发上。

王晚晴给他倒了杯水：“你说你这孩子，开夜车过来的？”

李且笑着接过水杯：“没有，醒得早就干脆早点过来。”

“那你现在困不困？要不要睡会儿？”

“没事的阿姨，我不困。”

文诗月刷完牙出来，接了杯水喝，就看到王晚晴从厨房探了半边身子出来。

她说：“月月，你赶紧收拾，你不是要带小李出去吃嘛，磨磨蹭蹭的。”

文诗月瞥了眼沙发上笑着看向她的李且，把杯子里的水一饮而尽，弯腰在茶几上放杯子的空当跟李且低声嘟囔了一句：“我怎么觉得你才是我妈亲生的？”

李且趁机捏了下文诗月垂在身侧的手指，慢条斯理地纠正：“是亲生女婿。”

文诗月见王晚晴出来了，赶紧甩开手，丢了句“不要脸”，就马不停蹄地往卫生间走去。等收拾好，已经是一个小时以后的事了。

王晚晴唠叨处女座的文诗月做事慢吞吞的，急别人性子一把手，吹毛求疵什么的，就真的完全没把李且当外人。

“妈。”打扮好了的文诗月无奈地打断王晚晴，扯着唇对她说，“我好了。”

这时，李且也站起身来，往文诗月身边走，目光在她身上打量了一下，落进她的眼里。

趁王晚晴不注意，他意味深长地低声跟她说了句：“我就喜欢你……这个星座。”

当着王晚晴的面呢，文诗月瞪了下杏眸，拿眼神示意他别闹。

李且就当看不见似的，扭头看向王晚晴：“那阿姨，我们就出去了。”

“去吧去吧，”王晚晴提醒着，“让月月带你到处逛逛。”

“好。”

他们出了单元楼，还没走到车边，就碰上了出来遛弯的爷爷奶奶。

“月月。”二老喊住文诗月，目光却不约而同地落在了李且的身上。

自打文阳去世以后，二老本来是要被文诗月的小叔接到国外去的。一个是年纪大了，还有就是他们都不想离开这片土地，于是就没去，后来跟着王晚晴一起到南兴来定居了，只不过没有住在一起而已。

文诗月也没想到会撞上二老，明明也没什么可藏着掖着的，却偏偏就莫名生出一种干了坏事被抓包的慌张。

她看了眼李且，用唇语跟他说了句“我爷爷、奶奶”。

老爷子和老太太走近了才注意到这牵着手的俩小年轻，彼此心领神会地一笑。

奶奶柳望舒打量着李且，笑得和蔼可亲：“月月，男朋友啊？”

文诗月笑着点点头，大方地介绍：“爷爷、奶奶，这是李且。”

李且礼貌地朝二老颔首，礼数周到：“爷爷、奶奶好。”

“好好好。”爷爷文讯瞧着这精气神非同常人的帅小伙，很有眼缘，“你们这是去哪儿啊？”

“带他去吃早饭，顺便逛逛。”

“那赶紧去吧。”柳望舒看向李且，“中午过来吃饭啊，叫月月的外公也见见你。”

李且特别乖巧地应下：“好的，爷爷、奶奶。”

文诗月一听，这喊得真够顺溜娴熟的。

二老继续相互搀扶着遛弯，柳望舒一边走，一边笑着跟老伴儿感叹：“小伙子长得真俊啊。”

文讯像个小孩儿似的拍了拍柳望舒的手背：“我年轻的时候不俊？”

“俊，但是比起人家，你还是差点。”

“哼。”

“好好好，你最俊，不然我怎么瞧得上你。”

文诗月上了车，瞅了眼后视镜里渐行渐远的二老，笑着伸手系安全带。

“笑什么？”李且问。

“我奶奶肯定拿你跟爷爷比较，爷爷又要吃醋了。”

李且笑道：“那是他们感情好。”

这点倒是毋庸置疑，文诗月说：“那倒是，我从来就没见过他们吵架，我爷爷很宠我奶奶的。”

话音刚落，李且就笑了起来，侧过身好整以暇地盯着文诗月看，也不说话。

文诗月被他这么直直地看得莫名其妙又不好意思，伸手摸摸脸：“我脸上有东西？”

李且伸手将文诗月的小手拉过来，包裹在手心里摩挲着，随即掀起眼帘，满眼笑意地瞧着她。

“你在暗示我呢？”他抬起手亲了亲文诗月的手背，继续道，“放心，等你到你奶奶这个年纪，我都还叫你宝宝。”

文诗月发现这个男人特别能曲解她的话，明明就是随口一说没什么别的意思，到他那儿那就相当有意思了，还很有内涵。

她哭笑不得地瞋他一眼，抽出自己的手：“不饿吗？开车。”

“好的，宝宝。”

文诗月瞪大眼睛，机械般地扭头。

李且配合着问：“怎么了，宝宝？”

文诗月没说话。

李且发动车子：“给我指路啊，宝宝。”

文诗月依旧没说话。

“怎么不说话了，宝宝?

“文文宝宝。

“诗诗宝宝。

“月月宝宝。”

文诗月几乎是从齿缝中挤出来的警告：“李……且。”

回应她的是驾驶座上的男人沉沉的笑声，他笑得特开怀，笑得胸腔微震，肩膀耸动。李且瞅了眼脸红红看着车窗外明显不想搭理他的姑娘，心里无比满足和愉悦。因为她在他面前越发自然畅意，会把他当作无话不说的倾诉对象，也会表达自己的各种情绪。

他的姑娘就应该这样，在他面前可以毫无保留，想怎么样就怎么样。

出了小区门，文诗月瞥见门口缴费系统上显示停车时间是七个小时。

也就是说，李且昨晚一点就到了，哪里是什么起得早过来的?

“你昨晚一点就到了。”文诗月问道，“你怎么不早点跟我说？”

“早点跟你说不就没惊喜了。”李且笑着将车开出大门。

“你到了给我打电话，我一样惊喜。”

“我不想吵醒你。”

他是昨晚八点回的渝江，在基地忙到十点多，也就没打算再走，琢磨着今天跟文诗月联系了，再来南兴。

没想到程岸居然到基地门口来找他。两个人虽然不熟，但是围绕的话题都是文诗月，也就聊得很心平气和，反倒是像认识很久的老朋友。

聊得不算多，中心思想是程岸放心地把文诗月交给李且了，但是如果他让文诗月受委屈的话，程岸会毫不犹豫地带走文诗月。

李且自然明白程岸的意思，是放手，也是忠告。

抛开程岸喜欢文诗月这点不谈，李且也为文诗月有个这样的好朋友而感到高兴，至少在他还没有出现的时候，她身边是有人陪伴，有人真心对她好的。

当然，李且也堵住了程岸的路："谢谢你跟我说这么多。不过，我是不会给你这个机会的。"

李且知道程岸从南兴回来，找他问了地址。因为程岸的一些话，李且一刻也不想等了，便连夜开车到了文诗月南兴的家。那时候已经是深夜一点，他便没吵她睡觉，等她醒了再说。

"你就在车里将就了一宿？"文诗月有些内疚，伸手去捏李且的肩膀，"难不难受啊？"

"还好。"李且任由文诗月帮他摁着肩膀，"我们在哪儿都能将就，车里算是条件好的了。"

文诗月自然明白，他们当特警的，以天为盖地为席也是常态。但越是这么想，越是让人心疼。

"傻不傻？"

"这有什么傻的？你不是睡过我这车，挺好睡的。"李且笑得饱含深意，咬重某些字，话里有话，"以后有机会，咱们再睡一次。"

文诗月一开始没反应过来，再一咀嚼，他把最后几个字咬得很重，霎时就反应过来了。

她收回手，扭头看向窗外，感觉脖颈都在发烫。他是怎么如此自然又直接地说出这种话来的？

"文诗月，你脸红什么？"

"你流氓。"

"我怎么就流氓了？"李且玩味道，"我说再看一次日出。看日出，流氓？"

文诗月一时语噎。

李且"哦"了一声，故作恍然大悟："原来是你想歪了。"

文诗月一路都在被调戏，实在是忍无可忍，决定调戏回来。

"对啊，"她干脆转过身面向李且，破罐子破摔，"我就是那么想的，你敢吗？"

李且倒是没想到这姑娘竟然直接承认，兴致倒是越发高涨：“什么时候，学长我随时奉陪。”

文诗月硬着头皮把话接下：“你……等我通知。”

李且爽快地答应：“行，就这么定了。”

文诗月忽然发现，她好像中了这个男人的圈套。

文诗月带李且去吃了南兴特色的米粉，两个人聊起了当初在勐镇吃米粉的场景，又聊到了文诗月忽悠李且自己有警察男朋友的事。

这会儿他们沿着护城河一路溜达，河流涓涓，顺流而下。河边有摆摊卖小物件的，有现场作画的，有喝茶聊天的，有拉二胡吹萨克斯的，也有步履匆匆经过的路人，还有像他们这样没什么事溜达的闲人。

旁边的小道有自行车来往，铃声清脆，辅道上汽车往来，偶有鸣笛，冬日的南兴满目安逸，节奏很慢，让人倍感舒适。

李且的打趣掺在了从他们身边经过的自行车铃声里：“看来你还是个预言家，怎么就说准了你男朋友是个警察呢？”

文诗月挽着李且的胳膊，漫步在砖瓦地面，想起那段日子，也跟着笑了起来。

“你还说，看着我被你耍得团团转，很开心吧？”

“我那是保护你，你有没有良心？”

文诗月也不反驳，抬头看向李且。此时冬阳暖照，阳光穿过树梢，斑驳地落在他们的脸上，熠熠生辉。

“那你不是得到了一个女朋友嘛。”

李且也垂眸看向文诗月：“那你不也实现了有一个警察男朋友的愿望。”

“那倒是。”文诗月点了点下巴，笑得很是满足。

“我会保护你的，”李且停下脚步，转身面向文诗月，像是向她保证一般重复道，“我会永远保护你。”

绝不会让你受到一丝一毫的伤害，永远。

文诗月仰头看向李且，看到他深邃的眉眼里那笃定的光，整个人看上去比这暖阳还要温暖。

“我会陪着你的，”她笑了起来，明亮又温柔，满眼淬着深深的爱慕，“我会永远陪着你。”

陪着你走过每一天，直到永远。

李且一把将文诗月拥进怀里，紧紧地抱住，听着彼此的心跳，将之连在一起。

中午吃饭的时候气氛很是和谐，李且处处照顾着文诗月，满心满眼都是她，任谁看了都是一脸满意的笑容。

李且照顾文诗月，王晚晴就照顾李且，给他夹菜：“小李，你多吃点儿。”

“妈，他香菜过敏。”文诗月随口就道。

“是吗？”王晚晴看向李且。

“是的，阿姨。”

“好好好，阿姨记住了。”

李且凑到文诗月耳边低声问：“你怎么知道我香菜过敏？上次在勐镇好像就知道。”

文诗月手里的筷子一紧，抿了下唇，淡定地说：“苏木说过。”

李且在桌子下面勾了勾文诗月的手指：“你们还真是无话不说。”

文诗月吓了一跳，见大家反应如常，拿指尖轻轻掐了一下他。

“我记得你上次不是吃了，看你也没什么事。”

“后来我偷偷去买药了。”

“难怪。”

两人说着悄悄话你来我往的，看得在场的所有人笑意浓浓。

李且这个人博学多才，谁说出来的话都能接住，但也不卖弄显摆，很是朴实低调，话语点到为止，面面俱到。不过说着说着，方向就自然而然地到了谈婚论嫁这一块来了。

李且待大家说完，十分得体地说：“这次是我考虑不周，来得突然，唐突了。等改日跟我父母寻一个好日子，再正式登门拜访。”

这话说得体面，大家也就没有什么异议。

吃了饭，李且被外公叫去他那边下棋，王永逸一听到李且的名字，就想起了当年。这一问之下，果然是同一个人。老爷子来了兴致，拽着李且就走。

文诗月帮着收拾好被赶出厨房，才过去外公那边找李且。

两个人此时正下到关键时刻，她站在一旁也不打扰，目光落在棋盘上，也在跟着思考下一步。书房茶香袅袅，暖阳透过窗户打在盘根错节的棋盘上，黑白格外分明。

白子落定，李且棋差一着，输了。

文诗月给他们添茶，陪着老爷子又下了两局，才离开。

离开前王永逸笑着跟文诗月说：“你选对人了。”

文诗月自然知道外公拉着李且下棋并不是他棋瘾大，而是在帮她观棋观人，考验李且，一个人的品性好坏是能从这小小的黑白棋子里判定出来的。当年文阳也是过了外公这盘棋才能娶到王晚晴的。

今天，李且也过了这一关。

从王永逸那儿一出来，文诗月就问："所以那次在勐镇跟我下棋，你知道我怀疑你了才改变了你的一贯走法？"

李且说："我不肯定，但是我确实曾经跟苏木说过我的套路，只不过我没想到你居然知道，还能记得。"

"那年过年时苏木给你打电话，我也在。"文诗月说。

"我发现你记性真挺好，我香菜过敏你也记得。"

文诗月干巴巴地"啊"了一声，怕被这位警察同志又察觉出什么，便转移了话题："我还记得你输给我了，欠我一个要求呢。"

"嗯，那你要我答应你什么呢？"李且笑着问。

"我暂时还没想到，"文诗月说，"先留着。"

"行。"李且说着拿指腹挠着文诗月的手背，偏头问她，"那你什么时候跟我回去见家长？"

说起见家长文诗月就紧张。虽然确实是凑巧，但是李且也算是把她的家长给见了。她见他的家里人，其实也是迟早的事。

"那……"文诗月打着商量，"过年？"

"你说的啊。"李且瞧着文诗月，"要是反悔的话……"

他故意在这儿停了下来，文诗月顺嘴接下来："反悔怎么办？"

李且眉梢微抬，轻哼了一声，笑得让人有些莫名瘆得慌。

"上手铐。"

文诗月跟李且差不多将近下午六点才从南兴出发返回渝江。

主要是李且又陪着文诗月的家人打了一下午的麻将。

文诗月一开始陪在一边看。可能是早上起来太早了，她频频打哈欠，李且让她去睡一会儿。

她本来想坚持来着，实在是眼皮打架打得厉害，坚持不下来，决定回去眯一会儿。这一觉睡到了五点多，她过去看他们打麻将的收摊没，结果还在打。

而且李且还是大输家。

一开始上桌李且是说了不是太会，不过大家打得小，她也就没管。

这一看，虽然打得小，虽然他不差钱，但这输得也太打击人的积极性了吧？

不过能看到无所不能的李大队长拿这小小的麻将没什么办法，虽然不应该，但文诗月还真有点儿幸灾乐祸的小心思。

幸灾乐祸过后，在她提醒他们还要回渝江这件事后，这把算是终局。

文诗月在旁边跟李且说打什么，最终杠上花自摸完美谢幕。

“我就该早点起来给你看着，也不至于一直输。”文诗月系好安全带，摸出手机解锁准备开导航。

李且无所谓地笑了笑，伸手轻轻捏了捏文诗月的脸颊：“谁叫我的福星是个懒猪。”

“你困不困啊？”文诗月手滑在手机屏幕上，扭头看向李且，“要不我来开，你睡会儿。”

“算了，我还想活着娶媳妇。”李且说着目光落在文诗月的脸上，笑得别有深意。

这话说得又调侃又调戏，文诗月的脸皮也被锻炼厚了：“哦，那祝你心想事成。”

“肯定能成。”李且说。

文诗月弯唇笑着，顺势低头看手机开导航，眸子一缩，呼吸跟着一滞。

她怎么顺手点开了 QQ？

重点是这显示的是当初加李且的那个小号。好像是上次她登录以后就没退出，手机也一直没有用过 QQ，她给忘了。

文诗月下意识抬头看向李且的同时将手机屏幕按灭，正巧对上李且看向她的黑眸。

“你这么看着我，”李且噙着笑凑近文诗月，拖着腔调说，“我会想歪的。”

文诗月暗自松了口气，是自己吓自己，过去的那段暗恋已经过去了，那些年她以为的结束到如今是一个全新的开始。既然是新的开始，她觉得也没有必要让他知道那段独角戏，她也不想让他知道。或许在将来垂暮老矣之时，她可以玩笑般地告诉他有关于她少女时代的所有心事。

但一定不会是现在。

“开车。”文诗月笑着提醒。

“遵命。”

回到渝江，文诗月说回去煮面给李且吃，结果一回到家门口，正当她拿钥匙开门的时候，被李且拉到了身后。

文诗月不明所以：“怎么了？”

李且指了指门锁，镇定地说：“有撬过的痕迹。”

这么一说，文诗月抓着李且的胳膊看去，好像确实有点儿像。

李且开了门，让文诗月在外面等着。

“小心点儿。”文诗月提醒。

“放心。”

没一会儿，李且出来，一边打着电话报地址，一边牵着文诗月进屋。

挂了电话，李且冷静地跟文诗月一一说明：“我报了警，片区管辖的同事马上过来。你通知物业和房东，再看看有没有什么重要东西丢了。”

文诗月也是进了屋才发现房子里里外外被翻得一片狼藉，她暗道不好，赶紧跑回卧室拉开抽屉。当她看到抽屉里的书和里面的照片都安然无恙地躺在原位，才吁了口气。

文诗月转身走到客厅，看见李且在四处检查，她也开始检查自己被偷了什么。

民警和物业来得很快，房东没在渝江，暂时过不来。

调了监控，做了笔录。

家里没放什么钱，就丢了笔记本电脑、一部旧手机和一些首饰。她摸了摸腕上的手表，还好随身佩戴着。基本上没多大损失，就是被翻得很乱，看起来有点儿吓人罢了。

送走了民警和物业，李且说这儿没法住了，让文诗月收拾东西上他那儿去。看着这个屋子，文诗月也后怕。还好她没在家，那万一在家呢……她脊梁骨连带着后背一阵发凉，实在是不敢想象。

“那我收拾一下。”

文诗月说完就去卧室拿行李箱装东西。

李且也帮着她收拾，问她要拿什么他去装，他一边帮忙整理东西，一边心里也跟着后怕。

万一这姑娘在家遇到这种事，会不会就不只是偷窃这么简单了？他没敢再想下去，那些案件光是在脑子里闪现一下，他的心都像是被针扎一般。

等文诗月反应过来的时候，她人已经进了李且的家门。

就在几个小时前离开南兴的时候，王晚晴还跟她交代来着：“虽然我对李且很放心，但是谈恋爱很多事说不清楚。妈是过来人，都明白。只不过你毕竟是女孩子，你们也还没结婚，所以凡事要注意安全。”

王晚晴虽然没有明说，但文诗月自然是明白言下之意。她说自己会有分寸的，也会注意安全，叫王晚晴不用担心。

只不过她做梦都没想到，她今晚刚回来，就住进了李且的家里，她都没闹明白自己居然一点儿不带犹豫就同意过来了。

文诗月看见李且从鞋柜里拿出一双粉色的女式拖鞋摆在她面前，跟一旁鞋架上的男士拖鞋是一个款式，怎么有一种他早有预谋的错觉？

“上次休假的时候买的，就等你来。”李且也不遮掩，接过文诗月的包，直言不讳。

“情侣款？”文诗月也不矫情，一边换鞋一边问。

“最畅销的情侣款。”李且吊儿郎当地嘚瑟道。

换了鞋，李且看他们这一顿折腾，时间也不早了，还得收拾，跟文诗月商量点外卖，得到同意后便打电话点了起来。

定好了吃的，李且牵着文诗月带她看了一遍房子，两室两厅两卫一书房，跟个样板房似的，很大也很新，估计是李且常年在基地住，很少回这儿住的原因。

怎么说呢，少了点儿人气，整体是黑白灰的现代风，两个人从卧室出来走到客厅，往露天大阳台走去。楼层高，放眼望去，远山触手可及，河岸灯火辉煌。

这小区和这房子，环境一流，安保一流，地理位置一流，楼层一流，价钱也是一流。这么说吧，大部分人干一辈子都买不起，当然也包括她。

“这边交通更方便，距离你单位直线距离跟那边差不多，重点是安保设施各方面我都很放心。我不想我不在你身边你住得不安全，所以，”李且说着从后面抱住文诗月，将她圈在怀里，温热的气息打在她耳畔，嗓音靡靡带着蛊惑，“住这儿别走了。”

文诗月那边的房子下个月底就到期了，现在出了这事再住着也心有余悸。一时半会儿要找合适又安全系数高的房子的确不容易，眼下这个确实是最佳方案。

只不过，这不就相当于同居了。但是同居的前提是两个人每天同住一屋，李且这工作性质，想同居都同不起来。那他休假她也想多跟他待在一起，这样好像也不错。

而且他担心她的安全问题，她也不想他出警的时候心里还要牵挂她的安全……

耳郭被一点一点地咬着往下，湿热感混着细碎的酥麻激起她浑身的鸡皮疙瘩，身上渐渐升了温，气氛变得暧昧丛生。

“想好没？”李且哑声问。

“你这算是……”文诗月浑身有些发软，嗓音娇柔，“引诱我？”

李且搂紧怀里的姑娘，弓背低头将下巴搁在她的肩上，偏头亲了下她的颈侧：“这不努力让你感受搬过来的好处。”

文诗月轻轻抠着李且的手背：“是你有好处吧。”

“那你就可怜可怜我，给我点儿好处呗。”李且拿下巴在文诗月的肩上蹭着。

“既然你这么可怜，”文诗月被蹭得心猿意马，轻声说，“那我就……”

“同意了？”

“那你什么时候有空帮我搬家？”

“现在。”

“也不用那么急吧？”

“明天。”

“嗯。”

吃了饭，收拾妥当，李且把文诗月的行李箱推到主卧。

“我答应住过来，可没答应跟你住一间房啊。”文诗月很有原则地告诫。

李且瞧着文诗月，勾起嘴角坏笑：“不住一间房，你怎么可怜我？”

文诗月愣住了。

“好了，不逗你了。”李且笑了起来，走到文诗月跟前揉揉她的头顶，说，“我睡次卧。”

“那我不成了鸠占鹊巢？”文诗月知道自己被耍了，故意还击。

“如果你过意不去的话，”李且弯腰跟文诗月平视，压低嗓音对她说，“我也可以跟你睡。”

文诗月觉得自己过意得去了，她伸手拉着李且的胳膊往外走：“你还是睡次卧吧。”

洗完澡，擦了脸，已经过了深夜十二点。

李且刚洗完澡，在客厅沙发上坐着喝水，便看到出来的文诗月。

姑娘穿着长袖长裤的薄绒睡衣，一头乌发散开，跟白净绵软的肌肤形成了鲜明的对比。夜深沉静，她让他感受到了一种前所未有的安定和温馨。

李且搁下水杯往沙发背上一靠，敞着两条大长腿，慵懒地瞧着文诗月，问道：“怎么啦？”

“我倒杯水喝。”文诗月脸一热。

“过来。”李且朝她伸出手来。

文诗月发现人家一招手她就过去了，完全没有一点儿矜持的模样。

她一过去，李且拉着她的手腕就把她扯到他的腿上侧坐着，她条件反射地攀住了他的肩膀。

李且搂着文诗月，一起往前微倾，挨得近，鼻息间全是她身上的香味，勾魂摄魄。他长臂一伸，将茶几上的水杯端起来，递到姑娘嘴边，伺候她喝水。

文诗月喝了几口水，喝得脸红心跳，人往后仰：“好了好了。”

李且低笑着，就着她喝过的位置将杯子里剩下的水喝完。

文诗月全程看着他喝水的动作，暗自抿了下嘴唇，怎么感觉喝了水反而更渴了？

李且将杯子搁回到茶几上，往后一靠，他盯着文诗月泛着水光的红唇，抬起手，拿指腹慢条斯理地划过她的嘴唇，抹掉唇上的水渍，遂抬眸睨着她。

文诗月也在看李且。

他因为洗了澡，浑身还笼着一层水汽。沐浴露味道浓郁好闻，是他身上一贯的木质香，像惑人心智的迷药。头发还有些濡湿，如少年一般清爽干净。眉眼像是刻在了她的心上，永远让她悸动。鼻梁高挺，睫影落在上面，影影绰绰。薄唇色调自然淡红，下颌线紧致流畅又清晰，每一寸都像是大师精心雕刻出来的得意作品。

室内温暖如春，灯光却优柔暗昧。

李且穿着宽松的家居服，领口敞开，那凹凸平直的锁骨完全暴露在空气里。

两个人此时的坐姿，在光晕旖旎里，让她看清了他领口下那大片冷白的肌肉，格外性感。

文诗月被李且凸出又锋利的喉结吸去了注意力。

他吞咽了一下。

所有的一切仿若被摁下了慢放键，每一帧的画面都如此清晰又细致，就像是在故意勾引。

文诗月意识到自己上了钩，有些不自在地收回目光，一抬眼，就被大手捏住下巴，往下不轻不重地一拉。

灼人的气息顺势袭来，她被咬住了唇。

两个人都没闭眼，目光胶着。

文诗月看见了李且那深暗的眸色，如墨汁染满了整片海域，看似平静的海面下卷着巨浪滔天。

“好看吗？”

李且轻咬着文诗月的下唇，慢慢地往上磨着，不疾不徐，像是吞咽着人间至味。

“我……没看。”文诗月含混不清地死不承认。

唇上是李且近乎气音的笑，他捉住她的右手，沿着肩膀一路往下带。

她想抽回手，却被他更紧地摁在他的腹肌上，隔着衣服都能触摸到他排列整齐的一块块“方砖”和炽热的体温。

指尖着了火似的。

“但是你摸了。”李且说着又咬了她一口。

文诗月被他迷惑得大脑一片空白，在这一刻不但失去了狡辩的能力，连说话的能力也一并消失得无影无踪。

“嗯。”她的手还在人家身上，不得不承认。

这轻轻地低吟一声，却更像是一种无言的邀请，挠得人心痒。

李且压着文诗月一同倒向沙发。

他撬开她的贝齿，抚上她的纤腰，嗓音嘶哑带着沉沉的喘息：“那我收点儿费，合情合理吧？”

沙发上有两道缱绻的影子在灯火里暧昧，静谧的客厅里能听见丝丝入扣的声音，缠绵悱恻。

文诗月勾着李且的后颈，指尖扣在他颈椎骨上，像是跌进水里无法振动翅膀的蝴蝶，还偏偏被一团烈火团团围住。

快要湮灭在这片水深火热里，逃不掉，也不太想逃。她仰着头，唇舌被咬得发麻发烫。

男人伏在她的身上，呼吸急促。他深深地呼吸着，滚烫的气息打在文诗月的脸上。

文诗月睁开眼对上男人的双眸，看见他眉眼间染满了失控，看到他淡红的薄唇色彩极为潋滟勾人。

李且起身，拉文诗月起来相对而坐。

他俯身啄了下她的唇，音色沉哑得厉害："晚了，快去睡。"

文诗月点点头，视线却不由自主地落了下去，有些欲盖弥彰的视觉冲击。

李且意识到文诗月往哪儿看，觉得这姑娘吧，你说她容易害羞，有时候这胆子又挺肥。

这可不是她第一次这么明目张胆地当"盯裆猫"了。

就是被她这么一看，他本就还没下去的火又要蹿上来了。

"还不困是吧？"李且作势要脱衣服，揪着衣摆往上拎，露出一小片块状腹肌，"来，咱们继续。"

"困了困了。"文诗月红着脸挪开眼，跟个兔子似的从沙发上跳起来就跑。

"穿鞋。"李且见她光着脚，起身拎着拖鞋追了过去。

等她在主卧门口把拖鞋穿上，李且顺道提醒她："别再出来了。"

"嗯？"

"我怕我兽性大发。"

卧室门"砰"的一声被关上了。

文诗月关上门，靠在门板上，隐隐约约听到了外面卫生间传来的水声，脸好像更烫了。

她转身也进了卧室里自带的卫生间，在洗漱镜前看到自己像是擦多了腮红的脸，一路染到了耳朵。

莹白的镜前灯打在她身上，脖子上的红痕明显，再往下，锁骨上红色的斑驳更显妖艳。

她摸着依旧发烫的红唇，有些肿，舌头也还发着麻。

文诗月抿唇笑着，打开水龙头，双手拢着水拍拍脸，也给自己降了降温。

# 第十章／烙印在心间的欢喜

时间轮转，人们似乎还没反应过来，已经走到了十二月底。

临近跨年，李且忙，文诗月也忙。

跨年夜这天两个都在工作的人倒是在中心广场相逢了，只不过各司其职，也没办法在一起说上几句话。

人山人海的广场里，他们只能隔空遥遥相望，却也羡煞了一群人。

跨年倒计时，正面塔楼变幻着色彩，显示着数字，各色灯光大亮，映照在每一个人的脸上，都是一派期望的喜气洋洋。

文诗月也在最后一分钟的倒计时里，跟着人群默默地倒数，垂在身侧的手忽然被人牵了起来，顺着指缝滑进去，紧紧扣住，熟悉的味道和温暖的触感叫她的慌乱一闪而过。

文诗月扭头看去，对上了李且那笑意浓浓的深邃双眸，这一刻她倏然想到了2009年那个令人绝望的跨年夜，也是这个人陪伴着她走了那段最艰难的路。时隔十年，他重新来到了她身边，以爱之名，将会陪伴她跨过今后的每一年。

文诗月望向被城市灯火点亮的夜空。

爸爸你看，我爱的人跟你一样保护着人民，而他也会永远陪在我的身边。

此时耳边是整齐划一的：“十，九，八，七，六，五，四，三，二，一！”

烟花在最后一秒腾空炸开，所有人都在欢呼，拥抱，拥吻中高喊着新年快乐。

烟花绽放，绚烂夺目，点亮每一张笑脸。

文诗月仰头看向李且，李且垂眸看向文诗月。他们在人群中互相朝对方道了声：“新年快乐。”

从他们身后看去，周围的人们欢呼雀跃，而他俩立于原地深情凝视，摒弃周遭的一切。头顶正上方烟花四散，火光盈天，而他们的眼中却只有彼此，宛若一幅精美画作。于千百人作配，于锦绣璀璨的背景下，勾勒男女主角的温情时刻。

元旦，文诗月有一天假，外面天儿太冷，她懒得出门，刚好在家里把卫生打扫了，衣服洗了。

她碰倒了东西去捡，却在洗衣机后面捡到了一个药瓶子。里面只剩一颗药，她看着这颗药，其实不算太陌生。

当年王晚晴吃过，她也吃过，治疗长期失眠的。

文诗月搬过来这段时间，李且虽然在家的时间很少，但他在家里睡的晚上她也发现过两三次他半夜开关门的动静。

她还以为他睡不惯次卧，有问过他。结果人家云淡风轻地说是有点儿认床，紧接着开始调戏她。往前，他去南兴接她那次，凌晨到了她家楼下，早上不到六点就秒回她微信。到底是睡醒了还是根本就没怎么睡，只有他自己知道。

再往前回忆，文诗月记得在勐镇的时候也遇到过这种情况，当时还觉得他是猫头鹰，后来知道他卧底暗中保护人，是特地不睡觉来着。

文诗月看着手里的药瓶，所以一切都不是她想的那样，而是李且可能有心结，所以得靠药物入睡。

她也不确定这药到底是不是跟她曾经吃的成分一样，得去找找苏木。

苏木今天不忙，文诗月把药给他，他让文诗月等等，他找了人去检验，然后顺便买了两杯咖啡过来。两个人一人端着一杯咖啡，坐在楼下花坛边的长椅上看着来往的医护和病人擦肩而过，又擦肩而过。

“你跟我说实话，药是谁的？”苏木问。

文诗月捧着咖啡，冰凉的手得到了温暖，她一开始跟苏木说是朋友的，没有说是谁。

“不说了是朋友。”

“哪个朋友？”

“你不认识。”

苏木哼笑一声：“文诗月，我打小看着你长大，你屁股一翘我就知道你拉屎拉尿。”

文诗月翻了个白眼。

苏木看向文诗月，一本正经地问：“到底是谁？”

“李且。”文诗月扭头瞅着苏木，“但是我不能确定是不是他吃的，我在他家里无意间发现的。”

文诗月搬去李且那儿住苏木知道，所以也不意外，只不过他意外的是这药是李且的，而李且看上去很正常，不像有心理疾病的样子。

文诗月继续把自己的怀疑告诉苏木，苏木说等检验报告出来再说。

苏木送过去的加急，傍晚检验报告就出来了，确实是治疗失眠的药，而且剂量不小。

“李且之前做过身体检查，他的身体机能没问题，那就是心理问题。”苏木递给文诗月一张名片，“有需要让李且去找他，他在这方面是权威。你是李且的女朋友，有些话他可能不愿意跟我说，或许会愿意跟你说。但你也别追问，提一下看他的反应，循序渐进。虽然应该不严重，但多看一个医生多些建议，这药总的来说还是少吃为妙。反正有什么事给我打电话。”

文诗月接过名片收好，点点头：“谢谢表哥。”

“我之前呢总觉得你这丫头运气好，总能让李且栽在你手里。”苏木笑看着文诗月，“现在，我觉得是他运气好，我表妹啊，值得。”

文诗月难得被苏木这么直接表扬，还有点儿不习惯。

不过须臾，她神色一顿，看向苏木：“表哥你刚才说什么？”

“我说他运气好，你值得啊。”

“上一句。”文诗月的心跳到了嗓子眼儿，她没听错，她应该没听错。

“什么？”

“你说李且总……”

苏木一回忆，他好像说了不该说的话。

不过转念一想，李且既然敢直言不讳地跟他说，也就根本不担心文诗月会知道。

话已经说出口，就让这丫头知道她男朋友到底有多喜欢她，让她好好珍惜他们这来之不易的感情。

文诗月到特警队门口的时候天色早已经漆黑。

门卫岗哨的莹莹灯光将她的脸照亮，鼻子冻得通红，眼尾也泛着红，深冬的夜风都是冰凉刺骨的，远山呼啸，如狼嚎似鬼魅。文诗月却一点儿也不觉得冷，她的心很热，翻涌滚烫。

苏木后面说的那些话还言犹在耳。

不是的。

是她为了掩饰自己，装作不在意的冷漠。

原来是因为她自己活生生地将这份萌芽扼杀。

原来他拒绝的每一个人真的是因为她。

原来这不是她一个人的独角戏，却因为她笨，自以为那就是她一个人的独角戏。

原来，她摸着手腕上的表，李且送她这块表的真正含义是这个。

经过这久长时间。

原来是十年。

文诗月此时的脑子还是很乱。

难怪自从在勐镇重逢后，他知道她一直在渝江说过可惜；难怪渝江再见后他对她是那么主动；难怪他总是说她以前对他冷淡，说她没良心。

那是因为，这份感情在十年前就已经存在了。

如果，他们没有在勐镇重逢呢，更没有在渝江再见呢，那怎么还会有今天？他们根本就不可能在一起。他们只会是两条相交的直线，在年少时相交却生生错过，而后便渐行渐远，永不相见。

一想到这儿，她的心就无比难受，却又更万分庆幸，庆幸他们在十年后抓住了彼此，将十年前的遗憾弥补。

是真正的，失而复得。

李且一出来，文诗月就不管不顾地朝他跑去，闯进他怀里，紧紧地抱住他，生怕一松手他就不见了似的。

李且抱着文诗月，还回头看了眼岗哨，随即低头温柔地问："怎么突然跑过来了？"

文诗月喉咙哽了哽，抬起头看向李且，一双杏眸里情绪很复杂，包罗万象却又格外明亮。

"就是……"文诗月吸了吸鼻子，"有点儿想你。"

自从跨年夜那晚见面后，算算时间两个人确实也有快半个月没见了，李且确实也很想这姑娘，只不过，她刚才突然打个电话说人在门口，吓得他以为出了什么事。

"我也想你。"李且揉了揉文诗月的后脑勺，耐着性子问，"所以到底什么事？"

文诗月仰头看向李且，弯唇笑了，酒窝若隐若现："你是不是晚上睡不着要吃药？"

"你怎么知道？"李且明显有些诧异。

"我看到了药瓶子。"文诗月照实说。

"就是失眠，不严重，我尽量在控制吃药。"李且安抚道，"你想啊，严重的话，警队肯定是不能留我的。"

说着，他伸手捋了捋文诗月被风吹乱的头发："因为这个你才来的？"

"嗯。"

"你这小傻子。"李且的心被填得满满当当，却又笑得无奈，"我一会儿请个假送你回去，你先跟我进去。"

"我自己可以回去的。"

"我不放心。"

"那好吧。"

“吃了没？”

“还没。”

“走，吃饭去。”

李且带着文诗月到门口登记，然后领着人走了进去。路灯将两个人的影子拉得绵长，却格外般配。寒风瑟瑟，树影在灯下摇曳，散落在两个人身上。

基地内行走，他们没有牵手。彼此之间隔着一拳的距离，像极了曾经并肩而行的少男少女。

“李且。”

“嗯？”

文诗月抬头望向他：“对不起。”

李且笑着对上文诗月的眼睛，神色宠溺：“你这么关心我，我开心还来不及，说什么对不起。”

文诗月看着李且点点头，笑而不语。

对不起，我那个时候并不是讨厌你，而是喜欢你。

对不起，请你原谅我还是无法告诉你我的秘密。

还在食堂厨房里抽烟的老廖看见突然出现的李且，手上的烟灰一抖，哭笑不得：“我说你好不容易消停了一阵子，又来抢我饭碗是吧？”

说话时他才发现还有个人，目光随之挪向了李且身旁的漂亮姑娘身上。

他回忆了一下，认得此人：“文记者。”

文诗月当时在基地的时候见过老廖，两个人没什么交流，倒是稀奇。

“你好。”文诗月微笑着，“没想到你还记得我。”

“我对美女的记性是永恒的。”老廖说着暧昧丛生地看了眼李且，“尤其是整个特警队都知道的，咱们李队的女朋友嘛。”

文诗月听到这话还是有些不好意思地顺势瞥了眼李且，这人怎么谁都说。

李且默认般地笑着，抬了抬下颌：“厨房借我一下。”

“得。”老廖摸过灶台上的烟朝文诗月一颔首，经过李且的时候不忘提醒，“老规矩，收拾干净啊。”

“我什么时候没收拾干净？”李且瞅了眼老廖的烟，说，“少抽点儿。”

“嗐，你一个不抽烟的不明白这玩意儿的好。”

“对身体没好处。”

“知道。”老廖的声音消失在门口，倏然又探进来个脑袋，“有摄像头啊，注意影响。”

话毕，人就彻底消失不见了。

李且笑着收回目光，一边撸着袖子，一边跟文诗月说：“这个点吃点儿软食，给你下碗面？”

“好。”

李且把水烧上，然后很是娴熟地找到需要的东西，一一备着。

文诗月看着他当自家厨房一样熟悉，想起老廖的话，不由得问：“你经常来这儿做东西吃？”

李且在水池洗菜，低沉的嗓音混着水声传来：“也不是经常，看需要吧。”

文诗月也没多琢磨他这需要是什么需要。

她杵到水池边，拎着一根香菜玩，又问：“你不抽烟，那你在勐镇怎么给我感觉是会抽的呢？”

李且关上水龙头，抽刀切菜，完全凭手感。

他偏头看向文诗月：“演戏演全套，为了符合林旭的特点，其实就是人前装装样子，不过肺就没瘾。”

文诗月盯着他手里切菜的动作，生怕他切到手，但是他这切菜技术真是好到让人咂舌。

“我看你们队里好多人都抽烟，你怎么不抽？”她问。

“我怕死。”李且漫不经心地来这么一句。

“我要信你了。”

怕死你就不会干特警了。

“有个故事，一个老爷爷因为抽烟得了肺癌去世了，他的老伴儿打了七年官司才换来了烟盒上‘吸烟有害健康’六个字。”

“我好像听说过。”

“其实有个最主要的原因。”

“什么？”

李且搁下菜刀，拿一旁的抹布擦了擦手，凑到文诗月耳边跟她低声耳语：“怕你嫌弃味道不好闻，不给我亲。”

文诗月轻轻拍了下李且的胳膊：“有摄像头，你正经点儿。”

李且听话地“哦”了一声，退回去继续忙活。

其实他不抽烟是打小就受了家里的熏陶，家里没人抽烟，以至于他也没什么兴趣，但是青春期确实好奇过，也跟着抽过。只得出一个结论，这玩意儿是真没意思，难抽还对身体有害。

文诗月就这么看着李且有条不紊地忙活着，毕竟他也是出身富裕家庭，这手法太利落，可不是一朝一夕练成的，不由得好奇。

“你怎么这么会做饭？”

“我家秉承自己动手丰衣足食的理念。”李且把面放进开水里，拿筷子搅了搅，搁下筷子开始兑调料，“后来出国也吃不惯，就自己做，越做越顺手。”

说到出国，文诗月瞧着李且。

如果他当年没有出国，如果她也去了北城的大学，他们会不会早就在一起了呢？

就好像是命运在跟缘分缠斗，一开始命运占了上风，可最终还是败给了缘分。

是啊，无论如何，她跟李且不败命运。

风雨山海兜兜转转，有缘终归会再相逢，一同续写前缘。

面好了，李且端着面，领着文诗月坐到靠窗那边的桌子上去吃。

文诗月坐下闻了闻，热气袅袅，裹着香，扑进鼻间，光闻闻都能感觉到好吃，再加上这卖相，她毫不怀疑李且之前大言不惭说什么都会的话了。

她其实也是第一次吃李且做的东西，主要是平时他一休假他们基本上都是在外面约会。要么就是好不容易待家里，她心血来潮给他展示新学的菜，最后沦落到食材泡汤，只能点外卖。

算起来，李且还真没机会展示他的厨艺。

李且不知道从哪儿拎过来一个凳子，就着文诗月身边坐下，揉揉她的头顶，说：“看就能看饱？”

文诗月笑着拿起筷子，低头吃了一口。额边的碎发随之落了下去，被李且温热修长的手指给捋到了耳后，他还揉了揉她冰凉的耳朵。

“这味道？”文诗月有些不信，又吃了一大口，慢慢回味着这格外熟悉的味道，终是想起了什么似的，肯定道，“你是那个大厨。”

是因为很喜欢吃，所以特别熟悉，哪怕做的食物不一样，但她吃出来自同一个人之手。而且，之前给她点的外卖里也有面条，她不会认错。难怪老廖看到李且会说那话，是因为之前的外卖他是借用这地儿给她做的。

“嗯。”

李且既然决定要做，就料到会被吃出来，也没觉得有什么，这种事其实想瞒也瞒不住。毕竟以后家里做饭这事儿得落在他头上，这姑娘迟早都会知道。

“我也没打算瞒着你，早就想做给你吃了。”李且想起这姑娘在家里霸占厨房的样子笑得更开怀，“这不是看你大展身手，我没那个机会嘛。”

对上号以后，文诗月想起了相亲的事，也就是说他一直都在暗处看着她。

看到她跟别人相亲，却还给她做好吃的，又不敢现身。

一想到那段时间，又想到苏木的话，她鼻子又是一酸。

他真的为她做了太多太多。

“你说我傻，你才傻。”文诗月委屈巴巴地看着李且，眼眶都泛着热，“偷偷摸摸的。”

李且见文诗月要哭的样子，拿手指挠挠她的脸，故意活跃气氛：“不厚道，怎么骂人啊？”

“本来就是，”文诗月撒娇，“看着我跟别人相亲，你不吃醋吗？”

“吃，怎么不吃。”李且佯装生气，“那不是气得我第三天就不去了吗？”

“那是你没空吧？”文诗月无情地拆穿。

“你这么直接就没意思了啊。”

第三天他确实得归队，才没再去。

那时候其实他也曾想过，如果文诗月真的能遇到一个好的对象，调查下来不说比他好，至少也不能比他差，他就能放心放手。

可是，亲眼看到她跟人相亲，他就心如刀绞。他不甘心，不甘心就那么放手，他不甘心把她交给任何一个男人。直到孟白元的婚礼，在她还没有哭着说出那些话的时候，他就已经下定决心不会放手。

文诗月凝视着李且，看着他不想她难过逗她开心。

想到过去种种，她的心潮翻涌。

“放首歌听听。”她说着摸出手机。

李且突然有些哭笑不得：“不是，你这一会儿风一会雨的，什么脑回路？”

话音落下之时，手机里男歌手独特的嗓音伴随着音乐，缓缓道出了姑娘未能宣之于口的心声。

我一直都想对你说
你给我想不到的快乐
像绿洲给了沙漠
说你会一直陪着我……

李且调笑的表情因为歌词内容一顿，一双深邃的黑眸渐渐爬满浓烈的深情。

就是爱你爱着你
有悲有喜
有你
平淡也有了意义
就是爱你爱着你
甜蜜又安心
那种感觉就是你……

文诗月深深地看着李旦，清澈的双眸里光芒生辉，满目都是不言而喻的爱意。

听懂了吗?

不只是喜欢，是爱。

李旦，我真的，很爱你。

只爱你。

李旦一动不动地瞧着眼前的姑娘，胸腔剧烈起伏。

不是无缘无故地说风就是雨，而是她在借歌向他告白，歌曲里的每一个字都是她对他的爱。

歌曲让这厨房都变得情有独钟，他直接扣着文诗月的后脑勺，就要吻过去。

文诗月微微侧了侧，他的薄唇吻在了她的嘴角。

“有摄像头。”她轻声提醒。

“死角。”李旦说。

“我吃了香菜……唔……”

李旦此刻的心情无以言表，因为这首歌，这首特地播放给他听的歌，叫他失掉了所有的理智。

他又何尝不是爱着这个姑娘，就是爱她，从一而终，一生只爱她一个。

虽是无神论者，可他却期盼着真的有来生，他定会找到她，爱她生生世世。

就是爱你爱着你
我都愿意
就是爱你爱着你
要我们在一起……

几分钟后，厨房内柔光寂静，歌曲早已播放完毕。李旦松开文诗月，等她继续吃已经有些坨了的面。文诗月也没吃多少，就担心着李旦会不会因为刚才的亲吻而香菜过敏，以至于一直在观察着他。

李旦胳膊肘杵在桌面上，支着脑袋让她看，也不说话，就笑，跟个痴汉似的。

“你真没有不舒服？”文诗月干脆搁下筷子问。

李旦摇摇头，继续当痴汉。

文诗月还是不放心，干脆就着灯光检查起来。他露出来的一截结实的手臂没有过敏症状，脸上依旧英俊，没有任何问题。

李旦抬起搁在腿上的手，很是明显地挠了挠脖子。

文诗月一惊，赶紧起身来也没管合不合适，去解李旦特警制服的扣子。

解开后，她扯开领子探头往里看去，就听到耳边浓浓的笑声：“虽然是死角，但好歹也是队里的厨房重地，再扒下去就真少儿不宜了。”

文诗月的手一缩，被李且捉住，摁在领口敞开的肌肤上。

他微微仰头，对上姑娘的杏眸，吊儿郎当地说：“想看，等我回家慢慢脱给你看，咱不急于一时。”

“你别闹。”文诗月瞋他一眼，“跟你说了我吃了香菜，你真的是……”

“我真的是，回赠你一首歌。”李且打断文诗月的话，拖着腔调一字一顿地对她说，“《死了都要爱》。”

文诗月没好气地瞪他一眼。

元旦过后，李且休假在家里当家庭煮夫，除此之外，还负责接送文大记者。

反正自打文诗月知道了李且的手艺以后，就决定不再丢人现眼，吃现成的，有好吃的比什么都强。

吃了晚饭，两个人窝在沙发上看电影，文诗月渐渐有些犯困。

她干脆躺着看，看着看着就没了知觉。

恍惚中，好像是李且抱着她进了卧室，把她放在床上。

她实在是太困睁不开眼睛，就感受到被子盖在身上，额头一阵温软和耳边一声极具温柔的“晚安”。

文诗月再次醒来的时候，是深夜两点多。

她想起自己好像在沙发上睡着了，想到李且会不会又在失眠，于是干脆出去看看。

夜半三更的冬夜寂静又诡异，窗外寒风哗啦作响，屋内暖气充足，两番天地，客厅里电视的光亮打在靠在沙发上的男人俊朗的脸上。

电视里播放着《英雄本色》，却没有什么声音，也不知道李且是在看还是没在看。

这让文诗月蓦然想起了那一夜的勐镇，她被手机灯光下的李且吓得摔倒，屁股墩痛了好几天。可是眼下，她没有被吓到，反而是升腾起一阵阵的心疼。

李且在文诗月一出来就发现了，所以当她走到他眼前的时候，他也没什么特别的反应，只是望着她问：“怎么醒了？”

文诗月走过去直接坐在了李且的腿上，揽着他的脖子，不答反问：“你呢，睡不着？”

“在控制吃药。”李且顺势搂着文诗月的腰。

“那你控制吃药就失眠的话，对身体也不好。”文诗月说，“苏木给了我一个心理医生的名片，说是权威专家，要不要去看看？”

李且摇头：“看过好几个，也都是权威专家，只有慢慢来。我现在情况比以前好了很多，一直都有复诊，目前遵照医嘱停药，不用担心。”

“那你今晚不睡吗？”

“晚点儿吧，看情况。”李且抚了抚文诗月的腰线，“你还要上班，快去睡。”

“要不……”文诗月瞧着李且，抿了抿唇，“你跟我一起睡吧。”

“嗯？”

“就像打哈欠一样，人与人之间是会传染的，睡眠情况应该也大同小异。”

“你这理论挺新鲜。”李且笑了。

“试试总比你干熬好吧。”她很心疼。

李且勾着唇，俊眉一扬，刻意压着嗓音盯着文诗月的嘴唇，说：“但是你确定一个男人跟他喜欢的女人一起睡觉，他不会更兴奋得睡不着？”

文诗月叹了口气：“你就不能暂时不想那事？”

“学妹，”李且掀起眼帘，“生物怎么学的，什么是本能，嗯？”

“行吧，我就是建议，不愿意就……”

“那就试试。”

李且顺手摁了沙发上的遥控器按钮关了电视，随即轻松地抱起文诗月站起来，大步往主卧走去。

文诗月突然有些紧张：“纯睡觉。”

李且说：“看情况。”

文诗月腹诽：什么就看情况了？

两个人一起躺在床上，文诗月还是有些紧张，跟平日里在沙发上还是不太一样。

在床上的氛围实在是由不得她不往那方面想，万一李且真的扑过来，是给他还是不给呢？

但是这个点了，明天还要上班，而且也没有准备那个……

可是他想要，她其实也不想拒绝他，她今天好像没擦身体乳……

这边厢文诗月在那儿各种脑补得厉害，那边厢李且关灯躺下后完全没有下一步动作，人老实地躺平，跟她中间隔着一条隐形的三八线。

文诗月发现她那个理论可能是有用的，至少她被传染清醒了。

“李且，”文诗月翻身面对他，像个医生似的问诊，“有没有困意？”

“相当清醒。”李且也转过来面向她，因为躺着嗓音更显沉哑，也像个听话的患者。

“聊聊天。”

“想聊什么？”

文诗月想了想，温声说：“就聊你为什么会睡不着。”

“四年前我执行一项任务，跟我一起的队友叫江轲，也是我的好朋友。”李且语调很平淡，像是在说别人的故事，“还有一天就是中秋，我们还约好执行完任务一起去买月饼……”

那天要抓的是一个职业犯罪组织，就是有人出钱，他们什么都做的那种。

那也是李且职业生涯里遇到的唯一用枪如神的罪犯，是个狙击手。

他躲在无人之地狙击他们。

江轲被突袭，腿部中枪倒下的时候，李且临时隐蔽的位置离江轲很近，李且想要救下暴露在平地上的好友。

可是每当李且要突围去救江轲的时候，江轲就会挨一枪，能有什么比一次次想要救下来，却无能为力更让人绝望的?

见江轲血流了一地，李且红了眼，到现在也没能准确找到狙击手的位置。此时只有他俩，在丛林里，他们的通信设备被干扰，无法确定位置请求增援。对方的狙击手就是在跟他们玩游戏，江轲就像是他的活靶子。

江轲不让李且出来救他，李且出来他们两个都得死。到最后，李且精准找到狙击手的位置，用反光镜干扰救下江轲。

可惜，江轲身中数枪，已经奄奄一息。

江轲临死之前还笑着抓着李且的手，跟他说：“月饼就只有你自己吃了，顺便也帮我吃了。”

而这个犯罪团伙唯一没被抓住的就是那个狙击手。

李且被江轲的家人误会他见死不救，虽然领导都解释这跟李且无关，可是他还是陷入了自责。

以至于为了避免冲突，他每年都提前一天带着月饼去祭拜江轲，暗地里照顾他的家人。

江轲牺牲后那段时间李且连开枪都成问题，一闭上眼睛就是江轲被一次次击中，浑身的血染满了作战服，鲜红一片。

他因此整夜地睡不着，确实是差点就干不了特警了。可他不能不干特警，他还要为江轲报仇，要亲手将那个人绳之于法。他开始积极配合治疗，比任何人都努力练枪、训练、出任务。

每一次出警，他计划缜密，考虑周全，不希望再有队员成为第二个江轲。

四年了，李且虽然已无大碍，可是他这心结始终还是没完全解开，以至于还得靠药物入眠。也是遇到文诗月以后，他慢慢开始接受医生的建议脱离药物治疗。

被子又发出声响，文诗月主动挪到了李且的怀里。难以想象他眼睁睁地看着好朋友在眼前失去生命的无助，难以想象他这几年是怎么扛过来的，更难以想象他是以何种心情把这么残忍的事如此平静地讲出来。

“会好的，”她的手抚摸着他的脸，像是给予安慰一般，“一定会好的，我会一直陪着你。”

无论如何，我都在，我会永远在你身边，陪你渡过每一个难关。

李且抱紧怀里的姑娘，温香又柔软。

他低头亲了亲她的眼睛。

“我没事，放心。”

“嗯，我的李队长是最棒的。”

“好了，聊完了，快睡。”

时间一晃临近过年，年前头几天李且有一天假。

他下午提前离了队先去买菜，买回了家备好了菜，看时间差不多，便去电视台接文诗月。

晚上他们约了好友们一起提前过个年。

文诗月这段时间一直很忙，加上网络上传播的有关传染病的事闹得沸沸扬扬，但是又没有确定，总之搞得人心惶惶。而他们站在新闻的前沿，必须时刻关注，随时做好报道的准备工作。

文诗月一出来看到穿着一身黑色大衣的李且，更显肩宽腿长，气质出众，颜值逆天。他不笑的时候看上去有些冷峻，给人不易接触的气场，路过的人就没有不看他的。

李且看到她，嘴角勾起弧度，像瞬间融化的冰山，迈步前来迎接。

她也朝他走了过去，人到跟前就嘟囔：“你就不能在车上等？”

李且对这话产生歧义：“我见不得人？”

“是太见得人。”文诗月画重点，“过于招摇。”

李且牵着文诗月的手包裹住给她焐暖，一边往停车位走，一边说：“反正也被你收了，我懂得洁身自好，别吃醋。”

文诗月：“我才没有。”

李且凑到文诗月耳边，还故意像狗一样闻了闻：“那怎么酸酸的？”

两个人上了车，文诗月正摘下围巾，李且伸手过来捏了下她的脸：“最近很忙？”

“嗯。”文诗月拉着安全带，一边低头往插孔里摁，一边说，“最近不是在传那个传染病吗，整个台里都忙。”

“忙也要吃饭。”李且老父亲上身，“才多久没见，你又瘦了。”

“那我争取今晚多吃点儿。”文诗月没心没肺地咧嘴跟李且笑着。

李且瞧着文诗月脸上的酒窝，凑过去亲了一口。

正好有人从他们车前路过，吓得文诗月往下缩了缩，把半张脸拢在羽绒服领子里。

“大白天的，有人。”她觑了李且一眼。

“我亲你了吗？”李且系好安全带，特大义凛然地说，“我亲的是酒窝。”

文诗月腹诽：有区别吗？

李且也被自己的谬论给逗笑了，一边笑着一边心满意足地开车离开。

回到家，两个人各自脱了外套一起进了厨房，李大厨要开始大展身手，文帮厨给他系围裙。

系好围裙带子，文诗月面向李且，看他衬衣领子没翻好，伸手帮他整理。

李且心领神会地弯腰到她最顺手的位置盯着她，目光在她轻咬着下唇的地方定住，有点儿口干舌燥。

文诗月理好衣领，目光正好撞在他脖颈间上下滑动的喉结，真的好性感。

她心一动，凑上去在他喉结上亲了一口：“好了。”

就是个简单的完成动作，不带任何情欲，却叫眼前的人明显僵了一下。

文诗月还是没意识到严重性，也没注意到李且眼中渐渐燃起的火，转身准备拿草莓去洗。

人刚一转身，就被李且扯进了怀里，带着她步步后退着：“勾引我？”

“啊？”

文诗月跟着李且退到岛台，被他抱了上去。

他整个人站在她的两腿之间，定定地瞧着她。

她目光一瞥，看到他喉结才反应过来，还不怕死地伸手戳了戳：“这个吗？”

手指被抓住，被李且搁到嘴边像是惩罚似的咬了一口。

随即，他整个人倾身过来，搂住她往自己身上贴。

就在这时，门铃声响起，将这旖旎之火生生掐灭。

李且叹了口气，把文诗月抱下来，让她去开门。

周芊跟她男朋友带着酒，谢语涵和孟白元带着菜，一前一后地来了，最后到的是苏木，带着空手的自己。

男士们很自觉地进了厨房，女士们在客厅看电视聊天。周芊这是第一次见到李且，在文诗月耳边说了好久的“绝”。岂止是极品，那是极品中的极极品。

“难怪你从头到尾都栽在这一个身上。”周芊花痴地往厨房方向看了眼，不由得喟叹，“见过星辰大海的人又怎么会再瞧得上萤火荷塘。”

文诗月“嘘”了一声，凑到周芊耳边：“他不知道以前的事。”

周芊笑着比了个“OK”的手势。

吃饭的时候气氛很好，都是各行各业的精英，天南地北地聊。就是苏木瞧着这一对对的十分碍眼，众乐乐不如独乐乐。不过话题最终还是转移到他这儿来，有关最近传染病的事。

苏木说目前的情况他也不是特别清楚，但是有认识的朋友跟他提过这事，确实有些不容乐观。不过具体到底是什么情况，目前没有公布，他也不是这个方向的医生也说不清楚。

反正让大家也不要太紧张，注意公共卫生，要相信当今的医学。大家也没就这件事多问多聊太多，一起举杯提前庆祝新年快乐。

送走了大家时间也不早了，外面飞起了绒雪，不大，在灯影绰绰下，落地成水花。

文诗月跟着李且一起收拾。

收拾得差不多了，李且让文诗月去洗澡，明天还上班。文诗月见也没什么她要做的，便回卧室拿衣服洗澡。主卧浴室里有个大浴缸，文诗月在里面泡了很久，浑身疲劳渐渐散去。

躺在床上，李且拉着文诗月的手放在嘴边轻轻吻着：“过年休几天，你看哪天合适见我家里人？”

文诗月窝在李且怀里，想了想，说：“年三十开始休，要回南兴，初六上班，你呢？”

“我这边轮休，看你的时间，我把假调出来。”

“那就初四、初五都可以。”

“好，那我先去南兴接你，再去我家。”

“嗯。”

说到见家长，一开始还没觉得，现在时间临近，文诗月莫名紧张，好像有一点儿见家长焦虑症。

“你家人会不会不喜欢我啊？”

“怎么突然怕这个了？”

“就我俩家庭差距也不小。”

“没看出来你还挺有门第之见的。”李且把玩着文诗月的手指，“放心，不出意外他们会对你感激不尽，特别喜欢你的。”

“嗯？”文诗月不明所以。

“这么说吧，”李且语带笑意，“如果没有你的话，咱们家到我这一代基本上就该失传了。”

文诗月听了这话，抿唇一笑，心里格外甜。

其实能把李且教育得这么好，他父母肯定都是很温良的人，她或多或少有些杞人忧天了。

文诗月抬头看向李且：“你不回去睡？”

“上次是谁让我上这张床的？”

“那你这是打算赖着不走了？”

“没听说吗？请神容易送神难。”

文诗月跟他辩论：“你们当警察的不应该是无神论者吗？”

李且哼笑道：“文诗月，你都把我摸了个遍，想当负心汉？”

这什么神奇的理论。

“明明是你。”

“我什么？”李且说着故意蹭了下文诗月。

文诗月被这么一蹭，赶紧往后一躲，又被捞了回去。

“怕了？”

“才没有。”文诗月抱紧李且，问，“是不是这样你会容易睡得着一些？”

文诗月感觉上次两个人一起睡了以后，好像还行，连她都睡得比平时踏实，醒来以后李且都在做早饭了。

她觉得应该还是有用的。

“是啊，文医生。”

“我又不是医生，别乱喊。”

“你是我的私人医生。”

文诗月被李且抱得太舒服，困得打了个哈欠，闭着眼睛想说什么到嘴边却成了呢喃。

“睡吧。”李且抬手关了灯，亲了亲姑娘的头顶。

“嗯。”

“晚安，月月。”

“晚安。”

等文诗月彻底睡着，李且轻手轻脚地起身下了床。

他给她掖好被子，走出了房门。

李且站在阳台上吹吹冷风，把浑身的火降了下去，却倏然笑了起来。

真要这么抱着睡一夜什么都不做，他怕是要挂男科看看了。

过年时疫情暴发，见家长的事情暂时搁置。

不仅如此，两个人连见面的机会都几乎为零。除了在各自的岗位上偶尔碰到，相互叮嘱彼此，基本上没有假期可休。

文诗月作为记者蹲守在新闻一线，每天都在实时报道疫情的情况。看到很多人间真情，也感受到了民族团结的力量。

李且他们也全部取消休假，在城市的各个角落设置关卡，每天恪尽职守地守护着老百姓们，也抓获了在这期间心存不良的人。

而苏木长期驻扎在医院，有时候能碰上来采新闻的文诗月，千叮咛万嘱咐要她注意防护，文诗月同样嘱咐回去。

这一场没有硝烟的战役一直从凛冽寒冬打到春暖花开，又迎来悠悠夏季。

这天李且休假，文诗月临时跑一个新闻，估摸不到时间。太晚的话她就在台里凑合一晚，反正第二天她可以休假，回去再补觉。

于是，被女朋友抛弃的李队长便只有去找未来的表哥吃饭。苏木晚上正好不当班，两个人便决定去下馆子。

苏木看到李且的表，想起了文诗月也有块同款。

李且注意到苏木的目光，有些嘚瑟地笑了起来："哎，新年礼物。我女朋友非要跟我戴情侣表，我不能让她不开心。"

苏木呵呵冷笑："我发现你谈个恋爱跟开屏孔雀似的，突然有点儿想念当年的你。"

"当年怎么的？"

"至少还是个人。"

李且笑了："哎，你就嫉妒吧，单身狗表哥。"

"滚。"苏木给气乐了，嫌弃地拎起李且的袖子仔细看他的手表，"话说我表妹什么时候成富婆了，都能包养你了。"

大年二十九，文诗月把手表给李且的时候，李且也这么问过她，说没想到她还是个小富婆。

文诗月说："实不相瞒，你要没工作我养你也不是没能力。"

苏木又问："那你呢，回什么礼？"

李且说："工资卡上交了。"

其实文诗月是不要的，耐不住他的软磨硬泡，姑娘就说帮他存着。他也无所谓，反正都是她的，爱怎么样就怎么样吧。

苏木笑着，默默给他比了个大拇指。

两个人到了餐厅，没想到遇到了曾经高中的老同学赵恒。他是后来转了学，至那之后也就没再有什么联系了。

三个人寒暄了一会儿，赵恒跟苏木要熟一些，苏木就打趣他："怎么转了学就跟去别的星球定居似的，查无此人，QQ 都不上线了？"

赵恒笑道："也差不多，我转学后就出国了，你们也知道那边 QQ 也不怎么用得上，后来时间久了密码也给忘了。"

李且听到这儿，提取了他这话里的重点，开口询问："也就是说你转学以后 QQ 没被盗，你也没有换号加过我 QQ？"

赵恒点头："没有被盗，也没有换号。"

苏木又跟赵恒聊了几句，加了微信。赵恒的朋友在等他，就没再多说，回到了他那一桌。

"想什么呢？"苏木见李且若有所思的模样，问道。

"以前有个号加我，说他是赵恒，号被盗了那是新号。"李且看向苏木，"不过加了以后也没有跟我说过什么话。"

苏木以为是什么事："嗐，那时候暗恋你的女生多了去了，用这种方式加你有什么奇怪的，更奇怪的你不也遇到过？"

这么说好像也是，那时候经常会收到好友验证，收到各种表白，什么方式都有，千奇百怪。

只不过，李且总觉得这件事怪怪的。

李且摸出手机登录 QQ，一边慢慢翻着通讯录，一边看了眼女服务员上菜。

他往后撤了撤方便上菜。等菜上好，他抬眸说了声"谢谢"，女服务员本就微红的脸更红了。

苏木瞧着这顶好的祸害，还好被表妹给收了，他又有点儿担心表妹，毕竟这个男人实在是太招人了。

"快吃饭，饿死了。"苏木夹了个香菜丸子吃得津津有味，似是想到了什么，笑道，"你说你跟文诗月口味也不同，吃个饭还挺不容易的啊。"

"我们吃饭挺好的，口味很合。"李且搁下手机，心不在焉地回忆着在哪儿见过那个 QQ 名。

"合什么合？我表妹特爱吃香菜，你却不吃。"苏木拿筷子指了指香菜丸子，"什么东西都是慢慢习惯的，这香菜啊吃惯了是真的好吃，你试试看。"

"不是，苏木，"李且觉得好笑，"我是香菜过敏，不是吃不惯，你搞什么？"

苏木也惊讶了："你香菜过敏？"

李且觉得好笑："你这反应就感觉你不知道一样。"

苏木更觉得好笑："我是不知道啊。我只记得你以前说你不吃香菜，没说香菜过敏的事啊。”

“我没说？”时隔太久，李且确实也不记得自己到底有没有说过。

“就高一军训那会儿，在食堂你把香菜挑出来。”苏木说，“我问了你一嘴，你说你不吃香菜，那一般人不吃不就是受不了这味儿。你什么时候说过你香菜过敏了？”

李且手上的筷子一顿，看向苏木：“你的意思是，你从来就不知道我香菜过敏的事？”

苏木点头：“废话。”

“那文诗月怎么知道的？”

“我怎么知道？”

“你没跟她提过？”

“我好端端跟她提这个干吗？”

“你确定你从来没跟她说过？”

“我确定。”

李且有些不可置信地看着香菜丸子，连苏木都不知道他香菜过敏。既然不是苏木，那就更没人会知道，文诗月是怎么知道的？她又为什么要骗他说是苏木告诉她的？就像是多米诺骨牌，在推倒的一瞬间，一切的一切都串联了起来。

他终于想起来自己在哪儿看到过那个 QQ。

去年十一月去南兴接文诗月，在她的手机上一晃而过，当时他并未在意。可是如今回忆起她的反应，她神色确实有些慌乱，关掉手机似乎并不想给他看到。

还有那次在山上，他说她当年跟卓小满很像，她也是很紧张地极力跟他解释，好像生怕他继续往那方面想。

以及在勐镇，她第一眼见到他时手足无措地打翻了水杯，而后总是会看着他发呆。那眼神，时至今日他再回想起来，比起他以为她是在怀疑他的身份，反而更像是她透过他在怀念着什么。

李且渐渐握紧了手指骨，有一个看似荒谬至极的答案将要呼之欲出，他倏然想起了那晚程岸准备走的时候，看似难过又认命般地笑了下，给他留下了最后一句话。

“你可能不知道你有多幸运，会遇到这么一个女孩，自始至终都是你。”

在这刚诞生不久的夏天里，虽已过了落英缤纷的季节，可入夜的微风依然还是温柔的。

李且跟苏木分开以后，独自开着车在城市里漫无目的地游荡。车窗外的风轻飘飘地抚摸着他的脸庞。他看到五光十色的城市斑斓，看到川流不息的车流交错，看到行走在他车前人行道上的人们，他们戴着口罩。

有一家三口牵手并行，双眸中满是温馨；有几对情侣牵手相伴，对视中有着爱意；有来去匆匆骑行的外卖员，看向前路的紧迫；也有踽踽独行的打工人，眼中是疲累和焦虑。

人的眼睛是心灵的窗户，眼前路过的所有人都能将内心世界透过双眼传递给别人，可为什么他当年从未从文诗月淡漠的双眸中窥探出一丝潜藏的喜欢？到底是她当时伪装得太好，还是这一切不过只是巧合？

他难得头脑不清，心脏的输血功能就像是紊乱了一般，整个情绪高低起伏不定，久久难抒。

绿灯亮起，李且暂时收回思绪，将车开走。

路上文诗月给他打来电话说今晚确实要忙到很晚，叫他不用担心她，明天见。李且开着扩音，打着方向盘目视前方，应下之后，他倒像是想起了什么似的，问文诗月："对了，上次你说卓小满有可能喜欢他们班长的事，我觉得还是不妥，高中生早什么恋。"

文诗月在那边笑了起来："你可别忘了你以前多受女生欢迎，你干吗突然有这思想。而且也有可能不是喜欢。指不定，人家就是崇拜对方成绩好，想向人家学习学习呢？"

多受女生欢迎，所以她有在关注他。

"卓小满的成绩确实变好了。"李且继续给文诗月挖坑，"这么一想，你好像也是高一时成绩挺差的，怎么后来突飞猛进了？你也崇拜过很优秀的男生？"

"没有。"文诗月明显提了下音量，"不是每个人成绩变好就是有喜欢的人，我那是为了我自己。我没喜欢过别人。"

没喜欢过别人，也就是说只喜欢过他。

他继续不动声色地说："也对，不过我觉得卓小满也可能是突然开窍了，为自己而奋斗。"

文诗月"嗯"了一声："你刚不还说她早恋嘛。"

"咱们现在不也只是怀疑阶段。"李且不急不缓地继续说，"我也有卓小满的 QQ，你也说了都是过来人，他们这个年纪肯定会无病呻吟的吧。但我看她的空间啊、朋友圈什么的一切正常，完全看不出有早恋的迹象。你是不是断错症了？"

"我看你是真不懂。"

"什么意思？"

文诗月笑着解释："朋友圈是可以分组的，QQ 也分大小号的，能让你看见的是大号，无病呻吟的是小号。不想给你看见你就什么也看不见，都是可以设置的。"

那边好像有人在喊文诗月，她应了声，忙跟李且说："不说了，我去忙了。"

说完，就匆匆挂了电话。

文诗月看着手里的手机，总觉得有一种说不上来的感觉，她也没多想，搁下手机转身去看片子了。

夜色弥漫在大地上，月色笼罩在城市上空，渝江的灯火依旧通明，李且坐在书房的电脑跟前，神色被电脑屏幕的光映照得晦暗不明。

他回来的路上都在理清这个怀疑，理到最后是文诗月明明想考北城的大学，但是最终留在了渝江，而那个时候的他正好交换出国。

文诗月想考北城的大学应该是因为他在北城，而得知他要出国的消息，她才没有去北城，而留在了渝江。

李且的心有些隐隐作痛，如果他没有回来，那他们这一生是不是就这么错过了？一想到这儿，李且骨节分明的手指搭在鼠标和键盘上，他要做一件或许能肯定所有假设绝对属实的事情——盗 QQ。

挺不光彩的一件事，但是这道题已经到了快解开最终答案的时刻。他向来不会半途而废，他也没有任何理由不继续下去。

这是一道本该无解的难题，被无意间发现了它的无解不过是迷惑人的烟幕弹，没有人能抵抗得住继续解下去的魔力，包括他。

以李且的能力要盗 QQ 小菜一碟，很快，他登录上了这个号。

他首先打开了联系人，果然里面明晃晃地显示着唯一的好友，是他，紧接着他查到了这个号详细的个人信息，也不出他所料。

他又点进了空间，跟文诗月说的一样，还真是设置了仅自己可见，说说也是私密。

李且摸着鼠标的手陡然间像是摸到了什么烫手山芋，瞳孔一缩，看似有些无措地僵停在那儿。停了良久，他用力地滚了滚发紧的喉头，滑动了鼠标。

顶端显示的最后一个说说是 2013 年 07 月 15 日。

99 封

李且，生日快乐！

这真的是我最后一次祝你生日快乐了。或许是命中注定吧，刚好第 99 封信，九九归一，就让一切都归于原点吧。

这一次，我是真的要彻底忘记你了。

祝你未来一切安好，平安喜乐。

李且，再见。

往下看，时间相隔了一年，是2012年07月15日。

98封

李且，生日快乐！

这是我最后一次祝你生日快乐，虽然我已经毕业了，但我决定忘记你了。

祝你在国外一切安好，平安喜乐。

李且，再见。

相隔一年的生日祝福，让李且忽然笑了一声，眼角却染上了红。

文诗月如此信誓旦旦地写下要忘了他的话，斩钉截铁地说再见，可是在下一年她依然祝他生日快乐。

他拉到第一封，开始往上看。

同一天她写了五封，好像是在补之前的。

军训，你跟苏木一起来找我，原来你叫李且，就是那个大家都在说的李且。

开学典礼，你在台上演讲，我看着你从容淡定的模样真的很厉害。你好像真的很优秀，我也想变得像你那么优秀……

李且看着这些字，盯得久了好像有些不认识这些字一样。原来在这里的文诗月跟在他面前的文诗月果然是两个人。

原来不是她变了，她其实从不冷漠，她一直可爱温柔，还很有趣，只不过是在他面前戴上了冷漠的面具。

她说谢谢他陪她走过那段艰难的路，谢谢他陪她看日出，谢谢他告诉她爸爸也曾经跟她说过的那句话。

李且的指尖有些麻木，却还在继续往上滑。

还有她从苏木那儿拿到他的笔记，她答应他会好竭尽全力努力学习，考到北城。

她曾经鼓足勇气追赶，可是他却离她更远了。

2012年06月21日23：11：11。

97封

毕业后举行了成人礼，原来成年就是面对现实。

你知道吗？成年的蛋糕原来是苦的。

但我想谢谢你，谢谢你让我成为最好的自己，谢谢你惊艳了我的青春。

李且，我喜欢你。

但也到此为之。

明明到此为止，为什么不到一个月又来祝他生日快乐？怎么这么傻？

李且一双眼睛酸胀，喉间哽咽，整个人愣愣地看着电脑屏幕，像是被谁摘去了灵魂。

这一封是文诗月成人礼的独白，是她的孤单心事，也是她在跟自己和解，打算放过自己，可是她却没有轻易地放过自己。

李且的心渗着绵密的痛，像是被针扎，又像是被刀剐，在油锅里翻腾，在冰雪里寒彻骨，像是过了十八层地狱的每一关。然后经历了这一番，他却又像是突然上了天堂，感受到了前所未有的喜悦和美好，那颗千疮百孔的心被一点一点填补，渗着无以言表的甜蜜。

就这样痛一下甜一下，风吹草动，绵延不绝。将那些年少女不为人知的心思，那些酸涩和悲欢如烙印一般尽数烙在了他的心上。

# 第十一章 真心话与大冒险

文诗月回来的时候是深夜一点多，她以为要熬通宵，结果提前完成了工作，刚好顺路坐同事的车，就直接回来了。

一进门，屋里一片漆黑，寂静无声。从阳台洒进来的月光逶迤在地上，莹莹清清。她换了拖鞋，轻手轻脚地往里走，刚走到客厅，看到黑漆漆的沙发上有个人影，几乎是条件反射地被吓得叫出了声。

“是我。”李且低沉的嗓音在暗色里响起。

文诗月顺手摁亮旁边的落地灯，灯影馨柔，她看清了靠在沙发上的男人俊挺的侧脸，却神色不明。

“怎么不开灯？”她搁下包，问，“又睡不着？”

“嗯，睡不着。”李且从善如流地回答。

文诗月朝他走了过去，余光瞥见茶几上的啤酒罐，正想说话就被李且直直地抱住了腰。

他的脸埋在她的腰腹上，紧了紧双臂，问：“你怎么这会儿回来，不给我打电话？”

“太晚了，刚好坐同事的车，就没跟你说。”

“是我的错，”李且用力地抱着文诗月，有点像犯错的孩子带着愧疚的语气，“我不知道。”

文诗月明显感觉李且不对劲，她双手捧起他的脸，低头看他。她对上男人讳莫如深的黑眸，两两相望。

据说专注于一个地方，视网膜会接收信号，大脑会提取信号，让人窥见一些本不应该出现的东西。此时，文诗月在李且的眼中窥见了世界。

她窥见了星辰与尘埃，窥见了破晓与黄昏，窥见了冰河与山川；窥见了长风烈马，大漠孤烟，窥见了七情六欲、喜怒哀乐；窥见了尘世美好与忧伤，窥见了少年与男人。像是万物在他眼中经历了一遍盛大的转瞬即逝，最终归于虚无。一眨眼，却又只剩下他一个人。

卑微难抑，克制隐忍，深沉温柔，多情欢喜，是万般不相容的情绪在他身上完全融合。不知开始，也没有结束。

“怎么了？”文诗月温声询问，“你喝酒了？”

“想喝来着。”李且拉着文诗月跌进了他的怀里，他将下巴搁在她的肩上，轻声说，“想到还要接你，就没喝。”

“为什么想喝酒？是出什么事了？”

“没有。”

“又想起江轲那件事，心情不好？”

“是想起了很多事。”

文诗月伸手轻轻抚了抚李且的脸颊，低头在他的唇上亲了一下，安抚他：“这样会不会好点？”

“不太够。”李且抬眸看她，此时眸中只有她一人，带着刻骨铭心。

文诗月弯唇，从李且的眼睛、鼻尖、脸颊，一路亲到薄唇：“这样呢？”

话毕，李且扣着文诗月的后脑勺，用力地吻上了她的唇瓣，像是在宣泄着刚才所有纷繁复杂的情绪，凶猛地厮磨吮咬着她的唇舌，剐蹭她口中的每一方天地，力道大得像是要将她拆骨入腹一般，却又叫她心甘情愿沦为他的猎物。

文诗月紧紧钩着他的脖子，闭着眼睛感受着绵长的电流和细碎的刺痛。潮湿的缠绕，鼻息间的辗转，厚重的喘息，浓郁而急迫的索求。身体紧紧贴在一起，干柴烈火，滚烫地燃烧着，一路燃烧到彼此的心。

吻了很久，李且慢慢松开文诗月，抬眸看着她。

直白而诱人的目光从她有些充血的水色红唇一路看到了她的眼睛，看到她潋滟娇媚的眸中是自己的倒影。

文诗月得到喘息的机会，深深地喘着气，心口起伏。她也瞧着眼前的男人，眉眼间染满了浓浓的情色，似魅惑众生的妖孽，却只将她一人装进眼里。

“玩个游戏？”李且埋进她的颈窝，询问道。

“嗯？”文诗月柔声细语，“什么游戏？”

“真心话大冒险。”李且说，“你选。”

“真心话说什么？”

李且抬头睨着文诗月，眸色情深似海：“等价交换一个秘密。”

说到这儿，文诗月盯着李且，看了须臾，顷刻间好像有些猜到李且这番情绪的源头是什么，仿佛与那晚她的情绪殊途同归。难怪打电话那会儿他会主动提卓小满的事，让她觉得有点儿奇怪，他是在套她的话。

虽然不清楚情况，但他应该是知道了，所以他说他的错，他不知道是这个意思。

文诗月的心像是浸满水的海绵，慢慢地膨胀，每一个细小的孔都被水分包围，变得满满当当。

被这情绪渲染得一塌糊涂，仿若终究还是等到了这一天，澎湃又心安。

“大冒险呢？”她又问。

李且的手探进了文诗月的衣摆，沿着腰线一路向上攀爬，一双眼始终胶着在姑娘的眼中，意图明显。

“大冒险……”他停了一秒，越发低哑的嗓音在这茫茫寂寥的深夜里格外蛊惑人心，“睡了我。”

客厅里唯一一隅亮着的落地灯轻轻浅浅地打在沙发上两人的脸上，他们没有看灯光，而是看向彼此的光。

文诗月凝视着李且，因为他这直白的话让她心跳快到要从胸腔里横冲直撞冲破出来。他深邃的双眸里欲色未收半分，微勾的眼尾有一抹淡淡的红晕，点墨的瞳色里是郁郁葱葱的情愫，连每一根细密的睫毛都在帮着主人勾引。

是啊，她从来就无法拒绝他。而他，永远都在尊重着她。

目光落下，文诗月这才注意到李且衣服都没换，还穿着衬衫，因为刚才的动情而变得褶皱不堪，散发着凌乱的美。

这样的夜晚总是让人悸动和感性。

他们已经在一起了，彼此相爱，珍惜又默契，如果是缘分让命运摊牌，那这一切不过也是顺其自然的事情。如此也好，他们之间本不应该再有秘密，过去那些年的意难平至少在今天也算是还了她一个圆满。

而那些年也终将会成为她这一生难忘美好，也珍贵的一段回忆。

“不用交换。”文诗月却不知为何，一开口鼻子就一酸，“我们不都知道了。”

李且看着文诗月倏然红了的眼睛，心跟着痛。

他仰头亲了亲她的眼睛：“所以那天晚上你跑来基地找我，是因为你知道了。”

晚上看完那 99 封信以后，他就想到了那晚姑娘难过的神情。

想到了她那句平白无故的对不起，想到她借歌曲跟他告白。种种反常的表现让他基本上断定她知道了，就跟他今夜的心情如出一辙。可这傻姑娘一定是害怕他知道以后会难受内疚，愣是一个字都不肯告诉他。

“嗯。”文诗月点点头，搂着李且的脖子靠在他肩上，小鸟依人，“表哥说漏嘴告诉我的。”

“我就知道是他。”李且轻声一笑。

文诗月的手指捏着李且的耳垂把玩：“那你呢，你怎么知道的？我表哥都不知道。”

李且扭头啄了下姑娘的唇，说：“你表哥也不知道我香菜过敏。”

文诗月有些惊讶：“你就凭这个？你是特警不是刑警吧？”

刚才她回来时，他那将自己置身于尘埃的卑微情绪，肯定是经过抽丝剥茧窥探到了结果才会引发出来的。

“你晚上打电话跟我说什么了？”李且再加一个提示，“我今晚吃饭的时候碰到了我一老同学，叫赵恒。”

文诗月一开始就想到了电话里关于卓小满的事，让他还是联想到了她的身上，现在再回忆他们的对话，好像围绕着的是……

等等，赵恒。

她腾地坐起来，灵光一闪，天光大亮，终于寻到了一切的源头。

李且点了下头，实话实说：“我盗了你的 QQ 小号。”

文诗月在他提示前，想过所有的可能性，唯独没想过这个。

李且，盗了，她的 QQ 号。

“你怎么就肯定是我？”

“去年到南兴接你回来，你在车上不是打开过了？”

文诗月想起当时她的速度很快，他也没什么反应，果然还是看到了。

李且像是知道文诗月想什么似的，“嗯”了一声，却又有些自嘲一般：“职业习惯。”

文诗月看着李且，也就是说，她在里面写的那些他全都看了。

而他今晚这副她从未见过的样子，是因为她少女时代亲手敲下的每一个字，每一段都与他有关的文字。

李且去吻文诗月，带着温柔的缱绻，带着无尽的自责：“是我不好，对不起。”

“你很好，是我自己不敢，是我自己的问题。”文诗月就是怕李且这样，抵着他的额头跟他说，“而且我是因为你才变成了最好的文诗月，我从学渣变成了学霸。”

李且沉沉一笑：“傻丫头，安慰我呢。”

“这也是事实，我比很多人幸运多了。我的青春不是枯燥的，我还拥有了最宝贵的两样东西。”

“嗯？”

“知识和喜欢的少年，不亏。”文诗月弯唇，“而且我也一直在往前走。”

其实这么多年来她真的再也没上过那个号，那些当年或欢喜交加，或悲伤成河的心情随着时间的流逝，真真切切地让她渐渐开始淡忘。

文诗月记得她最后一次登录上去，敲下最后一个字的时候，是真的有下定决心忘记。她好像也在繁忙的学业和工作中做到了遗忘，她是真的在认真生活，认真地走向未来。

如果没有再重逢的话，她可能一辈子都不会再登录那个小号。

“我很开心。”文诗月看着李且，眼里都是光。

李且满目情深似海，一动不动地睨着文诗月：“文诗月，我爱你。”

或许这一切都是命中注定，或许正是因为当年在错的时间遇上了对的人，没人能确定未来，才让他们生生错过。

而后来的重逢，是他们迎来了对的时间对的人，他们可以确定彼此，确定未来。

时光是有温度的，所有的遗憾和偶然都是为了再次相遇，奔赴爱情。

虽然错过的这些年无法再回头，好在他还有余生漫漫几十年可以弥补。

文诗月，我爱你。

无论时光变迁，岁月苍老。

无论曾经，现在，将来，我只会爱你。

你是我此生挚爱。

两个人拥吻在一起，文诗月脸红得滴血，含混不清地说：“我选大冒险。”

“不是选了真心话了？”李且轻咬了下文诗月的下唇，饱含深意。

文诗月能感受到李且身体的变化，紧张得没去看他，敛着眼睫柔柔地说：“你也没规定只能选一个。”

李且胸腔激烈地起伏着，炽热的呼吸打在文诗月的脸上，用仅剩的最后一丝克制征询：“选定了？”

“嗯，”文诗月点头，看向李且，“早就选定了。”

克制在这一语双关中沦为灰烬，他用力吻了下去，随即抱着她起身。

文诗月有一瞬间的失重感，下意识地搂紧了李且的脖子，唇上一松。她被李且抱着往卧室走，两个人对视一眼，她将脑袋埋进了他的颈窝，耳边是男人轻轻的笑声和拖鞋碰触地面的声音。

跟文诗月想的不太一样的是，李且抱着她进了主卧的浴室，摁开灯，长腿一勾关上了门。

他把她放在洗漱台上，没给她反应过来的机会，便欺身而来。

李且吻着文诗月，嘶哑着嗓音诱惑着她：“帮我脱。”

文诗月本是仰着头，因为这话微微一低头就撞进了男人深不见底的双眸中。

文诗月伸手一颗一颗地解开衬衫扣子，大片冷白肌肤落入眼中。明明已经看过了，不知道是不是因为衬衫是深色，以至于对比如此强烈，让她再次受到冲击。

淋浴间的水不知道何时落下，淅淅沥沥地打在地上，渐渐腾起一层薄雾，渲染出一片仙境。

文诗月的意识在层层绷断，叫她神志不清。

灯光氤氲出曼妙的身姿，影子摇曳，遥相呼应。

浴缸里的水不知何时被蓄满，全身无力发软的姑娘被抱了进去。

李且亲了亲她的额头，转身去拉洗漱台的抽屉。

文诗月躺在浴缸里才感觉到踏实，神思也在这一刻回来了一些。她扭头看到李且从抽屉里拿出的什么，羞得将头转向了另一边，听到男人低沉的笑声。

你能不笑吗？

浴缸的水满了出来，顺着光洁的陶瓷壁面簌簌往下淌。

文诗月被李且扯进怀里，低头吻她泛红的颈侧。

她看见他的眼神直勾勾地盯着她。不再是平日里的正经或不正经，他现在不是不正经，而是要销人的魂，勾人的魄。他一笑，满池春花竞相绽放，谁也逃不过。

李且贴着文诗月的耳郭，嘶声低问："怕吗？"

文诗月揽着李且，微微摇头："不怕。"

"我轻点。"他轻哄着她。

"嗯。"

良久，浴室空荡，徒留一地水痕雾气，还有未曾散掉的旖旎气息，以及洗漱镜上斑驳模糊相扣着的大小手印。

卧室里没开灯，两道身影在隐隐微光里纠缠，伴随着浓烈的喘息。

文诗月被撞碎在这长夜漫漫里。

她大脑一片空白，浑浑噩噩时，一滴汗打在她的眼睛上。

文诗月睁开眼，视线一片模糊，却又能看清男人极尽情动的眉眼。

李且低头吮了下文诗月发红的眼睛，凝视着她。

看着她乌发如瀑，肤色越发艳丽，形成最鲜明的对比。

看着她因为他，每一帧的表情变化。

这一刻，她仿佛看到了十一年前的初遇，那双让她一眼万年的眉眼。

心理学家说，一见钟情只需要 30 秒，因为这个人是十岁前就形成在潜意识里的一个人。

佛说，一见钟情是灵魂认出了对方。

无论是科学还是迷信，你就是我命定的灵魂伴侣。

文诗月钩着李且的脖子，朝他笑着："学长，我也喜欢你。"

很喜欢，很喜欢你。

床头柜的闹钟悄无声息地走到三点十五分。

窗户开了一扇，溜进的夜风鼓动着窗帘，透过缝隙倾斜进来。

风月影影绰绰，浸染了一室滚烫的月光。

文诗月这一觉睡掉了半天假，她睁开眼睛，房间里暗色一片，窗帘的缝隙透着一线光亮。

身边无人，她望着天花板发呆，神志归位，昨晚的点点滴滴，每一个细枝末节全部浮现上脑海。

文诗月脸一烫，默默地往下滑进了被子里，遮住了脸颊。

心海滚滚翻涌，甜蜜淹没了仅有的心酸，人生很短，短到他们错过了九年，刚刚相爱；人生很长，长到他们会有个未来，永远相爱。她跟李且终归是得到了圆满。

被子被扯了下来，文诗月对上了男人含笑的眉眼。

看着他衣冠楚楚的模样，想到他昨晚的禽兽行为，所有的羞耻又一并涌了上来，她撇开视线，感觉耳朵快要烫掉了。

“起来洗洗吃饭。”李且就着床边坐下，压着身子倚在文诗月旁边，给她的脸红煽风点火，“我买了药，消肿。”

后面两个字被他咬得格外重，目光落了下去，意思很明显。

文诗月反手抄起一个枕头朝他丢过去：“你闭嘴。”

李且往旁边一躲，随后又整个人压了上去，一边啄着她的唇瓣，一边笑着哄：“好了，起来了好不好？”

“你不起来我怎么起来啊？”文诗月确实饿了。

李且起身顺手把文诗月拉了起来，她穿着睡裙，领口低，白皙的肌肤上处处都是他的痕迹，他的喉结不自觉滚了滚。

看着她因为起身而微微蹙眉的样子，他的手抚着她的锁骨，柔声问：“还痛？”

“你说呢？”文诗月瞪了眼罪魁祸首。

李且笑得胸腔震动，连连“好好好”地去抱文诗月去浴室：“第一次没经验冲动了，我下次注意分寸。”

李且把文诗月抱到洗漱台上，给她挤牙膏。

文诗月问他：“你什么时候起来的？”

李且拧上牙膏盖子，说：“上午十点多吧，睡得很好，没有失眠。”

这是实话，确实很多年没睡这么久、这么踏实的一觉了。

文诗月正高兴得要说话，就听到李且悠悠地说出下一句：“所以以后咱们睡前多做运动。”

她突然不想说话了，抢过牙刷自己刷牙。

李且这么搂着她，欣赏着她刷牙，跟个话痨似的。

“你还记得在勐镇的客栈吗？”

“嗯。”

“你踢了我一脚。”

文诗月手里的牙刷一顿，有一丝不祥的预感袭来。

“还好，”果然，李且摆出一副万幸的表情，语带感叹，“昨晚的事实证明，没被你给踢坏，不然你怎么那么……”

文诗月含着一口泡沫，气急败坏地打断：“李且，你给我出去。”

吃完了饭，李且洗碗，文诗月窝在沙发上心血来潮，登录了那个小号，翻了翻自己曾经写的那些有些中二的暗恋心情，不由得弯唇。

她取消了仅自己可见和私密，变成了公开，但其实也只有她唯一的好友可见。

她扭头看向朝她走过来的唯一好友，穿着一身休闲家居服，乌发蓬松，有着一如当年的恣意俊朗，青春飞扬的少年气。

那是一种前所未有的轻松，他们把身心都完全交付给了对方。

二十五岁的文诗月知道了少年李且的秘密。

二十七岁的李且知道了少女文诗月的秘密。

李且坐到沙发上，将文诗月搂进怀里，揉了揉她的头顶，问：“看什么呢？”

此时不知从哪儿传来一声蝉鸣。

文诗月望着阳台跌落进来的阳光，耀眼而璀璨。

她的笑意也越发浓烈：“看，夏天来了。”

李且也顺着文诗月的目光看去，搂紧怀里的姑娘，笑道：“是啊，夏天来了。”

接下来的日子依旧平凡庸碌地过着。

没多久，岩香来了趟渝江，说是陪蒋烈过来出差，见面时却没见到蒋烈。李且最近好像也比以往还忙，没有时间休假。

文诗月安安心心地领着岩香在渝江玩。

从勐镇回来后，两个人一直都有联系，去年年底岩香被蒋烈半哄半骗领了证，两个人也没打算办婚礼。

文诗月跟李且还是给他们送了份新婚贺礼，至于文诗月跟李且在一起的事岩香自然也是知道的，不但她知道，连岩睿也知道。

有一次岩睿打视频电话过来问一道题，正好李且也在，通俗易懂地就给他讲明白了。岩睿对李且的仰慕可谓犹如滔滔江水，连绵不绝。

岩睿还跟文诗月老话重提：“我就说林，哦不是，是李且哥哥，是特别好的人吧，你还说什么知人知面不知心。”

这简直就是秋后算账。

文诗月心虚地瞅了一眼一旁明显挑了下眉的李且，朝他讨好地一笑，扯着嘴角跟岩睿点头："是是是，小朋友的心灵总是发现美好的人和事。"

岩香要走的前一天，文诗月终于能见到蒋烈了。

吃饭间隙，蒋烈和李且分别跟自家媳妇打电话说一会儿结束了来接。

文诗月和岩香知道她们彼此的对象来接，只是没想到他俩是坐同一辆车过来的。两个人出了商场在广场那边等，看着李且的车开了过来，停在对面的停车位上。

两个人一前一后下车，都还穿着警服。

李且相貌、身材都没得挑，走在人群中格外打眼。蒋烈虽说没有李且这么出众的相貌，偏偏冷硬的气场强大。两个人走在一起，十分引人注目。

但又迫于是警察，路人也不敢看得太明目张胆。

李且跟蒋烈说他们刚才在一起开会，就一道过来了。

文诗月看过李且穿作训服、作战服等特警的制服，但是还从没见过他穿过公安系统的警服。他本就身形高大板正，宽肩窄腰大长腿，身材极好。穿特警服显得冷冽有杀气，穿这一身倒是少了些冷酷，更多了些正义凛然的向阳俊逸。

暮色四合，突如其来的闪电在藏色的天际划开了一道口子，来往路人明显加快了步伐。

四个人也没说几句，岩香他们就住附近也不需要李且送，便两两告别。

回到家以后，外面正值暴雨倾盆，两个人一路回来开到地下车库倒也没淋到雨。

一进家门，李且就把文诗月压到墙上，揽着她的有力胳膊往上一提，低头闭眼就亲，嗓音比这夜雨更为撩人："看了我一路，这么喜欢？"

"嗯，喜欢。"

文诗月的手搭在他的肩上抚了抚，抬眸。李且也心有灵犀似的睁眼，黑眸里是滚滚风流，潋滟诱人。

文诗月被吻得说话断断续续："很帅。"

李且"哦"了一声，抱起文诗月，一边仰头继续亲，一边说："懂了。"

窗外电闪雷鸣，狂风暴雨，房间里颠鸾倒凤，挥汗如雨。

这一夜两个人都有点儿疯狂，文诗月也是前所未有的大胆。

结束最后一遍，两个人也没急着去洗澡，而是相拥在一起难舍难分。

"不困？"李且轻声问。

"想跟你多待一会儿。"文诗月难得这么娇声娇气。

结合这姑娘今晚的种种表现和痴缠，李且基本断定她听到了，也猜到了。

"我媳妇怎么这么聪明？"他叹了口气，"你这样让我以后还怎么敢藏私房钱啊？”

“什么时候走？”文诗月仰头看向李且，“去多久？危险吗？能不能联系？”

跟岩香他们分开的时候，文诗月听见蒋烈跟李且在一边小声地说了句：“安顿好家里，到时候见。”

这可能是作为警察的爱人莫名的一种特殊技能，是一种很神奇的默契。

当年王晚晴有，现在文诗月也有，有的话不需要明说，彼此便都能明白。

就像今晚，他们用身体向对方述说着无法言表的儿女情长。

李且垂眸对上文诗月春色未散，却又淬着担心不舍的眼色，心又软又刺的。

“清晨六点，多久还不能确定，行动保密不能说。不算危险，能联系的时候我一定第一时间跟你联系。”

文诗月也不再多问，而是扭头看了眼时间，已经深夜一点了，也就是说他们还有五个小时。

“那你跟你家里人说了吗？”

“说了。”李且说着有些遗憾，“本来打算咱俩一起休假就带你去我家来着，奶奶问了好久。”

过年时遇上疫情就搁置了这事，后来两个人一直都忙，就耽搁到了现在还没见家长。

“那等你回来就去。”文诗月说。

“好。”

文诗月突然想起什么，忙问：“对了，你高考前我送你的平安符呢？”

李且说：“我一直收着呢。”

“我不知道你们出任务能不能戴这些。”文诗月说，“如果可以的话，你戴着它，保平安很灵的。”

李且正想说话，就听到姑娘继续絮叨：“我知道你是无神论者，不信这些，就当是让我安心，好不好？”

“好。”李且说着，低头啄了下文诗月的红唇，“媳妇还有什么要交代的？”

“谁是你媳妇，不害臊。”

“哎，我们都这样了。”李且用眼神示意两人的不着寸缕，“我这个人很有原则的，我只跟我媳妇做。”

文诗月伸手去摸李且身上的疤：“我也很有原则，你身上有几块疤我都知道，你要敢添新的，我就……”

“就怎样？”

“我就给别人当媳妇。”

“你敢。”

文诗月轻轻抠着李且的疤，轻言细语地嘱托：“那你一定要万事小心。”

李且被抠得痒痒，又因她的话心尖一烫，满腔的无奈和愧疚。

他捉着她的手搁嘴边亲了亲，一改吊儿郎当，语气郑重地说：“我这工作让你受委屈了。为了你，我怎么都不会让自己有事的，我向你保证。”

没跟你重逢前，警徽是我唯一的信仰；跟你重逢后，你便是我唯一的信念。

信仰归于国家，信念属于你。

你是指引我永不迷路的月亮，我余生的归途。

文诗月看着李且，打从一开始她就明白他成为警察的意义，明白他肩负的使命。

夜幕降临，在无尽的黑暗里的城市被万家灯火点亮。

为什么会有万家灯火的温柔和安稳?

是因为有像李且，像她父亲一样千千万万为万家灯火掌灯的人，是他们去抵挡住黑暗，让人民看到黎明的到来。

从她知道李且是警察，从她再次为他心动，决定跟他开始的那一刻起，她就明白，她永远不能是他的独一无二，她也考虑好了自己一定会过着担惊受怕的日子。

即便如此，她也从不后悔。如果没有跟他在一起，她才会后悔。

她爱的人是个英雄，是人民的守护者。

他心中有国，她以他为荣。

“没有，我不委屈。”文诗月朝李且安心地一笑，“我等你回来。

“李且。”

“嗯？”

文诗月深深地望着眼前的男人，问：“还记得你下棋输给我，欠我一个要求吗？”

李且点头：“记得。”

“这辈子还很长，我要求不高，”文诗月弯唇笑着，眸光水润，“我要你许我一个平安到老。”

李且钩住文诗月的小拇指，低头吻上心爱姑娘的唇瓣，缱绻而笃定：“好。”

我以我的信仰为誓，一定跟你平安到老。

月亮还没落下，天边已泛起了鱼肚白，一缕晨光在东方跃然而起，绿叶花蕊滴下第一滴晨露，苏醒了万物，又是崭新又平淡的一天，会发生很多故事，也不会发生很多故事。

李且在外面的卫生间洗漱穿戴好，又在厨房待了一会儿，才进了卧室。他轻手轻脚地反手关上门，借着微弱的一丝光亮，看着这间房，看着床上的姑娘，他心中有了牵挂。

是家，家的牵挂。

李且笑着抬手挠了挠鼻尖，走了过去。

他握着文诗月露在外的小腿塞进被子里，又把她睡歪的脑袋重新搁到枕头上。姑娘只是动了动，下意识地将手搭在他的手上，捏了捏，抿了抿唇，清浅地呼吸着。

李且看了眼闹钟时间，顺手拿起来，给她调好闹钟，回身瞧着眼前的姑娘。他温柔地将她额头上的碎发给她理了理，低头在她光洁饱满的额头上亲了亲。

好像不够，他又一路亲了眼睛、鼻子、嘴唇，最后落在她的耳边轻轻地对她说：“等我回来。”

不知道是听到了，还是在做梦，姑娘柔柔地喃了一声：“嗯。”

文诗月被闹铃闹醒的时候，在床上蒙了几秒才反应过来什么，一个鲤鱼打挺从床上翻了下来，光着脚往外跑。

客厅光芒万丈，给家里的家具镀上了一层金光，让整个房子不再冷硬，而是一派温馨。

“李且……李且。”文诗月喊了两声，偌大的房子里无人应答。

文诗月提起来的精神在这一瞬间萎靡了下去，她一边回到卧室，一边懊悔自己怎么一觉睡得这么死。

重回床上，文诗月回忆着好像迷迷糊糊是有人在跟她说“等我回来”，应该是李且吧。

她摸起床头柜上的手机，有个微信。

打开一看，是李且清晨五点半给她发的语音。

背景很安静，他的嗓音还带着一丝喑哑，却像是附在她耳边与她耳语一般。

“早，懒猪学妹。早饭做好了在锅里，自己热一热，记得关天然气。衣服在洗衣机里洗好了，你晾一下。出入门窗关好，注意安全。乖，等我回来。”

文诗月给李且回了个微信过去：“我等你回来。”

回完以后也没收到回复，她望着空荡荡的房间，心里也跟着空落落的，她不由得叹了口气。

随即低头一看时间，上班来不及了，她深吸了一口气，起床往卫生间跑去。

李且到了西市，在西市公安局开会，一开就是一整天。

这次是渝江公安和西市公安的一次联合行动，特地抽调出渝江特警支队的精英与西市警队组建了一支临时的专案行动组，代号“渔翁”。

专案组由凌成明和西市这边的孔副局带队，这也是蒋烈他们到渝江出差的目的。

去年，西市一集团换了掌权人，短时间内垄断了周围的一切势力，一家独大，表面上是生意人，实际上什么勾当都干。

警方其实盯了这个集团很久，一直紧咬着他们，请到局里喝茶不是一次两次，奈何苦无证据，只能放人。

后来收到放出去的缉毒卧底传回来的消息，他们中间有一个核心团队，一个杀手组织，收钱杀人，不论好坏，不管正邪。

就在前几日，警方的这位卧底的尸体被明晃晃地丢在了公安局门口。

卧底临死之前传递了集团一个重要的犯罪证据，技术组一直在破解密码，却因为天才设置，至今还未破解。

公然杀警抛尸，这是赤裸裸的挑衅，跟警方作对。上面下了死命令，两个月内必须破案抓人。

另一边，法医验尸报告里的子弹上刻着一个骷髅记号。

西市警方查到了这颗子弹的来历，是渝江当年轰动一时的杀手组织中其中一个在逃杀手的记号。

孔副局记得当年这个组织在被捕获的过程中击杀了一名特警，而这个杀手至今未被抓获，案情牵扯到了渝江，牵扯到了特警支队，自然要与之联系。

李且也是在看到那颗子弹的时候一眼就认出来了，他这辈子都不会忘记子弹上的骷髅记号，这不是寻常的骷髅头，这个骷髅头是笑着的，更显诡异恐怖。

跟当年江轲身上取出来的子弹一模一样，而其他被抓获的几个人的子弹是没有这个记号的，它独属于那个人。

那天李且立在特警队的操场上站了大半宿，手里捏着一颗印有笑脸骷髅头的子弹，抬头望着满天星辰。他将子弹往上空一抛，子弹的光亮与最亮的那颗星遥相呼应，随即落下，被李且在半空中反手一接，握于手中，指骨在暗色里渐渐泛白。

他深邃的眸子盯着天际最亮的那颗星，说："快五年了，他终于出现了。"

西市公安局会议室的警察们鱼贯而出，三三两两说着话，神色不明。顶楼天台两个一身黑的男人长身而立，身姿高大颀长，光是看个背影都让人挪不开眼。黄昏落日，天边的火烧云烧得正浓，大片大片的红淹没了湛湛清空。

远山苍翠，黑夜将至。

蒋烈丢了颗口香糖在嘴里，顺手递给李且。

李且接过来，抖了颗出来，丢回给蒋烈，问："不抽烟改吃这个了？"

"媳妇不喜欢。"蒋烈似是想到了什么，蓦地一笑，又问，"你好像也不抽。"

李旦嚼着口香糖，浓浓的清凉薄荷味在舌头上蔓延开来，一路凉到喉咙。

他勾唇一笑：“啊，媳妇不喜欢。”

蒋烈“啧啧”两声：“我跟我媳妇那是合法了，你合法了嘛你，好意思喊。”

“得，你那合法化的手段用得也不光彩不是。”

“嘿，我说你这小子能不能好好说话？”

“还不是你开的头。”

“你家小文跟你闹没？”

李旦单手抄兜，摸着兜里的平安符格外定心：“没。怎么了，嫂子跟你闹了？”

蒋烈有些羡慕地看向李旦：“说我这次要再失踪，她就带着儿子改嫁。”

李旦蓦地想起文诗月其实也说过类似的话，笑意渐浓：“女人不都是口是心非。”

“你家小文性格温柔，我家那个……”蒋烈说着笑了起来，“能跟我玩菜刀。”

李旦望着渐渐暗下来的天边，火烧云渐渐退却，仿若露出了一张姑娘美丽的笑脸。说起来，想她了。

李旦说了声“走了”，转身大步离开。

身后的蒋烈莫名其妙地问：“哪儿去？”

回答他的是空旷的回声：“要手机，给我媳妇打电话。”

蒋烈肉麻地“呵呵”摇头，也紧随其后。

文诗月还是每天三点一线，除了偶尔休息时跟周芊和谢语涵吃吃饭，逛逛街，也没什么特别。

但是也有特别的，就是特别想李旦。

尤其是谢语涵提起她家孟白元时，两个正在咖啡厅喝下午茶的人一起唉声叹气，心里想的全是自己的男人。

算算时间，距离上一次李旦跟她联系已经过去半个月了。再往前推就是他离开渝江的那天晚上给她来了个电话报平安。

一个月过去了，两人就联系了两次。

后天就是他生日，想到去年他还说希望今年女朋友陪他过。女朋友倒是想，可他人呢？

“唉，反正就这样，咱们选择了他们，这心态就得好，既选之则安之。”

谢语涵说着倏然眉头一蹙，心里阵阵憋得慌，捂着胸口半天，有些干呕。

文诗月麻烦服务员倒一杯热水，摸起纸巾递给谢语涵，看她这样子不由得问：“你这是……有了？”

谢语涵接过纸巾："嗯。"

"什么时候？"文诗月开心地笑了起来，"孟白元知道吗？"

谢语涵摇摇头："上个月刚测出来，他就出任务了，不想让他担心，就没说。"

文诗月理解谢语涵，他们人在外，不应该让他们时刻记挂，分心就不好了。

"等他回来给他一个惊喜也不错。"文诗月说。

服务员端来一杯热水，谢语涵道了谢，喝了一口，看向文诗月："你跟李且也抓紧啊，咱们打亲家。"

"那要是你的是女儿我的是儿子怎么办？"文诗月完全没反应过来她已经提前进入了李太太的角色，跟谢语涵聊起了儿女的事，"姐弟恋啊？"

"姐弟恋怎么了？"谢语涵笑，"弟弟才香。"

"你可别被你老公听着了。"

"嗯，也是。"谢语涵现在当妈了，什么话都能往外蹦，"他特别能吃醋，把我折腾得骨头散架。"

话题突然就歪了楼，文诗月哭笑不得："你小声点儿。"

谢语涵不以为意："这有什么，话说我听我老公说你家那位醋劲儿也不小。那会儿他们二队的队长不是喜欢你嘛，就你在他们队里拍摄那阵。听说李且跟人家打篮球专杀他的球，我老公都看傻了，什么时候见过李且那么较劲儿的，跟吃错了药似的，都不晓得怎么回事。后来你俩在一起了就真相大白了，掉醋缸里了。"

这事儿文诗月还真不知道，那时候李且因为王晚晴故意疏远她，她也不知道还有这么个插曲。

后来在一起的某天，两个人聊起在特警队的事，李且是对她加许哲的微信颇有微词，跟她翻旧账翻得她无言以对。

"说起你在他们队里，我记得我老公还说过一事。"谢语涵说，"说有一晚李且彻夜未归，后来他因为队里的事调监控，意外发现那晚他原来是在一宿舍楼下坐了一夜。"

文诗月是记得有一晚她看见李且在宿舍楼下来着。难道不是因为睡不着，而是因为她？

"后来也是他跟你在一起了，才明白过来，这是当了一晚上望妻石呢。"

"你老公怎么什么都跟你说？"文诗月心里甜如蜜，突然更想李且了。

"就聊着聊着聊到了呗。"谢语涵笑得贼兮兮的，把话题又转了回来，"话说你俩到底那个了没有？"

文诗月脸红了。

谢语涵火眼金睛，一看就明白了："哦，那个了。"

文诗月腹诽：这心态确实好，完全不担心自家老公，搁我这儿八卦。

谢语涵显然越发好奇："怎么样？"

"什么怎么样？"

"李且啊，厉害吗？"

"我不想跟你聊这个话题。"

谢语涵显然超级想聊："其实看也能看出来了，你家李队身材那么好，衣服架子。我老公水土不服都说服他，肯定没得说……"

文诗月打断她的话："注意胎教。"

此时此刻，被渝江两位姑娘聊着的男人正在枪林弹雨里跟人火拼。

这一个月，专案组破译，跟踪，排查，部署，封控，确保行动万无一失，今日是收网的最佳时机，警方得到消息，别墅内将会进行一场交易，正好人赃并获，罪加一等。

他们秘密包围了别墅，准备瓮中捉鳖。孟白元带一队，许哲带一队进行突击，蒋烈和龚亮带的刑侦队随后进入。李且这次没带突击队，而是带狙击手占据高地，火力掩护。

他在等那个人的出现。

别墅内枪声不断，催泪瓦斯烟雾缭绕。

迷雾里，"砰"的一声，子弹穿过玻璃，射中孟白元身后。

那个手里拿着枪正准备向孟白元扣扳机的男人眼神空洞，直直往后倒在地上，头上的鲜血缓缓染红了地面。

孟白元侧身隐蔽，随即对着耳机里说了声："谢了老李。"

耳机里传来男人沉稳的声音："放心把后背交给我。"

与此同时，其他的狙击手也先后击中了几名匪徒。枪声嘹亮，别墅外远山林间的惊弓之鸟叽叽喳喳，四散开来。

匪徒一个个或被击毙或被抓获。

西市热闹非凡，看似一片和谐安定，无人知道在西面最豪华的如城堡一般的别墅里，正在上演着生死大战。

只不过，三名杀手和老板依旧不见踪影。

李且一动不动地趴在高台上，架着狙击枪，细长的枪管支在护栏上，枪口瞄准对面的别墅。

他的目光如鹰隼一般，精准冷静。

"不对劲，小心点儿。"他提醒道。

耳机里的话音刚落，蒋烈身后一个人影闪过，踢掉了他的枪，而他反手也打掉了对方的枪。

两人赤手空拳博弈。

蒋烈一脚踹过去，同时脸上挨了一拳，双方齐齐后退，他看清了对方的脸。

杀手之一。

李且看不到蒋烈那边的情况，只听到了声响，立即对其他狙击手说："报告蒋队的位置。"

"二号位，无法确认。"

"三号位，无法确认。"

"四号位，无法确定。"

……

李且又说："老蒋，你的位置。"

无人应答。

李且偏头对着耳机说："朱进，两点钟方向找，立即带人支援蒋队。"

"是，李队。"

眼下孟白元带人进到了一个十分大的书房，书桌后面的皮椅背对着他，皮椅上坐着一个人，看身形和背影几乎跟集团老板一模一样。

总感觉情况很诡异，他给队员打战术手势，做全面包围，同时示意大家小心。

所有人都压低呼吸，举着枪慢慢移动过去，每一步都很是小心谨慎。

就在快要接近真相的时候，孟白元耳朵尖，听到"嘀"的一声。

他大喊："跑，炸弹。"

整个别墅都晃动了一下，一抹火光吐着火舌从某个窗户喷涌而出，瞬间映红了半边天。

指挥部的通信受到干扰，所有的监听联络设备在这一刻都失了灵。

凌成明眼瞳一缩，拿起对讲机就喊："李且，孟白元，说话。"

没有回应。

孔副局紧张地下令："快，立即恢复通信。"

"是。"

爆炸发生的一瞬间，李且的耳机里发出极其刺耳的声音。他眉头微蹙，摘掉耳机，揉了下耳朵。

一枚子弹不知从哪儿射了过来，穿过李且的手臂，直直打在了他身后的墙体上。

李且迅速趴下隐蔽，捂住胳膊的伤口皱了皱眉。疼痛袭来，他看了眼指尖往外冒的血，他没多在意。

他眼睛却一动不动地落在不远处墙上的子弹上。

弹头陷入墙体，弹身裸露在外。

李且看见子弹上笑着的骷髅，是那个人。

他这儿已经暴露，高地已废，不宜久留。

但是他现在不能动，一动就会被狙。

李且戴上耳机，里面还是电流声，他不动声色地收回狙击枪。

果然，又一枪打在护栏上。

他难得地骂了脏话。

孟白元大喘着气的声音传了过来："这杀手够狠啊。"

"没事吧？"李且问。

"没事。"孟白元说着咳了两声，"我好歹也是排爆出身，跟我玩这一套。"

"少嘚瑟，你要被炸得缺胳膊少腿的，我很难跟我媳妇交代。"

"我缺胳膊少腿跟你媳妇有屁关系。"

"你媳妇不是我媳妇的好闺密？"

"哦，也对。"

通信恢复，凌成明听到两个人的对话，暗自松了口气。

"什么情况都还不知道，你俩居然聊上了。"凌成明不知道该气还是该乐。

"三名杀手，蒋烈那边一个，孟白元那边一个，"李且头脑清晰地分析，"我这边一个，那两个自爆的不会带老板在身边。老板应该在狙击手那儿，但我这儿也暴露了。"

凌成明问："你打算怎么办？"

"离我最近的是郭子，我做饵，郭子你锁定对方的准确位置。"李且说，"锁定以后，你掩护我撤离。"

连上郭子的线，郭子听到部署，言语间满是坚定："是，李队。"

李且再次确认："机会最多三次，你确定可以？"

郭子笃定地说："我已经失去一个师父，我不能再失去你。李队，我可以，相信我。"

郭子刚进特警队是江轲带的，可惜没到一个月，江轲就牺牲了。

后来，郭子被李且培养成了队里数一数二的狙击手。

李且知道对方的狙杀力有多强，有多准，郭子也不是他的对手，怎么都是冒险。

李且叮嘱郭子："你注意安全，别出事。"

"是，保证完成任务。"

"好。"李且额头上冒着大颗大颗的汗，全身都是汗，他忍痛笑了一声，"我们一起帮你师父将这歹徒绳之以法。"

凌成明听到李且用自己做饵，急得跳脚："李且，你不能拿自己冒险，听到没有？”

李且低沉的嗓音顺着耳机线传到凌成明的耳朵里：“凌队，快五年了，江轲的账、我的账，也该跟他算一算了。”

“反正我不同意你以身犯险，这是命令，你不能违抗。”凌成明几乎吼了出来。

“放心，”李且又故作轻松地笑了一声，“我跟我媳妇发过誓，要跟她平安到老。”

如此紧张的生死时刻，通信员们莫名吃了口狗粮。

“砰”的一声，别墅里发生比刚才更大的爆炸，通信再次中断。

良久，耳机里有沙沙的声音传来：“李队，听得见吗？”

“听到。”李且摘下头盔，对郭子说，“准备，三，二，一。”

刚数完，李且用力向上抛头盔，头盔瞬间被击穿。

“报告位置。”李且说。

“太快，无法确定。”郭子用力捶了下地。

“没事，放轻松。”李且语调淡定，快速脱掉作战背心，“再来，三，二，一。”

又是精准的一狙，战术背心像人一样，被冲击到墙上，然后顺势落下。

“十点钟方向，”郭子咬牙，“位置无法精确。”

李且怀里端着狙击枪，胳膊上的血染满了黑色的布料。

他从胸口的兜里摸出平安符，在薄唇上快速碰了一下，又收进口袋里。

他屈起长腿，准备起身。

“郭子，你记住，有的东西不是光靠眼睛，要用心去看。”他深吸一口气，“准备……”

李且端着枪转身，一边朝十点钟方向盲狙一枪，一边快速移动。

子弹如约而至，擦过身侧，他一个迅猛地翻滚，滚到了一旁的墙角处，作战服被擦破，后背起了一道血痕。

那边郭子有些激动地说：“确定目标，十点钟半山瞭望台。”

“掩护我。”

“是，李队。”

李且听到枪声，迅速从护栏一跃而下，跳到下面的平台。

他从后腰扯下绳索，扣在铁栏上，速降下去，脚下不停，径直往半山瞭望台方向跑去。

半山瞭望台，连续被狙击的男人收回狙击枪，退到后面的安全平地。

他一边装枪，一边问身边的老板：“游戏结束，直升机什么时候到？”

老板看着这个玩命的疯子，全是怨气：“你是拿我的钱办事，抛尸挑衅警方让我沦落至此，现在却在这儿处理你的私人恩怨。”

“直升机什么时候到？”男人拉上拉链，没有情绪地再次询问。

“你毁了我整个集团。”老板越说越气。

“没有我，你什么都不是。”男人冷笑，笑得让人毛骨悚然，然后从腰间摸出一把手枪抵着老板的太阳穴，“直升机什么时候到？”

老板纵使在道上摸爬滚打，也没见过这么狠戾冷血的人，而且现在自己有求于他。

老板看了眼时间，咽了咽口水，太阳穴的凉意渗透全身：“十，十分钟后。”

“走。”男人背起狙击枪袋，抓起人就走。

没走几分钟，“砰”的一声响彻林间，惊起一群飞鸟四处逃窜。

李且背靠着树，手里垂着的枪口冒着烟。

老板被男人及时抓在身前，胸口在拼命流血，他替男人挡了这一枪。

男人把人一推，老板跌在地上，自己则隐蔽在旁边的大树后。

“终于见面了。”男人笑了一声。

“你跑不掉了，”李且说，“投降吧。”

“投降？抱歉，我的字典里没有这两个字。”

“从今天起，有了。”

话毕，李且及时放了一枪，顺便换了个位置，而他的作战靴所过之处也落了一枪。

“你比你那位朋友有趣。”男人笑了起来，“我很喜欢你，我们其实可以成为朋友。可惜你抓了我最好的朋友，所以我得让你的朋友陪葬。怎么样，滋味不好受吧？但很公平。”

是的，那次行动李且抓了其中一个杀手。

“我是警，你是匪，”李且冷冽的语气让这七月的暑气都不敢靠近，“我们注定只能是敌人，我是替我朋友将你缉拿归案。”

“好，就在这儿做一个了断，为你的朋友，也为我的朋友。”

枪声划破长空，一枪又一枪，不绝于耳。

李且跟杀手面对面，将冷硬的枪口对准男人，看到男人也同样举着枪对准自己，扯唇笑着。

这是彼此的最后一颗子弹。

“砰”“砰”，一切都结束了，男人身上多处中枪，躺在地上无法动弹。

李且垂下手，一动不动地盯着对方。他深谙自己的身份和职责，枪枪避开要害。他要的是对方接受法律的制裁。

李且猛吸了一口气，才感觉到右胸口传来的痛。他捂住胸口，慢慢跪在地上，神志开始涣散。

李且整个人仰躺在泥地上，闻到了泥土的清新，掩盖了浓烈的血腥味儿，耳边蝉鸣声声，是在为夏天高歌。他看见绿树成荫，看见飞鸟成群，看见风吹草动，看见蔚蓝的天际，看见云朵很白，轻飘飘地浮在蓝底上。

其中一朵最洁白的云仿佛变成了江轲的英俊笑脸。一阵风吹来，云层变了形状，又变成了文诗月漂亮甜美的笑容。他用尽最后一丝力气摸出左胸口袋里的平安符，用力握在手心。

文诗月，我不会死，我一定能跟你平安到老。

“李队……”

“李且……”

“快，送医院……”

李且醒过来的时候，单人病房里炽白的光线刺眼，空调的温度舒适，耳边是心电监护仪器发出的“嘀嘀”声响。

窗外一片漆黑，不知是夜晚还是凌晨。

还有，坐在病床边的椅子上，挂着一只缠着绷带的手打着瞌睡的孟白元。

看上去有点儿傻。

李且动了一下，胸口一阵痛袭来，不自觉地咳了两声，惊动了孟白元。

“我去，你终于醒了。”孟白元腾地从椅子上起身，摁了铃，“你都昏迷两天两夜了。”

李且就这么仰躺着看着孟白元，虚弱地问：“有没有人……”

“没有，”孟白元太了解李且了，每次出警结束他都是这句开场白，“伤得最重的就是你，你担心自己吧。”

“那就好。”

“放心，这次行动很成功，一网打尽，没有漏网之鱼，他们就等着接受法律的制裁吧。”

“其他人呢？”

“我先让他们回去了。”

“那你守着我干吗？”

“那不是怕我媳妇找我麻烦啊。”

李且想起了他们战斗时说的话，正想说话，医生进来了，给他做了个全面的检查。

他右胸口的枪伤伤到了右肺，而且失血过多，其他地方的伤是皮外伤，胳膊那块深一点儿。

总而言之，这是枪伤，损耗不小。

医生叮嘱至少得休养一个月，好好调养。

医生离开以后，李且又问："你没跟你媳妇说吧？"

"没。"孟白元想到自己这样，哪敢，"放心，她们不知道。"

李且松了口气，又咳了咳，孟白元给他倒了点水抿了两口。

"现在几点了，今天几号？"李且倏然反应过来什么，看向孟白元。

行动前，李且就提了一嘴希望一切顺利，还能赶回去让文诗月给他过个生日。

结果这一躺，直接躺到二十八岁。

孟白元从抽屉里摸出李且的手机和平安符，递给他："哪，知道你要联系，手机帮你提前要回来了。还有啊，你这平安符真的是费了好大的劲儿才给你拽出来，你这晕过去的力气都惊人啊。"

"谢了，兄弟。"

李且接过平安符，看着它勾唇一笑，又看了眼手机的时间，十一点十分。

他解锁，打开微信，文诗月果然给他发了生日祝福，是凌晨准点发的。

内容很简单，一张点着蜡烛的生日蛋糕照片。

还有一段语音："蛋糕我就帮你吃了，许愿你自己许。等你回来，我给你补过。李且，生日快乐。我想你了。"

李且嘴角挂着柔情的笑，反复听了好几遍，伤口好像都不痛了。

"行了行了，"孟白元看着李且给文诗月回消息，一个哆嗦，也准备回病房去，"我回去睡了。"

"嗯。"李且回完消息，搁下手机朝孟白元抬了抬下巴。

也不知道是不是夜里的医院格外安静，不知道从哪儿响了一声微信提示音。

孟白元以为是自己的，摸出手机一看，什么也没有。

他一边揣回手机，一边拧着门把手开门。门一打开，他带着困意的双眼瞬间清醒，整个人愣在原地。

门口俩姑娘，四只眼睛，神色各异地看着他和他身后。

"媳、媳妇。"

孟白元出声的时候，李且也因为突如其来的视线不自觉地看向了门口。

他看到其中一个姑娘的手心里平摊着手机，一双微微泛红的杏眸越过孟白元，撞进了他的眼里。

心里"咯噔"一下，他终于明白刚才那声微信提示音到底是从谁的手机里传出来的。

是他发的。

完了。

文诗月今天收到岩香寄给她的包裹。下班早，她约谢语涵陪她去商场取礼物，在等的过程中她给岩香去了个电话，结果是岩睿接的。

岩睿说妈妈去市医院看朋友，忘了带手机。

文诗月不知道怎么的，冒出了一个不祥的预感，于是她问岩睿："那你爸爸呢？"

岩睿说："我爸忙着抓坏人，我都好久没见到他了。"

挂了电话，文诗月总觉得不对劲。岩香是手机不离身的人，她竟然会紧张到忘了带手机去医院看朋友。她朋友是多，但是得多重要才能如此？

文诗月只能想到一个人。

文诗月记得蒋烈跟李且他们应该是办的同一个案子，不知道是不是商场里的空调温度调得太低，她脚底蓦地蹿起一阵彻骨的冰凉。导购微笑着将包装袋递给她，她还在发呆，没接。

谢语涵接过来，问她怎么了。文诗月把心里的忧虑告诉谢语涵，谢语涵听完，一颗心也跟着提了起来，说孟白元至今也没跟她联系。

"我打过去问问。"文诗月控制住自己，搜到西市市医院的电话打了过去，占线。

谢语涵已经开始订机票，说不管是不是，过去了再说。于是两人家都没回直接去了机场。

下了飞机，两个人直奔西市市医院，正好撞上了特警队里的人。在两个人的逼问下，队里的人道出了实情，也告诉了她俩人在哪间病房。

文诗月刚走到门口，就收到了李且给她发来的微信。

"刚开完会，拿到手机才看到。放心，我这儿一切安好，没病没痛。"

"今天这边局里的同事听说我生日还给我买了蛋糕小小庆祝了一下，不过我还是更喜欢你给我准备的生日蛋糕。我再过段时间就回来给你交人，到时候应该不会这么忙了。我好好陪你，我们再补过生日。"

"我也很想你，等我回来。"

孟白元被谢语涵直接拎着耳朵往外走。

门口只剩文诗月一人，周围静谧到除了仪器的声音，都能听见自己的呼吸。文诗月转身关上门，面无表情地朝病床边走去。

李且此刻什么感受？当时追击杀手生死一线的时候都没这么紧张。这姑娘的情绪太过平静，平静得出乎意料，可越是这样，他越是害怕，一颗心提到了嗓子眼儿。

文诗月睨着手机开始念："刚开完会，拿到手机才看到。一切安好，没病没痛。"

她抬眸看向李且，鼻子一酸，喉间哽咽，却跟他较上了劲："原来中枪送进手术室，昏迷了两天两夜，叫作没病没痛。"

她低头盯着白色的被子，笑了一声：“所以你是在昏迷中跟同事开会、过的生日是吧？”

李且伸手拉住文诗月垂在身侧的左手，捏着她的手指：“你看我这不是没事，我答应过你的，一定做得到。”

“啪嗒”一滴眼泪打在被子上，渐渐洇开，随即又是一滴。

李且一下子就慌了，忙把人扯到病床边上抱进怀里。文诗月滚烫的眼泪打在他的颈窝处，伤口被扯痛却也不及心痛的万分之一。

“对不起。”纵使李且能说会道，在这个时候也是大脑一片空白，徒留这三个字。

文诗月忍了一路，反复告诉自己不要慌，没事的，不是一早就已经做好了心理准备去面对任何事。

反倒是谢语涵在她跟前哭了两场，她还反过来安慰谢语涵。其实她看到微信真的大松了口气，转过来却又有点儿生气了，他这摆明是不想让她知道。但是看到病床上的他没什么血色的面容和干燥的薄唇，所有的复杂情绪在这一刻全部转化为心疼，眼泪根本就控制不住。

“痛不痛啊？”文诗月搂着李且的脖子，抽噎着问。

“痛啊。”李且顺着文诗月的后脑勺。

文诗月一听赶紧松开李且，梨花带雨的模样惹人怜惜。

“是不是扯到伤口了？”她说着要起身，“我去叫医生。”

李且攥着姑娘的手腕摁在自己的左胸口，那里面的心脏铿锵有力地跳动着：“这儿，心痛。”

他一动不动地凝视着文诗月，故作无奈：“你再哭下去，我就要痛死了。”

“都这样了还开玩笑。”文诗月被逗得破涕为笑。

“靠过来点儿，”李且温柔得不像样，“帮你擦眼泪。”

“我好想你。”他沉哑着嗓音一边说着，一边抬手给文诗月擦眼泪，言语间是浓烈的万般思念。

“我也好想你。”文诗月轻柔的嗓音里还带着一丝哭腔，更加挠人心。

她想俯身去亲吻他，却发现李且的右边病服上渗着血，她吓得赶紧去叫医生来看看。

李且刚伸手要拦，姑娘已经起身大步往门口跑去，他只能无奈地一笑。

又是一阵兵荒马乱，医生以为李且怎么了，结果是扯到伤口渗出血来了。医生一边换药，一边笑着问李且这是不是女朋友，李且点头，满目柔情。

“那不意外了。”医生笑道。

医生处理好伤口，重新包扎以后，跟文诗月交代了几句，走之前还自言自语地叹了声“郎才女貌，情比金坚”。

送走了医生，李且朝文诗月伸手：“过来。”

文诗月伸手牵住男人的大手，避着他的伤口，靠在他的怀里。

“李且，你以后别这样了，你不应该瞒着我，无论如何我都应该知道真实情况。”

“我错了，以后不这样了。”李且说着也好奇，“你怎么知道的？”

文诗月把前因后果跟李且说了一遍，还得到了李且的赞扬：“不愧是我媳妇，有潜力。

“那你这次任务结束了？”

“嗯。”李且笑了起来，有一种心头大石终于落定的感觉，“我帮江轲抓到那个人了。”

文诗月一听扭头看向李且，撇撇嘴：“难怪你伤成这样。”

李且摸出平安符递给文诗月：“我随身带着它呢，怎么会有事？”

文诗月接过平安符，突然想起了什么似的，坐起来拿起椅子上的包。

她从里面翻出一个缎面的盒子，打开拿出里面的手串。

“伸手。”她吩咐。

李且老老实实地伸出手，文诗月将手串套到他的手腕上，刚刚合适。

“生日礼物。”她弯唇在李且的薄唇上亲了下，柔声道，“生日快乐。”

李且笑着将文诗月重新拥入怀里，抬起手打量了一下这个手串，带着淡香的老山檀穿着一块月牙形状的玉。

“这个老山檀料子是我让岩香找朋友帮我挑的，听说安眠效果很好，玉是保平安的。”文诗月仰头看向李且，“喜欢吗？”

“喜欢。”李且亲了下文诗月的头顶，明知故问，“那这个玉怎么是个月牙呢？”

“嗯，让你把我带在身边。”

“哦，那我最喜欢这个。”

“嗯？”

“最喜欢，”李且说着停了一下，等文诗月抬头看他的时候才接着说，“最喜欢你。”

“许个愿。”

“不早实现了？”

“什么啊？”

“我的月亮。”

你来到我身边，便是我最大的愿望。

李且随后转到了渝江公安医院治疗。

孟白元看到他的手串，颇有些嫌弃地说他可别被下属们看到了，娘们唧唧的，李队的威信何在。

李且反倒是嘚瑟起来：“羡慕就明说，我媳妇希望我睡好觉保平安，特地给我组合的。这种爱，你有吗？”

孟白元“嘁”了一声：“我，准爸爸一名。你还没合法呢，我用得着羡慕你？你羡慕我还差不多。”

这事孟白元真的是就差挂个喇叭宣告全世界了，一天能说八百遍，听得人耳朵长茧子。

李且却不以为意，说实话还真不羡慕：“我跟我媳妇二人世界甜蜜蜜的，稀罕羡慕你？”

孟白元说：“你吃不到葡萄说葡萄酸。”

李且呵呵冷笑：“你很快就知道自己的地位又要下降了。”

于是，两个成熟稳重的队长跟个“小学鸡”似的唇枪舌战个没完。

李且出院后还得养伤，放大假不用归队，某天有事回了趟特警队。

这一去发现个奇景，队里但凡有对象的人，手腕上都有一条手串，包括之前唏嘘他的孟白元都有，搞得他莫名其妙。

随后他问了郭子才知道朱进跟大伙吹，那是嫂子对李队的爱意。这爱意直接影响了队里的队员，纷纷回去找自家女朋友、媳妇要爱意去了。

办公室窗户边，凌成明望着操场上训练的队员，提起这个事就赖李且：“你这队长当得好，底下的人有样学样。”

李且简直哭笑不得：“不是，凌队，这也能怪我？”

凌成明扯唇，一边转身往办公桌走去，一边摆正领导样儿：“总之我跟他们说了，平时要戴我管不着，备训出警敢给我戴的，见一个没收一个。”

“大家都有分寸。”这点李且倒是对他的下属们很放心。

说着，李且也走到办公桌前站着，他眼神好，目光一扫就瞥到桌面上的相框边有一条手串，视线定住。

凌成明本来在喝茶，见李且的视线落在何处，赶紧搁下茶杯，伸手将手串收进抽屉。

“我都看见了，您别此地无银了。”李且笑道。

领导就是领导，也不狡辩，直接撂了句：“入乡随俗。”

李且还了句：“与民同乐。”

两人心照不宣地笑了起来。

谁又能想得到这小小的一串手串逐渐变成了他们特警队的一个传统。

# 第十二章 六字距离

一个不留神，时间到了八月中旬。

烈日当空，夏日炎炎，三伏天，整个渝江被包围在热浪中，温度一日比一日高。

李大闲人休养了将近一个月，加上身体素质好，伤势恢复得很快，再休息一段时间就能归队了。

他受伤的消息瞒着家里人，只说这段时间一直很忙。家人都习惯了他的工作性质，也就没怀疑过什么。

他眼下也能见人了，正好文诗月昨天出差回来，有假休，见家长的事宜总算被提上了日程。

就在明天。

文诗月今天还在上班，下午给李且来了个电话，让他接她的时候把她的相机带给她。具体位置她不确定，让他找找。

李且笑她小迷糊，挂了电话就去找。

最后他是在她办公书桌下面的抽屉里找到的。他把相机拿出来正要关上抽屉，里面的那本书吸引了他的注意力，他便顺手将书拿了出来。

这书他不算陌生，《明朝那些事儿》他当年追过全套，倒是没想到文诗月也追。看书页老旧泛黄就知道时间久远，就像是他对这书中的内容一样，随着岁月的流逝，到如今能记住的内容并不完整。

许是激起了怀旧的心，李且搁下相机，懒洋洋地倚在桌子旁，翻开了第一页。他的目光一凛，在扉页上倏然顿住。

扉页上写着他的名字，时间是“2009.6.21”。笔墨颜色已经渐渐变淡，可自己的字迹他不会认错。他的书怎么会在文诗月这儿？他也没借给她啊，印象中他的那本也没丢。

不多时，他忽而勾唇一笑，当年他好像借给过苏木，难道是那个时候拿错了？是巧合还是人为？

李且顺手随意翻开了书，以为是书签，正好翻到那一页，定睛一看，是一张照片。照片也刻上了岁月二字，照片里的少男和少女穿着三中统一的蓝白校服，目光茫然地望着镜头，却异常和谐自然。

这张照片他没印象，因为他没有，确切来说他根本不知道这张照片的存在。他只记得当时拍毕业照的时候，是苏木让文诗月带着相机给他们拍的照。

也就是说这张照片只有这姑娘有，她从来没打算洗一张给他，而是自己一个人偷偷地留了这么多年。

“傻丫头。”李且的拇指轻轻地摩挲着照片里的他们，翻了过来，手指僵停在上面。

因为上面的内容，让他的喉间不由得发了紧，像是那夜发现了她少女时代的秘密，那种纷繁的情绪再次涌了出来。

照片背面的字迹也是历经久远，色调变得浅淡，却依旧清晰，字体娟秀还显得有一丝稚嫩，上面有两行字：

**且将新火试新茶，诗酒趁年华。**

**我们最近的距离，六字距离。**

下午去接文诗月，这次李且的车直接停在路边。

文诗月过去从驾驶座接过相机，笑着让他再等一会儿，她把里面的照片导给同事就好。

李且点头提醒她注意脚下，也不催她，单手支着脑袋，看着她进了电视台里，耐心地继续当望妻石。

文诗月再次出来跟张雯一路，张雯看见李且，笑着跟他打了声招呼。

“送你。”

“不用，我男朋友马上就到。”张雯一脸甜蜜。

是的，张雯也谈恋爱了，她的男朋友文诗月见过一次，长相端正实诚，一看就很会过日子。

文诗月跟李且说这事的时候，李且吃醋：“我不会过日子？我上得厅堂下得厨房，哪一点不会过日子？”

“走吧。”文诗月上了车，一边系安全带一边说，“我们先去买礼物，然后再吃饭，吃了饭去……”

“赏月。”

李且刚好不动声色地将车内冷气的温度调上去点儿，就这么直勾勾地看着文诗月，把话茬给接了下来。

文诗月扭头瞧着李且，伸手捏了捏他的耳垂：“怎么这么浪漫？”

李且任由文诗月捏他耳朵，眼底全是挥散不去的柔情蜜意：“只跟你做浪漫的事。”

文诗月对上李且深邃的双眸，总觉得今天他的眼神格外痴缠。事实上确实如此，去买礼物的时候，她一开始还没觉得，经过两三次问他意见，都能撞进他的眼里。

之后她故意去试探他，猝不及防地去看他，每一次都能对上他的视线。

问他这个好不好？好。

那个怎么样？都好。

到底哪个好？你最好。

他哪是在陪她挑礼物，他就像是盯她梢似的，紧紧地牵着她，十指紧扣，手心出汗也不撒手，生怕她跑了。

吃饭的时候，文诗月对于李且这种盯人战术实在是忍无可忍：“你干吗？吃错药了？”

“没有啊，”李且给文诗月剥了虾往她嘴里喂，“这不伺候你嘛。”

文诗月张嘴咬住，一边嚼着，一边礼尚往来地给他也剥了一只，往他嘴里喂。

结果李且直接咬住她的手指，还故意拿舌尖钩了一下她的指尖，抿了下她的手指才松口，这行为搞得文诗月一愣一愣的。

“你够了。”文诗月白他一眼。

吃完了饭，李且开车带文诗月去山上赏月。

她终是明白了此“赏月”非彼“赏月”，她也总算是明白他今天的痴缠和不正经原来都在这儿等着她呢。

所以，今天他是打算放飞自我？

文诗月发现这个男人恪守成规下也有着霸道野性的一面，而这一面只会出现在她面前。

就像谢语涵说他像神仙一样不染纤尘，然而神仙的外表下是勾魂摄魄的妖孽。

“你就不能回家？”文诗月用仅剩的理智提醒他他们现在在哪儿。

“我等你通知等得没耐心，择日不如撞日。”

文诗月意乱情迷，觉得这话好像在哪儿说过，但又记不得在哪儿说过了。

车外天际漆黑，月色皎洁，星辰坦荡，一一铺洒在尘世间。

星光落于山林，落于树脊，落于车顶。

车内两道影影绰绰的身影碎了一整片月光。

李且睁开眼睛，看见了月亮。

文诗月在神志恍惚中，隐隐约约好像听见男人喘息声中的靡靡话音。

“我们之间，没有距离。”

文诗月做了个梦，醒了。她看了眼时间，凌晨五点，却发现身边的人不见了。

她坐了起来，想到在车上的刺激、回家的激烈，脸不由自主地烫了起来。

她顺手抄起一旁的 T 恤套上，穿好了一看是李且的。衣服宽大，刚好能遮住腿根，她也就懒得再换了。

出了卧室，家里一片静谧，徒留书房一抹馨柔的光从门口泄漏了星星点点出来，四周漆黑，让那一块地平添了一份难以言喻的神秘感。空调的温度舒适，文诗月拖鞋都没穿，赤着脚朝书房门口走去。

书房内就点着一盏台灯，伴随着指尖敲打键盘的清脆低响，书桌后的男人不笑时冷峻的面容在台灯和笔记本电脑屏幕的交织光线里变得柔和，眸色比窗外的夜色更黑，却又比天上的星辰更亮。

他乌发蓬松，年少时落于眉宇间的刘海如今已剃到了额尖，露出饱满的额头，利落硬朗，剑眉星目，鼻梁挺直，薄唇微抿，下颌线流畅锋利。其实他还保留着那份少年感，而更多的是他这个年纪应该有的成熟稳重，皮相好，骨相更好。

人们总说一个人再怎么好看也会有看腻的一天。可是为什么，眼前这个男人越来越好看了呢?

“看够了就过来。”

李且富有磁性的嗓音悠悠响起，顺手合上了笔记本电脑。

出于职业条件反射，文诗月人还没走到门口，他就察觉到了。

她走到门口既不出声，也不进去，就微微倚在门口闲闲地看着他。

她要看，他就给她看。

只不过，她穿着他的宽大 T 恤，像是偷穿了大人的衣服，偏偏长度刚好到最引人遐想的地方，两条细直的长腿晃得人神魂颠倒。

姑娘在忽明忽暗里静静地看着他，杏眸如水，红唇娇艳，一头柔顺的长发披散开来，凌乱又诱惑，就像是夜魅妖精一般。

文诗月走到李且身边，见他就着椅子往后退出个空位，微微仰头瞧着她，用眼神示意她“请坐”。

她心领神会地咬唇一笑，顺从地跨坐在他的腿上，双手挂在他的后颈处。

“不是心理评估没问题了，也睡得着了吗？”文诗月的嗓音还带着刚睡起来的沙哑，更加撩人。

李且单手搂着文诗月盈盈一握的纤腰，另一只手搁在她的腿上有一下没一下地滑着，眼睛松松散散地看着她，完全没有平日里正气冷酷的李队长模样。

“想起有份报告要交，起来加会儿班。”李且滚了下喉结，勾着嘴角，“怎么醒了？”

“做了个梦。”

“什么梦？”

“梦到你家住城堡，就是德古拉伯爵那种。原来你们家是吸血鬼家族，也要把我变成吸血鬼，具体记不清了。”

李且一听乐了：“你这做的什么梦，见个家长这么紧张？”

文诗月抠着李且的后颈，也觉得好笑：“也还好吧，我也不知道怎么就做这种梦了。”

“你这就是日有所思夜有所梦。”

“我就有那么一点儿紧张，就一点儿。”

李且一挑眉，嗓音越发沙哑，眸色晦暗暧昧，卷来旋涡，火星子在旋涡里慢慢复燃。

“穿我衣服？”

文诗月不清楚男人对女人穿他们的衣服这件事是相当敏感，说：“顺手抓的，还挺舒服。”

“帮你缓解一下紧张。”

“怎么缓解？”

“玩大冒险。”

“你别留……留印子。”

“知道。”

文诗月被李队长准时叫了起来。

洗漱的时候，文诗月特地仔细检查了一下会露出来的地方有没有痕迹，还好没有，还算有分寸。

一顿收拾完还有时间慢慢吃个早饭，再出发去李且家。

她今天穿着一条奶黄色的连衣裙，温婉大方。李且依旧一身黑休闲装，回自己家果然不讲究。

这一路上文诗月还是挺紧张的，但是见到了李且的家人以后，好像就突然之间完全不紧张了。

李且的奶奶颜君心很和蔼，瞧着她百般欢喜，说是终于见到她这“曲奇孙媳妇了”，真漂亮，难怪这小子会这么喜欢。

李且的妈妈钟宣很年轻美丽，气质独特，像二十世纪八九十年代的港星，很有辨识度。现在都这么美，年轻时不知道得好看成什么样。

李且的爸爸李同源身形保持得很好，高高大大没有发福，眉眼深邃，李且的眉眼就像他。哪怕是年过半百，也能在他身上窥见他年轻时的英俊样貌。

难怪李且长得这么好，这是把家里的好基因全部长到了自己的身上了。一进门文诗月就感受到了他们家庭的氛围很好，跟她家的感觉有点儿像，却又不太一样，总之是很美好温馨的，所以李且才会这么优秀的吧。

李同源刚好有事要跟李且说，两个人去了书房。

颜君心和钟宣拉着文诗月坐在客厅聊天，看时间差不多了，钟宣说去厨房看看。

文诗月本来要去帮忙的，被颜君心拦了下来，让文诗月陪她去花房种花。

颜君心跟文诗月聊了很多关于李且小时候的事，又聊到了他的高中。

“我记得小且高中毕业那年也是在这儿陪我种花，就聊到了一个女孩，可是，他说那个女孩有些讨厌他。”颜君心笑着瞧了眼文诗月，手上继续埋着土，“我当时就在想啊，我这么优秀的孙子，还有女孩不喜欢他？这些年喜欢他的女孩子很多，他却一直单着。我们都以为是他这工作性质的原因，他爸妈急得哟，偏偏他就无所谓。

“直到去年某一天他回来跟我说遇到了喜欢的女孩子，就是给你做曲奇那天，后来你们在一起了以后他才告诉我就是当年讨厌他的女生。”

文诗月看向颜君心，笑眼弯弯：“我当年那是不好意思。”

颜君心一听有些惊讶，转而却笑了起来：“说到底一个‘缘’字。你们注定是有缘的，无论错过多久总会相逢。”

“是啊，我们都是被运气眷顾的人。”文诗月说道。

“在这儿呢。”李且走了进来，揉了揉文诗月的头顶，“我到处找你们。”

颜君心拍拍手，准备站起来：“怎么，还怕我把人给拐了？”

“不是，”李且忙伸手去扶颜君心，“这不是主要找您嘛。”

文诗月也扶着颜君心，笑着看了眼李且，正巧撞进他的双眸里。

颜君心看着两人暗送秋波，不由得一笑，也不当电灯泡：“行了，奶奶懂。这儿还有一株你们帮我种好，我先进去了。”

“保证完成任务。”李且说。

“你这孩子。”

颜君心走了以后，李且极其娴熟地教文诗月怎么栽种：“跟奶奶聊什么呢？”

“聊你啊。”文诗月专注着手里的花，直言不讳。

“聊我什么？”

文诗月笑了，扭头瞧着李且，微红的脸蛋露出甜甜的酒窝：“不告诉你。”

李且没忍住凑过去亲了一口，吓得她赶紧四处看，还好没人。

她吁了口气，瞋他一眼：“这是你家，你注意点儿。”

“我已经很注意了。”

吃午饭的时候，李同源提了下两家见面的事，文诗月说回家问问母亲。

说着说着，李同源果然又在说李且的工作。

但是跟之前李且说的不同，李同源没有让她劝李且辞职，而是说让他们尽快结婚。

李同源看了眼李且，叹了口气："儿子我是不指望了，我这公司以后就交给我孙子就行。"

李且凑到文诗月耳边，低声说了句："这个我同意。"

吃完了午饭，颜君心说难得文诗月在，人够，打麻将。

文诗月不明所以地问李且："你们不是刚好凑一桌吗？"

李且还没说话，颜君心就开口了："他一上桌大家就都别打了，特别会记牌，一点儿不懂得尊老。"

"不是，奶奶，"李且不服，"这叫竞技精神。"

文诗月想起上次在南兴的事，偷偷问李且："那你上次跟我妈她们打是故意放水？"

"那不一样，那是识时务者为俊杰。"李且特大义凛然。

"演技派。"

"还行。"

打麻将期间，李且就坐在文诗月身边观战，这姑娘打得不错，他也不操心。

钟宣一边打，一边跟他们俩小的聊："你们这工作都忙，平时难得遇到一起休假吧？"

文诗月说："也会有一起休假的时间。"

钟宣点点头："一起休假就多过来吃饭。"

文诗月回道："好。"

颜君心也跟着问："那你们休假一般都做什么？"

钟宣一听笑了："他们小年轻谈恋爱不就是约会、吃饭、看电影什么的。"

文诗月点头："差不多，一般就这些。"

颜君心还是紧跟潮流，顺嘴问了句："你们年轻人不都喜欢打游戏什么的，我看小且的弟弟、妹妹抱着个手机就是一天。"

李且顺手指了下五万，示意文诗月打，嘴上冷不丁地冒了句："我们也玩，比如真心话大冒险。"

文诗月本来要打五万的，手上一哆嗦，推倒了一半的牌。

"诗月，你怎么脸有点儿红？"

"那个，有点儿热。"

“小且，把空调调低点儿。”

“好……”

麻将没打太久，李同源公司有事要马上处理，颜君心也不能久坐，大家就散了场。

李且带文诗月参观了下家里，而后来到了二楼的书房。书房很大，有一面墙都是书柜，窗户边是一台三角钢琴。阳光正好倾洒在上面，镀了一层金光。

李且凭着记忆在书柜里找到了一整套《明朝那些事儿》，抽出了其中的一本，打开扉页仔细辨认了一下字迹。

很像，但看这运笔的方式确实不是他的习惯。

文诗月本来是在参观的，看到李且手里的书，其实已经没有了害怕被发现的紧张。

只不过，让她说出当初干的换书这种事，她也实在是不怎么说得出口。

她朝他走了过去，佯装好奇：“你也看这个？”

李且任由她装：“你也看？”

文诗月点点头：“这小说以前还挺火的，我同学都看。”

“是吗？”

“对啊。”

“我怎么觉得我这字有点儿怪怪的。”

“时间久了肯定会变，正常。”

“也是啊，”李且将目光投向文诗月，笑得别有深意，玩味道，“是有点儿变了。”

两个人也没就这个名字继续延展话题，因为颜君心上来了，说是弹琴给文诗月听。

文诗月激动得连连说好，何德何能啊，能听到票都买不到的殿堂级演奏，还是包场。她跟李且坐到一边，坐得端端正正的，开始洗耳恭听。

琴声悠扬，每一个音符都像是有魔力似的，让人能跟随着穿越山川海洋，看见银河极光，拂过花草树木，感受鸟语花香，弹奏出了世间一切的美好。

李且凑到文诗月耳边问：“知道奶奶名字的含义吗？”

文诗月知道奶奶的名字是颜君心。

“君心似我心？”应该是这个了。

李且给她下套：“所以全句是？”

文学这块是文诗月的强项，她不用想就说了出来：“只愿君心似我心，定不负相思意。”

李旦钩住文诗月搁在腿上的手指，眉开眼笑，在她耳边低笑了一声。

“嗯，收到。”

文诗月这才反应过来，自己竟然跟他表白了。

文诗月羞恼，压着声音却像是撒娇：“你诓我。”

正好颜君心弹奏的最后一个音符结束，文诗月也懒得跟李旦计较，笑容满面地用力鼓掌，恨不得鼓出千人之宏大。

李旦起身前，跟文诗月说：“回你一个。”

说完，他就径直走向了钢琴。

男人落座在琴凳上，一身黑衣与钢琴融为一体，骨节分明的手指搭在黑白琴键上，指骨修长有力，青筋微微突显。

他坐得笔直而挺立，完美的侧脸轮廓笼在阳光里，脖颈间的喉结缓慢地上下滚了滚，看似云淡风轻，却又潇洒性感。

颜君心坐到文诗月旁边，笑道：“我也好久没听他弹琴了，这双手用来守护人民，也好。”

钢琴声再次响起，悠悠缓缓，温柔眷恋，柔情似水，诉说着浓浓的情。李旦一边弹奏着，一边看向了文诗月，深邃的眉眼里是笑意也是情意，热烈而又深情。

他是她的太阳，是她的心之向阳。

她是他的月亮，是他的心之归属。

这是太阳对月亮的表白。

*你问我爱你有多深*
*我爱你有几分*
*我的情也真*
*我的爱也真*
*月亮代表我的心……*

八月下旬，烈阳依旧似火，渝江的高中生们已前后不一地踏入了琅琅书声之中。

三中每年这个时候都会为准高三学生们做一个动员大会。

是喊话给你想倾诉心里话的那个人，二是邀请了学校校史馆荣誉榜的优秀毕业生回校给学弟、学妹们谈谈过来人的经验。

李旦和苏木往年都在被邀人选之中，可惜时间不凑巧，年年都因为自身工作原因无法参加。

今年接到邀请的时候，两个人总算是有时间答应了下来。

而文诗月今年是因为电视台的工作，去做专题报道。

因此，两个人并不同路。

厚德楼前是穿着蓝白夏季校服的高三生们，如海洋般一字排开，倒是让夏风都有了一丝海上的清凉。

文诗月他们电视台的工作人员在第一排和楼上都架着机器进行拍摄，她看着一张张青春无敌的笑脸，倒是颇有些怀念。

置身于这片蓝白海洋里的卓小满探着脑袋挥手跟文诗月打招呼，引来了身边一众人问她："你认识那个美女记者啊？好漂亮，好白啊……"

总之因为文诗月在现场，惹得大家的讨论话题全都围绕着她。

甚至有个女生当机立断说要考新闻专业，希望也能变成这样的大美女。

旁边的男生不由得耻笑埋汰："你考上以后去整个容比较容易实现。"

男生不负众望被打，引来了一阵嬉笑连连。

张雯瞧着这些少男少女，追忆着自己的似水年华，不由得感叹："年轻真好。"

文诗月正好跟着看机位，听到张雯这话，顺着她的目光看过去，笑道："你也不老。"

"那怎么能一样？"张雯一脸艳羡，又带着无限怅然，"这是青春啊，短暂又美好，以前的我怎么不懂得珍惜呢？"

"因为人生最大的遗憾，是一个人无法同时拥有青春和对青春的感受啊。"文诗月拍拍张雯的肩。

"这么遗憾？"

一道高大的影子压了过来，帮文诗月严严实实地挡住了烈烈骄阳，带来的是极其熟悉的气息和含笑的低沉嗓音。

文诗月都不用抬头就知道来者何人。

再加上突如其来齐刷刷看过来的惊艳目光和谈论声，除了那位至今依旧蝉联三中风云人物榜首无人撼动的李学长，还能有谁？

张雯看见李且过来了，依旧还是那副改不掉的花痴样："李队，来找咱们诗月啊？"

李且勾唇点了点头。

他这一笑不得了，学生们又开始交头接耳，疯狂偷看疯狂心动。

"我的天啊，笑起来好苏，又高又帅。"

"对啊，刚才不笑的时候又好高冷，咱们学校怎么会有这号人物？"

"那是谁啊，新转来的吗？我高三的快乐是不是要来了？"

"不对啊，我怎么觉得在哪儿见过？"

"是见过，"卓小满终于说话了，带着一种无法言语的骄傲感，"那是我哥。"

“对对对，我就说，高一那会儿给你开家长会来着。”

“卓小满你家开挂了吧，一个比一个长得好看，这么一对比，你最丑。”

“滚，想死了是吧。”

…………

那边热热闹闹，嘻嘻哈哈，这边优哉游哉，闲闲散散。

“这是每一个人都会有的遗憾，”文诗月转头看向李且，也被他今天的少年感吸引了眼球，愣了一刹才把话说完，“大概就叫作，身在福中不知福。”

喊话开始，楼上出现了一个胖胖的女孩子：“我是高三（3）班的武子衿，我有话对我的同桌说……”

话音伴随着一阵骚动，刚开场就将气氛烘托到了一个制高点，鼓掌声、吹口哨声络绎不绝。

文诗月曾也回过学校演讲，却是来去匆匆。

虽说是三中传统，但是她毕业那年还没有，好像是从那之后才开始的，她也是今天才得以亲眼见证这个活动。

“所以现在的高中生都这么敢说了？”她都有些震惊，跟李且指了指另一边，“你看校长还在那边呢。”

李且就这么用自己的身体给文诗月挡太阳，她挪动，他也跟着挪动，听见她的话也跟着笑。

“那不是怕遗憾，所以豁出去让青春不留遗憾嘛。”李且说。

“你呢，有遗憾吗？”

“没有。”

“没……有？”

李且低头凝视着文诗月，暗自牵住她的手：“我唯一的遗憾已经被我抓住了，没有遗憾。”

文诗月看向李且，朝他莞尔一笑：“我也是，没有遗憾。”

我所有的遗憾都与你有关，但也都被你全部填满，没有遗憾。

“对了，我表哥呢？”

“他有事耽搁，一会儿直接去礼堂。”

“嗯。”文诗月把手抽了出来，抬头看见楼上已经换了人。

李且微微俯身，附在她耳边问：“不牵我？”

文诗月暗地里拿手肘捅了下李且：“工作呢，别闹。”

“哦。”李且乖乖地站好。

不一会儿，楼上出现了一个熟悉的面孔，是卓小满他们班的班长，也是“校草”，他一上去下面就轰动了。

“那不是小满他们班的班长吗？”文诗月说，“干吗不说话？”

“不是你让我别闹吗？”

楼上英俊的少年望着楼下，说：“大家好，我是来自高三（1）班的陈岳，我有个问题想问一问我们班的卓小满同学。”

卓小满直接蒙了，而这一次的起哄声此起彼伏，连绵不绝。

文诗月一听，眼睛也蓦地瞪大了，赶紧让楼上的机位切给卓小满，她的眼睛却是盯着摄录机里的少年，一脸“嗑糖嗑到了”的表情。

李且瞧着文诗月“吃瓜”的笑容，也跟着扬唇笑了起来。

“为什么你对别人都很友好，甚至称兄道弟，偏偏一到我这儿就冷脸？”陈岳盯着卓小满，“我自认对你不错，也没得罪你，今天趁此机会我想好好问问你，你心里怎么想的？”

“傻子。”文诗月说着抬头看了眼李且，“跟你一样傻。”

李且点点头：“是挺傻的。”

陈岳直截了当地要说法，卓小满脸红红地应了下来，他们这一趴才算是过去。

文诗月他们这边拍得差不多了，准备一会儿转战到礼堂。张雯和老姜非常有眼力见儿，把文诗月还给李且一会儿，美其名曰跟一会儿要上台演讲的李学长提前做个采访。

文诗月不由得在心中感叹：我的中国好同事啊。

于是两个人就在校园里转了转，三中的变化说大不大，说小也不小，跟当年还是有了不小的变化。两个人走在林荫小道上，阳光穿过枝叶罅隙星星点点地打在他们的身上。他们一路聊着，经过了教学楼、艺术楼、食堂，回忆着过去的点点滴滴。

而后在操场遇上了苏木，他们一起继续逛起了校园。今天三个人不知道是不是因为重返校园，穿得都格外青春，像极了高中生。

文诗月是出外景的时候都穿这么简单，白T恤、牛仔裤，高高的马尾一扎，怎么舒服怎么来，青春靓丽。

李且今天难得不是一身黑，穿着白衬衫，蓝色牛仔裤，白色板鞋。

这也是文诗月刚才看到他愣怔的原因，仿若看到了当年教她一眼万年的白衣少年。

高一新生在军训，苏木倏然想起了当年文诗月军训的事，不由得笑道：“我记得那时候你军训，我跟李且来找你，你那一声学长叫得我觉得天儿都不热了。

“多稀奇，居然有女生没有拜倒在你的牛仔裤下，这个人还是我表妹。”

“是啊，”李且低声跟文诗月翻旧账，“学长当时只能尴尬地看手机。”

文诗月一听，原来当时他满不在意地看手机是因为尴尬啊。

“那学妹也不是故意的，就条件反射。”文诗月不知为何，心中一动，“其实那不是我第一次见到你。”

“是吗？”李且似乎也不太意外的样子。

文诗月没注意，而是笑着望向李且，笑意比树梢的蝉鸣热烈，眸光比这天空的骄阳灿烂。

苏木自顾自走着，发现身边没人，一回头就看见两个人在那儿咬耳朵，暗自啐了一句。

但看着两个人眼中只有彼此又十分欣慰，于是默默摸出了手机。

“李且、文诗月。”

两人应声一同朝苏木看去。

“咔嚓”一声，他们看向镜头略显茫然的模样，在这一刻被静止在了相机屏幕里。

一如十年前，相同的背景，相同的两个人，相同的表情，被同一个人捕捉进相机。

不同的是，当年是分离，是难以启齿的心思；而今是牵手，是心照不宣的喜欢。

礼堂里，文诗月回到岗位上，高三的同学们陆陆续续入座，沸反盈天渐渐变得落针可闻。

李且上去的时候，不出意外的掌声雷动。

他讲得不枯燥，像是一个朋友一般淡然自若，以讲故事的方式开头，以内容延展出大家未来的人生、眼下的迷茫。

“十七八岁是青春，青春本就有无限可能，在虚实之间反复横跳，迷惘也是正常的。但你们现在正走在一条鲜花绽放的道路上，馥郁芳香走出曙光和希望。这条路每个人都要走，晨起含露，夜抗风霜，必经之路，不要焦虑。

“如果你是花，你的花期总会到来；如果你是树，果子总有成熟的一天。放平心态，努力用心，不要太计较得失，做到不负明天不负自己，未来皆可期。

“有人跟我说，青春里的我们身在福中不知福，所以我希望你们身在福中是幸福的。”

文诗月看着台上恣意潇洒的男人，说起她之前说过的那句话，笑眼弯弯。

由于时间关系，每次只给一个同学提问的机会。

向李且提问的同学就着他刚刚提到的幸福，问道：“请问学长，那你所认定的幸福是什么？”

李且不由得勾唇笑了笑：“我所认定的幸福是，我欣赏的女孩也正好欣赏着我。”

此话一出，整个礼堂沸腾了起来，提问的女生也激动地趁热打铁：“那现在呢？”

李旦笑意更浓，目光越过一众激动的人群，理所当然地落在了后面摄像机旁边的姑娘脸上。

两两相望，摒弃周遭的一切，仿若所有人都在这一刻倏然消失不见，只余他俩。

事实却是，所有的人顺着李旦的目光看向了文诗月，是满满的羡慕。

“我们——”礼堂的扩音器里传来男人低沉而笃定的嗓音，“正在相爱。”

礼堂爆发出最为热烈的一次哄闹声，持续不断。

在这片闹声中，有个人的声音响起，很是激动：“我想起来了，我说怎么那么眼熟，那是学姐。咱们高一那年她来学校做过演讲，我经过时听了一点儿。啊啊啊，我的天啊，时隔两年，对应上了，这是什么偶像剧剧情！”

“学姐说什么了？”

“当时有人问学姐当年快速提高学习成绩的动力是什么？学姐说是因为一个人，一个她欣赏了很久很久的人，她想追赶他的脚步。后来她追上了……”

文诗月一颗心也激动得不已，全是蜜糖，翘着的嘴角就没下去过。

文诗月这边的工作结束，她在停车场给李旦发消息说先回电视台，收了手机就看见张雯摸过去找过来的。

“怎么了？”

“我手机不见了。”张雯说。

“你去了哪儿？”

“厚德楼二楼教室，还有礼堂。”

老姜让她俩去找手机，他们在这儿等。

张雯说：“厚德楼近，你去厚德楼，我去礼堂。”

文诗月也没什么意见，两个人便各自往不同的方向走去。

此时厚德楼没人，阳光倾洒在走廊上，很奇妙的感觉，就像是回到了自己的高中时代。

其实楼道、教室、班级都没有变，只是教室的课桌椅不再是以前铁皮材质的，变成了眼下的塑料，俩人一桌也变成了一人一桌。

走廊清静，教室无人，文诗月摸出手机给张雯的手机打过去，隐隐约约听到了铃声，便顺着声音找了过去。

手机铃声在高一（5）班内大作，文诗月站在教室门口瞥见讲台上好像有部手机。

她掐了线，瞧着这个熟悉又久远的班牌，又瞧着这间她高中时的教室。

文诗月走进教室，站在讲台下，连讲台都已经换了新的，抬眸望去，唯独不变的是窗外那棵歪脖子树，枝叶繁茂，郁郁葱葱，充斥着岁月的痕迹，还是原来的模样。时光在流逝，时隔十一年，一切其实都在发生着剧烈的变化。

可是站在教室里却让她有了第一次踏进教室的感觉，就像是真的重新回到2009年。

怕老姜他们久等，文诗月赶紧迈上讲台，伸手去拿手机走人。

视线却被讲台上摊开的书吸引了注意力。

她定睛一看上面的内容，眸色一顿，蓦地屏住了呼吸。

这是她QQ上的信，不仅如此，下面还有了回复。

1 封

军训，你跟苏木一起来找我，原来你叫李且，就是那个大家都在说的李且。我好像表现得有点儿冷漠，我也不知道为什么，但我不是故意的……

回复——

军训，苏木让我陪他去找你，你对我有点儿冷漠，红红的脸蛋冷淡的声音，你的声音倒是很好听。不过你这反应有点儿伤我自尊，我看手机不搭理你也不是故意的。

文诗月学妹，很高兴认识你。

文诗月翻页，是第2封，李且说他也不想在开学典礼上演讲，奈何想让她看到他，耍帅而已。

继续翻页，她的每一封信他都回复了，文诗月红了眼圈，一页一页地翻下去。

她注意到李且回复的时间都是8月12日的凌晨，是她去他家的头天晚上，她做梦醒了在书房找到他，他说他要交份报告。

原来这就是他所谓的报告。

一一翻完所有回复，再翻到下一页，里面夹着一张照片。

照片是当年两个人的那张合照。文诗月倏然想起那天李且的痴缠和他说的话，还有第二天在他家，他故意给她看那本曾被她换过的书。

他应该是帮她找相机的时候发现了书和里面的照片。

文诗月垂眸忽而一笑，像是心有灵犀似的，将照片翻了过来。

她的字迹下面多了两行苍劲有力的新字迹。

与此同时，熟悉的低沉嗓音自门口响起，念着这两行字。

“如果我们之间一定要有六字距离。

“那就是——李且爱文诗月。”

文诗月扭头看去，男人立在门口，单手抄兜，阳光正好投在他的身后，熠熠生辉。在光影里，她好似看到了曾经的那个让她误入眉眼，自此难忘的俊朗少年。

她眸里淬着水光，整个人却是笑着的，是喜极而泣，笑得幸福又甜蜜。

李且一步一步往前走，含笑凝望着她：“第一百封信。世人都说数学精于计算与说明，方程的等式也属于未知，可它的指向却是唯一。如果语文里我们注定要有距离，那么在数学里你注定是我的唯一。”

他在文诗月的面前站定，抬了抬下巴：“还有一页没看。”

文诗月伸手翻到最后一页，目光触及书页，手一僵，心跳霎时漏跳了一拍。

那一页是一个打开的戒指盒，呈凹陷状，盒子的中央立着一枚钻戒。

李且摘下戒指，单膝跪地。

他右手举着这枚在阳光下闪着光的钻戒，抬头仰望着他的唯一。

“李且爱文诗月，曾经现在，直到将来，直到百年、来生，始终如一。”

“我爱你，我会永远爱你，只爱你。”李且顿了顿，一动不动地望着文诗月，“嫁给我，好不好？”

文诗月几乎是想都没想，用力地点了点头：“好。”

李且捉住文诗月的手，将戒指缓缓地推进她的无名指。

这代表着一生的承诺。

他笑着将文诗月抱了起来，激动又开心地原地转了个圈，最后将人紧紧地拥进怀里。

窗外歪脖子树里的知了喧闹，阳光铺洒在他们的脚下，他们立于光里，永远光明而纯粹，正直而温良，光芒应运而生，因缘而落，渐渐变换了颜色，岁月在色调里晕染出时光里不一样的夏季。

苏木开学的第一天，文诗月陪他去报到。

她听到了一个清朗干净的声音，在安静的班里响起：“且将新火试新茶。”

她被声音吸引，经过门口时朝讲台上看了一眼。

就这一眼，正好对上了讲台上俊朗的少年看过来的黑眸。

他们短暂地四目相对，李且走下讲台，她离开门口。

文诗月开学的第一天，李且跟苏木经过。

他听到了一个清甜如水的嗓音，在安静的教室里响起：“诗酒趁年华……”

他正好经过前门，下意识扭头朝讲台上看了一眼，就这一眼，刚好撞进了讲台上漂亮的少女看过来的杏眸。他有意停留，却被苏木无情拽走，只余脑海里姑娘那始料不及的微愣神色。

金光一刹，色调变回明亮而翠绿，阳光正好。

2020 年的夏末，讲台上的男女相拥相爱，满目深情。

姑娘指缝间的戒指闪耀着最美的光芒。

时光盛大，总有一场相遇是互相喜欢，而我们，在青春年少里各自暗恋，在久别重逢里双向奔赴。原来真的有这么一次，爱与被爱同时发生。

从此我是我，你是你，故事是我们，我们是爱情。

一阵夏风袭来，将讲台上的书页吹得“哗啦”作响，一页一页快速倒退到开始的地方。

最终全部合上，露出封面。

素雅洁净的封面上写着四个字——六字距离。

# 番外一 / 但愿人长久

夏去秋来，秋高气爽，是四处走动的好时节。

文诗月和李且两家定在了国庆节见面，其实在这之前，李且跟父母就去南兴登门拜访过了，这一次主要是一起商量两个人的婚事。

都说三个女人一台戏，颜君心是第一次见王晚晴，那可谓一见如故，相见恨晚。

这不，她们彼此之间一口一个亲家地称呼着，本来还有些略显生疏的王晚晴，几乎是一瞬间就跟着聊得热火朝天了起来。

几位长辈从挑领证日子到办婚礼，又一路聊到了生孩子，继续往下聊，聊到带孩子，孩子上学等问题。

一开始几个女人聊婚礼的事儿李同源没怎么插嘴，跟李且和文诗月聊起了他们最近的工作问题。

直到他听到生孩子的事儿，来了兴趣，直接加入这个话题里。

“我觉得这事儿得抓紧……”

文诗月满脑门儿黑线，她跟李且才哪儿跟哪儿，怎么就说到孩子了？看来李且的爸爸对继承人这件事执着又耿耿于怀。

李且给几位长辈再次斟完茶，坐回到文诗月身边就听到姑娘凑到他耳边低声说：“他们是不是想得太远了？”

“也不远。”李且搁下茶壶，顺手在桌子底下牵起文诗月的手，一边揉捏着把玩，一边压低声音说，“咱们努努力。”

文诗月一听心一紧，小脸一红，这人真的是，说话越来越嘴上没把门。她忙着抬头去看几位长辈，还在滔滔不绝，各抒己见，根本没注意他们俩，还好还好，这要被听了去，丢死个人。

文诗月暗自吁了一口气，拿指甲掐了一下李且的手背，扭头瞋他一眼：“我要不要给你递个喇叭？”

“你敢递我就敢说。”李且对上文诗月看他的目光，一脸无所谓的笑意。

文诗月咬了下唇：“没脸没皮。”

“我在你这儿要什么脸什么皮？”李且顿了顿，故意拖着腔调，“是吧，媳妇。”

“未婚妻。”文诗月纠正。

李且点了下头，漆黑的眼里露出一丝邪气儿，这话他几乎是贴着文诗月的耳朵说的：“行，今晚我就父凭子贵。”

文诗月不仅感觉脸有点烫，浑身都有点热，更诡异的是本来热热闹闹的包间此时鸦雀无声。

她抬头一看，果然几位长辈都噙着笑意盯着他俩看，那一双双笑眼里暧昧分明。

“你们俩先别顾着打情骂俏了，说说你们的意见。”钟宣笑道。

文诗月就像是考试作弊被抓包，赶紧松开李且的手，坐直看向大家，微红的小脸蛋噙着略显尴尬的笑。

“我没什么意见。”

王晚晴笑着看向李且：“那你呢？”

李且倒是脸不红心不跳地笑答：“我也没意见，妈。”

文诗月见鬼似的看向李且，你这改口改得也太快了吧？

十一月八日是记者节，文诗月得了个奖，在国内含金量还挺高，去了北城几天。

回到渝江一下飞机就看到等在出口的李且，男人一袭黑衣黑裤，高大帅气，是人群中最醒目的那一个。

文诗月一看到李且，拖着行李就朝他飞奔过去。

李且伸手接住姑娘，将其紧紧地搂在怀里，亲了亲她的头顶，又亲了亲她的耳朵，在她耳边问：“想我了没？”

“想。”文诗月抬起头，笑眼弯弯里盛着光，“那你呢？”

李且勾着嘴角饶有意味地看着文诗月，随即一手拖过行李，一手攀着姑娘，大步往外走。

“回去用实际行动告诉你。”他说。

回到家一进门，两个人就不管不顾地纠缠在一起，一路跌跌撞撞进了卧室。

长夜漆黑里就着窗外稀薄的夜光，卧室里落了一地大小的衣物。

光影起伏，变换着姿态，旖旎与暧昧声声不断。

文诗月昨晚被李且折腾得够呛，于是，两个人破天荒睡到了日上三竿。

难得一起休假，这一天过得极其简单又……丰富。

比如两个人起来吃午饭，吃完午饭休息一会儿，李且抱着文诗月往卧室走：“睡午觉。”

午觉“睡”醒了，被子里的那只大手又开始不老实。

文诗月抓住在她身上造次的手，累得眼睛都懒得睁开，哑着嗓子说：“你怎么没完没了了？”

“这不得把之前的补回来。”李且说着翻身而上，低头吻上文诗月的唇，辗转厮磨间把话说完，“该吃‘下午茶’了。”

文诗月生怕李且吃了晚饭还来，于是死活要出去吃晚饭。

她这会儿在穿内衣，李且见着姑娘凹凸有致的好身材，主动过去帮她扣扣子。

“谁发明的这玩意儿。”李且一边认真扣着，一边嘴里叨叨，“一个扣多方便，多此一举。”

文诗月想到他之前总是扯坏她的内衣，轻笑一声：“是你比较方便吧。”

李且扣好，从后面环住文诗月，温热的薄唇咬了下她耳垂，靡靡低音性感非常：“要不你给我试试这次会不会扯坏？”

文诗月吓了一跳，赶紧从李且的怀里逃出来，跟他对峙着。

男人赤着上身，肌肉线条紧实流畅，腰间皮带搭在两边，长裤松松垮垮地挂在窄腰上。

这架势，文诗月琢磨只要她点头，她保证，他能立刻扑过来。

不过，确实好性感，怎么都看不腻。

她望着李且如妖孽般的俊颜，她有理由怀疑他在故意色诱她。

文诗月的理智告诉她不能被诱惑。

于是，她赶紧捞起衣服穿起来，还不忘提醒：“把你裤子穿好。”

李且见姑娘微红的脸蛋，也不逗她了，笑着“哦”了声，穿衣服去了。

天气一天比一天冷，文诗月跟李且依旧各自忙碌在岗位上，兢兢业业，日子过得简单也幸福。

一晃又是一年跨年夜。

这天文诗月和李且都把时间腾了出来，一大早就去南兴接王晚晴，然后三个人一起去了烈士墓园。

这一天是文阳的忌日。

三个人立在墓碑前，王晚晴让文诗月和李且一起给文阳上炷香。

两个人上好香，文诗月牵起李且的手，笑容恬静地对文阳说：“爸爸，这是李且，跟你一样也是警察。”

他就像你一样保护着我，爱着我，是我一眼认定的人。

爸爸，我很幸福，特别特别的幸福。

李且回握住文诗月的手，看向墓碑，礼貌地喊：“爸爸，我是李且。您放心把文诗月交给我，我不会让她受任何委屈的。”

谢谢您带她来到这个世界上，来到我的身边。

我很爱她，我会给她所有的幸福，我向您保证。

王晚晴拿手绢擦拭着墓碑上的照片，擦去一层灰，依旧还是那个让她一眼心动的模样。

“女儿带着你女婿来看你了。”王晚晴不由得叹口气，“你说你是不是没福气，自己女儿的喜酒都吃不到……”

王晚晴老话长谈，文诗月抬头望着李且，默默地跟他使了个眼色。

李且心领神会，两个人把独处的时间留给王晚晴，悄悄地离开了。

“你刚才还跟我爸说什么了？”文诗月问李且。

“男人之间的秘密。”李且笑瞧着文诗月，反问，“那你呢，偷偷跟我岳父说什么了？”

“父女之间的秘密。”文诗月立马还击回去。

两个人望着对方，蓦地相视一笑，眸光璀璨。

此时，阳光慢慢铺洒开来，照亮了墓园里的每一块墓碑，熠熠生辉。

它们遥相呼应，都是人间炽热的光。

元旦假期最后一天，文诗月跟李且在他家吃的饭。吃完了饭，她被奶奶拉着看了李且从小到大的照片，听了很多关于他成长的故事。

文诗月看到照片里的李且眼角的那颗痣，想起初见时这颗痣让她念念不忘，心里暗自有了点儿小心思。

回到家以后，她就付诸行动了。

沙发上，文诗月举着眼线笔一个劲儿地诱哄：“你别动，你就让我点一下嘛。”

李且故意不让她如愿，双手握着文诗月的手腕高高举起，仰头看向半压在身上的姑娘。

“警察问话。”李且故作一本正经，“你到底是喜欢我，还是喜欢我这颗痣？”

“那不都是你的？难不成你还跟一颗痣吃上醋了？”

文诗月一边说着，一边找机会挣脱，奈何力量悬殊，她还是没能如愿。

“不可以？”李且一个下压，把文诗月压在身下，“所以，有这颗痣的我帅，还是没有的帅？”

文诗月望着这逆天的颜值，还真比较了起来。

“都帅。”

李且一笑，就听到文诗月的后半句：“不过有泪痣更有辨识度一些。”

“合着我现在没辨识度了呗。”李且的眼神逐渐危险。

“不是你让我对比的嘛。”文诗月望着李且，“主要是我当年在书店第一次见到你时就是你那颗泪痣吸引了我。”

“是吗？”

“是啊。”

“没关系，”李且的眸色越发幽深，卷着暴风雨前夕的巨浪，“我让你好好辨识一下是不是痣的问题。”

说完，他低头就咬住了文诗月的唇瓣。

“唔……”文诗月手里的眼线笔落在了地毯上。

两个人领证这天是家里算的日子，谁知道李且临时被召回出任务。

等任务结束，好日子也过去了。

李且离队回家已经是半夜，谁知道一回家就看见在客厅睡着了的文诗月。

灯火馨柔，他心爱的姑娘留灯等他，让他的心软得一塌糊涂。

李且走过去，弯腰抱起文诗月，姑娘就醒了。

“嗯……”文诗月揉了揉眼睛，“你回来了。”

“跟你说了会很晚，怎么在沙发上睡了？”李且抱着文诗月往卧室走。

文诗月揽着李且的脖子，柔声说：“本来看电视也不困，不知道怎么就睡着了。”

李且低头亲了下文诗月的额头：“小傻瓜。”

他把文诗月放在床上，俯身亲了下来。

文诗月双手撑住李且的肩膀，仰头轻喘着看他：“去洗澡。”

“等我。”李且说完，就急急忙忙进了浴室。

文诗月则是翻身将整张脸埋进了枕头，耳根发烫。

李且洗完出来，等他的姑娘已经睡了过去。

他无奈地一笑，关了灯也跟着上了床。

文诗月睡得不沉，感觉到身边熟悉有安全感的气息，自动自觉地钻进他的怀里，寻了个舒服的位置，就不动了。

“媳妇。”李且轻轻在她耳边喊了一声。

“嗯？”文诗月低低地应了一声。

“咱睡醒了就去领证。”李且说。

这句话让文诗月逐渐清醒了不少，微微仰头：“奶奶给咱们算的日子不都过了？”

李且亲了下文诗月的唇：“只要是你，每一天都是好日子。”

翌日

李且跟文诗月顺利领了证，在工作人员羡慕连连的祝福声中走出了民政局。

两个人今天都穿的白上衣，倒是颇为青春，来来往往的人无一不把目光投向他俩，他们可谓人群中显而易见的焦点。

领了证其实也没什么事，两个人就趁着休假逛逛街，做第一天的李先生和李太太。

文诗月挽着李且穿过大街小巷，两人其实很少这么漫无目的地逛街，如此一来倒颇为珍贵。

“就是这条街，我小时候最喜欢逛。”文诗月挨个儿给李且说起这条街的变化。

姑娘笑意浓浓地侃侃而谈，男人垂眸宠溺地凝望着她。

画面美好，宛若一幅画。

“看看书店还在没。”

文诗月说着兴致勃勃地拽着李且往前走，刚走到门口，雨就猝不及防地下了起来。

李且拉着文诗月的手就往书店里跑去。

两个人进去以后，李且帮文诗月理了理头发，文诗月扯出纸巾给他擦了擦脸上的雨水。

进来躲雨的人越来越多，这一场景宛若当年。

就像是忆往昔，文诗月看着眼前的一幕幕，虽然书店内部陈设天翻地覆，但是那种感觉还在。

尤其是，同样一场猝不及防的大雨。

“这里变化好大。”文诗月转过头，却不见李且的踪影。

“李且？”文诗月探着头四处寻找，没瞧见人。

她准备给李且打电话，才发现他的手机在她的包里。

她穿过眼前的几个人，去找李且了。

找着找着，她来到了一排排高大的书架这边，这边倒是没怎么变。

文诗月的目的是找李且，所以走得很快，从头绕到尾，又从尾绕到另外一边，反复寻找。

走到下一个过道，有店员踩在梯子上，在最上面那一层摆书。

这一场景，简直跟当年一模一样。

不知为何，文诗月心下一动，鬼使神差地走了过去。

经过梯子，她还特地抬头望着上面的纸箱，看它会不会掉下来。

纸箱平稳地摆在上面，看样子并没有要掉下来的迹象。

只不过，文诗月光顾着仰头看上面，没注意前面。

就这样，她的手腕被往前拽去，整个人撞进了一个坚实的怀抱，额头磕到了一个硬邦邦的东西，带着熟悉的气息。

“小心。”熟悉的声音在头顶响起。

文诗月抬头，目光顺着凹凸有致的锁骨往上攀爬，白净脖颈间性感的喉结，一如既往的锋利如尖刀一般。

继续往上看，她笑容僵在脸上，三庭五眼依旧英俊，眉眼如绵密的细雨，一片墨色。

而她的目光落在了他眼角那颗迷人的泪痣上。

一如当年刻骨铭心，一眼万年。

这一次，他没有转身离开，而是低头笑着瞧她，深情的目光胶着在她的眼中。

“你好，能认识一下吗？”

曾经，少女怀揣着激动的心跳于人海里与少年相遇，却只换来一个擦身而过。

再回头时，却已山水不相见。

而如今，她一如曾经仰眸相望，正好撞进了他的双眸，得到了他的回应。

人世间最美好的事莫过于，你第一眼喜欢的人恰好也喜欢你。

山水自有归期，有缘终会相逢。

风雨少年是你，盖世英雄是你。

书店里回荡着悠扬的歌声，正好唱到了这一句。

“但愿人长久，千里共婵娟。”

# 番外二／余生白首不离

领证以后，新婚夫妻倒是没多大感觉，照样上班、下班，回家各种腻歪，跟婚前差别不大地过着他们幸福的小日子。

两边的家长倒是为他们的婚礼操碎了心，尤其是李且的奶奶和妈妈，非常注重仪式感，打从他们准备结婚开始就商量着婚礼事宜了。

王晚晴本来是随两个孩子的，可能是跟亲家在一起久了，慢慢就被洗了脑，也开始加入了婚庆策划行列。

难得今天大家都有空，便约了一起去度假山庄玩。吃着午饭，大人们继续聊婚事，兴致勃勃不亦乐乎，两个小的对吃的专心致志，时常窃窃私语。

“这只是我钓的。”李且把剥好的虾搁到文诗月碗里。

“这不都长得一样，你知道是你钓的？”文诗月将虾肉放进嘴里，一边吃一边说，“我还说是我钓的呢？”

“你就一直在捣乱，除了钓我，你什么都钓不上来。”

“你再大声点儿，让大家都听见。”

“怎么还敢钓不敢认了？唉，谁叫我愿者上钩呢，就只上你这钩子。”

“李……且。”

“老公都不知道叫。”

“不叫。”

“行啊，等着。”

“什么啊？”

最近的运动量确实比较大，哪怕被李且折腾到了后半夜，文诗月还是能保持自律不睡懒觉，早早起床去晨跑。

因为她要参加一个月后的马拉松比赛。

其实每年她都会报名，但是确实体能太差，哪怕一直在锻炼，每次都没能坚持到终点。

跟李且在一起那年又遇上了疫情，暂停举办没法参加。

这不，今年才又开始举办起来。

她跟李且提过，李且也知道原因。他没再多说，而是告诉她："你想要做的，我都全力支持。"

于是李且用实际行动支持，开始给她制订训练计划，陪跑陪练。哪怕他人不在，也会实时提醒她应该锻炼了。

有了李队长的监督训练，文诗月明显感觉自己的体能有了天翻地覆的变化，本来就还不错的身材肉眼可见地变得更加紧致。

李且跟文诗月这会儿跑完步，在往回溜达，耐心听她的滔滔不绝。

"那要不要谢谢你老公我。"李且等她说完，立即给自己贴金。

"嗯。"

文诗月笑着伸手挽着李且的胳膊，仰着头瞧他。

两个人穿着同款黑白相间的运动服和跑鞋，戴着黑色的鸭舌帽，深邃的眉眼半隐在帽檐下，高挺的鼻梁上沁着细细的汗，薄唇微勾。

特别的青春洋溢，俊逸潇洒。

文诗月话轱辘一转，变成了："谢谢学长。"

李且很久没听到文诗月这么叫他，倒是听着浑身舒坦。

他伸手将人搂进怀里，一边往前走，一边说："走，学长给你买早饭去。"

"我要吃……"

"金枪鱼蛋黄酱饭团。"李且接嘴。

"到底是你也爱吃，还是因为你知道我爱吃才爱吃的呢？"

"绕口令说得不错。"

"李且，你就不能说实话？"

"说什么？"

"你说什么？"

"你不说什么，我怎么知道是什么。"

"你明知道是什么，就装不知道是什么呗。"

"那到底什么是什么呢？"

"绕口令说得不错。"

…………

清晨的阳光温柔，穿过房顶，越过枝叶，金光落满烟火人间。他们的声音渐渐淹没在车来人往中，好像美好生活的简单浪漫就应该是他们这个样子。

马拉松比赛这天，文诗月轻装上阵，李且专门休假陪她，带着相机给她照相。

比赛现场人山人海，文诗月做赛前热身，李且给她进行战术讲解。就在她准备就位的时候，王晚晴和苏木也来了。

“你们怎么来了？”文诗月寻思着也不是什么大事，就没说。

她瞧了眼李且，多半是这人通知的。

“怎么，怕丢脸？”苏木调侃。

文诗月觑他一眼，还没来得及说话，就听见李且对苏木说：“唉，谁准你小瞧我媳妇的？”

有人撑腰，文诗月腰杆子就挺直了：“就是。”

苏木被这两口子气乐了，居然还痴心妄想着考验他跟李且的友谊：“你这样会彻底失去我这个朋友的。”

“你不知道我重色轻友吗？”李且这话说得相当理所当然。

苏木竖起了大拇指：牛。

“你怎么不参加？”苏木转移话题。

“对别人不公平。”李且淡淡地说。

苏木彻底无语，给他嘚瑟的，这天实在是没法聊了。

裁判喊就位，王晚晴拉着文诗月的手，笑着对她说：“我知道这是你一直以来想完成的事，加油，你一定能做到。”

“嗯，这次一定成功。”文诗月笃定地点点头。

随着一声震天枪响，参赛队员们鱼贯而出，朝着前方一路向前。

成群结队的运动健儿们逐渐拉开了距离。

离终点越来越近，文诗月的体力已经到了极限。对于她这种运动细胞不发达的人来说，这种时候基本上只能拼毅力。

眼看着又有人超过她了，意志力也几乎达到临界点，她叉着腰，脚下的步子越来越小，越来越慢，很明显地落后下来。

就在她感觉确实坚持不下去，决定明年再接再厉的时候，身边一阵风带来了熟悉的气息和声音：“文诗月，跑起来。”

文诗月扭过头，看到外道的李且时，有动力，也有累到极致的委屈：“不行，我真的不行了。”

李且伸手扶着文诗月的后背，随着他的节奏往前带，一边带一边说：“我陪着你，但你必须要相信自己，准备了这么久，不能放弃。”

文诗月听到这话，或许是李且在身边，又被激发出了动力。

她脚下逐渐生了风，快了起来：“嗯，我可以，我不放弃。”

“加油，”李且见文诗月在冲刺，朝她喊道，“冲到终点，咱爸在天上看着你呢。”

文诗月迈步摆手的幅度越发大了起来，开始反超。

临近终点的时候，她好像看到了终点线后穿着警服的文阳笑着朝她伸出的双手。

“爸爸。”文诗月一边低声喊着，一边越发用力地朝着前方狂奔，脸上是灿烂的笑容。

女子组中第一个抵达终点的文诗月顺势扑到已经在终点等她的李且的怀里，浑身无力地被他搂着。

“爸爸，我做到了。”文诗月脱口而出。

李且亲了下她汗湿的额头，不吝表扬：“你做到了，第一名，很棒，有什么要求尽管提。”

“谢谢你，老公。”文诗月沉浸在喜悦里，想到李且为她做的一切，又忽然有点儿想哭。

她很清楚如果没有李且，她根本无法弥补这么多年来的遗憾。

“老公陪你跑一辈子。”李且笑睨着文诗月，眉目柔情也坚定，“承诺永远有效。”

文诗月用力抱紧李且，一双水润的杏眸望着湛湛青空。

爸爸，你看。

这个世界上除了你，还有一个男人对我承诺了一辈子。

接下来的日子就是拍婚纱照，办婚礼。

婚纱照按照他们认识的轨迹，在校园里拍了一组，在特警队里拍了一组，应颜君心大力要求拍了组民国风的，两个人又偷偷拍了组见不得光的。

本来勐镇还有一组，但是那边疫情突然加重，就没能去成。

给他们拍照的摄影师和工作人员见他们换一套夸一套，说是在这个行业干了这么多年，像他们这种一对都是衣架子的还是头一回遇到。

老板甚至希望他们能给摄影工作室打广告，免除他们所有费用。

李且又不差钱，文诗月觉得这是独属于他们两个人的，不应该商用。两个人都没做商量，默契地直接拒绝。

所有系列都拍完了以后，李且又将手机里当初保存的他跟文诗月在养老院合奏的照片，还有苏木在他们演讲那天给他俩拍的合照，以及一些他们平时七零八碎的合照都整理了出来，让工作室单独做一个集锦。

文诗月也想到了什么，立即去翻手机相册，也跟着贡献了一张。

这张是那次去看李且打篮球，他找她讨一个彩头，被他骗吻的照片。

也是他们正式在一起的那天。

李且瞧着照片，笑得意味深长：“居然藏这么深，老实交代，怎么偷拍的？”

文诗月瞋他一眼，还是如实告知：“谢语涵拍的。”

李且仔细端倪着照片，很是欣赏地点点头：“拍得倒是挺好。”

然后，他指定把这张照片放大，说要拿相框裱起来。

文诗月死活没拦住，简直是哭笑不得。

婚礼在李且和文诗月的极力制止下总算是没有大办特办，而是按照他俩的喜好弄成了草坪婚礼。

由于新郎和新娘的颜值实在是过高，吸引了很多以为这是在拍戏的路人来围观。

他们请的双方亲朋好友本就多，一个个也是颜值扛把子，再加上好奇的路人在外圈围着看，这场面，实属有上热搜那味儿了。

婚礼进行到一半，下起了雨。

就像是早就算准了似的，司仪提醒来宾，他们的椅子边都预备着一把伞。

一把把伞逐一撑开，这场突如其来的雨“噼里啪啦”打在伞面上，反倒是将婚礼的浪漫氛围推到了极致。

李且和文诗月笑看着彼此，在漫天雨雾里，在所有人的见证下，许下相守一生的誓言。

他们交换戒指，亲吻彼此，完成这场爱意弥漫的婚礼。

这雨似乎心有灵犀，来得天时地利。

是他们的初遇，是他们的重逢，是他们缘分不灭，是永远相爱的证明。

曾经的一场场雨，原来是他们的牵线红娘。

结婚第二年的盛夏，有位小朋友在万众瞩目中呱呱降生。

那哭声够劲儿，跟闪闪的星星一样，以至于他的小名就叫星星。

这是文诗月的灵机一动，说李且是太阳，她是月亮，那宝宝正好是星星。

这个解释被苏木知道以后，唏嘘不已：“你们一家三口是要占领太空还是怎么的，再生一个叫银河得了。”

李且顾着伺候文诗月，压根就没正眼瞧他，只随口来了句：“有人吃不着葡萄。”

文诗月跟着笑了起来。

当然，比起任何一个人，最最最欢喜的要数爷爷李同源了。他已经开始制订他的继承人培养计划了。

谢语涵来看她未来准女婿的时候，听文诗月跟她说起这事，笑得合不拢嘴，说她这提前预定的女婿实在是太对了。

聊着聊着，谢语涵问她这未来女婿大名取了没？

文诗月说起好了，叫李物。

其实刚刚怀孕，李且就开始琢磨起名字，思来想去，最后干脆简单粗暴地用他俩的姓氏，叫李文。

文诗月觉得这个名字是女孩还行，男孩就不太适合。

所以，李且就用了文的拼音首字母 W 来起，便有了李物。礼物，是他们最圆满的礼物。

就这么定了男孩就叫李物，女孩就叫李文。

小星星慢慢长开了以后，越长越像李且，尤其是眉眼和那颗泪痣，简直遗传到了文诗月的心坎里。当然她的两个小酒窝也被小伙子遗传了。

导致他不笑的时候像大灰狼，笑起来像小奶狗。

周岁宴这天，文诗月被周芊、谢语涵她们拉着聊天，李且全程带孩子，惹得大家羡慕连连。

“你说老天爷到底给你关了哪扇门？长得好，身材好，生了跟没生似的，老公高大帅气又体贴，儿子还是个小正太……”

文诗月实在是无法反驳，事实也确实如此，她要说不是就虚伪了。

她也的确恢复得很好，孩子一落地，月嫂、产后恢复机构就全都找好了。李且但凡在家就会亲自带孩子，她发现自己好像除了喂奶一无是处。

一想到这儿，她回头去寻老公和儿子的身影。

李且这会儿抱着儿子去看一会儿要抓周的物件，看到有些什么的时候就笑了。

他跟怀里的小星星说：“你爷爷真的是不给你选择的权利啊。”

“怎么了？”文诗月走到李且身边，问道。

刚刚学说话的小星星见文诗月来了，咿咿呀呀地喊：“妈……妈……”

文诗月亲了亲宝贝儿子，见李且努努嘴，示意她看：“你看看都是些什么。”

她一看也跟着笑了起来，全是跟钱打交道的东西。

“爸爸准备的？”

“除了他还能有谁？”

文诗月被小星星拉着手指玩，杏眸瞧着勾唇笑的李且：“你这表情又想使坏。”

李且一挑眉，把小星星交给文诗月，顺势在他小脸上亲了口：“等着，爸爸给你找公平合理去。”

文诗月抱着小星星，瞧着李且高大挺拔的背影，不由得莞尔一笑。

“爸……爸……”小星星在半空中伸着小手，朝着李且离去的方向。

“爸爸一会儿就回来，咱们去找太奶奶她们。”文诗月笑道。

周岁宴正式开始，跟着流程到了抓周。李且和文诗月把小星星抱了过去，大家也都起身去凑热闹。

李同源喜笑颜开地走过去一瞧，笑容霎时僵住了，他叫人准备好的东西怎么多了那么多样无关紧要的？

父子连心，他瞅着李且，李且也笑着看向他，朝他耸肩一笑，一切尽在不言中。

“臭小子。”李同源嘀咕一声，看着小星星的手朝着一把玩具枪伸过去，心都要跳出嗓子眼儿了。

最后，小星星抓了玩具枪、书和钱。老人都说抓得好，文武双全，大富大贵。

结束以后，李且抱着小星星去李同源跟前炫耀：“来，儿子，告诉爷爷，咱们打小就不能作弊。”

小星星跟着李且有样学样：“不……噗……”

李同源恨不得抽李且，听到小星星又在那儿“耶，爷”的，终是笑了起来，伸手去抱：“来，爷爷抱，爷爷给你大红包。”

“大……包……包……”

文诗月跟李且看了会儿爷孙俩的互动，便被他揽着肩膀往餐桌走去。

“今晚让我爸妈把儿子带他们那边去住。”

“你想干吗？”

“二人世界。”

“那你得先搞定儿子。”

“咱儿子好搞定，你不好搞定。”

“我哪有？”

“怎么没有，你自己想想冷落我没，我们都多久没……”

文诗月知道李且要说什么，大庭广众的，她赶紧捂住他的嘴，耳根子都在发烫。

李物小朋友上幼儿园之前的那个夏天，李且和文诗月一起休假，带他去了勐镇玩。他们还是住在岩香的客栈，顺带在这儿补拍当初没能拍成的婚纱照。

头两天一家三口先拍照片。拍了两个人在客栈重逢的场景，将墙上“竹土寸”的招牌特意入了镜。他们看着彼此，等来了彼此。

然后还带着小星星拍了亲子照。

岩香在一旁像个迷姐一样欣赏着幸福的一家三口，溢美之词连绵不绝，自己都惊讶自己的文化水平突然就拔高了。

照片拍完了以后，剩下的时间就乐得清闲。

这天，李且跟岩睿在院子里下棋，小星星蹲在一边玩花花草草，文诗月跟岩香在天台上聊天，时光惬意。

晚上把儿子哄睡着了，李且跟文诗月开始好兴致地找回忆。

文诗月想到了什么，叫李且先下去，然后照着当年的样子把塑料花盆推了下去。果然被李且牢牢地接在手里，给她送了上来，还原当年的不小心为之。

“就知道你要干这事。”李且说着将花盆放好。

文诗月笑嘻嘻地钩住李且的脖颈：“所以，我当初也不是糊弄你，我是真砸了个警察男朋友出来。”

李且将文诗月往身前一带，揽着她的纤腰跟他贴在一起，纠正她：“是警察老公。”

“是，”文诗月借着天黑没人，仰头啄了下李且的薄唇，“我的警察老公。”

李且被撩得心痒痒，牵着她往楼下走：“还有个旧地没重游。”

文诗月有些茫然地被李且带下楼，一路走到了公共浴室那边，她明白了。

果然，李且将人摁在墙上，扶着她的后脑勺往前一带，就低头吻了过去。

夜蝉倏然不叫夏天，公共浴室的门被人从里关上，落锁声和暧昧声都淹没在突如其来的一场淅沥的雨声里。

而门边激吻的两个人早已不见了踪影。

翌日，李且和文诗月带着李物出去玩，恰逢一场始料不及的倾盆大雨。三个人在凉亭里听雨声，看雨景。

那天雨后的彩虹格外耀眼，像漫画家的画作，七彩斑斓的光晕悬挂在湛蓝的天际，阳光甚是灿烂。

一家三口融于此画中，为群山万岭续写朝暮清欢，幸福与圆满都被收录在他们的心照不宣里。

文诗月抬头看向李且，正好撞进他看向她的深情双眸中。

她发现无论过了多久，面对他都还是会出现那份抑制不住的心动，持久而永远新鲜，就像是每一次都会反复陷入一见钟情。

而她知道对于李且来说也是一样。他对外理智冷静有分寸，对她却一直持续燃烧着炽热的心。他看她眼里的光永远沉溺于爱河。

“文诗月。”

“嗯？”

李且抱着儿子，单手将他的头摁在肩膀上，转身顺势低头吻住了文诗月。

“谢谢你。”

谢谢这个世界有个你，谢谢你重新出现在我的世界里，谢谢最终我没有再错过拥有你的幸运。

文诗月，我们的六字距离还是——余生白首不离。

# 后记

今年跟老朋友聊天的时候，有聊起学生时代的一些往事。可能是因为那时候刚刚写完一篇校园文，特别怀念远去的学生时代，因此也就自然而然聊到了关于爱情、错过与遗憾的事。

之后，我就琢磨着要不给遗憾添一个好的结局吧。

于是就有了《六字距离》。

书的名字来源于男女主的名字，用了我很喜欢的苏轼的一句诗“且将新火试新茶，诗酒趁年华”。

因为暗恋正是暗地里计算着也计较着彼此的远近距离，而以女主角出发的暗恋视角里，她跟他的最近距离中间隔着六个字。

当然，故事里的他们并没有原型，他们却也代表着我们乘坐人生这趟列车里的许多人。

我们遇见的，我们追寻的，我们喜欢的，我们错过的，还有我们自己。

就像李且，可以说是十全十美，站在“优秀”这座金字塔的顶端，是别人眼里遥不可及的存在，应该没有烦恼才对。

然而只有他自己知道，什么都拥有的他却无法拥有喜欢的女孩的一个另眼相待。

而令李且万万没想到的是，这个叫作文诗月的女孩恰恰是因为喜欢着他，才会处处对他冷漠至极，不敢给一个正眼。

他更不知道，这个女孩也正是因为喜欢着他，想要努力追赶他的脚步，才会那么拼命，变得越来越优秀。

这个世界上有太多的阴错阳差。比如文诗月和李且，一个错误表达内心的喜欢，一个接收了错误的信号，导致这段双向暗恋最终成为除了他们自己，无人可知的秘密。

好在，他们有时隔九年后的重逢，这是故事的开端，也是故事的续写。

两个人经历了岁月的洗礼，在感情上都很勇敢坚定地朝着对方走去。

他们性格合拍，相知相爱，在一起后也先后发现了彼此年少时互相暗恋的秘密。庆幸命运终归是败给了缘分，兜兜转转还是没有错过，让他们拥有了最美好的结局。

而现实里，或许有很多人经历过或正在经历着这些，或许有无数的“文诗月”就这样与真相失之交臂，一辈子都不知道这到底是一个人的遗憾，还是两个人的。

所以，希望有缘看到这个故事的你，如果现在正好有一个暗恋的人，如果这个人对你还不错的话，那不妨勇敢一点，不要装酷啦。

也许就这么巧，你暗恋着的人也正好暗恋着你。

希望爱人没有错过，爱意热烈，浪漫不朽。

最后，我也想对已经心存遗憾的你说——

或许有一种可能，在某一个地方，李且和文诗月的故事是真实存在的。

而他们圆了我们的遗憾。

人生还长，世界很大，万物美好。

那我们就，向前看。

筱露